中国现代文学馆青年批评家丛书

丛书主编 吴义勤

李云雷 著

重申"新文学"的理想

图书在版编目（CIP）数据

重申"新文学"的理想 / 李云雷著 .—北京：北京大学出版社，2013.6
（中国现代文学馆青年批评家丛书）
ISBN 978-7-301-22593-6

I.①重… II.①李… III.①中国文学－当代文学－文学评论 IV.①I206.7

中国版本图书馆 CIP 数据核字（2013）第 115190 号

书　　　名：重申"新文学"的理想
著作责任者：李云雷　著
责 任 编 辑：黄敏劼
标 准 书 号：ISBN 978-7-301-22593-6/I·2632
出 版 发 行：北京大学出版社
地　　　址：北京市海淀区成府路 205 号　　100871
网　　　址：http://www.pup.cn　　新浪官方微博：@北京大学出版社 @培文图书
电 子 信 箱：pw@pup.pku.edu.cn
电　　　话：邮购部 62752015　发行部 62750672　编辑部 62750112
　　　　　　出版部 62754962
印　刷　者：三河市腾飞印务有限公司
经　销　者：新华书店
　　　　　　650 毫米×980 毫米　16 开本　21.25 印张　306 千字
　　　　　　2013 年 6 月第 1 版　2013 年 6 月第 1 次印刷
定　　　价：45.00 元

未经许可，不得以任何方式复制或抄袭本书之部分或全部内容。
版权所有，侵权必究
举报电话：010-62752024　电子信箱：fd@pup.pku.edu.cn

目 录

丛书总序　　　吴义勤　5

问题与方法

我们为何而读书？　2
我们能否理解这个世界
　　——"非虚构"与文学的可能性　14
如何讲述新的中国故事？
　　——2011年长篇小说综述　26
新世纪"底层文学"论纲　38
"打工文学"的问题与前景　57
"内心的疼痛"如何表达？
　　——读深圳新生代打工作家代表作品　62
都市文学的五副"面孔"　66
我们如何避免一个同质化的世界？
　　——关于"都市文学"的发言　77
如何开拓中国乡村叙述的新空间？　81
中国人的"世界想象"及其最新变迁　90
新的体验，新的美学
　　——评"70 VS 80后"　97

理论内外

重申"新文学"的理想　108

"文学"与我们的生命体验　111

我们能否想象我们的"未来"？　116

批评是一种创造　120

如何重建批评的公信力？　123

韩少功的"突围"　129

我们为何怀念路遥？　137

"怎么说呢"
　　——王祥夫小说集《愤怒的苹果》序　139

中国乡村的"新现实"及其艺术化
　　——读陈应松近作三篇　145

我们能否理解"故乡"？
　　——读梁鸿的《梁庄》　154

细　读

历史的碎片与"地方志"小说
　　——读铁凝的《笨花》　166

1980年代的梦幻与爱情
　　——读于晓丹的《一九八〇的情人》　170

隐秘的疼痛及其诗意表达
　　——读付秀莹的《爱情到处流传》　175

记忆的诗学及其穿透世界的力量
　　——读付秀莹的《旧院》　179

一篇小说的三种读法
　　——读迟子建的《起舞》　185

小说的"核"与层次感
　　——读林那北的《今天有鱼》　188

一个女人的"史诗"
　　——读孙慧芬的《秉德女人》　191
尴尬，如何成为现代寓言
　　——读顾前的《平安夜》　196
孤独的世代及其奇诡的想象
　　——读笛安的《宇宙》　200
从"烈火青春"走向开阔的世界
　　——读刘丽朵的小说　204
两个藏族人的英雄史诗
　　——读达真的《命定》　209

小批评

谁能认定"中国最一流的作家"？
　　——由马悦然高度评价曹乃谦说起　214
《兄弟》为什么这么差？　219
拿什么炮轰文学界？
　　——略谈《如焉@sars.com》　222
比艾滋病更可怕的……
　　——谈《丁庄梦》　227
《风雅颂》读后，或一种批判　231
从《不食》谈鲁敏近期的创作倾向　234
艺术如何切入现实与内心？
　　——读胡性能的《下野石手记》　236
谁是"你们"，谁是"我们"？
　　——读姚鄂梅的《你们》　239
颠覆"白毛女"？
　　——读严歌苓的《第九个寡妇》　242
乔叶的"化学反应"　246
王蒙的"编织术"　248

三十年后读《伤痕》　250
重读《哥德巴赫猜想》　254

域外一瞥

"托尔斯泰在我们心中"　260
成为卡夫卡，是不幸的　262
黑塞，或童年的回忆　264
日本的"《蟹工船》现象"及其启示　266
我们能否理解卡扎菲？
　　——读《卡扎菲小说选》　275
从排斥到认同
　　——二十年来大陆作家对陈映真的"接受史"　287
《赵南栋》与文化领导权问题　298
告别的艰难与缱绻
　　——读黎紫书《告别的年代》　304

附　录

从"纯文学"到"底层文学"
　　——李云雷访谈录一　308
为什么一条路越走越远？
　　——李云雷访谈录二　320

后　记　331

丛书总序

中国现代文学馆是在巴金先生倡议和一大批著名作家的响应下，于1985年正式成立的国家级文学馆，也是目前世界上规模最大的文学博物馆。中国现代文学馆的主要任务是收集、保管、整理、研究中国现当代文学书籍、期刊以及中国现当代作家的著作、手稿、译本、书信、日记、录音、录像、照片、文物等文学档案资料，为文化的薪传和文学史的建构与研究提供服务。建馆二十多年以来，经过一代代文学馆人的共同努力，中国现代文学馆的事业不断发展壮大，现已成为集文学展览馆、文学图书馆、文学档案馆以及文学理论研究、文学交流功能于一身的综合性文学博物馆，并正朝着建成具有国际影响的中国现当代文学资料中心、展览中心、交流中心和研究中心的目标迈进。

为了加快中国现代文学馆学术中心建设的步伐，中国作家协会党组决定从2011年起在中国现代文学馆设立客座研究员制度，并希望把客座研究员制度与对青年批评家的培养结合起来。因为，青年批评家的成长问题不仅是批评界内部的问题，而且是一个对于整个青年作家队伍乃至整个文学的未来都具有方向性的问题。青年评论家成长滞后，特别是代际层面上70后、80后批评家成长的滞后，曾经引起了文学界乃至全社会的普遍担忧甚至焦虑。因此，首批客座研究员的招聘主要面向70后、80后批评家，我们希望通过中国现代文学馆这个学术平台为青年评论家的成长创造条件。经过自主申报、专家推荐和中国现代文学馆学术委员会的严格评审，杨庆祥、霍俊明、梁鸿、李云雷、张莉、周立民、房伟等7位优秀青年评论家成为首批客座研究员。

一年来的实践表明，客座研究员制度行之有效，令人满意。正如中国作协党组书记李冰同志在中国现代文学馆第二批客座研究员聘任仪式上的讲话中所指出的那样，第一批7位青年评论家在学术上、思想上的成长和进步非常迅速。借助客座研究员这个平台，通过参加高水平的学术例会和学术会议，他们以鲜明的学术风格和学术姿态快速进入中国当代文学批评现场，关注最新的文学现象、重视同代际作家的创作，对于网络文学、类型小说、青春文学等最有活力的文学创作进行即时研究，有力地介入和参与着中国当代文学的创作实践，在对青年作家的研究及引领方面发挥了不可替代的作用。作为70后、80后批评家的代表，他们的"集体亮相"，改变了中国当代文学批评的格局和结构，带动了一批同代际优秀青年批评家的成长，标志着70后、80后青年批评家群体的崛起。

为了更好地展示这7位青年批评家的成就与风采，中国作家协会和中国现代文学馆决定推出这套"中国现代文学馆青年评论家丛书"，希望这套书既能成为中国当代文学批评的重要收获，又能够成为青年批评家们个人成长道路的见证。

是为序。

吴义勤
2012年金秋于文学馆

问题与方法

  作为一个农村的孩子,能够从小学读到博士,并不是一件容易的事。现在想想,我之所以能够读到博士,不仅是由于个人的"努力",而主要是出生在了一个恰当的历史时期。我上大学的1990年代中期,学校里还没有收费,学生之间的贫富差距也不是那么明显,毕业后找到一份满意的工作也并不是多么困难的事情,所以校园里的氛围是相对自由、宽松的,没有太大的压力。在这样的气氛之中,学生们在功课之外,还可以充分发展个人的兴趣与爱好。如果我赶上了教育产业化的今天,以我的家境而论,要缴纳巨额的学费,毕业后又难以找到工作,所以即使功课还不错,是否能够上大学,或是否愿意上大学,也是一个疑问。

    ——《我们为何而读书?》

我们为何而读书？

一

2004年，我正在做论文期间，我的父亲去世了。在这之前的2002年，我们已经知道了他的病情，在北京做了手术，然后在家里吃药与调养，但面对这一不治之症，我们知道只能延续一些时间，而无法根治。在那两年里，每次回家看到父亲，总让我有一种切肤的疼痛，看到昔日强壮的父亲，现在只能佝偻着腰，一咳嗽就喘不上气，那么虚弱，那么难受，我简直不敢面对。那时我正在读博士，后来我总在想，如果我硕士毕业后就去参加工作，或许可以让父亲的治疗条件好一点，或许他能活得更长久一些，而正在读书的我自顾不暇，家里在村中也算是贫穷的，哪里有更多的钱让父亲调养呢，每当想到此，我总是懊悔不已，想自己一直读书读下来，是否过于自私了？在农村里，能够上大学已经很不错了，可我读完了大学又读硕士，然后又读博士，一直读了十年。虽然说大学毕业后我再未从家里拿过钱，但也没有更多的钱接济与回报家里，我记得我的母亲曾说过，"你一直念书，念到什么时候是个头儿啊？"当时觉得没什么，现在想想，那漫长的时间可能让他们都有些难捱了。

父亲的去世让我想了很多，我以为我了解父亲，但可能并不是真的了解他。我所了解的父亲只是童年记忆中的形象，并没有认真考虑过他的一生。在我的印象中，父亲只是一个普通的农民，字也识不了几个，但在村中很受尊重，他为人正直，又勤劳，手巧，会做很多别人做不了的活，曾经当过生产队的队长。后来我想，关于父亲，我所不了解的或许更多，他出生于1930年代，那正是中国面临最严重的民族危机的时刻，他所经历的战争、饥荒、逃亡，是我所难以想象的；而在新中国成立后，发生在农村的土改、合作化、人民公社以及"土地承包"等各种运动，他也置身其中，他的欢笑泪水与之息息相关，如果我不能理解发生在中国大地上的各种变革，又怎能更深刻地认识我的父亲呢？

我博士论文的题目做的是"当代文学中的浩然"，对于这位在新时期几乎被遗忘的作家，我有一份特殊的情感，他与我的父亲同龄，作为那一代农民的代表，他和我的父亲一样经历了所有的历史波折，不同的是我父亲是一个普通农民，而他则成为了一个作家，一生"写农民，为农民写"，我想通过对他的研究，可以更深入地理解那段历史，更深入地理解中国农民，更深入地理解我的父亲。在我阅读浩然的过程中，我发现我们的文学史叙述是那么反复无常，总是从一个极端到另一个极端，很少能够有历史的"公平"，对于这样一位作家，褒扬时赞之入天，批评时贬之入地，不能给他一个公正的评价与定位。而我所想做的工作，就是在历史脉络与社会结构之中，对浩然作品的形成做一个梳理，在理解其内在逻辑的基础上力求做出一个公正的评价。而这又涉及对左翼文学传统、农业"合作化"以及"文革文学"的重新认识与评价，并不是我这一篇论文能够解决的问题。

这是我研究工作的一个起点，此后我的研究在不同的层面上展开："左翼文学"传统的研究；80年代文学研究；当下文艺现象与作品的批评。在这三方面的工作中，最后一个方面尤其是"底层文学"的研究与倡导，在文学界与知识界产生了较为广泛的影响，我甚至被视为"底层文学"的发言人或"代言人"。有的师长出于爱护或怜惜的心情，曾经语重心长地劝告我，也有的人从不同的角度加以批评。他们的好意与深意我心里都知道，但是我想，如果仅仅是想进入更高的阶层，那么我在城市里已有了一个相对安稳的工作，但是我读了那么多年书，难道只是为了个人的生活更好一点吗？难道这么多年的辛苦与努力，只是为了安稳地"蜗居"吗？如果仅仅是这样，我感觉愧对自己的父母与乡村。

作为一个农村的孩子，能够从小学读到博士，并不是一件容易的事。现在想想，我之所以能够读到博士，不仅是由于个人的"努力"，而主要是出生在了一个恰当的历史时期。我上大学的 1990 年代中期，学校里还没有收费，学生之间的贫富差距也不是那么明显，毕业后找到一份满意的工作也并不是多么困难的事情，所以校园里的氛围是相对自由、宽松的，没有太大的压力。在这样的气氛之中，学生们在功课之外，还可以充分发展个人的兴趣与爱好。如果我赶上了教育产业化的今天，以我的家境而论，要缴纳巨额的学费，毕业后又难以找到工作，所以即使功课还不错，是否能够上大学，或是否愿意上大学，也是一个疑问。当时我父亲供我上大学，只花了 6000 块钱，而现在这点钱连一个学年的费用都不够。我想，这也是很多贫穷人家的孩子放弃高考的原因，也是有的家长在听到孩子考上大学后，竟然自寻短见的原因。至于读研究生，则似乎是一件更加不可能的事情，在不久前的"杨元元"事件中，上海海事大学的校领导说，"你穷还来读什么研究生？"——这样的话虽然直白，但最为鲜明地体现了当前的主流意识，即读研究生并不是谁都可以奢望的，而应该只是某些阶层的一种特权。

我们可以看到，一个人是否能够读书或读到什么程度，在个人的原因之外，制度性的因素起到了关键性的作用。而现在的制度，则将很多优秀的底层青年，在程序的起点上便摒之于门外了。1977 年恢复的高考制度，在 1990 年代中期以前是相对"公平"的，它使不同阶层、地区、出身的人在知识面前人人平等，通过个人的努力可以改变命运，而当时的大学生也成了天之骄子，对毕业后的生活普遍有一种美好的预期。尽管这一制度也有种种缺点——"千军万马走独木桥"，应试教育，重智力而忽视德、体、美，等等——但作为一种遴选人才的机制，它在整个社会形成了一种公平竞争与尊重知识的风气，并为底层青年提供了进入更高阶层的途径，为社会的发展奠定了合法性及稳定的基础。但随后的高考制度的变革——如"产业化"，某些"加分"，不同地区采用不同的试卷等，却在不同的层面上破坏了这样的"公平"，教育资源越来越向城市倾斜，越来越向精英阶层倾斜。据一份调查报告显示，北京大学三十年来出身于农村的学生比例呈递减趋势，这可以说是一个典型的例子，而这样的趋势仍在继续，令人不得不反思。

二

　　这只是问题的一个方面，问题的另一个方面是，我们所受到的教育本身，是一个让我们在情感认同上逐渐离开乡村、父母或底层的过程，在一个更广泛的层面上讲，这也是一个在价值观念上逐渐离开中国的过程。从新东方学校及各种英语培训班的火热，我们可以看到其中弥漫的一种情绪是离开中国，进入一个更"中心"的地区，即以美国为代表的发达资本主义国家。如果说"人往高处走"是一种无可非议的选择，那么为什么英语或者美国成为一种"高处"，为什么那么多人的奋斗理想只是弃国离乡，便成为了一种具有时代症候的精神病象。同样在国内，为什么我们的教育只是让人离开乡村，进入城市？这也是一个值得思考的问题。在我们农村里，经常有这样的故事，父母好不容易供养了一个孩子读大学，孩子大学毕业后别的东西没有学会，首先学会的便是蔑视自己的父母，觉得自己的父母是"愚昧、落后、保守"的老农民，是他们生活中的耻辱，或者摆脱不掉的"尾巴"，他们在城市里为人看不起，因为是农民的子女，他们承受着这种歧视与侮辱，但认为是"正常"的，他们转嫁的方式只是更加歧视自己的父母与乡村，为自己出身农村而感到羞耻，为能够进入城市而洋洋自得。所以农村里的父母常常会感叹，让一个孩子读大学有什么好处，到了城里就看不起我们了？还有这样的故事，一个孩子在村里本来是很朴实本分的，到城市里待了几年，却变得浮华或张牙舞爪起来，做人或做事越来越不踏实，越来越不"靠谱儿"，于是村里人会议论纷纷，感觉这孩子"学坏了"，很是痛心。

　　这里当然也有村里人对城市生活方式的偏见与不理解，但如果我们平心而论，城市文化自身确实有值得反思之处，而农村文化也有尚待认识的长处。将农村或农民视为没有文化，或者"愚昧、保守、落后"，只是一种启蒙主义的视角，或者说是在一种"文明与愚昧"的思想框架下，将农民指认为"国民劣根性"的代表，这是一种典型的1980年代的思维方式，同样的思维方式也认为中国是"愚昧"的，而西方则是"文明"的。而这种思维方式很值得反思，说农村或农民没有"文化"，在一定的意义上是有偏见的，他们所没有的只是西方意义上的"知识"，如果我们将文化理解为一种生活观念或生活态度，那么他们无疑是有文化的，而且这种文化凝聚了千百年来传统文化的积淀、极具生命力的民间文化以及丰富多彩的地方文化，是扎根于乡土并融合在他们的具体生活之中的。这种文化不但塑造了他们内在的生命价值，而且构造了乡村的文明秩序以及人际交往的模式。如果我们看不到这样的文化，只是由于不够尊重与了解，只是由于我们将目光只投向了"中心"，因而忽略了脚下的大地和这片土地上生长起来的文化。

以我所学的文学为例。不知从什么时候开始，我们的文学教育形成了一种风气，以谈论外国文学为荣，这些外国又仅限于欧美几个发达资本主义国家，仅限于"现代派"以来的这种风格的作家，这些作家成为人们津津乐道与竞相模仿的对象，成为了"公共话题"，似乎不谈他们就不"先锋"，或者就不是在谈文学。当然我并不是反对借鉴国外文学的长处，而是觉得这种风气、这种视野是十分功利的。外国文学并非不可以谈，但为什么我们视野中的"外国"就只有那几个国家呢？这些发达国家在世界体系中拥有政治经济上的强势，也拥有对学术话语、媒介与评价体系的垄断，但并不意味着他们的文学就是最好的。他们的文学是否好是一个问题，为什么我们的文学眼光仅仅盯着他们，则是另一个问题。我们的文学视野中为什么没有非洲，为什么没有印度，为什么没有东欧国家，尤其是，为什么没有俄罗斯？——苏俄文学对中国文学有着深远的影响，但从苏联解体之后，我们又对俄罗斯文学有什么了解？在我的视野中，除了社科院张婕的两本著作之外，很少可看到对当今俄罗斯文学状况与文学作品的介绍或分析。我们不再关注俄罗斯文学，难道仅仅是因为苏联解体了，俄罗斯的国际地位下降了？如果真是这样，我们的文学眼光也未免太势利了，以这样的心态去从事文学，很难想象会有大的出息。鲁迅当年译介域外文学，关注的是"弱小民族国家"，因为在它们身上可以更深刻地看到我们自身的处境，从而谋求改变的途径。今天的情况仍是如此，但我们却不愿正视，只盯着那些珠光闪闪的"中心"。其实在张婕等人的著作中我们可以看到，1980年代以来俄罗斯文学的发展脉络与中国最为相似,"自由主义"文学,后现代文学,以及最近"新现实主义"的崛起,对文学史与经典作家的重新评价,等等,大体脉络有相似之处,不同的只是苏联解体了,而我们没有被冲垮。如此相近的社会与文学的道路或处境,我们正可以在俄罗斯文学中汲取经验与教训,但我们却轻轻地放过了。

在读研究生的时候,我也读了不少西方名著,但是有一天在读罗伯-格里耶的《橡皮》时,我突然感到很无聊,我知道这本书在西方文学史上的位置,但不知道它跟我的生活有什么关系,我为什么要读这样的书?他的文学游戏对我来说毫无意义,由此我开始反思自己的文学趣味与所受的文学教育,我想最初我所喜欢读的是《水浒传》与关于农村的文学作品,但是不知道从什么时候开始,我越来越远离了这些作品,养成了另一种文学趣味,而当我再看关于农村的作品时,总会觉得它们太土,太落后,而这个过程与我离开农村的时间几乎是同步的,这样一种建立在西方文学阅读之上的"修养",使我对中国的文学传统天然地有一种偏见或歧视,同时对文学"纯粹性"的专注,也遮蔽了我文学以外的视野,我不知道中国发生了什么,农村发生了什么,也不知道我为什么要读书,也不怎么关心作者为什么要创作,似乎我们的阅读与学习,只是在学院内部的循环,只是为了知识的修养或者跟踪上文学界最新的流行时髦,但是这些究竟有什么意义,却是我没有想到过的——这样的发现让我警醒,也让我深思。由此我开始反思自己的文学观念与趣味,重新认识文学,正是从这里开始,我认为文学必须与个人的现实与精神处境密切相关,必须从个人的经验与问题出发去阅读、写作,也由此我认为文学必须与世界联系起来,我们必须从文学看世界或者在世界中看文学,而不是将文学理解为一个内部循环的东西。而在这个意义上,我们也只有深深地切入现实之中,并从个人的体验中发掘出新鲜的因素,才能创造出最为独特的文学,而这不能不从对中国及底层的观察与思考开始,不能不重新认识自己的"根"。我之所以关心"底层文学",是与这样的思考密切相关的。或者说,"底层文学"正好构成了我关注的两个领域——"底层"与"文学"的一个交集。

三

我关注底层或"底层文学",并不只是在关注"底层",也是在关注我自己,在关注我的父母、兄弟和乡村,他们的命运是我的命运的一部分,他们的喜怒哀乐也是我的喜怒哀乐的一部分,我关注他们也就是在关注我自己。而在今天,"底层"的处境尤为值得思考。

在我们当前的社会结构中,存在着一个重要的问题,那就是"精英垄断"。中国的某些官员、资产阶级(或"新阶层")、学者,在事实上形成了一种利益共同体,或者所谓的"铁三角",他们在政治、经济、文化等社会各个层面形成了一种垄断,不仅在现实中损害着其他阶层尤其是底层的利益,而且试图将他们的"垄断"永久持续下去,这从医疗改革、住房改革等所产生的弊端中,我们可以清晰地看出来。在这种垄断的局面下,青年尤其是底层青年的路必然会越走越窄。如今,不仅传统的"底层"——工人、农民、打工者的处境越来越恶化,而且中产阶级与"白领"阶层也在承受着巨大的压力,也在分化与瓦解。最近出版的《蚁族》一书,描述了"大学毕业低收入群体"的生存状态,这本书让我们看到,大学生群体已经越来越沦为"底层"了,高等教育也不能改变底层青年的命运了,一个人在社会结构中所处的位置,主要是由于出身,而不是知识,这是我们的社会从1980年代以来的一个重要变化,也是"断裂"社会的一个表现。如果底层青年被堵死了一切出路,完全丧失了希望与信心,那么我们的社会至少是不安定的。

另一方面,就社会的主流意识来说,对"个人奋斗"、"竞争"、"成功"的神化,唤起了青年人对精英生活的幻想,在他们意识里,任何人都是可以通过个人奋斗和竞争而进入"精英"阶层的,现实社会中的各种因素也不断强化他们这一想象。但在现实中,能进入精英阶层的人总是少数。掌握了话语权的精英集团,也在压制"准精英"。面对精英们织就的网络,青年人如果仍幻想靠"个人奋斗"和"竞争"去成功,则难免会有"白日梦"幻灭的时候。在今天,我们必须认识到"个人奋斗"的意识形态性:首先,"个人奋斗"只能改变个别人的命运,而无法改变大多数人的命运，无法改变一个阶层或群体的命运；其次，在今天这个社会，"个人奋斗"的起点是不公平、不平等的，他们所可以凭借的社会资源也有着天渊之别，在这样的现实秩序中，即使一个底层青年去"奋斗"，其所能达到的程度也是有限的；再次，如果说在1980—1990年代，尚有"个人奋斗"的空间，那么现在这一空间已经越来越狭小了。我们必须抛弃"个人奋斗"的幻想，只有在整体的社会结构中，在时代与历史的演变中，才能更深刻地认识与把握底层与我们自己的命运。我希望能有更多的人从这样的"意识形态"中解放出来，关注底层与底层青年的命运，因为底层的命运不仅只与底层相关，而且也与中国和世界相关，与我们每一个人密切相关。

就我个人来说，置身于现实之中，精神上常会有迷惘与被撕裂之感。我在乡村生活了十八年，而在城市里也快到了同样的年数。但是我既已无法回到故乡，也难以融入城市生活之中，处于一种尴尬的状态。我在一篇文章中，分析了鲁迅的故乡经验与当代中国的不同之处："如果说对于鲁迅来说，他的痛苦在于故乡是'不变'的而自己已经发生了变化，那么对当前的作家来说，痛苦不是来自于故乡没有变化，而是变化太快了，而且以一种自己意想不到的方式在发生变化：迅速的现代化与市场化不仅改变了农村的面貌，也改变了农村的文化以及人们相处的方式，而外出打工、土地撂荒等现象甚至从根本上动摇了人们对传统农村的想象。"这样的概括，既有对经典作品的重新阅读，也来自个人的切身经验。虽然我还经常回到农村的老家，但感觉却越来越陌生了，这不只是由于"人事"的代谢——一些老人去世了，一些孩子出生了，而是过去我们习以为常的与"故乡"相联系的一整套知识——祖先崇拜、宗族制度、民间风俗等，在现代化的冲击下已经或正在慢慢消失。

而我们要理解今天的农村，需要具备新的视野与知识，比如全球化市场与中国农村的关系、粮食安全与耕地问题、农业与农村的"工厂化"或"空心化"、转基因食品与跨国公司的控制、化肥农药的过量施用带来的影响，等等，这样的转变，无论在情感上还是在知识上对我们都是一个巨大的挑战，如此急剧的现代化与资本化，让我们难以理解与接受。譬如正在网上热议在关于"转基因主粮"的话题，我们很难与传统的中国乡村联系在一起，而这正是我们置身其中的现实——不仅中国城市，而且广大农村正在融入资本主义世界体系。发达资本主义国家与跨国公司，不仅要将中国牢牢地固定在世界秩序的底层，而且要在生理基础上加以控制，跨国公司掌握的"转基因食品"，如果真的引向中国农村，所带来的后果将是灾难性的——不仅粮食的产量与种子由跨国公司控制，中国从此丧失了粮食安全；而且"转基因食品"对人身体的影响将是难以预测并不可逆转的，以中国人及其后代的命运投入这样的"实验"，可以说是一种极为不负责任的行为。但是我们也可以想象，在中国现在的社会结构中，所有实验的"后果"，必将都会由社会底层来承担，于是我们将会看到人类有史以来所没有过的境况：社会的等级区分，不仅是由政治经济文化上的地位所决定的，也取决于食物所决定的生理基础——即穷人只能吃或只能吃得起转基因食品，所以他们所承担的不仅是政治经济文化上的剥夺，而且是"转基因"所带来的变异与畸形的可能性，包括智力、身体与生理等各个层面。如果这样下去，将会成为怎样一种人间景象呢？

在今天，我们面临着一个飞速旋转的世界，很多以前想不到的事情都在发生，很多以前的"常识"都在动摇，这同时也是一个分裂的世界，既得利益者升入天堂，被剥夺者堕入地狱。置身于这样的"大时代"，我们能够做些什么？而作为一个以文学为志业的人，我又能够做些什么？——我想我只能站在底层一边，为沉默的大多数发出声音，尽管这样的声音很微弱，或许也很刺耳，但这是我所能做的，我也只能这样去做。至今我仍忘不了小时候看电视剧《水浒传》的情景，那是武松醉打蒋门神的一幕，我看得入神，突然激动地跳了起来，冲着剧中的武松叫道："打他，打他！"后来我想，这是在一个孩子心中萌生的朴素的正义感，虽然我们时代的精神境况越来越复杂，越来越多元与"相对主义"，但我想这一点正义感是值得保留的，由此我们将对世间一切不平事都不会漠然视之。

四

　　如果乐观地看，我们今天所处的时代，将会是中国史与世界史上的一个重要转折时期。从中国史的角度来说，我们处于改革开放以来、新中国成立以来、五四运动以来、鸦片战争以来的一个转折点，也就是说，我们所面临的基本问题，已经发生了改变，经过几代人的牺牲、奋斗，中国终于渡过了前所未有的民族危机，再也不会有亡国灭种的危险了，我们也正在恢复政治与文化上的自信，不会再盲目地崇拜西方文化或批判"国民劣根性"，我们会将传统中国文化与20世纪中国革命凝聚起来的"新文化"中的精华，贡献给世界，从而在根本上改变不公平的国际秩序与文明秩序。从世界史的角度来说，五百年资本主义的发展既为人类带来了巨大的"现代化"成就，但也带来了众多问题，人与环境之间、人与人之间、人与自我之间，都处于一种紧张而复杂的状态。如何解决这些社会与精神层面的问题，需要我们提出不同于资本主义的观察世界的方式，需要我们汲取更为丰富的思想资源，从而冲破金钱与资本的牢笼，为人类的发展寻找到一条新的出路。

　　中国知识分子一向就有以天下为己任的传统，五四运动以来，几代中国青年付出了青春、热血与生命，才使一个老大帝国"凤凰涅槃"，重新焕发出了生机与活力，以一种新的姿态屹立于世界的东方。1990年代以来，伴随着去政治化、去历史化、去组织化的思潮，青年们也逐渐融入了世俗生活中，成为了科层体制与等级秩序中的新来者，处于较低的位置，而市场经济所带来的消费主义、金钱崇拜与"娱乐至死"，也使很多青年陷入虚幻的享乐之中，而另一部分人则追求这个意义上的"个人成功"。可以说，这已经形成了一种新意识形态或者无意识，成为了一种笼罩性的思想支配模式。只有打破这样的思想方式，认清自身所处的真实境况，将"个人"与时代、人民与世界联系起来，青年们才能释放出本有的潜能，在探索自身出路的同时，也为人类探索一个新世界的可能性。

　　今天，在现实与理论层面都在发生巨大的转变。如果说1980年代的思想模式支配了大部分人的思考，那么现在已有越来越多的人在摆脱这一模式,开始了新的思考与新的实践。在这一转型中,具有标志性的是民族主义思潮与底层文学的崛起。

1990年代兴起的民族主义思潮,可以说是对1980年代"世界主义"思潮的一个反拨。在1980年代的思想视野中,"走向世界"成为时代的主潮,在"文明与愚昧"的理论框架下,中国被视为愚昧、落后的一方,只能与"世界"接轨,融入主流"文明"与世界秩序。但是在1990年代之后,人们越来越清晰地看出,世界并不是"平"的,而是由发达资本主义国家主宰与控制的不公平的世界体系。这一体系,是由美国、发达资本主义国家、第三世界、第四世界等不同层级构成的金字塔形结构,这是一个压迫式、掠夺式的结构,在这个结构中,一个国家的富裕或"文明",主要取决于它在这一结构中所处的位置,即发达资本主义国家的富裕,是建立在对第三世界与第四世界剥夺的基础之上的,而发达资本主义国家之所以显得"文明",则主要来自它们在政治、经济上的强势,以及对话语媒介、话语规则和话语权的垄断。作为第三世界的中国,在这个结构中只能处于底层,所以无论"走向世界"的愿望多么强烈,被"世界"接受的只能是廉价商品,只能以"打工者"的身份为全世界,尤其是发达资本主义国家打工。在这样一种境遇下,民族主义的兴起,也是必然的,从《中国可以说不》、南斯拉夫使馆被炸事件、奥运会前的抢夺圣火事件,以及《中国不高兴》一书的出版,可以看到1990年代以来民族主义的不绝如缕,及其高涨。虽然民族主义崛起中的一些问题值得讨论(如忽略阶级问题,少数民族问题等),但这一思潮可以视为中国重建主体性的一种努力。

"底层文学"的出现与中国现实的变化以及思想界、文学界的变化紧密相关,是中国文艺在新世纪的新发展。三十年的改革开放为中国的发展带来了巨大的活力,但也带来了一些新的问题,如贫富分化、贪污腐败等,从"三农问题"的提出,到"郎咸平旋风"的刮起,都在提醒我们究竟需要怎样的改革:是要依靠少数"精英"还是要依靠大多数底层民众;是要与资本主义世界体系"接轨",还是要贴近中国现实;是要走一条依附性的道路,还是要一个独立、自主的中国?究竟如何对待占中国绝大多数的"底层",是把他们作为社会发展中的"包袱"甩掉,或者只当作"滴漏效应"的受益者,还是将之作为社会发展的根本动力?对这些问题的思考与回答,体现在现实政策的变化与调整中,而这则为"底层文学"的出现与发展提供了重要契机,而"底层文学"的出现,则是中国在内部重建主体性的一种表现。只有在底层的基础上,中国才能建构起自身的主体性,才能在对传统文化、革命文化以及西方文化批判性继承的基础上,熔铸成一种既"现代"又有"民族特色",既有"普适性"又有特殊性的新的中国文化,而这不仅可以增强民族的凝聚力与竞争力,也是中国文明对世界的一种贡献。

我们可以看到,民族主义思潮与"底层文学"的崛起,是建立在现实的基础之上的,是对资本主义世界体系的一种反思,也是对我们国内社会结构的一种反思,而这样的反思,既是对现实的一种批判,也是对未来的一种召唤。作为一个知识分子,置身于这样时代剧变的大潮中,我们应该推动这一反思更加深入与普及,并对其中可能出现的偏向保持分析与批判的态度,只有这样,才能在历史与现实中尽到我们的责任。

在写作这篇文章期间,我又听到了那首熟悉的童谣《读书郎》,其中有两句歌词让我很受触动,一句是"只怕先生骂我懒,没有学问无颜见爹娘",另一句是"只为做人要争气,不受人欺负不做牛和羊",以前听时没有注意,但如果仔细琢磨一下,就会发现歌词大有深意,我们读书写作也好,做学问也好,应该对得起父母与乡村,而我们的目的就是"不受人欺负不做牛和羊",不仅自己不做,也要让所有的人都不做,要彻底打破让人做牛羊的机制,而不是让别人做自己的牛羊。只有这样,或许才可以说没有背叛读书的初衷,才对得起父母,对得起那漫长而艰苦的求学生活。

(原载《天涯》,2010年第3期)

我们能否理解这个世界

——"非虚构"与文学的可能性

2010年,《人民文学》杂志开设了"非虚构"栏目,发表了一系列作品,"非虚构"这一新的文体也开始为文学界所瞩目,此后伴随着《人民文学》"非虚构与文学的可能性"研讨会的召开,以及"人民大地"写作计划的公开招募,"非虚构"更是成为了文学界的一个焦点。但是,何谓"非虚构"?"非虚构"在什么意义上值得推崇?"非虚构"有什么样的理论与传统资源?"非虚构"与以前的报告文学、纪实文学有什么区别与联系?"非虚构"的边界在什么地方?——这些问题却并没有得到深入的认识与探讨,对于一个新兴的文体与新的文学现象,我们自然不必苛求,但是只有充分的讨论与争鸣,才能使这一新的文学形式得到健康持久的发展,以下本文将结合《人民文学》的"非虚构"作品,对上述问题做出探讨。

一 "非虚构":问题与方法

"非虚构"的提出,及其在文学界引起的广泛影响,让我们意识到这样的提法切中了我们这个时代文学的病症,这一概念的核心是对"虚构"文学所存在的问题的一种反思或反拨,试图以一种更直接的方式重建文学与世界的关系,而在方法上,这一概念则是对既有文学形式与分类的一种超越,它以一种新的区分(虚构/非虚构),打破了现有的小说、戏剧、散文、诗歌的文学格局,以文体变革的形式呼唤一种文学思想与文学观念的革命，让我们以"真实"（非虚构）的方式重新认识世界，重新认识自我，重新认识文学，去发现时代变革中的新的经验与新的体验，创造出这个时代新的美学与"新的文学"。

"非虚构"之所以有意义，就在于它直面我们这个时代，切中了当前文学中所存在的问题，为我们理解世界打开了一个新的渠道。"理解世界"并不是一件容易的事，因为我们置身于一个瞬息万变的社会之中，我们所得到的信息大多并非来自亲身体验，而现在的文学也并不以"真实"作为自己的追求，在这样一个时代，重建文学与世界的关系既是重要的，也是艰难的。

1980年代中期以来，在"先锋文学"等文艺思潮的影响下，我们的文学开始注重文学的形式、技巧与叙述方式，注重个人内心世界的探索与主观情绪的捕捉，注重对西方现代派文学的借鉴与学习。这对校正以往文学倾向的偏差具有历史意义，但是另一方面，这也造成了另外一个后果，那就是在文学"向内转"之后，开始忽略了文学的社会性与当代性，忽略了文学与世界的关系，使文学仅仅成为艺术技巧的演练与个人情绪的抒发，从而失去了与当代世界的有机连接。而这又因为以下原因而形成了巨大的反差：那就是中国社会的急剧发展，社会结构及其各个方面都发生了巨大的变化。当文学在一个巨变的时代仍然抱残守缺，拒绝参与时代的话题，那么其命运注定是无法乐观的。于是我们可以看到，在这近30年间，"文学"的位置发生了天翻地覆的变化，在1980年代文学不仅走在社会的前面，而且走在思想文化界的前面，很多值得讨论的思想命题都是由文学界率先提出，并产生了积极而广泛的影响；而今天则恰恰反了过来，文学不仅在思想文化界越来越不重要，甚至落在了普通社会民众的后面。或许这也是文学读者越来越少的重要原因之一，当作家仅仅关注个人的艺术而不关心这个世界时，被这个世界所忽视也是可以理解的。与此不同的另外一类作家，虽然也关心现实与社会，但他们的思想仍受制于1980年代的意识形态，缺乏独立的观察与思考能力，也缺乏对社会变化的敏感与体验，所以他们的作品中所关心、思考、反映的仍然是1980年代的问题，所得出的结论仍是那个年代的常识，而不能提出新的问题,做出新的思考,在艺术上有新的探索,故而只能在既有的窠臼中故步自封。2004年,"底层文学"的出现,可以说是文学直面现实的一种努力,而现在,"非虚构"的提出,也可以说是对这一文学状况的反思,是重建文学与世界关系的一种尝试。

"非虚构"的出现,不仅是对文学的反思,同时也是进入"世界"的努力。我们所置身其中的这个世界,并不是不言自明的,要了解这个世界,不仅需要知识的丰富积累,而且需要个人的亲身体验。以梁鸿的《梁庄》为例,梁鸿是一位评论家,但在这部书中,她却以纪实的方式直面农村的现状,写出了她所观察和理解的"故乡",这样一种尝试与探索,可以说来源于两种不满,首先是对当前文学作品的不满,这些作品与农村"真相"的隔膜,促使评论家不得不直接拿起笔来,写出她所认识的"真实",其次则是对自身评论工作的不满,文学评论作为思想文化领域的一种工作,与社会现实之间是一种更加"间接"的关系,如果长期陷于符号与知识的生产,便会与社会现实更加隔膜,而这样的写作方式使她摆脱了羁绊,直接面对具体的现实,突破了"从文学到文学"的内在循环。再如慕容雪村的《中国,少了一味药》,是作者冒着生命危险深入一个传销组织内部调查之后所写的一部作品,平常里我们也可以看到关于传销的新闻,但并不了解其内幕,只有进入这一组织内部,只有在读了这部作品之后,才能看到这一组织内部的运作方法,才能看到现代的"洗脑"方式如何以赚钱为诱饵进行赤裸裸的欺骗,而这样的组织就存在于我们习以为常的城市生活附近,构成了某些城市生活的一部分,如果我们不了解这样的生活,又怎么可以说理解城市,理解这个世界?萧相风的《词典:南方工业生活》也是如此,在这部作品中,作者以词典的形式向我们展示了他打工生活的体验,在那一个个词语中,凝结着作者的体温与情感,凝结着"打工"生活的辛酸、苦涩与欢笑泪水,这些鲜活的生命体验非外人所能道出,只有在那样具体的生活环境中摸爬滚打多年,才能够如此熟稔,如此痛切。"打工"是中国社会转型期间的一个重要现象,即使我们并未有过打工的经历,但打工者却与我们的生活密切相关,可是谁又能够真正了解他们的生活?萧相风的作品细致地描写了打工者生活的各个方面,为我们打开了了解这个群体的一扇门,让我们可以进入打工者的生活及其内心世界。以上三部作品虽然题材不同,笔法各异,但是作者都从个人的体验出发,为我们写出了不同的小"世界",这些真实自然的描述拓展了我们的视野,丰富了我们对世界的整体理解。

对于置身于世界之中的个体而言,个人的经验是有限的,而社会的整体转型与生活节奏的加快,也使个人的经验呈现为碎片化的状态,在这样的状况下,如何构建一个完整而稳定的个人经验,如何理解"世界"并确定个人在其中的位置,便是一个我们必须面对的问题,这需要我们对生活及其各个方面有深入的了解、体验与实践,并在此基础上重建世界的"整体性",只有这样,我们才有可能对"世界"有一个清醒的认识。"非虚构"的价值在于,它鼓励创作者去深入不同的生活领域,以亲身体验的方式去探索,从人们习焉不察的地方重新出发,去发现生活世界的丰富、复杂与微妙,将一个个"小世界"及其内部风景呈现在读者面前。在这里,体验、介入以及"行动"[①]之所以重要,就在于充斥我们日常生活的信息大多来自于媒介,来自于间接的经验,我们的生活与自我意识在很大程度上是"虚构"的,是没有痛感、没有血肉、没有体温的。在这种情况下,如何突破这个苍白的"自我"与世界,需要我们去"体验"、"介入"与"行动",只有在这样进入世界的过程中,我们才能够丰富我们的生命,丰富我们对自我与世界的真切认识。在这个意义上,我们可以说,"非虚构"的出现,不仅是对当前"文学"的反思,也是对世界、媒体的重新认识,它所提倡的方法是体验、介入与行动,而这正是针对上述问题的一剂良药,也是通向真实世界的一个途径。

---

① "行动"一词是"非虚构"倡导者反复提及的,不仅在《人民文学》的"留言"中反复出现,而且在《人民文学》主编李敬泽的文章与访谈中也多次谈及,这个词的内涵主要是指:"我们感到,与其坐在那里守着电视感叹世界复杂文学无力,不如站起来,走出书斋,走向田野。"见《人民文学》2010 年第 10 期卷首"留言"。

二 "非虚构"的界限与传统

2010年,在《人民文学》"非虚构"栏目下所发表的作品共11篇,这些作品在内容与形式上各不相同,呈现出丰富多彩的样态,这既说明"非虚构"本身的包容性,同时也显示出"非虚构"这一命名尚未真正形成一个有特定内涵的概念。在这些作品中,韩石山的《既贱且辱此一生》可以归为"自传",李晏的《当戏已成往事》、土摩托的《关于音乐的记忆碎片》、刘亮程的《飞机配件门市部》可以归为"回忆录",祝勇的《宝座》可以归为"历史散文",梁鸿的《梁庄》、慕容雪村的《中国,少了一味药》、萧相风的《词典:南方工业生活》可以归为"社会调查"或"报告文学",董夏青青的《胆小人日记》、李娟的《羊道·春牧场》、王族的《长眉驼》可以归为"大散文"。

将如此纷繁复杂的作品,以"非虚构"命名,可见其内部并未有文体自身的"规定性",但是另一方面,这些作品也有相同之处。首先这些作品都是"真实"的,这正是可以将其命名为"非虚构"的原因。其次,这些作品都是以个人的体验为核心的(祝勇的《宝座》是一个例外),从个人的切身感受出发,去进入一个"小世界",但是另一方面,这些作品中所凸显的并非"个人"(韩石山的《既贱且辱此一生》是一个例外),而是在"个人"进入这个"小世界"的过程中,对这个"小世界"的观察、体验与思考,它们所竭力挖掘的是这个"小世界"的内部风景与内部逻辑,所以在"个人"与"世界"的关系中,这些作品虽然从个人体验出发,但是侧重点则在于对"世界"的发现,由此也带来了这些作品的特点:它们不同于从"客观"角度去书写世界的作品,而是带着创作者的情感、记忆与体验,这让这些作品带上了感性色彩;另一方面,它们也不同于注重塑造主体形象、抒发个人感慨的作品,而是将"世界"作为表现的重点,正如《人民文学》的编者在"留言"中所说:"纪实作品的通病是主体膨胀,好比一个史学家要在史书中处处证明自己的高明。纪实作品的作家常常比爱事实更爱自己,更热衷于确立自己的主体形象——过度的议论、过度的抒情、过度的修辞,好像世界和事实只是为满足他的雄心和虚荣而设。我们认为非虚构作品的根本伦理应该是：努力看清事物与人心，对复杂混沌的经验作出精确的表达和命名，而这对于文学来说，已经是一个艰巨而光荣的目标。"①——这可以视为提倡者对"非虚构"的一个理论设计，也是对"纪实作品"的一个反思。不过在我看来，《人民文学》编者所指出的弊端，在"虚构"作品中却更为明显地存在着，我们可以看到，很多作品都是"不及物"的，"好像世界和事实只是为满足他的雄心和虚荣而设"，如此，"非虚构"所反思的对象便不只是纪实作品，也包括"虚构"文类。

那么，"非虚构"与报告文学（纪实文学）有什么相同与不同之处呢？在我看来，其相同之处在于，两者都是对真实世界的呈现与挖掘，而不同之处则在于，在写作态度上，前者以个人的真实体验为基础去书写与探索，而后者则力图避免个人情感的介入，力图呈现出一个"客观"的世界；而在表现内容上，前者力图呈现出一个"小世界"的内部，而后者所关注的往往是具体的社会问题。我们可以梁鸿的《梁庄》与陈桂棣、春桃的《中国农民调查》为例，来具体地谈一谈。在《梁庄》中，梁鸿所写的是农村，也是她的故乡，她出生并成长了二十年的地方，对于她来说，这样一次写作是回溯生命源头的写作，她既是一个归乡的"游子"，也是一个观察者与思考者，这样，她的写作便不仅为我们呈现了当下农村的"真实"，而且也可以让我们感受到她的目光，她的忧思与感悟。在《梁庄》中，梁鸿对梁庄的各个方面都做了呈现：家族与人口构成，历史与环境，政治改革，孩子、青年、成年的生活状态，信仰，"新道德"，"新生活"，等等，向我们展示了这个村庄的全貌及人们的生活状态，尤其是一些人物的命运与遭际，让我们形象地看到了当前中国农村的凋敝、破败，以及精神上的涣散与结构上的解体。而在《中国农民调查》中，我们虽然也能感受到作者的眼光，但作者是以社会学的视角展开的：丁作明是安徽省利辛县的一个普通农民，他因宣讲党中央减轻农民负担的新政策，要求清查村集体的账目，带领村民上访，于1993年2月11日被当地路营派出所

---

① 《人民文学》2010年第10期，卷首的"留言"。

的几个工作人员毒打至死。这是《中国农民调查》第一章所呈现给我们的农村现实，这一章的标题是"殉道者"，可以见出酸涩的悲壮与无奈。《中国农民调查》一书接下来的三章所写的也是大致相似的事情，不过性质与程度有所不同。在这里，作者所关注的是具体的社会问题（"上访"、"干群矛盾"等），而并没有像《梁庄》那样关注梁庄这个"小世界"的整体状况，作者虽然对这些问题表现出极大的热情与义愤，但视角基本上是外在于农村与农民的，试图以客观的笔法探讨"三农问题"的根源与解决办法，而《梁庄》则将外在视角与内在视角结合在一起，作者的体验成为了文本的重要组成部分。

在谈及"非虚构"的文学资源与历史传统时，常被谈起的经典作品有杜鲁门·卡波特的《冷血》，诺曼·梅勒的《刽子手之歌》、《夜幕下的大军》，菲利普·罗斯的《遗产》，奈保尔的《印度三部曲》等作品，以及《史记》、《汉书》等中国的"史传传统"。在我看来，可以作为文学与思想资源的还应该包括基希的"特写"传统，以及中国的"报告文学"传统，从瞿秋白的《饿乡历程》到夏衍的《包身工》，到1950年代刘宾雁的《本报内部消息》，到1980年代苏晓康等人的报告文学，形成了一个丰富而多样的文学传统。在1980年代，"寻根文学"与"先锋文学"兴起时，如果说这些小说承担了文学的虚构功能，那么文学的纪实功能则由另外一种文学形式承担了，那就是"纪实文学"或"报告文学"。但关于1980年代文学，尤其是1980年代中后期的文学，我们一般都把"纯文学"作为一种主潮，建构起了这样一条文学史叙事，从"伤痕文学"开始，然后是"反思文学"、"改革文学"、"寻根文学"、"先锋文学"、新写实主义。如果我们将"报告文学"纳入考虑的范围之内，那么我们便认识到上述那条文学史的线索其实是纯文学的"自我建构"，是从"纯文学"的角度建立起来的一种传统，它通过这样一种方式把自己合法化了，而把其他的文学形式，比如纪实文学或报告文学摒除出了"文学"之外。将"纯文学"当作1980年代文学的主潮，是一种文学教育的结果，是一种文学史的建构，而这套知识是在1980年代后期与1990年代建立起来的。今天我们应该反思这一套文学知识，重新建立起文学与现实的关系。

另一方面，我们也不应该将"非虚构"的资源局限于文学尤其是当代文学的范围之内，而应该广泛汲取历史学、社会学、人类学等其他领域的问题意识、方法及其新的进展，只有充分打开思想视野，在与不同学科领域的交流与碰撞中，我们的文学才能更深入地切入时代，才能更具活力。以"三农问题"为例，在1990年代后期，社会学界已经提出了"三农问题"并做出了激烈而深入的讨论，温铁军、贺雪峰、曹锦清、于建嵘、李昌平、何慧丽等学者已经做了系统研究并提出了自己的方案。2002年之后，我国政府在政策上也进行了一系列调整，但是文学界对这一问题却较少关注，这主要与文学界"纯文学"的意识形态密切相关，在这一意识形态的笼罩之下，社会问题并不属于"文学"所应该关注的范围之内，"三农问题"自然也无法纳入文学的表现内容，如此，我们的文学便自觉不自觉地远离了社会现实，也远离了思想文化界的中心话题。在"底层文学"兴起之后，这一状况得到了部分改变，但是在对这一问题思考的深度与广度上，仍不能与社会学界所达到的程度相比。一个突出的例子是土地的所有权问题，这可以说是三农学界讨论的核心问题，无论是茅于轼、杨小凯"土地私有化"的主张，还是温铁军、贺雪峰"土地绝不能私有化"的看法，都代表着不同社会群体的利益以及不同思想意识的交锋，而在现实中，部分地区开始的"土地自由流转"，以及某些地方重新组织"合作化"的尝试，都预示着我国的土地制度可能将面临巨大的变化，但是在文学界，却很少有人对这一变化有敏感，并能以文学的方式参与到这一事关亿万人命运的讨论中。当然，在这里，我们并不是要作家也都变成社会学家，去从事自己可能既无兴趣也无能力的社会调查工作，而只是希望作家能够具备这样的问题意识，以文学的方式去表现这一变迁中社会各阶层的命运及其心灵，以此参与到社会变化的讨论与争鸣之中。在这方面，文学的生动性与形象性，文学与人生经验的接近，文学对个人情感与内心世界的揭示，具备其他领域所不具备的优势，而"非虚构"的提出，让我们可以打开既有学科的藩篱，广泛汲取其他领域的成果，让文学走向一个更加开阔的世界。

三 理论问题与新的可能性

在我们肯定"非虚构"的同时,仍有一些理论问题值得深入探讨,这包括何谓"真实"的问题,"非虚构"与虚构作品的关系问题,以及非虚构的"文学性"问题,等等。

"非虚构"以"真实"作为写作所追求的目标,但是何谓"真实",在当代却遭遇了理论上的问题,这可以包括不同的层面:作为个体的人能否认识真实的世界;叙述本身能否表现出个体所体验到的"真实"。在前现代思想中,"自我"与"世界"都是坚固的,通过科学或者"格物"的方式,我们是可以认识到世界的"真实"的。而在后现代主义的视野中,作为个体的"自我"是不完整的、碎片化的,也是一个不断建构的过程,而"世界"也并不是客观存在的,它只存在于人们所可能意识到的内容之中。在这样的思想视野中,"真实"本身便是无法触手可及的幻象,追求"真实"更是一个虚妄的目标。但是另一方面,这一思想本身正是欧美晚期资本主义的产物,是启蒙主义的"主体"在当今世界的一种变异。在"后现代主义转向"之后,我们虽然难以重新建立起一个"完整"的主体,一个"客观"的世界,并在作品中"透明"地加以反映,但是我们却可以通过反复地实践、介入与体验,无限地趋向"真实"。在叙述上问题也是如此,古人曾说,"书不尽言,言不尽意",今天的后现代主义理论更是让人们意识到,"真实"只是叙述所造成的一种效果,在这样的意义上,不但"六经皆史",而且"二十四史皆文",所谓"历史"也只是一种文学或"虚构","虚构/非虚构"的区分也就失去了价值,然而在相对的意义上,"历史"毕竟不是"文学","非虚构"也不同于有意识虚构的文学形式,虽然绝对的"非虚构"并不存在,但是我们却可以在叙述中最大限度地接近"真实",这就对创作主体的态度提出了很高的要求,那就是要有追求"真实"的意志,以及真诚的态度、真切的表现。

在"非虚构"与虚构作品的关系上,我们虽然肯定"非虚构"的价值,但并不意味着对虚构文学的否定与排斥,这不仅是由于在绝对意义上"虚构/非虚构"并无明确的界限,而且也是由于:在进入世界的深度与广度上,"虚构"并不一定逊色于"非虚构",这一点,我们只要想想那些经典作品就够了。比如巴尔扎克、狄更斯、托尔斯泰,他们的作品对现实世界的概括与描述,远远超出了社会历史文献所能提供的内容,这主要是由于"现实主义"的胜利,他们以"典型化"的方式对现实生活进行归纳、提炼,这比自然主义式地罗列各种现象,更能切入那个时代的"真实"。不仅现实主义作品如此,在卡夫卡、加缪等人的作品中,我们所能感受到的,也会比关于那一时期的历史描述更多,他们以不同的方式抓住了那个时代的核心命题,写出了人类的命运及其精神困境,让我们可以更清醒地认识"自我"与世界。

"非虚构"与虚构作品在进入世界的方式上虽然不同,但是都可以达到极高的境界,我们可以具体的例子来做一下比较。比如杜鲁门·卡波特的《冷血》与马尔克斯的《一张事先张扬的凶杀案》,两者都取材于真实的凶杀案,前者是"非虚构"作品的经典,后者是马尔克斯的经典小说之一,两者相同之处在于对凶杀案发生前后当事人的生活状态及其人际网络、事件发生的过程都有着深刻细腻的描绘,两者都具有振聋发聩的艺术力量。而不同之处在于,《冷血》的作者杜鲁门·卡波特花了 6 年时间,采访了众多当事人,完全以纪实的方式写出了这部作品[①],冷静,缜密,扎实,这与他早期所写的《蒂凡内早餐》等小说有着完全不同的风格;马尔克斯的《一张事先张扬的凶杀案》虽然接近于新闻报道的风格,但是小说中的环形结构,"孤独"的意识,以及对拉美地区生活观念的批判与微妙反讽,也带着马尔克斯的鲜明特色。这两部作品虽然不同,但它们都为我们打开了一扇门,从这两桩凶杀案,我们可以更深入细致地了解彼时彼地的风土人情与生活逻辑。

我们也可以将萧相风的《词典:南方工业生活》与描写打工者生活的小说相比,比如在福建打工的周述恒所写的《中国式民工》,在网上曾

[①]《冷血》一书的"致谢"中指出:"本书所有资料,除去我的观察所得,均是来自官方记录,以及本人对与案件直接相关人士的访谈结果。这些为数众多的采访是在相当长一段时间内完成的。"见杜鲁门·卡波特:《冷血》,夏杪译,南海出版公司,2010 年。

受到很多网友的追捧,这部作品虽然在技术上还不成熟,但这部作品不仅"真实",而且"真诚",作者写作的目的不是为了要写出一部"小说",而是要表现自己的生活,要说出自己想说的话,所以在这部小说中,可以看到很多不合"文学常规"的表现方法。比如作者会插入一些议论,会插入一些关于民工现状、工伤、城管、留守儿童等问题的调查、统计与社会新闻,这些议论与社会学资料,打断了故事的叙述,在阅读上会对读者造成障碍,是一般的"文学创作"所不取的,但出现在这部作品中,我们是可以理解的,因为我们知道,作者写到这里不吐不快,他所关注的不仅仅是主人公的处境与命运,而且是造成这一处境的社会原因,而这些议论与材料则为我们提供了相关的社会背景,丰富并开阔了我们的思维空间。萧相风的《词典:南方工业生活》与《中国式民工》相同,也写到了打工者生活的各个方面,融入了个人真切的生活体验,不同的是,这部作品没有采用小说的形式,而是以"词条"的形式记录下了真实的生活。两者的体裁虽然不同,但都有助于我们加深对打工者的认识,加深我们对这个时代与这个世界的理解。

在"文学性"上,"非虚构"与虚构作品同样,不仅应该追求"真实",而且应该力求达到精确、细致、生动、形象,同时也应该形成创作者独特的个人风格,这并非是对"真实"的偏离,而是由个人的世界观、生存体验及其表达方式所决定的。在报告文学、纪实文学的发展史上,关于"真实性"与"文学性"的矛盾与争论始终是一个焦点,以追求"真实"为目标的"非虚构"也必将会遇到类似的争论,但正如我们在前面所分析的,绝对客观的"真实"是一个永远无法企及的目标,"世界"只能经由个人的体验与书写才能进入"文本",而在这一过程中,个人的世界观、生存体验、表达方式便成为具有决定意义的"中介",直接决定着呈现在"文本"中的"世界"的样态。由此我们也可以看到,文本中的"真实性"是经由文学性所表达出来的,二者应该是相得益彰的,这也是我们在追求"真实性"时并不排斥文学性的缘由,但是我们也反对文学性的过度修饰,"因文害意",反而损害了"真实性"。此外,如我们以上所分析的,"非虚构"与报告文学(纪实文学)的不同之处在于,这一文体是从个人体验出发的,这也为个人情感、思想以及表达的独特性保留了一定的空间。

不过,对于"非虚构"的文学性,我们还寄予了更高的希望。正如我们上面所分析的,《人民文学》"非虚构"栏目中的作品包含了传统意义上的自传、报告文学、回忆录、散文等诸多文体,但这并不是这些文体的简单相加,而是打破了旧有的文体分类方法,以一种新的方式重新进行分类,那就是以"虚构/非虚构"对所有的文学进行区分,并在这一区分中强调"非虚构"写作的价值,以救治当前文学的弊端。但这也并非只是一种简单的分类,而是一种新的创造,它以一种新的提出问题的方式,扭转了当代文学的问题域,这一新的问题域的出现,也将创造出新的美学形式与美学标准,这是一种无法以既有的文学标准加以衡量的美学,它在美学上的创造性就在于对既有标准的颠覆,从而将以往无法被纳入"文学"表现范围之内的经验、故事与情感,在一种新的"文学"范式中可以得到充分表达,从而创造出我们这个时代的"心灵形式",创造出真正意义上的"当代文学",以及美学的"当代性"。当然在现有的"非虚构"作品中,我们还只能看到这一新美学的萌芽,很多作家也并未有创造新形式的自觉,但我们希望随着"非虚构"行动的展开,我们的作家在重建文学与世界的关系的过程中,可以创造出充分表达我们这个时代中国经验的美学形式。

(原载《文艺争鸣》,2011年2月)

如何讲述新的中国故事？
——2011年长篇小说综述

2011年，中国的长篇小说总量达到4300部以上，主要集中在乡村、历史、知识分子题材。乡村题材的主要有贾平凹的《古炉》、范小青的《香火》、葛水平的《裸地》、张学东的《人脉》、刘仁前的《香河》等，历史题材的主要有王安忆的《天香》、海飞的《向延安》、李锐的《张马丁的第八天》、范稳的《碧色寨》、方方的《武昌城》、何顿的《湖南骡子》、麦家的《刀尖上行走》、张翎的《睡吧，芙洛，睡吧》、陈启文的《江州义门》、申跃中和张小鑫的《中和人家》等，知识分子题材的主要有格非的《春尽江南》、严歌苓的《陆犯焉识》、王刚的《关关雎鸠》、张欣的《不在梅边在柳边》、盛可以的《死亡赋格》等。此外还有一些作品，主要有蒋子丹的《囚界无边》、熊正良的《美手》、赵德发的《乾道坤道》、丁捷的《依偎》、刁斗的《亲合》、鲍贝的《你是我的人质》、田耳的《夏天糖》、石一枫的《恋恋北京》与《我在路上的时候最爱你》等。这些作品只是4300部之中很小的一部分，作为一个个体的评论者，无法对所有的作品进行一一评述，以下本文将在对部分作品分析的基础上，结合相关的主题，试图对2011年长篇小说的总体趋势做出把握与分析。

一　长篇小说"中国化"的尝试

五四新文化运动以来，"小说"作为一种外来的文体，如何表达中国人的经验与情感，始终是一个没有得到完全解决的问题，但是仍有一些作家在孜孜不倦地探索着。新时期以来,在"走向世界"的趋势下,很多作家注重向国外作家学习,却忽略了中国本土的思想与文学资源。新世纪以来,伴随着中国在世界格局中位置的提升,中国作家的自信心也在不断增长,而中国经验的丰富性与复杂性也在呼唤着中国作家突破"小说"的固定观念,创造出能够充分表达中国人经验与内心世界的新的"小说"形式。这一趋向在中短篇小说中有着明显的变化,在长篇小说中也有突出的表现。

贾平凹的《古炉》表现的是"文革"时期的古炉村,作品的重点不在表现"文革",而在表现这一村庄的"生态"。小说以一个儿童狗尿苔的视角,去观察与描述整个村庄的生存状态,人与人千丝万缕的关系,具体而微妙的日常生活,以及这一生态在"文革"剧变中的种种变化、撕扯、冲撞,在整体上描述出了"古炉村"在这一特殊时期的全貌,也为我们展现出了"文革"时期中国的一角或"缩影"。在写作方法上,作者不注重故事性与戏剧性,也没有中心情节,而以散点的方式将细节与人物连缀起来,细部极为真切琐细,而整体上形成了一种莽苍的厚重感。自《废都》以来,贾平凹就尝试以一种"世情小说"的方式描述当代生活的浮世绘,这一方式在《秦腔》中得到了集中的表现,《古炉》也可以说是这一创作方式的延续及其最新成就。在这里,值得注意的是两点。一是贾平凹试图表现的是中国式的经验、情感、生活方式与人际关系,他并不是以一种外在的视角来观察,而是力图进入中国村庄与生活的内部,表现出其内在逻辑及其运作方式,同时他所描述的也不是传统中国人的生活,而是置身于现代性变化之中的中国人的生活,或者说贾平凹所切入的现实,是中国从传统到现代过程中的一个切片,他让我们看到了这一特定时期中国人的生活与内心世界。另一点,是贾平凹的表现方式是一种中国式的表现方式,在他的小说中,我们可以看到传统"世情小说"的影响以及中国画的笔墨与技法,他放弃了中心故事,而在生活中人与人关系的微妙变化中推进小说,也放弃了透视,而注重细节与整体意蕴的表达,在这背后,则隐藏着中国人的思维方式与世界观。贾平凹的探索,可以说是长篇小说"中国化"的一种重要尝试,但是另一方面,他小说中过于细碎与琐屑的描写,以及对中心情节的放弃,也为不熟悉这一生活的读者制造了阅读障碍。

王安忆的《天香》,由明清之际上海的申家建造"天香园"发端,描写了申家几代人命运的起伏与"天香绣"的兴起,展示了明清之际的沪上风情与世间万象。这部小说笔法细腻圆熟,故事则将大开大阖的转折与人物命运的沉浮融合在一起,让我们看到了作家游刃有余的控制力。这部小说的主角可以分为三个不同的层面,首先是天香园申家的女人小绸、闵女儿、计氏、希昭、蕙兰,这些性格与色彩各异的女性构成了天香园这个小世界的主角,她们在申家这个大家庭里有着各自的身份,她们复杂而微妙的关系显现了传统中国家族的特色,她们命运的起伏也显示了盛衰转换之际中国人的处世态度。"天香园"就像《红楼梦》里的大观园一样,既有日常生活的细微表现,也有命运转折之际的苍茫之感,让我们看到作家对传统中国生活的整体把握。小说的另一个主角是"天香绣",这种精致细腻的绣品,贯穿着整部小说的始终,它在小绸、闵女儿两个人的手中诞生,在希昭手中得到提高与升华,又在蕙兰的手中走入了寻常百姓家。"天香绣"的故事与申家女人的命运相互交织,构成了《天香》的主体,当之无愧地可以被称为小说的主角。不仅如此,"天香绣"作为一种民间工艺的珍品,也代表着中国传统工艺的精神,作者以"天香绣"为主角也显示了她对这一精神的认同,而她的文字也正如"天香绣"一般细腻微妙,为我们织出了一幅《天香》。小说的最后一个主角是"上海",小说追溯的是现代上海的"前世",让我们看到了西方文明来临之前上海的"本来面目",但即使如此,我们在小说中也能够看到中西文明交流的滥觞,利玛窦、徐光启等人物的出现,让我们在小说平静的叙述中看到了上海的"未来",传统生活与现代因素在小说中融为一体。"上海"是王安忆《长恨歌》等不少小说的主角,此次她将目光放到四百年前,这是一种回到过去的"探索",但另一方面,时光的久远也使《天香》缺乏一种现实人生的体温。

格非的《春尽江南》是他"乌托邦三部曲"的最后一部,在《人面桃花》、《山河入梦》中,他探讨的是民国时期与新中国初期知识分子的命运,《春尽江南》延续了这一主题,探讨的则是1980年代到新世纪初期知识分子的命运。小说主要集中于主人公谭端午如何从1980年代的著名诗人转变为一个无聊的小职员,以及他的妻子庞家玉如何从文学青年转变为一个如鱼得水的律师,他们以及他们身边人物的变化,让我们看到了中国二十多年的飞速发展造成的剧烈变化,以及主人公的生活与内心世界的巨大转变。小说中最值得注意的是,作者如何将现实生活的表现与其清丽典雅的艺术风格结合在一起。格非在《人面桃花》等作品中,将早期的先锋形式与富有古典意趣的语言融合在一起,形成了一种新的艺术风格,这主要表现为,在结构与意象上他更侧重于先锋式的探索,而在叙述中则更多借鉴了中国古典小说的语言,他巧妙地将二者融会在一起,使小说具有一种雅致而内省的气质。在《春尽江南》中,这一气质仍得到了延续,尤其是在描述1980年代的生活时,不过当小说面对当下的现实生活时,这一风格也在一定程度上妨碍了作者所切入生活的深度与广度。

长篇小说"中国化"的尝试,可以说是中国文学自觉的一种表现,但是如何"中国化",如何在对现实的描述中体现出民族精神,如何创造出一种新的民族风格?仍是一个需要继续探索的问题。以上三位作家的作品为我们显示出了不同的探索方向,他们的努力值得尊重,我们也希望能够看到更多具有中国风格与中国气派的作品。

二 想象历史的方法

2011年是辛亥革命100周年,也是中国共产党建立90周年,在这样一个特殊的年份,回望历史,可以给人以深沉的感慨。在纪念辛亥百年的作品中,望见蓉的《铁血首义路》、顾艳的《辛亥风云》、牛维佳的《武汉首义家》、韩咏明的《辛亥女杰》等都颇具特色,有的着眼于历史风云的描绘,有的着眼于小人物命运的沉浮,让我们看到了辛亥革命前后的巨大转折与世态人情。

在纪念建党90周年的作品中,海飞的《向延安》是很有分量的一部。小说以向伯贤在屋顶被一颗流弹击中坠落身亡开篇,但整个故事的主线却是围绕着向伯贤的三儿子向金喜而展开的。小说也采用了家族史式的结构,向金喜的大哥是秘密的共产党员,二哥是汪伪特工,姐夫是军统锄奸队员,姐姐是革命者,向金喜本人则由一个酷爱厨艺的城市青年,偶尔在懵懂中踏上了革命之路,最终成长为潜伏在敌特内部的英雄。小说的主人公向金喜是一个看似与革命无关的人,他生活在自己的世界之中,是一个平凡的小人物,但时代的大潮却将他引到了革命的道路上,不过与他的同学们直接奔向延安不同,他被留下来"潜伏",他忍受着误解从事着危险的工作,心却坚定地向着延安,而在解放后,与他单线联系的人牺牲了,他的革命者身份无法确认,他也以一个普通人的身份到工厂去工作。在以往的"革命历史小说"中,很少会将金喜这样的人物作为主人公,那时的英雄是崇高的,而金喜却是平凡的,但小说恰恰在平凡中写出了金喜的特色,他的形象也在这个时代向我们讲述着革命的魅力与合法性。小说的后半部着重描述金喜的"潜伏"故事,描述他在各种关系与力量中如何为党工作。小说吸收了一些通俗小说的技法,故事性与戏剧性都很强,将革命题材以一种更易于接受的方式表现了出来,这些都为重新讲述革命历史创造了新的方式,这也让我们看到,革命历史恰恰是丰富、复杂而曲折的,充满了各种可能性与偶然性,在其中我们可以看到历史风云,也可以看到人性的最深处,而对于作家来说,如何寻找到一种新的方式通向这一段历史,则是需要去探索的。

方方的《武昌城》,以1926年北伐战争中的武昌战役为中心事件,再现了当时的历史情境。小说分为"攻城"与"守城"两部分,上部以追随革命的学生罗以南和南军独立团连长莫正奇为主线,展现了北伐军乘胜追击的气势,以及攻城时的激情、信念和牺牲;下部以支持革命的学生陈明武和北军参谋马维甫为主线,记录了北洋军的负隅顽抗,以及乱世中日常生活的崩溃。这部小说的着重点不在于重现重大的历史事件,而在于对战争中人性心理的深刻探讨。小说的上部以曲折而又不断反复的情节,表现了一个人在极端情境下的坚忍及其内心世界,下部则呈现了战争中的乱世场景,人与人之间的残酷争夺,为了活命而采取的各种方式,以及不同人的极端表现,让我们看到了人在战争中的种种非理性。小说写的虽然只是武昌战役,但也让人反思战争本身的残酷与极端,但是另一方面,小说中戏剧化与单线条的处理方式,也让人感到如何以"轻"驭"重"

仍是一个需要探索的问题。

严歌苓的《金陵十三钗》与哈金的《南京安魂曲》同样取材于"南京大屠杀"这一重要史实，但二者在艺术上却有着极为不同的呈现。严歌苓的《金陵十三钗》由她同名的中篇小说扩展而成，并已改编为电影。小说中"我姨妈"书娟是寄学在金陵城中威尔逊美国天主教堂里的一位学生，在南京城被日军攻破后的那天清晨，威尔逊教堂后院的墙头上冒出了几个打扮俗艳的女人，她们恳请英格曼神父收留，神父经过艰难的思考最终收留了她们。她们是来自秦淮河畔青楼堂子间的女人，这群人与女学生们之间发生了种种矛盾与罅隙。这群人中还有一位令"我姨妈"书娟切齿仇恨的玉墨，原来她曾差点破坏了书娟的家庭，也是由于她，母亲才与父亲一起出国，将她一人留在了国内，遭遇了此番大难。十二天后，一名大佐率领着一群日军强行闯入了这块避难之所，他们以庆祝圣诞的名义，要唱诗班女生到军营为他们献唱。在这无可退避的时刻，以玉墨为首的这群女人挺身而出，她们一共十三位，借着夜幕掩护，每个人都以必死之心，身揣暗器，成功地替换了女学生，跟随日军前去。小说描绘了在巨大的灾难面前不同人的表现，尤其是最后妓女挺身而出救助学生，具有一种打动人心的力量。小说延续了严歌苓的艺术风格，善于以细节表现人性之幽暗，语言细腻自然而流畅。但小说也显示了一种暧昧的历史观。

哈金的《南京安魂曲》，主要讲述美国女传教士明妮·魏特林在金陵女子学院开设难民营、抵抗日军暴行、保护上万妇女和儿童、成立家庭工艺学校等行动。文中的叙述者"我"——高安玲是明妮的助手，她目睹了残酷的战争背景下，人的不被尊重和任人践踏的历史悲剧。小说中的主角是明妮·魏特林，作者主要以她的视角写了"南京大屠杀"后中国人的悲惨处境，但在小说中作者所关注的重点不是中国人的命运，而是明妮·魏特林的性格与命运，尤其是小说后半部，作者对明妮·魏特林与上司在理念与人事方面的斗争过于关注，在某种意义上这部小说可以称为明妮·魏特林的"安魂曲"，而忽略了"南京"。在写作方式上，作者客观、冷静、精密，以一种疏离、淡漠而又控制性很强的方式掌握着小说的走向，并以此逼近"真实"，但面对如此重大的民族灾难，一个中国人很难无动于衷，小说所表现出来的只能是"外在"的视角。严歌苓的《金陵十三钗》与哈金的《南京安魂曲》也提示我们思考，该以怎样的方式去面对我们民族的灾难？我们能否从民族的苦难与耻辱中觉醒，避免悲剧再次发生？

三 不同的现实与人生

2011年，有不少作品密切关注着现实，注重发掘新的人生经验与美学经验，让我们在时代的飞速发展中，可以看到中国城乡发生的巨大变化，以及中国人的现实生活、内心波动与精神困境。

王刚的《关关雎鸠》，表现的是主人公闻迅由剧作家转任戏剧学院教师之后的精神困境，由此反思当下的大学教育与文学教育。坚持人文理想的闻迅，不仅在教师同行中较为孤立，也不受青年学生的待见，真正欣赏他的，只有那个也痴迷戏剧的漂亮女教师岳康康。闻迅原本对岳康康只是莫名的暗恋，不过彼此的心仪让他们慢慢相知相恋，也成为他唯一的精神慰藉。但一个男学生对岳康康的暗恋，让他们的关系复杂起来，这个学生甚至偷拍到了他们两人在一起的照片，制造了一起"艳照门"，两个人的关系也愈发尴尬起来……小说通过对闻迅生活与精神痛苦的揭示，让我们看到当今知识分子的内心矛盾与尴尬。在写法上，小说采用了一种极度艺术化与专业化的方法，在行文中穿插了大量与话剧相关的知识性内容，不注重故事的流畅，而注重挖掘主人公内心世界，对不熟悉这一领域的读者会造成一定的阅读障碍。

石一枫《恋恋北京》中的主人公赵小提是个生长在北京的中年男人，心高气傲的他既不肯走仕途，也不肯游商海，而宁愿逍遥自在地混日子。独立好强的茉莉与赵小提离婚后只身前往美国打拼。赵小提的老友B哥乘着互联网的东风一夜暴富，过着夜夜笙歌的侈靡生活，结果却因为无法安睡而踏上了周游全国的旅程。赵小提偶然邂逅了北漂女孩姚睫，两个人在交往中灵犀相通，互生情愫。赵小提拒绝了与茉莉重归于好的机会，姚睫却也突然消失了。孑然一身的赵小提鼓足勇气去实现自己开咖啡馆的梦想，无奈天不遂人愿。阔别三年的赵小提与姚睫在董太太的追思会上重逢了，得知真相后的他羞愧难当，跟随B哥去浪迹天涯，不料在途中遭遇了车祸，新的一天，伤愈的赵小提与姚睫在北京的街头如约相见……石一枫的小说流畅好读，在艺术风格上接近于王朔与朱文，但他表现的是新世纪北京青年的生活，为我们展示了新的生活故事，《恋恋北京》在题材上也与"青春文学"相似，但相对于"青春文学"，《恋恋北京》对时代与人生经验有着更深入的表现与挖掘。

刘玉栋的《年日如草》是一部直面中国城市化进程的小说，小说以曹大屯从农村进城转为城市户口的经历，讲述了一个人在社会巨大变革中的挣扎，以及一个家庭慢慢适应城市生活的历程，和他们在这种生活中做出的寻找心灵慰藉的努力。小说里魂守乡土的奶奶、葬身机器中的师傅，以及父亲的故事都给人留下了深刻的印象，在写法上，小说几乎纯用冷静的写实手法，故事干净而简洁。

津子围的《童年书》与孙且的《洋铁皮盖儿的房子》，描述的都是作者的童年世界，从他们的作品中，我们可以看到不同的人生。津子围的《童年书》只有十几万字，但却写出了一代人的成长方式和生命形态，一条布满大雪的"窄街"，一副难得一见的扑克牌，一块小花布，一种"拔牛筋儿"的游戏，还有"上山打游击"、"苏修特务"、电影《卖花姑娘》，这些记忆中的细节充盈在小说中，再现了那个特殊年代的童年生活。小说中的"我"、黄毛、大舌头、赵强、赵波、柱子构成了一个童年世界，这是一个单纯、清晰、纯净的世界，也是一个充满动荡的大时代中的小小乐园。

孙且的《洋铁皮盖儿的房子》，以40万字的篇幅描述了主人公的"童年世界"，这是哈尔滨一个被称为"偏脸子"的地方，在1960至1970年代中期这一特定的时间，"我"的姥娘家住在这儿，"我"从小被寄养在这里。小说以童年"我"的视角，描述了这一独特时空中形形色色的人物，让我们看到了一个丰富而开阔的世界。在这里，有待人苛刻的"我奶奶"，也有温和善良的"我姥姥"，有"我"的玩伴二狗、三子，还有"我"懵懂中喜欢的女孩小丫、飞飞、刘顶红和姜老师。小说向我们展示了一个丰富多彩的世界，这个世界又可以分为不同层面，一个是市民阶层，是派出所所长黄窝囊和委主任李大脚所管辖的,这主要由"我姥姥"的邻居们构成;一个是具有传奇色彩的民间世界,包括"经老婆子"、五块三等人;一个是叛逆期青年所组成的"流氓世界",包括二零三、大烟鬼等;还有一个是俄国人和"二毛子"的世界,他们有他们独特的生活习惯和民俗风情;最后则是"我"的世界,"我"在以上四个世界的折叠与交互影响中成长,但也有"我"的情感与追求,有"我"的秘密与苦恼,有一个独特的"小世界"。小说以"我"的眼光,写出了整个世界的丰富与驳杂,让我们看到了那个时代那个地方的那些人,那些独一无二的故事。

孙慧芬的《秉德女人》,写了一个女人的一生,而这个女人的一生又深深纠缠在20世纪的中国史之中。小说中的"秉德女人"王乃容,是青锥子湾的小姐,出身书香门第,识文断字。但是命运不公平地安排给王乃容两件事:她在洋人小麦那里看到了青锥子湾没人见过的世界地图;后来她阴差阳错地被胡子申秉德掠走。前者改变了她的精神世界,让她心中始终存有对远方的想象与向往,而后者则彻底改变了她的命运,她从一个衣食无忧的大小姐,变成了一个胡子的女人,命运的巨大落差使她完全成了另一个人。小说接下来描述了秉德女人的整个人生,小说共分四部,如果说第一、二部集中描述的是秉德女人作为一个女人的情感历程与遭遇,那么第三、四部表现的则是秉德女人作为一个母亲(祖母)在家族、社会中的命运,而这些又与历史进程的复杂性紧密纠合在一起,充分展现出了这个女人丰富的生命力、坚韧的性格及其所代表的民间伦理顽强的生生不息的力量。在小说的前半部分中,秉德女人的故事主要表现在她与不同男人的关系之中,在与这些人的关系之中,秉德女人都处于被动的状态,在艰难而动荡的生活中,她要拉扯几个孩子长大,这锻炼了她生存的智慧,也让她的性格变得隐忍、宽容。小说的后半部主要围绕秉德女人与她的子女、孙子、孙女的关系而展开。在小说中占据中心位置的是秉德女人及其子女的生活史,在周庄,民间伦理仍然发挥着重要作用,政治层面的变化并没有深刻地影响他们行为做事的方式,他们仍信奉着传统的道德伦理与人际交往方式。而在这方面,秉德女人可以说是一个典型例子,她以一颗仁义与宽容之心面对着这一切。在这里,我们可以看到中华民族文化传统的深厚,及其隐忍、宽容与厚重的内心世界,但其不足之处也在于,作者对这一传统缺乏必要的反思。

四 新的"世界视野"与新的文学生产方式

新世纪以来,中国在世界格局中的位置也发生了巨大的变化,我们想象"世界"的方式也在发生变化,在这样的历史时刻,回望中西交流的最初时刻不同文明的冲撞,表现中国人在其他国家的现实生活,是不少作家关注的主题,这些作品也为我们呈现了一种新的"世界视野",让我们看到了一个不一样的"世界"。

范稳的《碧色寨》讲述的是滇越铁路的故事,从希腊的克里特岛乘坐"澳大利亚人"号来到碧色寨淘金的大卡洛斯和弟弟小卡洛斯,在碧色寨做了工地主任、哥胪士洋行的主人,各自面对了一段不幸的爱情。宁静的生活被打扰、彝人的神灵被激怒,洋人们用火车带来了西方的工业文明、洋火、洋皂、洋布,同时送走了一车又一车的矿产。毕摩独鲁是彝人的巫师,在小说中能招来百兽对洋人带来的火车进行攻击。他始终坚持不用洋人的自来水、不坐洋人的火车、不接受洋人用现代文明"迷惑"彝人的伎俩。小小的碧色寨随着火车和洋老咪(洋人)的到来发生了巨大的变化。小说描述了西方文明与彝族文化的遭遇、碰撞与纠缠,让我们看到了特定历史时期的文化冲突,以及这一冲突为不同的人所带来的悲剧。

李锐的《张马丁的第八天》,讲述的是出生于意大利小城的乔万尼,跟随莱高维诺主教来到中国,被取名为张马丁,成为教堂执事。主教誓愿要将十字架矗立在娘娘庙的废墟之上。圣母升天节那天,祈雨的村民和教民发生冲突,张马丁被保护女娲娘娘庙的"迎神会"会众乱石袭击,休克过去。众人以为他被砸死。会首张天赐以命相抵。三天后,张马丁"死"而复生。病愈后,张马丁不顾主教劝告,执意说出实情,被逐出教门,成为教民心中的"犹大",更成为天石村村民心中杀死张天赐的凶手。张马丁走出教堂的高墙,走入他不熟悉的土地,被唾骂,被洗劫,乞讨七日。第八天,快要冻僵的张马丁撞入娘娘庙,昏倒在地。张天赐的妻子张王氏误以为是转世的丈夫回家，用温情与善意收留了这个"无家可归"的"转世神童"。小说讲述的是不同的文明与信仰的冲突，以及同一文明内部人与人的冲突，让我们在中西文化碰撞的视野中重新审视文明，以及人生的信仰问题。

李蔚的《闯荡非洲》，描写新世纪以后中国人到西南非洲某国首都的创业生活，让我们看到了中国商人如何闯荡的故事。小说描述了中国人与当地人的关系，以及中国人内部的倾轧与矛盾，让我们对非洲可以有一个直观而具体的了解，也对"国民性"在国外的表现有更深刻的认识。1980年代以来，中国文学中很少有表现非洲生活的作品，此部小说可以说弥补了这一缺憾，小说中表现的很多问题值得我们思考，尤其是中国人在创业中表现出来的优越者心态，值得我们批判地加以审视。

孟庆华《告别丰岛园》，写的是一个日本遗孤家庭在1990年代回到日本，重新开始创业的故事。小说中的主人公已是中年，从中国移居日本，在文化、生活与风土习惯上都不适应，但女主人公通过艰辛的打工生活，逐渐站稳了脚跟，并带领全家走上了新的生活。小说带有纪实的性质，在技术处理上略嫌不够，但作者对日本生活的观察与表现却有独到之处，而洋溢在小说中的坚韧与奋斗的精神，更是弥足珍贵。

2011年，值得关注的还有新的文学生产方式的出现。以往的文学生产方式主要有，以文学期刊—出版社为中心的传统出版方式，以畅销书为目的的市场运作方式，以及影视同期书，网络人气小说的纸质出版等不同方式。2011年，一些长篇小说以新的方式出版，值得我们关注。

《阖闾王朝》是作家高仲泰跟阖闾城管委会、地方政府合作，写出的反映吴文化的小说，这可能开创了一种新的文学的生产方式。这对于地方政府来说，是宣传地方文化的新方式，可以打造出新的文化标识。而对于作家来说，则可以扎根于脚下的大地，重新认识这块土地的历史，风土人情，世态百象，可以在一个全球化的视野重新认识地方文化与传统文化的价值。在很长一个时期，我们文学创作的眼光只盯着西方国家，而忽略了本土的文化传统，这样的创作方式可以有力地扭转这一倾向，让我们重新认识与发掘自己土地上的资源。同时这也是一个工程，通过将小说改编成电影、电视剧，形成了一系列新的文化生产，这可以让我们传统文化中的某些部分比如说吴文化，以这样一种方式进入我们现代的思想界、知识界跟文学界。这一新的文化生产方式具有典范性，如果不同地区都挖掘本地的资源进行文学创作，那么我们中国的文学便会呈现出丰富多元的样态。当然这一生产方式有利有弊，还有待于我们进一步观察，其弊端可能在于作家创作的主体性会受到一定的限制，而其长处则在于可以有新的视野，打破"文学"的狭隘范围，比如《阖闾王朝》的创作，便与2008年阖闾城的考古发现密切相关，这一重大考古发现刺激了作家的创作灵感，让他重新认识了脚下的土地，而与管委会的合作让他可以全面理解这一发现的过程、细节与价值，从而为创作奠定了基础。

另外值得关注的是《松花江上大型系列文学丛书》的出版，这一文学精品出版工程由哈尔滨市委、市政府、哈尔滨文联主持，自2010年11月启动以来，得到了各地作者的积极响应，截至2011年末，主办方共收到长篇小说、长篇纪实文学、影视文学、长诗等200多部作品。响应者有曾经侨居哈城的俄罗斯人，也有来自全国各地和海外的作者，更多的是生于斯长于斯的哈尔滨人。他们年龄最大的91岁，最小的17岁，来自社会各阶层，众多文学新人借此机会崭露头角，使文学薪火得以传承。这次丛书的出版是哈尔滨独特地域文学的集中展示。《松花江上大型系列文学丛书》包括30部长篇小说，第一辑出版了10部，余下的20部将在2012年陆续面世，我们上面谈到的《洋铁皮盖儿的房子》、《闯荡非洲》、《告别丰岛园》便出自这一丛书。这一新的文学生产方式特点在于，由地方政府提供支持，由文联从事具体的专业运作，通过海选的方式产生，这既保证了作家的创作自由，也保证了创作质量与出版的可能性，同时对地方文化与风土人情的描绘，对文学新人的重视，也对一个地方在文化上的提升有着重要的作用，而这样的创作方式也有利于中国文学从本土汲取更多的思想与文化资源。在举国上下重视"文化"的今天，可以预期，这样的文学生产方式必将会调动起各方的创造力，为中国文学的发展带来新的契机。

（原载《2011中国当代文学年鉴》）

新世纪"底层文学"论纲

一 何谓"底层文学"?

2004年以来,"底层文学"逐渐成为文艺界关注的一个中心,"底层文学"是在新世纪出现的一种新的文艺思潮,它与中国现实的变化,与思想界、文学界的变化紧密相关,是中国文艺在新形势下的发展,也是"人民文艺"或文艺的"人民性"在新时代的发展。

"底层文学"主要是以底层为描写对象的文学,跟它相对应的主要有三个方面的文学:"纯文学"、"主旋律文学"、"通俗文学"或"商业文学"。在当前的各种文学形态中,如果说"主旋律文学"是一种意识形态的文学,通俗、商业作品是一种市场的文学,"纯文学"是一种中上层精英的文学,那么"底层文学"则是一种表现底层、代表底层利益的文学形式。它描写底层人的生活状态,代表底层人发表出他们的声音。新兴的底层文学与上述三种文学是不一样的,具体说来,"底层文学"与"纯文学"不一样的是,"纯文学"是不描写现实生活或只描写中上层生活的,而"底层文学"描写的是底层生活;"底层文学"与通俗文学不一样的是,通俗文学是模式化的,主要迎合大众的审美趣味,并使大众在幻想中逃避现实,而"底层文学"则是作家的独特创造,它不是要迎合而是要提升大众的审美趣味,并使之对真实的处境有所认识与反思;"底层文学"与"主旋律文学"不同的是,"主旋律文学"对现实秩序及其不公平之处加以粉饰,使之合理化,而"底层文学"则对现实有一种反思、批判的态度,希望引起大众对不公平、不合理之处的关注,以发生改变的可能性。

同其他各个领域一样,文学界也是由意识形态、市场、精英的力量控制着，"底层文学"处于弱势的地位。但是底层并不是所谓的"弱势群体"，作为个体的民众虽然在政治、经济、文化等方面处于无力的状态，但从总体上来说，正是"底层"这一群体从根本上决定着中国的将来。"底层文学"的作用在于，它不仅要打破意识形态、市场、精英在文学上的垄断，讲述底层的故事，发出底层人的声音，而且要以文学的变革为先导，唤起民众的觉醒，在政治、经济等领域中真正体现出底层的利益与力量，从而改变现实秩序中不公正、不合理的部分。

我们可以试着总结一下"底层文学"的概念或内涵：在内容上，它主要描写底层生活中的人与事；在形式上，它以现实主义为主，但并不排斥艺术上的创新与探索；在写作态度上，它是一种严肃认真的艺术创造，对现实持一种反思、批判的态度，对底层有着同情与悲悯之心，但背后可以有不同的思想资源；在传统上，它主要继承了20世纪左翼文学与民主主义、自由主义文学的传统，但又融入了新的思想与新的创造。这是我所理解的"底层文学"，它基本上在整个文学界还处于弱势的地位。

在这里，一个值得辨析的问题，是"底层文学"与"打工文学"的关系。"打工文学"与底层文学的创作主体有很大的不同，"底层文学"的代表性作家都是知识分子或专业作家，如曹征路、王祥夫、刘继明、陈应松、胡学文、罗伟章等，而"打工文学"的代表性作家则是从打工者中涌现出来的，如郑小琼、浪淘沙、王十月、于怀岸、徐东、叶耳等。"打工文学"引起广泛的重视也在2004年，这与"底层文学"大体是同步的，我们可以将"打工文学"和底层文学，看作是在新世纪崛起的两个思潮，或者说是"重视底层"这一文艺思潮的不同侧面。在我看来，广义的"底层文学"应该包括所有作家关注并描写"底层"的作品，也包括我们所说的"打工文学"，而狭义的"底层文学"则是以知识分子与专业作家为创作主体的。"底层文学"与"打工文学"虽然在创作主体上有所不同，但却是同一种潮流的产物，他们之间是可以互补的，如果能将他们各自的长处结合起来，有可能建设一种新的文学形态。

"底层文学"并不是孤立的，而是文艺界总体转向在文学界的一种反映，重视"底层"在其他艺术领域也有表现：在电影界，伴随着"新纪录运动"的展开,以及第六代导演的转型,也拍摄出了一些反映现实生活和民生疾苦的影片,如王兵的《铁西区》、杜海滨《铁路沿线》等纪录片,贾樟柯的《三峡好人》、李杨的《盲井》等故事片;在戏剧领域,黄纪苏的《切·格瓦拉》和《我们走在大路上》突破了小剧场的局限,在文艺界和思想界引起了巨大的争论与反响;在电视剧领域,《民工》热播,《星火》甚至创造了中央电视台近十年来最高的收视率,达到了12.9%;而在流行音乐界,也出现了"打工青年艺术团"的音乐实践。对"底层"的关注是一个综合性的文艺现象,已构成了一种文艺思潮,值得我们关注,并进行深入的研究与探讨。

"底层文学"的出现,首先与中国现实的变化密切相关。三十年的改革开放为中国的发展带来了巨大的活力,但也带来了一些新的问题,如贫富分化、贪污腐败等等,孙立平教授指出改革的基本共识已破裂,改革的动力机制已被部门利益、地方利益乃至某些人的个人利益所扭曲。因而要重建"改革"的共识,需要凝聚普通人的认同与支持,从"三农问题"的提出,到"郎咸平旋风"刮起,都在提醒我们究竟需要怎样的改革:是要依靠少数"精英"还是要依靠大多数底层民众;是要与资本主义世界体系"接轨",还是要贴近中国现实;是要走一条依附性的道路,还是要一个独立、自主的中国?对这些问题的思考与回答,体现在现实政策的变化与调整中,而这则为"底层文学"的出现与发展提供了重要契机。

在思想界,从1998年"新左派"与"自由主义"论争以来,在中国应走什么道路的问题上发生了激烈的争论,近两年以"国学热"为标志,文化上的"保守主义"也风起云涌。这些争论与文化现象,丰富了我们对中国社会的理解。这里的一个关键问题是,究竟如何对待占中国绝大多数的"底层","保守主义"如果仍坚持封建式的等级秩序,仍只停留在"复古"的臆想中,那么必定在现代社会中无所作为;"自由主义"现在几乎构成了知识界的"常识"与无意识,但他们所代表的只是特定阶级的利益,他们所追求的"自由"与"民主"因而值得反思;而对于"新左派"来说,如何总结历史上的经验与教训,如何将新的理论资源与中国现实结合起来,是他们面临的问题,但他们将自己的思考与"底层"的命运联系在一起,则是值得肯定的方向。

具体到文学上,从 1980 年代中期开始,"纯文学"就逐渐占据了文学界的主流,这一潮流的特征主要有:注重形式、技巧、叙述的探索与创新;回避对社会现实的直接描绘,而注重表达个人抽象的情绪与感受;注重对西方现代主义及最新"潮流"的模仿与学习。这一思潮对反拨此前文学的弊端具有历史性作用,对文学作品整体艺术性的提升具有重要意义,但这一思潮发展到后来也暴露出了一些问题,结果形式探索只成为了一种貌似先锋的姿态,向西方学习也成了一种盲目的崇拜。2001 年,文学界开始反思"纯文学",希望文学能够在注重艺术性的同时,重新建立与现实世界的联系,在中国社会中发挥更大的作用。对"纯文学"的反思,是文学研究、理论界至今仍方兴未艾的话题,而"底层文学"的兴起,则是创作界反思"纯文学"的具体表现,也是其合乎逻辑的展开。

新世纪以来,最好的作品都是关于底层的,"底层文学"不仅创造出了优秀的作品,而且其代表性作家都形成了不同的艺术风格,代表了中国文学的杰出成就,不仅在艺术上,而且在社会上产生了广泛的影响。同时"底层文学"也在不断丰富的过程中,如果说早期更多的是"问题小说",那么近两年已突破了这一模式。现在有两个倾向值得注意,一个是不少作家不仅关注底层所遇到的社会问题,也开始关注底层人的心灵世界与精神处境,这是一种深化,也涌现出了一些优秀的作品;另一个是有作家开始以底层为题材创作长篇小说,以前引起关注的"底层文学"都是中短篇,长篇的出现说明作家不单是关注某一社会问题,而力图在总体上呈现对底层、社会、时代的看法,这可以看作"底层文学"不断深化的一个表现。

二 "底层文学"的代表作家作品

"底层文学"的主要代表作家有曹征路、王祥夫、刘继明、陈应松、胡学文、罗伟章等,我们对他们的主要作品与思想、艺术风格做一些简要的分析。

曹征路的主要作品有中篇小说《那儿》、《霓虹》、《豆选事件》及长篇小说《问苍茫》。

《那儿》描写的是一个有正义感的工会主席，力图阻止企业改制中国有资产流失而失败，最后自杀身亡的故事。小说中的工会主席"我小舅"是一个孤独的工人领袖形象，在他周围环绕着诸多矛盾：他反对"化公为私"的改制，与厂领导与入主的企业有矛盾，不断上访；他是工会主席，是"省级劳模副县级领导"，与普通工人有隔阂，不能"代表"他们去反抗；他的家人以种种不同的方式劝阻他去反抗，这是他与小市民的庸俗自保思想的冲突。在反抗与"不能反抗"的痛苦挣扎中，他最终身心交瘁，只能选择了自杀。这个小说不但是 2004 年《当代》最重要的一部作品，也是这一时期最具代表性的现实主义力作。它不仅揭示了重大的现实问题，而且在艺术上颇有力量，能给人以强烈的震撼。《霓虹》可视为《那儿》的姊妹篇，让我们看到了底层妓女生活的悲惨与无望，以及在无望的挣扎中所孕育的力量。《豆选事件》则将笔触伸到了当代农村的政治生活，在对一场选举的描述中揭示了各方力量的角逐，展示了艰难中新生的希望。《问苍茫》以深圳的一个村子和一个台资企业为重点，以数次劳资纠纷与罢工为线索展开叙述。小说涉及了多个阶层、多种人物、多重事件，在错综复杂的事件与人际关系中，表达了作者对社会现实的复杂感受，揭示出社会问题与底层劳工的生存困境，以及他对当前中国出路的思考。曹征路的小说，擅长在现实生活中发现一般人习焉不察的权力关系，并对被压迫者有着深切的同情，这使他的作品具有一种动人的感染力，在他最优秀的小说《那儿》、《霓虹》中，他还能捕捉到小说人物中朴素的阶级意识，并以之作为反抗不合理现实秩序的思想利器，这使他具有一种理想主义的悲壮，有别于那些一味渲染苦难的作家。不过在他的一些小说中，也存在情节冗长、语言粗糙等现象。

胡学文的中篇小说《命案高悬》、《淋湿的翅膀》、《行走在土里的鱼》、《像水一样柔软》、《向阳坡》、《虬枝引》等，也是"底层文学"中的优秀之作。《命案高悬》给我们讲述了一个离奇的故事：村妇尹小梅因一件小事被抓到乡政府，竟然莫名其妙地死了；她的家人平静地接受了这一事实和八万块钱的赔款，而村里的"混混"吴响因曾觊觎尹小梅、并对她被抓负有一定责任而感到内疚，反倒一个人去追寻她死亡的真相；小说以吴响追寻真相的过程为线索，呈现出了乡村社会复杂的文化、政治生态。在《淋湿的翅膀》中，我们看到的是围绕艾叶展开的乡村故事，她与马新、杜智两个"男友"的关系，她与妈妈赵美红的关系，她与女友小如的故事，以及村长莫四、独眼婆的故事等，这些人物组成了艾叶的生活世界，但他们也都有自己的故事，每一个人都是独立的，各自的故事也是独立的，但又通过艾叶扭结在一起。小说正是在这样网状的社会关系中描述了艾叶的"存在"，刻画出了这个农村少女的内心世界，也通过艾叶折射出了不同关系变化的内在逻辑，从整体上勾勒出了当下中国农村的复杂性与丰富性。在胡学文的小说世界中，底层并非是简单的，而呈现出了纷纭复杂的状况，这里有自身的内在的逻辑，或者为别人所无法体会的微妙之处，这自成一个"小世界"，对这些逻辑与细节的捕捉，体现出了胡学文独到的观察与思考。他笔下的主人公都是一些"小人物"，但具有一种执拗、百折不挠的精神，一种为了一个目标虽九死而不悔的气质。这些处于"底层"的平民百姓，在政治、经济、文化资源上都处于贫瘠的状态，是"被侮辱与被损害"的对象，但正是由于有了这样一种精神，他们才活出了尊严。

　　王祥夫的小说《堵车》、《孕妇》等，写出了底层人生活中的人性美与人情美，而《上边》、《五张犁》则对底层人的内心世界有着深刻而细腻的探索与表现。王祥夫最近的小说中，关注的是当下社会的精神状况，而这又集中表现为对道德的脆弱性的关注。在《驶向北斗东路》中，一个出租车司机捡到了10万元钱，他既想归还失主，又想据为己有，在内心的矛盾与复杂的社会关系中，小说通过一幕幕富于戏剧色彩的转折，写出了我们社会当前的道德状况。在《寻死无门》中，一个得了肝癌的下岗职工，在去世前为了给妻儿留下一笔钱，想尽了种种办法，先是想卖肾，后又想撞汽车以获得巨额赔偿，作者在他一次次寻死的冲动与求生本能的挣扎中，写出了"贫贱夫妻百事哀"的无奈，以及底层人在被极端剥夺之后在精神与道德上的困窘状态。《我本善良》也是一篇关注普通人道德状况的小说，在这个小说中，我们可以看到故事的核心是要不要"救人"的问题。王祥夫的卓异之处，在于他抓住了是否应该"救人"这一核心问题，在浮世绘式的世象描绘中，以一种戏剧性的情节推进，展现出了当前中国社会复杂的道德状况，这同时也是他的拷问与反思。王祥夫将对底层的关注与思考，与叙述的灵动自然，以及对日常生活细节的细腻描绘结合起来，继承了以《红楼梦》为代表的中国古典"世情小说"的传统，在艺术上形成了鲜明的特色。

陈应松的《马嘶岭血案》是在2004年引起广泛影响的作品，也可以说是"底层文学"的代表作之一。小说引入了阶级矛盾的话题，却具有强有力的艺术效果，这个小说细致刻画了存在于踏勘队和两个挑夫间的紧张关系：城里的科技踏勘队来到马嘶岭勘查金矿，是为了给地方造福。然而踏勘队勘测到的金矿极可能被少数权势者霸占，九财叔等普通农民除了出苦力、当挑夫，根本得不到丝毫的好处，在他们眼中这些人不过是高高在上的雇佣者。科考队员对挑夫的粗暴态度以及他们富有的生活方式，一再刺激挑夫们渴求金钱的心灵，因此酿成了最后的悲剧：他们杀死了科考队员。这篇小说涉及了三重矛盾：一个是阶级矛盾，贫富之间的差异以及生活方式的不同最终酿成了血案；另一个是城乡矛盾，城市里的科考队员与农民们处于不同的位置，所思所想有很大的差异；最后一个是"启蒙主义"的失败，知识分子与普通民众之间互不理解的隔膜。正是这三重矛盾的交错，使小说悲剧性的刻画有着震撼人心的力度，而阶级矛盾的重提，在今天的中国无疑有着重要的现实意义。他的另一篇小说《太平狗》以民工程大种和他的一条名为"太平"的狗在城市里悲惨遭遇为主线，呈现出一幅发生在城市里的阶级图景，虽然在苦难上过于着力，却将当今社会底层的惨烈体验淋漓地展现了出来。陈应松的小说在写实中融入了浪漫主义或象征主义的一些因素，这构成了他艺术上的重要特色。

刘继明早先以写作"文化关怀小说"著称，其小说带有鲜明的先锋性与探索性，然而伴随着《我们如何叙述底层？》等理论思考，他的小说也开始转向现实社会，对底层的深切关怀不仅改变了他的小说风格，也使他的思考更加开阔、深远。刘继明的小说中，引人注目的有《放声歌唱》、《我们夫妇之间》、《短篇二题·茶鸡蛋》等。《放声歌唱》在写农民进城打工的艰苦境况的同时，也写了"跳丧鼓"这一民间歌舞的衰落，这表现了农民不仅在政治、经济上，而且在文化上也失去了主体性，对这一现状的揭示，使小说有了一种更深层次的发现。《我们夫妇之间》描写了一对下岗夫妻的生活困境，小说细致地描摹了在生活压力下正常伦理的崩溃，最后妻子成了一个卖淫的女子，而丈夫则往来接送或为妻子"拉皮条"。故事虽然平常，但从一个侧面反映了10多年来我们社会和伦理的变化，小说以细致的步骤为我们展现了转折的过程，令人触目惊心。刘继明近期小说描绘的多是普通人的生活，他能在思想的观照与历史的勾连中挖掘出深意，小说在叙事的推进上存在一些问题，但结尾总能给人以警醒。

罗伟章的代表作品有《变脸》、《我们能够拯救谁》、《大嫂谣》、《我们的路》、《我们的成长》等。这些小说写底层与苦难，但并没有陷入到城乡、贫富等简单的二元对立之中，而试图以一种更加复杂的视角来把握现实的丰富性。在《变脸》中，陈太学是一个小包工头，面对城市里更大的"头儿"，他献媚、送礼，而面对同样从农村出来打工的兄弟，他却克扣工资、拖账赖账，小说并没有对他做简单的价值判断，而是刻画出了他生活的复杂性和内心的分裂，而这种"分裂"正是小包工头在城乡之间尴尬的写照，也是时代的精神"症候"。《我们的路》则描写了两个打工青年的命运，向我们展示了他们在城乡之间无所归属的状态，城市无法安身，而"故乡"已经回不去了，他们只好不断从城里逃归乡下，又从乡下逃到城里。罗伟章大部分小说的叙事主人公都是边缘知识分子，他是从农村来的，但又不能融入城市生活的主流，从他的角度去观察，看到的是不同的世界，这样的叙事者既参与故事，又不断反思，形成了一种独特的视角。

在这些作家之外，有一些作家也创作了一些以底层生活为描述对象的作品，使底层文学更加丰富多彩，如刘庆邦的《神木》与《卧底》、贾平凹的《高兴》、迟子建的《牛虻子的春天》与《起舞》、范小青的《父亲还在渔隐街》、魏微的《李生记》、马秋芬的《朱大琴，请与本台联系》、周昌义的《江湖往事》、李锐的《太平风物》、楚荷的《苦楝树》与《工厂工会》、孙慧芬的"歇马山庄"系列等，而一些青年作家，如张楚、葛亮、鲁敏、陈集益、鬼金、海飞、李铁等人，也以不同的角度与艺术方式关注"底层"，显示出了这一思潮的生命力及其艺术光谱的广泛性。

三　批评"底层文学"的三个角度

在关于"底层文学"的论争中，也有人提出了批评性的意见，主要是知识分子能否为"底层"代言的问题，底层文学是否"抢占道德制高点"的问题，底层文学只有社会学意义而缺乏"文学性"问题，也值得进一步展开。

作家能否代表底层发言？这是讨论较多的一个问题。我们首先来谈"代言"，如果极端地说，任何一个人都不能为另一个人"代言"，甚至任何一个人都不能为自己代言，因为一个人不同场合想说的不同，不同的时间想说的也不同，甚至想说的和表达出来的也不同。在这个意义上，作为"主体"的"人"不是统一的、透明的、完整的，而是充满了裂隙，这只是问题的一个方面。另一个方面，"人"作为一个存在或社会存在，也是相对统一、透明、完整的，这就是"我"不同于"他者"的理由，所以"我"的发言在一定程度或一定意义上是能够代表"我"的；而且人的本质是其"社会关系的总和"，必然会受到其自身的阶层、种族、国家、性别等方面的影响，他的发言——在意识、潜意识或无意识中——也必然带有其阶层、种族、国家、性别的痕迹，这就是"代言"可能存在的理由。那么，作家与知识分子能否代表底层发言？我想可以做以下的分析：首先，作家与知识分子当然不能完全代表底层发言，他们之间有诸多差异，这已有不少人说过了；其次，尽管这样，作家与知识分子对底层苦难的关注与表现仍是值得尊重的，至少比对底层漠不关心或持一种蔑视的态度要强；再次，我们希望"底层"直接发言，但底层的发言也会存在一些问题，比如他们可能只会注意到底层的个人利益、眼前利益与表面利益，而无法关注到"底层"的整体利益、长远利益与根本利益，而作家或知识分子的"超越性"，则有可能使他们做到这些。所以我觉得作家与知识分子的"代言"和底层的发言应该互相补充，形成一种关注底层的风气。

关于"底层文学"与道德的关系，可以分为几个层次来讨论：一、作家是否以个人僵化的道德理想来要求他人，是否因此伤害了作品艺术的丰富性与复杂性，如果是的话，那么这样的创作方式无疑是应该否定的；

二、道德生活能否作为文学的题材，能否成为文学表现和思考的对象？这一点是毫无疑问应该是可以的，道德生活是人类生活的一部分，为什么不能表现呢？三、作家关注底层是否就表示他道德高尚呢？作家关注底层苦难，并不必然表示他道德高尚，这还要看他在创作时表现出来的人生态度与世界观，如果他对底层的苦难是玩弄或漠不关心的，那么谈不上高尚。如果他抱有真切的同情与强烈的爱憎，那么则是值得尊重的。现在值得深思的是，在中国，有道德感的作家在文坛反而是受到歧视的。那么，不关注底层是否就表示作家道德不高尚呢？在今天的中国，创作题材是自由的，每一个作家都有选择题材的自主性，说作家的社会责任就是写出好作品也没有错，但在这里，我觉得将作家的职业道德与社会道德割裂开来了，同时也将艺术与道德对立起来了，如果能统一起来岂不更好，像托尔斯泰、陀思妥耶夫斯基、加缪这样的作家一样。如果不能统一，坚持艺术性的作家是值得尊敬的，比如博尔赫斯、卡尔维诺，同样有道德感的作家也是值得尊敬的，比如斯坦贝克、福克纳等。

"道德"之所以成为一个话题，与中国文学一直有泛道德化的倾向有关。1980年代以来，"纯文学"思潮对泛道德化有所纠正，其中影响最大的应该是米兰·昆德拉关于"道德审判的无限期延宕"的观点，他在《被背叛的遗嘱》一书中说："架空道德审判并非小说的不道德，而是它的道德。这道德与那种从一开始就没完没了地审判，对所有人全都审判，不分青红皂白地先审判了再说的难以根除的人类实践是泾渭分明的。这一道德的审判的随意性应用从小说的智慧来看是最可憎的愚蠢，是流毒最大的恶。这并不是说小说家绝对地否认道德审判的合法性，他只是把它推到了小说之外的领域。"1980年代以来，中国文学在"架空道德审判"的思维方式下，回避了对道德问题的关注，似乎文学就不应该关心道德，越不道德，"文学性"就会越高，甚至道德也成了题材的禁区，这就走向了自身的反面，从一种解放性的思想变成了一种压抑的机制。

在19世纪，我们看到"上帝死了"所象征的绝对道德的崩溃，托尔斯泰、陀思妥耶夫斯基等作家的作品正是在这一精神困境中的挣扎。在20世纪，我们在伯格曼、小津安二郎等大师的电影中，也可以看到他们对旧道德和新道德的痛苦选择与探索，而在我们中国，从坚守"三纲五常"到"目无纲纪"，不过一百多年的历史，道德标准的剧变可谓"五千年未有之变局"，而今天道德标准的紊乱大概也是空前绝后的，而这些尚未得到作家的足够关注，似乎也很少有人为此感到内心的痛苦，不能不说是十分遗憾的。但需要强调的是，今天我们需要的不是一种僵化的道德标准，而是对这一历史与现状的关注与思考，以及在此基础之上道德生活的重建，这对中国与中国文学都是极为重要的问题。

关于底层文学的社会意义及文学价值，涉及对"文学性"的理解问题。究竟什么是文学，什么不是文学，其实是个一直没有讨论清楚的问题，也需要做历史的而不是"本质主义"的理解。而对"文学"理解的变化每次都会给文学带来革命性的转变，在梁启超之前，小说、戏曲不算文学或者被看作低一等的文学，在胡适、陈独秀之前，白话文不算"文学"而只是引车卖浆之流所用的语言，1980年代以来，在"先锋文学"的视野中，"现实主义"作品不是文学或"纯文学"，在文体上，像报告文学、纪实文学在整个1980年代影响很大，也不被看作是文学或"纯文学"。现在底层文学的一个重要作用，就是拓宽了我们对文学的理解，有助于我们反思何为"文学性"，而不仅仅是题材或主题上的意义，这就是它的解放性的作用，它打破了我们固定的对于"文学"的理解，把一些以前不被认为是文学的内容或写作方法，也重新纳入到文学的视野之中，这本身就是一种具有革命性的变化。

正如不存在纯粹的"艺术论"一样，也不存在纯粹的"工具论"，我们评价任何一部作品，都必须从美学与历史两个角度着眼，抛弃其中任何一个都必然是偏颇的。我们并不认为"底层文学"就一定是好的作品，也不认为其他形态的作品就必定是不好的，从这个角度，我们既反对"题材决定"论，也同样反对"题材无差别"论，而是希望作家能以独特的视角发现生活中的秘密，并以独到的艺术方式表现出来，在这一过程中能自然地体现出对"底层"的关注与关切。我们之所以对陈应松的《马嘶岭血案》、胡学文的《命案高悬》、罗伟章的《大嫂谣》等作品有较高的评价，正是由于这些作品不仅写了底层，而且在艺术上也达到了一定的高度，我们是从美学与历史两方面对这些作品来加以肯定的。"底层文学"的重要性，不仅在于它关注现实与社会问题，而且在于它在艺术上也有独特的创造。

但在"底层文学"中，也并非不存在问题，这些问题在很大程度上制约了其发展，因而值得我们关注与思考，这些问题主要有：(1)思想资源匮乏，很多作品只是基于简单的人道主义同情，这虽然可贵，但是并不够，如果仅限于此，既使作品表现的范围过于狭隘，也削弱了可能的思想深度；(2)过于强烈的"精英意识"，很多作家虽然描写底层及其苦难，但却是站在一种高高的位置来表现的，他们将"底层"描述为愚昧、落后的，而并没有充分认识到底层蕴涵的力量，也不能将自己置身于和他们平等的位置；(3)作品的预期读者仍是知识分子、批评家或市场，而不能为"底层"民众所真正阅读与欣赏，不能在他们的生活中发挥作用。

四 "左翼文学传统"及相关理论问题

在某种意义上说，底层文学是"左翼文学"传统失败的产物，但同时也是其复苏的迹象。"左翼文学"也可以称之为"革命文学"、"社会主义文学"或"人民文学"，其特点是追求社会平等、反抗阶级压迫、强调人民性与现实批判。从较为宽泛的意义来理解，这一文学潮流从1920年代的"革命文学"论争开始，经过了30年代"左翼文学"、40年代的"解放区文学"以及此后的"十七年文学"、"文革文学"。从1980年代开始，随着传统马克思主义和毛泽东思想的不断边缘化，这一文学潮流便基本上被抛弃了。

"底层文学"的兴起，与1990年代中国社会发生的巨大变化有着密切的关系，同时也与这一变化催生的"新左派"与自由主义、"纯文学"论争等思想界、文学界的辩论有关。这一写作倾向的兴起，因其与最初的"左翼文学"的追求有颇多相似之处，也让我们得以重新审视"左翼文学"的传统，总结其经验教训，以为"底层文学"能健康、长远地发展提供借鉴。如果我们不能充分正视"左翼文学"的传统，那么"底层文学"也将行之不远。

在"文革"结束之前,"左翼文学"的一体化笼罩了所有的文学创作,在这样的情况下,不可能对其进行较为客观的总结,而在1980年代,"听到或见到的都是对'左翼文学'的声讨和否定,尤其是延安时代的解放区文学和新中国成立后的五、六十年代文学,被不少理论家判定为是一种文学的倒退,被整个儿扒拉到其时已经声名狼藉的极'左'政治垃圾堆里去了。包括对一些作家的评价也完全颠倒了过来。这当然与80年代的思想解放运动和人的'觉醒'以及对文学的主体性询唤有关。"①

20多年以来我们一直在吸取"左翼文学"的教训,但对其"经验"研究得不够,其实"左翼文学"也有不少值得汲取的经验,比如民族形式的追求、"大众化"的追求、直面现实的精神,等等,这在我们关注"底层"时仍是值得借鉴的。真正的问题乃在于我们能否不以意识形态的偏见来看待"左翼文学",在关注底层时借鉴其经验,力避其教训,否则很有可能走进一个新的轮回,而这是对现在的作家和理论家提出的一个重要挑战。

在我看来,"底层文学"所面临的最大问题,乃是理论建设的不足。我们可以将"底层"理解为一种题材的限定,或者一种"关怀底层"的人道主义倾向。但除此之外,却缺乏更为坚实有力的支撑,甚至"底层"的概念也是暧昧不明的。在这方面,蔡翔、南帆、刘继明等一些学者已经做了一些研究,但这仍是不够的。如果我们从左翼思想的脉络中来看,"底层"概念的提出,可以说是左翼思想面临困境的一种表现,但也预示了新的可能性。正是因为"无产阶级"、"人民"等概念已经无法唤起更多人的认同,无法凝聚起社会变革的力量,我们必须在新的理论与现实资源中加以整合。《帝国》中提到了"multitude"的概念,以之代替"人民",作为未来革命的主体,也是这样的一种努力。"底层"是一种结构性的概念,在任何社会、任何理论资源中,都可以找到"底层",它一方面可以整合各种资源,另一方面比较含混、模糊,不像"阶级"的概念那样鲜明、界

---

① 刘继明、旷新年:《"新左翼文学"与当下思想境况》,载《黄河文学》,2007年第3期。

限清晰,但这也似乎正表明了当前社会暧昧不明的状态。

在理论方面,"左翼文学"拥有颇为丰富的建树,鲁迅、瞿秋白、毛泽东、郭沫若、茅盾、胡风、周扬、冯雪峰、丁玲等,都提出了新的命题并做出了自己的回答,他们的论述不仅为"底层文学"提供了可以直接借鉴的经验,而且马克思文艺理论中国化的过程,也为"底层文学"如何容纳、吸收新时期以来的各种思潮提供了方法论的基础。"底层文学"如果不能吸收新时期以来的思想资源,那么便只能停留在陈旧的状态,而如何将这些思想资源与中国的现实与文学现实结合起来,"左翼文学"的经验值得汲取。

"左翼文学"的最大教训,则在于与主流意识形态结合起来,成为一种宣传、控制的工具,并在逐渐"一体化"的过程中,不仅排斥了其他形态的文学形式,而且在左翼文学内部不断纯粹化的过程中,走向了最终的解体。在这一过程中,"左翼文学"逐渐失去了最初的追求,不再批判不公正的社会,也不再反抗阶级压迫,逐渐走向了自身的反面。而如今,对"底层文学"来说,如何对"新意识形态"保持足够的警惕与距离,如何在持续的发展中保持自身的批判性与倾向性,乃是最值得关注的。

在"底层文学"发展的过程中,也涉及了一些具体的理论问题,比如"现实主义"、"民族形式"、"人性"与"阶级性"等问题。

现实主义的创作方法,是当前"底层文学"的绝大部分作品所采用的,也为不少批评家所提倡。但现实主义也面临一系列问题:何谓现实与真实?如何才能认识现实?主体是否有认识的能力?这些问题的提出,不是要将现实主义抛弃,而是为之提出了新的问题与新的可能性。现代主义与后现代主义正是因应上述问题而产生的,在某种意义上说也是一种"现实主义"。这也就是为什么卢卡奇终于认识到卡夫卡也是"现实主义",为什么加洛蒂将毕加索也看作现实主义。如果新的现实主义不能面对这些问题,而依然停留在旧现实主义的观念上,认为一个"完整的主体"可以"透明"地"反映"现实,那么则不但不能面对现实中的问题,也不能真正面对人类的精神困境。正是在这些方面,"纯文学"的一些探索提供了一些经验与积累,如果"底层文学"不能借鉴这一方面的遗产,则只能在低水平上简单地重复。

　　但同时我们也应该认识到，一些批评家提倡现实主义、尤其是批判现实主义，是有其现实针对性的。近年来的文学创作大体可视为两个方向，一是"主旋律文学"，这些作品大体是粉饰现实的，它们以各种艺术手段来论证现实的合理性，提供意识形态的合法性；二是"纯文学"的探索，这些作品则局限于个人内心世界的挖掘，以及形式实验与想象空间的开拓。这两方面的文学创作，都无视正在发生巨大变化的中国现实，所以既为读者所疏远，也无法为变化中的中国提供写照。在这样的情况下，提倡现实主义无疑是正视现实的一种努力，这是值得肯定的。但同时正如以上所言，"现实主义"本身也并非毫无问题，与现实主义相联系的一整套世界观、认识论已发生了变化，如果我们不能在新的思想视野中考虑问题，那么则无法面对复杂的现实，也无法写出真正优秀的作品。所以我们既提倡面对现实，同时又将"现实主义"做更为宽泛的理解，我们应融入现代主义、后现代主义对世界的把握与思考，在新的创造中发展出新的叙事艺术。如果将现实主义的理解仅局限于19世纪的批判现实主义，那么我们最好也只能写出模仿当时大师的二流作品。与之相关的另一个问题是，当我们在"现实主义"中融入现代主义、后现代主义的因素时，并非为点缀而融入，也并非为融入而融入，而是在面对现实时不得不然的选择，融入的过程应该是深化思考的过程，也是面对现实的过程。这一"融入"应该加深我们对现实的理解与认识，而不是相反。陈晓明敏锐地指出，在一些描写苦难、描写底层的作品中存在"美学脱身术"的问题，即它们不是深刻地反映了现实中的问题，而是以其"审美"遮蔽、掩盖、颠覆了现实与对现实的叙述，以想象性的解决弱化了问题的尖锐——这样的创作方式是不足取的。面对现实，这样的写作应该更敏锐，更深刻，更有力，旷新年指出"底层文学要用鞭子狠抽"，这是值得我们认真思考的。

　　"民族形式"也是一个重要的命题，这不仅是形式的问题，而是内容的形式、内在的形式，是跟内容紧紧联系起来的。所以真正的"民族形式"，应该可以表现我们民族的性格、民族的心理结构、民族的灵魂。如何创造出新的"民族形式",是中国作家应该努力的方向。如果说 1980 年代提出的"新的美学原则"只不过是简单地以一种西方的、现代主义的、精英阶级的既定美学标准来规范中国文学,那么在今天的底层文学中,则蕴含着一种"新的美学原则"的可能性,这种美学原则是中国的而不是西方的,是人民大众的,而不是精英的,是容纳了各种创作方法而不只是现代主义的。1940 年代,"民族形式"的问题受到极大的关注,但也有争论,有人主张向古典传统与民间传统学习,有的主张"民族的内容,现代(西方)的形式",有的主张在关注现实中发展出新的"民族形式"。这一问题在今天仍有意义,真正优秀的文学作品必然是民族的,也是世界的,而只有扎根于民族生活的土壤,才能创造出这样优秀的作品。

关于文学中的"人性美"与"人情美",在我们的文艺上曾有过两个极端,一个是以"党性"与"阶级性"来代替"人性",这在一段时间曾占据文艺界的主潮,使我们的文学只描写人的政治生活,从而忽略了更为丰富宽广的生活世界,当然历史地看,这相对于只笼统地描写人性是一种进步,但其不足也是明显的,人人都只有阶级性的一面,都成了阶级的符号,这是文学走向公式化概念化的重要原因,正如鲁迅所说的,阶级性固然是人性的一部分,但在阶级社会中人人"都带"而并非"只有"阶级性;另一个则是 1980 年代以来,我们过于强调人性,否定了人的阶级性,这使我们的文学忽略了人的社会或政治方面,进而从"人性美"到"人性恶",只描写人作为生物的"性"的一面,在这里,欲望代替阶级成为解释历史的唯一动力,又走到了另一个极端,现在我们文学的弊端大抵在此。

在这个意义上,"底层文学"及这一现象的出现,可以让我们重新审视一种文学传统,并激活了相关理论问题的深入讨论。

五 "底层文学"的重要性及其前景

我们为什么要提倡"底层文学",我觉得主要有三个原因。第一,"底层文学"是当下文学的一种"先锋",我们以前对先锋文学都有一种概念化的看法,认为形式上的探索,用跟别人不一样的写法来写就叫先锋文学。但这样先锋文学仅限于形式跟内心情绪的探索,而底层文学就是把先锋文学没有触及的,在内容上的探索,将内心与外部世界的探索结合起来,所以它也具有"先锋性",它是跟整个中国现实的变化,跟思想界和文学界的变化紧密结合在一起的。

三十年的改革开放给中国带来很大的活力,但是也有一些问题大家都在反思。底层文学好的一方面就是,它能够以文学的方式,参与到社会的思想界的讨论之中。从思想方面来说,从1998年的"新左派"和自由主义论争以来,在中国应该走什么道路的问题上,发生了比较激烈的争论。其中一个关键的问题就是怎么对待占中国大多数的底层,有的人认为这些人是社会发展中的包袱,可以把它甩掉,或者是可以被牺牲、被忽略,或者被遗弃的。但是另外一种态度完全不同,认为底层其实是中国社会的主体,只有中国这个主体发展起来,整个的中国才能发展起来。底层文学也是在这种层面上参与了讨论,它对底层的主体性的寻找,对他们在社会发展中作用的强调,包括对他们现实生活中苦难生活的描写,都给我们提供了很多可以思考的东西。仅从文学界来说,底层文学也是出现的一种新的思潮。从1980年代开始"纯文学"占据了文学界的主流,新世纪以来,它已经受到了很多人的反思,希望文学能够重新建立跟现实、跟底层社会的关系。所以新世纪底层文学的兴起,与整个文学界对"纯文学"的反思是紧密联系在一起的。现在文学研究界这种反思也还在继续,在创作界"底层文学"的出现,可以说是用自己的作品来对以前思潮的一种反思。在这个意义上,底层文学是一种真正意义上的先锋。

第二个方面,底层文学是五四新文学的一种继承者,是一种"新文化"。从1980年代开始,我们逐渐地告别了五四以来的新文学的方向,所谓五四文学的方向,应该包括三个部分,一方面是左翼文学,一方面是自由主义文学,第三方面是为艺术而艺术的文学。这些倾向内部也会有斗争,但是都是五四新文化运动开创的思想与文学上的不同方向。但是从80年代中期,左翼文学基本上被剔除出文学史叙述之外。自由主义作家的分量不断加重,"先锋文学"、"纯文学"我们可以说它是"为艺术而艺术",也是盛极一时,但到80年代末90年代初,自由主义和先锋文学的影响也越来越小，只在一个小圈子里坚持"纯文学"，这是由于市场经济和大众传媒的发展，文学的功能也在发生变化，也从启蒙与救亡更多变成了消费和娱乐。此后通俗文学不断地进入我们的视野，并且占据的范围越来越大。我们都知道五四新思想与新文化的重要性，在某种意义上可以说没有五四的新文化，就没有新中国，也不会有我们的今天。而到90年代末期，特别是现在，整个文坛的主流已经背离了五四新文学的方向。在这个意义上来讲，"底层文学"的出现就显得特别重要。它不仅是要代表底层人民的利益，而且它是坚持了五四新文化的方向。

在五四之前，黑幕小说、武侠小说、官场小说、青楼小说、鸳鸯蝴蝶派等等占据了文坛，而今天的文坛上最多的也是这一类小说。在五四时，鲁迅、茅盾都对这些通俗作品给予极力的批评，这些通俗文学起到的是一种类似于鸦片烟的效果，有故事，有通俗化的模式，让人在阅读的快感之中逐渐失去了对个人与时代的清醒的认识和判断。但是新文学不一样，像鲁迅、茅盾，是把现实的东西写出来让人看，不是为了让读者舒服，而是让人重新认识自己与世界的文学，让人认识之后产生精神上的作用，像鲁迅所说的，"引起疗救的注意"，从而改变社会的不合理的不公平的秩序。"新文学"与"新文化"应该是让人们面对现实、改变现实，而不是在幻想中逃避现实。所以"底层文学"的重要性，就是坚持了五四以来新文艺的方向。

第三个方面就是"底层文学"的社会作用。底层文学重要的作用，可以说是意识领域的斗争，也可以说是文化领导权的争夺，或者也可以用一个简单的词——"翻心"——来概括，如果说"翻身"是从当奴隶到当主人，但是从奴隶到主人，实际上有一个觉醒的过程。"底层文学"应该能起到这样的作用，让人把"心"翻过来，让人们意识到这个社会不公平的地方，从而引起改变现状的一种可能性，这是在觉醒过程中的作用。另一方面就是觉醒之后，翻身之后，如果仍然认同弱肉强食的丛林法则与"人吃人"的社会，不过是简单地从以前的受压迫者变成了现在的压迫者。底层文学应该能起到这样一种"翻心"的作用，即翻过来之后就不是以前那个"心"了，让人有一种对社会流行意识的批判性的认识，从而创造出一种新的文化，一种新的人与人的关系。只有在这样的过程中，"底层文学"才能融入中国与世界的变化之中，为人类社会更加公平正义贡献出自己的力量。

（原载《文艺争鸣》，2010年第6期）

"打工文学"的问题与前景

近年来,"打工文学"引起了文坛的广泛关注,深圳文联的杨宏海先生是研究"打工文学"的专家,据他的研究,"打工文学"在1980年代就已经出现了,他还将"打工文学"的发展分为三个阶段。但是,"打工文学"引起全国性的关注,大约在2004年,在那之后,深圳关于"打工文学"召开了三次会议,每年一次,引起了越来越广泛的重视,这与"底层文学"大体是同步的,所以在这个意义上,我们可以将"打工文学"和底层文学,看作是在新世纪崛起的两个思潮,或者说是"重视底层"这一文艺思潮的不同侧面。

"打工文学"的兴起,表明了打工作家的创作能力,以及他们构建自身主体性的努力,同时也反映了打工者群体的文化需求得到了社会各方的广泛关注,这对于当代中国具有重要的意义,当沉默者开始说话,必然会给我们打开一个新的空间,让我们重新认识打工者,重新认识底层,重新认识我们这个社会。在这方面,打工文学的出现已经达到了一定的效果,但由于社会规范与美学规范的限制,可以说还没有发挥其应有的作用。从总体上来说,现在"打工文学"还只是作为一个文化现象被讨论,这一讨论是由地方政府或文联、评论家、作家促成的,它们也都从中获得了相应的关注或利益,是一种多重性的"双赢",但就文学说,除了郑小琼、浪淘沙等少数人之外,其他作家还没有足够的创作实绩,也还没有形成独特的个人风格,如果"打工文学"要持续发展,还需要作家们不断的努力。

因此,讨论以下几个问题是必要的。首先,是打工文学能否代表打工群体的整体利益与根本利益,打工文学能否代表打工作家的心声;其次,地方政府或文联的极力推举,对打工文学有什么影响与利弊;再次,在"纯文学"原则的规范下，打工文学是向既有的美学标准靠拢，还是在发展中确立自身的审美标准，这三方面因素的综合，将决定着打工文学的未来。

首先，打工文学能否代表打工群体利益？"打工文学"与底层文学作家有很大的不同，"底层文学"的代表性作家都是知识分子或已成名的作家，如曹征路、刘继明、刘庆邦、王祥夫、陈应松、胡学文、罗伟章等，他们或者是大学教授，或者是作协系统的作家；而"打工文学"的代表性作家则是从打工者中涌现出来的，如郑小琼、浪淘沙、王十月、于怀岸、徐东、叶耳等。按照"左翼文学"的逻辑，知识分子作家不如工农出身的作家在思想意识上"先进"，但我们看到一个有意思的现象，在"打工文学"中我们反而较少看到群体意识或阶级意识，而更多的是个人意识或个人奋斗的思想，而在"底层文学"中，群体意识或阶级意识则更明显一些。这里是就大体而言，当然也有例外，下面我们还要讲到。之所以出现这样的情况，我想有以下原因：就知识分子而言，他们去看另外的阶层，或许更容易看到"打工者"的相同之处，而对于打工者来说，看自身所处的社会阶层，可能更容易看到彼此之间的差异；知识分子看问题，可能会更偏重于在思想与艺术上的总体把握，"打工者"看问题，可能更偏重于个人经验的表述。

在这里，便涉及一个文学界一直争论不休的问题，那就是知识分子是否能为"底层"代言的问题。关于这个问题，南帆、张闳、吴亮等学者有过争论，南帆在与一些青年学者的讨论中，探讨了底层表述的可能性及其理论上的困境，而张闳、吴亮等人认为这是知识分子在争夺"学术霸权"，或是一场学术的"圈地运动"，而唐小兵则认为这不过是"民粹主义"的一种表现。

在这里，值得讨论的问题不仅是知识分子能否为底层代言，也包括打工者能否为"打工者"代言的问题。这个问题我们可以从两个层面来谈，第一个层面，作为个体的底层或打工者，是否能为整体性的"底层"代言，这里涉及是否有兴趣、视野、能力为"底层"代言的问题，并不是每个底层作家都有这样的意愿，我们在今天看到的往往是其反面；第二个层面，作为个体的底层或打工者，是否能为"自己"代言？这在表面看好像不会有问题，但在"主体"已经破碎，而外界还有强大的社会规范与美学规范的今天，一个人能否代表自己，也成为了一个问题。

在这里，我们可以看一看文学史，历史的经验往往比理论探讨更能给人以启发。左翼文学从20年代"大众化运动"以来有一个终极理想，就是"大众写，写大众，为大众写"，这一理想在建国后有了实现的可能，出现了不少工农作家，比如胡万春、李学鳌、仇学宝等，但是这一理想的实现，也带来了自身的问题，这在浩然、高玉宝身上有突出的表现。浩然说自己是"农民写，写农民，为农民写"，他也在某种程度上实现了这一想法，但有一个关键的问题，就是他并没有完全站在农民立场上来写，当主流意识与农民立场相一致的时候，他为农民而写，而当二者发生冲突的时候，他就站在主流意识上来写，这一点与赵树理是截然不同甚至完全相反的，浩然有时会顺着潮流走，而失去了一个作家的独立性。高玉宝的《高玉宝》现在看来也是一部很不错的书，但是在他1980年代写的《高玉宝》续集中，我们看到他的整个思想意识，也是完全是80年代的"个人主义"，与《高玉宝》形成了鲜明的反差，在这个意义上，浩然、高玉宝显然不能完全代表农民，这也是今天打工文学所面临的困境。

底层文学与打工文学虽然有所不同，但却是同一种潮流的产物，知识分子固然不能毫无障碍地为底层"代言"，而打工作家也并不天然地代表打工者，但他们之间是可以互补的，如果能将他们各自的长处结合起来，有可能建设一种新的文学。

其次，是打工文学与官方行为的关系。打工文学引起广泛的关注，与深圳政府与文联的大力支持是分不开的，现在深圳还为这些打工作家做了一些"实事"，包括解决户口、调入文联工作、召开研讨会、出版书籍，等等，这对于作家是一些好事，也树立了深圳作为打工文学"策源地"的形象，是一种"双赢"。但在这个过程中，也会出现一个问题，那就是这些作家在脱离打工生活，成为一个"作家"之后，是否还能写出"打工文学"，是否还能代表打工者的利益？"打工文学"是否还能保持自身的独立性与批判性？在北京召开的"打工文学论坛"上，也有不少学者提出这一问题，他们呼吁要防止打工文学被"收买"，这个词或许重了一点，但却显示出了"打工文学"面临的困境。

一个现实的问题是,打工文学,按道理应该表现打工者生活上的苦难与精神的困窘,但在与地方政府或文联发生密切的关系之后,这样的描写是否会被接受,或者在什么程度上可以被接受,是否会受到限制?如果照实写,是否会被认为是在为政府的形象抹黑?如果不照实写,又怎样保持"打工文学"的特质?这是一个悖论。地方政府与文联的重视带来的另一个问题是,在目前我们所能看到关于"打工文学"的讨论中,讨论的几乎都是深圳的作家,可以说"打工文学"引起全国性的关注与深圳文联的努力是分不开的,但从另一个角度来说,这对另外地方的打工作家也起到了一定的遮蔽作用。深圳作为改革开放的先锋,出现打工文学与打工作家是可以理解的,但在深圳之外,也有"打工文学"与打工作家,但现在这一部分作家却没有得到足够的关注,这可能需要一个过程,但我希望"打工文学"不局限于深圳,或许在不同的"地方性经验"的基础上,我们才能看到"打工文学"在全国的整体性面貌,而这也才能使"打工文学"得到更好的发展。

再次,是打工文学与既有"美学原则"的问题。现在一个有意思的现象,就是打工作家一旦成名,就不愿再被称为"打工作家"了,而愿意直接被称为"作家"。这样的心情是可以理解的,被称为"打工作家"总好像有些被照顾的意思,因为打工者的身份,或者因为"打工文学"的潮流,而被称为"作家",好像更能显示个人的创作实力,是靠"文学"而不是靠"打工"得到承认的。不只是作家,一些评论家或读者也会认为,将某人称为底层文学作家或打工作家,总好像包含着照顾或勉强认可的意思,不知别的研究者怎样,我却没有这样的意思,相反,我认为底层文学与打工文学有可能创造出一种"新的美学原则",一种不同于当前文坛主流的审美标准。

当前文坛主流的审美原则,是1980年代以来逐渐形成的,这是一种精英的、西方的、现代主义的美学原则,而"新的美学原则"应该对此有所超越,是底层的而不是精英的,是中国的而不是西方的,是包容各种创作方法而不只是现代主义的,但这种美学原则也应该不同于1940—

1970年代的"人民美学",相对于"人民美学",它应该保持独立性与批判性,应该保持对目的论与本质论的反省,应该有更多的思想资源与艺术资源,并在此基础上有新的发展与创造。这种"新的美学原则"并不是对"人民美学"与1980年代美学的绝对排斥,而应该在对它们的继承与扬弃中发展出来,在当前,我们已经看到了这种"新美学"的各种萌芽,应该加以关注并促其成长,而不应该"棒杀"或"捧杀"。

比如于怀岸的《台风之夜》,这个小说写两个打工者被工厂开除后,和几个打工的小兄弟到一个靠近海边的小城的过程,一路上遇到了各种事情,被赶下车,打架,遇到杀人的场面,碰见一个找儿子的老人,忍着饥饿和寒冷在高速公路上步行,而这些都发生在一个"台风之夜"。小说将自然界的狂风暴雨作为背景,具有一种强烈的象征性,写出了这几个年青的打工者在动荡不安时代中艰难的跋涉。再比如宋唯唯的《长河边的兄弟》,写两个农村的小孩的生活和他们的心思,与邻居小朋友玩,到姥姥家去,等待外出打工的父亲,小说虽然有些冗长,但细腻地写出了这两个小孩的世界——外部世界与内心世界,也写出了父亲在外打工给他们的生活带来的巨大影响。像这样的小说,写出了我们这个时代的新经验,并在此基础上发展出了新的美学萌芽,很值得我们关注。

但遗憾的是,在不少"打工作家"那里,他们努力的方向不是创造新的美学,而是竭力向文坛既有的审美标准靠拢,这虽然有可以理解的原因,比如可以在现实秩序与文学秩序中获得一席之地,等等。但我认为,如果只是简单地认同现有的美学原则,而忽略了个人经验与美学的独特性,是一件极为可惜的事情,而这样做,既使个人的文学事业行之不远,也无法在整体上对中国文学有所推进。

可以说,打工文学的发展离不开对上述问题的回答,如果打工文学能真正代表打工者的利益,能摆脱地方文联重视所带来的不利因素,能发展出一种自身的美学,那么必将会有一个美好的未来,而这也必将给中国文学带来整体上的一个转变;反之,如果打工文学不能代表打工者的利益,匍匐在既有的社会规范与美学规范之下,那么必将行之不远,在不久的将来就会成为明日黄花。

"内心的疼痛"如何表达?
——读深圳新生代打工作家代表作品

深圳的新生代打工作家置身于社会变革的最前沿,他们不仅感受着新的经验与新的现实,而且在艺术上也有自己的探索与追求,以下我们以毕亮、陈再见、付关军、唐诗为例,对他们的作品做一些分析。

毕亮是一个在情感与技术上已很成熟的作家,他善于发现生活中隐秘的真相,并能选取独特的视角加以表现。小说《外乡父子》以打工者"我"的视角写一对"打工父子"的生活故事,"男人"带着父亲出来打工,住在出租屋中,"我"帮人收房租,也以旁观的角度观察着他们,小说通过"男人"在工厂打工、失业、收破烂、照顾父亲、思念女儿、找小姐等事情,写出了他困窘的现实生活与内心世界,但这样的困窘也是属于"我"的,小说以《孔乙己》式的视角与语调,写出了打工者无望的生活。《消失》写的是一个房客将房子转租给一对青年大学生的故事,他在他们身上看到了自己当初的影子:初闯世界的激情,以及两人之间的深爱,而他也预示了他们的未来:屡遭挫折之后的颓废与委顿,恋人之间的争吵、反目与伤害,小说中挥之不去的气味不仅暗示着一场情杀,而且象征着梦魇一样的生活氛围。《铁风筝》写马迟与杨沫的相亲故事,"铁风筝"是他送给她儿子的一件礼物,小说表面上写他们两人的相亲过程,但是通过银行、骆驼、狙击手等反复的出现,暗示了一个更为隐秘的故事:杨沫原先的丈夫是一个骆驼饲养员,为给儿子治病铤而走险去抢银行,被公安局的狙击手击毙,而这个狙击手马迟为了照顾杨沫和她的儿子,隐瞒身份来相亲……小说将最具戏剧性的核心情节隐藏在背后,在平静的叙述语调中暗含着波澜，给人留下了丰富的想象空间。这篇小说在叙述技巧上颇为成熟，从一个很小的入口切入，将不同的叙述元素有机地结合在一起，有力地暗示了一个更加丰富的世界。

毕亮的另一篇小说《绝活》，故事虽然简单，但却包含着极为丰富的内涵。小说中的父亲在南方打工，轧断了一条腿，要将这个消息告诉读高中的孙子，孙子正好带了同学来家里，爷爷无法说出口，而孙子却与他的同学们打扑克，调笑着，对爷爷颐指气使，呼来喝去……小说在三代人的命运之间展开，远在他乡受伤的父亲，默默承受的爷爷，和娇纵任性的孙子，展现了当代农村代际的隔膜，和"留守儿童"的心灵问题，其中爷爷与孙子心理上的对峙与沟通的困难，尤其构成了一种现实与心灵的悲剧。小说从爷爷的视角展开，这是一个孤独的驼背老人，他的儿子儿媳在外打工，孙子在县城读书，他一个人在家中生活，只能与一头青牛说话，他的生活世界是空缺的，在得知儿子受伤后，他也只能捡起做篾匠的绝活，默默地为儿子编织了一条"腿"。他的生活方式是传统的，曾经"是园艺场四里八乡闻名的篾匠"，但是"自从流水线上生产的塑料制品茂盛起来，市场打开传到乡下，老人这门手艺就慢慢丢了"。我们可以看到，无论在生活层面，还是在技艺层面，这都是一个"过时"的老人，不再为人需要。而他的生活世界与生活方式——千百年来中国农村习以为常的——也处于瓦解之中，而成长中的孙子对这一切却是漠然的，他只沉浸在个人的世界之中，在祖孙二人平静的隔膜背后，隐藏着惊心动魄的内心风暴与社会危机。

陈再见的《张小年的江湖》、《变鬼记》等小说都以儿童视角来切入，从他们的眼中展现出了一个不同的世界。《张小年的江湖》写张小年初涉"江湖"的故事，从偷家里捡的饮料罐，到抢小朋友的钱，到撬别人的门窗，再到去偷锡渣，张小年在盗窃的路上越走越远，而这不仅在于他的好奇，而且在于困窘的家境与"江湖"的逻辑，小说的最后，张小年得到了救助，但明显的说谎虽然可让他解脱困境，却又让他的未来蒙上了一层阴影。小说通过对张小年心理与内在逻辑的揭示，让我们看到了一个孩子的世界及其堕落的可能性，不能不发人深思。《变鬼记》写的是"我"的童年故事，银剩是"我"和金枪、国雄的玩伴，他们对鬼都很好奇，二叔爱讲鬼故事，他死了，传说与一个女鬼结合了。"我"和银剩因新来的女老师而发生矛盾，互不理睬，学校闹鬼，女老师到"我"家去借宿，"我"去侦察，果然发现了鬼，落荒而逃，第二天才听说，银剩在学校的阳台上摔下来死了。小说通过对死亡与鬼的描写，让我们看到了乡村儿童的世界及其好奇心。

付关军的《天梯》、《血蝴蝶》、《欲望之城》，写出了都市中青年人的压力与欲望，以及人性被扭曲的过程。《天梯》中的冯小北与暖暖相爱，决心在城市里买了房子后就结婚，但是购房的压力实在太大，虽然意外得到了一位成功人士的帮助，但是离付清首付还差6万块钱，短时间内无法筹措到这笔钱，为了散心，冯小北与认识的一位美女去了丽江，回来后，这个被富豪包养的女人给了他这笔钱，而当他回到家时，暖暖也疲倦地拿回了一笔钱……《血蝴蝶》中的"我"与周玲玲相爱已久，共度过生意的难关，但宋小梦闯入了他的生活，与他缠绵悱恻，但到后来"我"才知道宋小梦是生意伙伴派来的谍报人员，他在生意上一败涂地，宋小梦也离他而去，在这个时候，他才知道自己的真爱在哪里；《欲望之城》写一个奋斗者唐山与一个富家女崔梦的恋爱故事，唐山与同学郑小梅相恋，在艰难的环境中共同奋斗，但年轻貌美的郑小梅禁不住诱惑，最后离他而去，唐山处于惨败的境地，他的经理崔梦虽然出身富家，但因为长得丑却嫁不出去，两个人很快就走到了一起，但公司里的议论纷纷，让唐山离开了崔梦，去独自奋斗，他的事业很快就有了起色，并且逐渐发达了起来，在请原先的同事相聚时，一位同事挑明了他事业成功的背后，原来一直有崔梦暗中相助，深感震惊的唐山找到在产房的崔梦，说，"亲爱的，我们结婚吧"。付关军的小说充满了戏剧性与传奇性，从一个侧面揭示了当代都市生活瞬息万变的复杂性，让我们看到了在欲望的挑逗下人性的种种扭曲与变形，但另一方面，语言的芜杂与结构的随意，也在一定程度上削弱了作品可能达到的艺术性与深度。

唐诗的作品《尘埃里的行者》、《病》、《工厂里的病》，让我们看到了一颗在风沙中磨砺成长的灵魂，《尘埃里的行者》写"我"打工生活的记忆,最早出来谋生的艰难深刻地烙印在她的心头,我们可以看到她如何在辗转中挣扎。《病》写了"我"对病刻骨铭心的感受:"该从哪说起呢?关于这身体里的病。是从脚踝处的伤开始,还是说额前永不消停的痘?碍人眼的是这该死的手腕,和皮肤上面淡淡的耻辱的痕。"作者从乡村记忆写到城市生活,写到不同的病对她的伤害,而这种伤害不仅在于身体,而且在于心灵,它们是如何深刻地改变了"我"对世界的感觉与认知。《工厂里的病》以男性"我"的视角,写到了乡村与家庭中性关系的混乱以及对一个少年人带来的耻辱,到工厂后,"我"对傅霞的追求、相恋最后以失败告终,而"我"竟然幻想将她奸杀,当看到一则关于轮奸的新闻后,"我的人格又在分裂:一方面我强烈谴责丧心病狂的犯罪分子;另一方面又觉得自己就是那个犯罪者……"这个作品向我们展示了现实生活的残酷,以及主人公的内心是逐渐变得强硬的。唐诗的作品深入到了生活的底部,让我们看到了真相及其残酷性,但语言与行文的率性随意,也降低了对生活揭示的力度。

每一个打工者都有自己内心的疼痛,每一个打工作家都在表达自己的经验与思考,但是,如何在这些共同的体验中发掘出个人最独特的部分,如何寻找到最适合自己的艺术表达方式?则是摆在每一个打工作家面前的问题,只有从这些问题出发,新生代打工作家才能创作出真正属于自己的独一无二的作品,在以上这些作家中,我们可以看到他们一种新的美学的萌芽,且让我们拭目以待。

(原载《深圳商报》,2011 年 12 月 9 日)

都市文学的五副"面孔"

新时期以来的三十年，中国当代都市的发展极为迅速，不少剧烈的变化甚至超出了1980年代的想象，或许在对比之中，我们可以更明显地感受到时代的变化。1980年代，在"走向世界"的视野中，纽约、巴黎、柏林、伦敦、东京等西方国家的大都市是闪耀着现代性光彩的神圣之物，似乎是可望不可及的，但在我们今天看来，北京、上海、广州等中国的一线城市，与之相比是毫不逊色的，由于我们有后发优势，在某些层面（比如地铁）甚至要比之更加"先进"。同样，香港、台北等城市在1980年代，对于大陆中国人来说，也是颇为遥远的，香港音乐、台湾电影似乎就代表着"流行"、"时髦"，但在三十年后的今天，伴随着大陆城市的迅速崛起，港台也不再具备昔日的光环。中国的城市发展极为迅速，但同时也存在一些特征：（1）是大、中、小城市发展的不均衡；（2）同一层级城市的面貌趋同；（3）城乡之间差别的加剧。或许这也可以视为当代中国的空间结构。

在中国都市的迅速发展中，描述都市生活的都市文学却不够发达，这一方面是由于五四以来的中国文学有着强大的"乡土文学"传统，对作家的想象形成了一种规约；另一方面，或许也在于我们对"都市文学"有着独特的期待与理解，即"都市文学"不仅应该描述都市生活，而且在"美学"上也应该有现代感，如20世纪初欧洲的"现代派"，或1930年代上海的"新感觉派"，在叙述方式、语调与节奏上，都出现了新的变化与新的探索，这样的期待是有道理的，都市对人类的生活方式与心灵世界造成了极大的改变，"都市文学"及其形式当然也会发生极大的变化。但是另一方面，这样理论与美学的期待也遮蔽了我们的视野，让我们对"都市文学"有一种既定的预想，而忽略了现实创作中"都市文学"中出现的新因素，本文试图在文学创作经验的基础上，勾勒当前"都市文学"的面目。

一　历史与现实的剧烈变动

中国当代都市的发展极为迅速，置身其中的人物命运变化多端，充满了戏剧性与偶然性。在魏微的小说《胡文青传》中，我们可以看到小说的主人公胡文青不同的身份及其剧烈转折，他小时候是个众人交口称誉的"好孩子"，在中学时曾组织小组学习《资本论》，后来他成了风光一时的"造反派"，后来他又成了被人歧视的"三种人"，后来又成了第一批下海的小商贩，后来他又成了成功的国际商人，可以与外国元首谈生意，最后他成了一个佛教徒。我们可以看到，在他不同身份的转变中，很难建立起内在的统一性，比如说在"好孩子"与"造反派"之间，在学习《资本论》与成功商人之间，在成功商人与佛教徒之间，都充满了"断裂"，我们很难将作为"造反派"的胡文青与作为"成功商人"的胡文青联系在一起，很难认为他们是同一个人，但正是他的转变及其转变的速度，折射出了中国与中国都市剧烈的变化，胡文青不过是这种巨变中的一个个案。小说的最后，胡文青开始信佛，也恰恰来自对这种变化的茫然，他在不断地打破旧的自我，形成新的自我，而在时代的浮沉中，新的"自我"总是处于变动不居的状态中，尚未最终"完成"。甚至他的信仰本身，也在发生变化，他从最初信仰马克思主义，到相信资本的力量，再到最后皈依佛教，已经发生了几重天翻地覆的变化，在这个过程中，他不仅走向了自我的反面，而且走向了对"自我"的取消。在我们这个剧烈变化的时代，唯一不变的唯有"变化"本身，这篇小说可以说是一个真实的写照。置身于这样剧烈的变化中，我们如何建立起"自我"的内在统一性，如何安放我们的灵魂，这是值得我们思考的。

肖建国的《中锋宝》也让我们看到了时代的剧烈变化，小说通过雷日宝一个人的遭际或命运，写出了两个时代的鲜明对比，让我们看到了不同的生活方式、生活逻辑与生活氛围。小说中最引人注目的，无疑是对雷日宝早期篮球生活的描写，作者浓墨重彩，写出了雷日宝人生中最得意的时期，那时他仅仅因为篮球打得好，下乡一年便调回了县城的机械厂，并且可以任选工种，很快他便成为了小城的篮球"偶像"，赢得了不少女性的青睐与男性的崇拜，为工厂获得了无数荣誉。在雷日宝的身上，我们不仅看到了他的篮球禀赋，更重要的是通过他的荣耀，我们看到了一种新的制度与文化。而在 1990 年代以后，雷日宝下了岗，从事个体修理、装修等行业，进入了另一种商业或官场的逻辑，在家门口修理电器时，他需要打点税收、防疫、城管等部门，在装修时，他需要以一种隐蔽的方式向承包工程给他的熟人行贿，这是一种新的逻辑，也是一个新的时代，只有进入这样的潜规则，才能顺利地生存。在小说中，我们可以看到他适应社会的艰难过程，令人伤心的不仅是青春不再，篮球偶像的风采不再，而是这样一种生活的氛围和压力，正在逐渐泯灭他人性中的美好与善良。在小说中，与雷日宝形成鲜明对比的，是他昔日的篮球伙伴"牛皮糖"李文德和裁判周顺昌，前者抢走了他心仪的女朋友，后者顶替了他进入体委的机会，他们二人用的都是非正当手段，但在这个时代却获得了顺利的发展，前者成为了一个成功的商人，后者则先当了体委主任，后升任了外招办主任，如果说当他失去女友与升迁机会时，他至少还有篮球可以自豪，而如今，这个昔日的篮球英雄，只能屈居人下，过着一种为人轻视的生活。在这里，道德人品的逆向淘汰，与英雄末路的悲凉一起，让我们看到了世事沧桑与人情冷暖。

石一枫的小说《红旗下的果儿》，以四个青年的成长为线索，描述了他们从少年到青年的心路历程，民办大学的陈星与 B 大的高中同学张红旗不知不觉相爱，12 年间，陈星默默看着张红旗上完 B 大去美国，自己却东晃西逛无作为，偶尔被迫进出派出所，而南下深圳闯荡也只为不想爱情；陈星的铁哥们小北从音乐学院毕业没搞音乐，却与高级女白领大眼妹妹相爱，心安理得地吃着软饭；张红旗，她甩着马尾辫孤身奋斗在华尔街，内心却始终为陈星留下一个空间；张红旗的 B 大室友陈木自诩为女权主义者，有同性恋倾向，每周一割闹自杀，最后却嫁给了 80 岁的老教授……《红旗下的果儿》写出了一代青年的困惑、孤独、迷茫，以及在时代变迁中逐渐成熟的过程，小说中有悲欢离合的爱情，有共同成长的友情，也有对时代细致入微的捕捉与刻画,让我们看到了成长于北京大院的"80后",怎样从懵懂少年成长为有责任感的青年,小说将他们的变化置于整个时代的变迁之中,清晰地描绘出了这一代青年独特的人生体验,他们感知世界的方式,以及他们的社会历史处境。在《红旗下的果儿》中,石一枫将一代人的成长经验准确、细腻地刻画了出来,也让我们看到了北京这个城市在十数年中的剧烈变化。

二 城市内部的"断裂"

即使我们不考察城乡之间的"沟壑",在城市内部,也存在着巨大的"断裂",不同阶层之间有着难以跨越的距离。在吴君的《福尔马林汤》中,两个打工女孩最大的梦想就是嫁给本地人,但是在打工女孩与城市男人之间,却存在着"天堑"一样的距离,小说中的程小桃小心翼翼地处理着与男人的关系,既要实现这一梦想,又想保留自己情感的纯洁,方小红则不顾一切地攫取眼前的一切,与不同的男人交往,这两个小姐妹相依为命,而到了最后,就在程小桃以为自己的梦想就要实现时,方小红却抢夺了她的"果实"。如果说《福尔马林汤》写的是她们想嫁给本地人的梦想,那么在《复方穿心莲》中,尽管方小红实现了这一梦想,但是她仍然生活在诸多压力与纠葛之中,丈夫的出轨,公婆的压制,在家中毫无地位,甚至连孩子都无法亲近,她仍然置身于梦魇一样的生活中。《复方穿心莲》中还塑造了另一个女孩阿丹的形象,这是打工者中的另一类型,她像小丑一样取悦于当地富有人家,为他们处理各种事情,而只是为了寻求自己发展的资源与机会,当我们面对这一形象时,既厌恶又同情,也不得不追问,是什么迫使她们不得不以这样卑微的方式来谋生?在这其中,隐藏着我们社会发展的伤口。在吴君的《十七英里》中,我们可以看到另一种"距离",王家平夫妇去林老板家做客,林老板穷困时曾受惠于王家平,现在做了大老板,住在海滩别墅富人区。小说描述了整个做客的过程,尽管他们之间过去有着密切的关系,但现实中身份地位的巨大差异,使得彼此之间有着难以的隔阂,尤其在王家平夫妇心中,充满了愤愤不平之气，小说中的林老板并未忘旧，但是在他所表现的"好意"中，也不由自主地带有居高临下的优越感，小说正是在这里，让我们看到了社会鸿沟的难以逾越。

在付秀莹的《秘密》中，我们看到的是青年打工者良子偷窥城市女人的"秘密"，以及他横死的命运，在小说中我们可以看到，在打工者与城市女性之间，横亘着难以跨越的距离，只能以"偷窥"的方式建立联系，这是两个不同的世界；在她的《琴瑟》、《幸福的闪电》中，我们看到的是寄居于城市里的打工者夫妇在过着卑微而幸福的生活，城乡之间的巨大差距让他们不敢企及城市的生活方式，但又只能在城市里生活，他们只能想象城市里人的生活，而无法真正进入城市生活，而在这一过程之中，他们的生活和他们之间的关系，也在发生着微妙而深刻的变化。

在蒋一谈的《林荫大道》中，我们可以看到另一重"距离"，小说讲述的是，博士毕业的夏慧在谋求一个中学教师的教职，她的母亲在一个富人家的别墅里打工，她抽空去那里看望母亲，别墅的主人去夏威夷度假，夏慧在母亲的挽留下，和她的男友苏明在别墅住了一晚。小说描述了夏慧和苏明在富人别墅区所受到的心理冲击，阁楼，红酒，游泳池，两条狗，宽大的住宅，静谧的环境，富人的生活是如此可望不可及，不仅是她一生奋斗所无法达到的，甚至是她不敢梦想的，她所能想到的是"未来的两居室房屋，一间是卧室，一间是书房，书房里有两张并排放的书桌，她和苏明在灯下一起工作"。而价值 3000 万的别墅，远远超越了她的梦想，面对这一切，不仅他们的知识失去了意义，他们的人生也失去了意义，所剩下的便是寂静无边的绝望。

王昕朋的小说《漂二代》，通过肖祥、肖辉、宋肖新、李豫生等人物的命运与遭际，为我们集中展示了第二代打工者所面临的生存境遇，也让我们看到了不同阶层之间巨大的距离。肖祥是一个品学兼优的孩子，初中即将毕业，但身为农民工第二代的他没有北京户口，无法在北京继续读高中，他面临着两种选择，回老家读高中再考大学，或者在北京辍学或读技术学校，这是他所面临的重大人生问题。他的哥哥肖辉是一个榜样，他数年前选择回老家读高中，又考回北京上大学，毕业后在国家机关工作，他是十八里香地区人人称羡的对象，实现了很多人进入城市的梦想，但是在城市生活乃至家庭生活中，由于他出身于底层，也是为人轻视与欺侮的对象。小说通过肖辉这一人物形象，向我们揭示了一个残酷的事实：一个农民工子弟，即使个人奋斗成功了，也无法真正融入城市生活。那么，对于肖祥一代人来说，该做怎样的人生选择呢？是像肖辉一样继续奋斗，还是像他的朋友张杰一样自暴自弃，进入黑社会？这不仅是摆在肖祥面前的问题，也是摆在整个社会面前的问题，我们的社会是否能提供一个公平竞争的环境，让底层青年也有进入主流社会的途径？

宋肖新与李豫生向我们展示了事情的另外一面，这两位年轻漂亮的女孩同样来自于十八里香地区，她们是从小一起长大的好朋友，却走上了不同的人生道路。李豫生先是委身于汪光军，后又委身于冯援军，成了这个腐败分子的"情妇"，但是考察她的人生轨迹，我们可以发现，她走上这条道路，既有个人原因，也有社会原因——在她的生活中，她看不到改变命运的途径，为了家庭，为了过上更好的生活，她被迫走上了游戏人生的不归路。与李豫生不同，宋肖新虽然面临着生活中的困境，但她始终保持着自尊与清醒的意识，面对汪光军公司"形象代言人"的诱惑，她丝毫不为所动，在与冯功铭的恋爱关系中，她也不因为对方是副区长冯援军的儿子及其律师的身份就自我贬低，而是以平等的态度与之相处，在这一形象中，寄予了作家的美好理想，但是在小说中，我们也可以看到，面对现实中的困难，宋肖新也时常会陷入一筹莫展的境地。宋肖新与李豫生以自己的方式"融入"了城市，但是她们在融入的过程中也付出了巨大的"代价"。

在这些作品中，我们可以看到城市内部被区分为不同阶层，而不同阶层之间有着难以跨越的距离，这既是我们的现实，也是我们的都市文学中诸种悲欢离合的根源。

三　中产阶级的美学趣味及其挑战

关于"中产阶级"的讨论，在1990年代的学术界是一个热门话题，这来源于对西方社会结构的分析，这一分析认为"中产阶级"在西方社会占据主体地位，富豪阶层与赤贫阶层都是极少数，整个社会形成了一种"纺锤形"的结构，中产阶级有着独特的生活方式与美学趣味，以及相对保守的社会文化心理，而这构成了西方社会稳定的基础，而中国要保持长期稳定，应该培育"中产阶级"，形成一种相对独立的"市民社会"。在文学上，也应该捕捉这一阶层的趣味，形成新的美学。但是在中国，"中产阶级"作为一个社会学概念并不清晰，作为一个社会阶层，"中产阶级"在中国并未构成主体，而且在社会结构两极分化的今天，这一阶层也处于较为尴尬的处境。而在生活方式与审美趣味上，由于这一阶层处于形成与不断分化的过程，并未形成稳定的社会文化心理结构，相反，他们的道德观、伦理观与审美趣味，往往是标新立异乃至具有冒犯性的。

邱华栋的"社区人"系列小说集《可供消费的人生》、《来自生活的威胁》，展示了作者对中产阶级社区的观察与描摹，两部小说集收录的60篇短篇小说，从不同角度呈现了住在某一社区的人物与故事，在这些小说中，我们可以看到新的生活方式与新的价值观念，比如《我的种子，她的孩子》写的是男主人公"我"与法航驻北京代表邴柚闻走到一起，但她并不想与"我"结婚，只是要怀上"我"的孩子，"我明白了，当我的种子在她的体内成功发芽，她就会带着她的秘密，完全消失在我的视线中"。这是一种新的伦理观念，挑战着人们的接受心理，小说中的女主人公也是一种新的人物形象，以一种独特的方式追求着独立与自由，《离同居》、《代孕人》、《一个生态主义者之死》等小说，也都向我们展示了新的社会现象与生活故事。我们可以看到，小说中的故事大多围绕男女关系展开，仅有少数几篇如《流水席》、《马路的这边与那边》、《蚁族之痛》涉及了当代人的精神问题与社会问题，让我们看到了"中产阶级"内在的困境，以及这一阶层与其他阶层之间的"边界"。

娜彧的《广场》向我们讲述了一对夫妻的故事，妻子谢文婷坐公共汽车去妇产医院，却意外地发现本该在外地出差的丈夫出现在国际饭店的广场上，和一个女人在一起，她下车去国际饭店，证实了丈夫与一个女人昨晚住在了这里，她"正常"的生活被打乱，陷入了悲痛与茫然之中，她去国际饭店定了丈夫住过的房间，又去广场上坐着，一个外地来的客商以为她是招客的妓女,将她带回了房间,第二天,谢文婷回到单位上班,在电视上看到一则新闻:另一个谢文婷从国际饭店12楼跳了下去。小说是一个开放式的结局,而整个故事则向我们展示了当代都市中婚姻关系的脆弱。在她的《薄如蝉翼》中,女作家"我"的女友凉子,在酒吧里告诉她,她的前男友也就是凉子的现任男友叶理想与她做爱,凉子的恶作剧既显示出了她玩世不恭的虚无感,也展现了"我"、凉子、叶理三人之间的不伦关系,让我们看到了都市中男女关系的复杂性与脆弱性。

在吕魁的《所有的阳光扑向雪》中,隋灵与"我"的情感是突兀、陌生而暧昧的,他们两人是在网上认识一年多的网友,是玩"三国杀"游戏的同伴,从未见过面,"我"是在一种全然不知情的情况下,被告知隋灵到了这个城市的机场,在隋灵的"威逼利诱"之下,"我"只好冒雨去接她,并在一起喝酒聊天。他们交往的时间只是一个晚上,而这个晚上也是在我讲述"爱情故事"的彻夜长聊度过的,隋灵与"我"的关系很难以传统意义上的"爱情"来概括,事实上这样突兀的情感交流方式,只是隋灵出国前最后一个月所计划做的十件疯狂的事件之一。如果我们将隋灵的情感方式视为新一代年轻人的"爱情",那么可以发现,这样的"爱情"具有以下特点:在时间上短暂、突兀;交往的是陌生人;整个事件的游戏化。另外,我们也可以看到,在隋灵与"我"之间存在着较大的年龄差距,年轻貌美的隋灵在心理上有着优势,咄咄逼人,掌握着整个事情的主动权,而作为老男人的"我",也半是推拒半是情愿地接受了隋灵的安排。在两个人的交往之中,隋灵对自己的青春美丽有着相当的自信,而"我"也对自己的年龄容貌有着清醒的认识,小说在两个不可能发生故事的两个人建立起了一种联系,将不可能转化为了一种"可能",这是一种错位,但也显示了一种时代特征。另外有意思的一点是,尽管老秦与武青青的爱情,与隋灵的情感方式有很大的不同,但在一点上却是相同的,那就是他们解决情感困惑或人生危机时想到的出路,都是"出国",武青青去了巴黎、日本,老秦去了美国,而隋灵则准备去北欧,在这里,虽然其中包含着一种"生活在别处"的诗意想象,但也显示出这一阶层将"国外"当作心灵归宿的集体无意识。

四　世界视野中的中国都市

中国的都市不仅属于中国，而且也在世界之中，与其他国家有着密切的联系，在中国的历史变迁中我们可以看到不少国际性因素，从"世界"的视野看中国都市，可以看到不一样的风景和不一样的色彩。

蒋一谈的《另一个世界》，讲述的是女记者夏墨在以色列遇到辛格一家的故事："辛格的祖母在中国上海生活了十一年。1938年冬天，她和家人躲避'二战'劫难，从奥地利出发，辗转多次，逃离到上海孤岛。在辛格很小的年纪，祖母就告诉他，'希特勒想要灭绝犹太人，那个时候，整个世界只有中国上海向犹太难民伸出了援助之手。没有中国人的帮助，就没有我，也没有你的爸爸，更不会有你。将来，你一定要帮助中国人'。辛格点点头，或许是因为年幼，他并没有牢记在心。"小说打捞出了在世界反犹浪潮中上海的一段历史，也以辛格一家"帮助中国人"的故事，讲述了中国的变迁与辛格家的兴衰。让我们从一个侧面看到了中国与世界的紧密连接。

迟子建的《起舞》讲述的是关于哈尔滨的故事，小说以"半月楼"的主人蓝蜻蜓、齐如云与丢丢为线索，描写了老八杂这个社区的历史与生活，丁香树、水果摊等标志性的生活场景，裴老太、尚活泉、彭嘉许等各色不同的人物，邻里之间亲密而微妙的相互关系，表现了这个社区独特的生活方式、生活氛围与风俗习惯，这个角落也映射并丰富了哈尔滨的历史。在这里，中国与俄国、中国与日本的关系构成了故事的一部分，我们可以看到异域风情如何在中国生根，也可以看到不同时代复杂的国际风云，舞女蓝蜻蜓刺杀日本人的传奇，齐如云与苏联专家的爱情，都具有丰富的历史内涵，而这不仅是故事的背景，也构成了哈尔滨历史的组成部分。在孙且的《洋铁皮盖儿的房子》中，我们在小说中的很多人物身上，我们也可以看到哈尔滨的独特之处。那些从关内"闯关东"来的人们，重情重义，豪爽大方，与山东老家在情感上难舍难分，但也在这里艰难地扎下了根；那些旧俄贵族，虽然生活落魄，但仍保持着对普希金与诗歌的爱好，仍保持着对圣母的信仰和对艺术的崇敬，这些移民而来的人们与爱吃

"囫囵个粮食"的本地人混居在一起,共同生活在哈尔滨这片独特的土地上,而"偏脸子"只不过是一角缩影,正是在这些独具个性的人物身上,小说充分写出了哈尔滨的特色。

不仅在历史上,在现实中,国际性因素也构成了当代中国都市的重要部分。在王安忆的《我爱比尔》中,我们可以看到一个女孩在外国人之中寻找感情与机会的故事,同样,在卫慧的《上海宝贝》中,一个女孩在中国男友与德国男友之间更倾向于后者,它所极力表达的是中国男友的"无能"与德国男友的强健,在这样的对比中,小说表达出了对西方国家的倾慕与向往,这样赤裸裸的情感倾向,让我们看到都市青年女性"去中国化"的倾向,也让我们看到了一种"殖民史观"在今日的复活。而这,既是不平等的世界体系所造成的,也可以说是这一结构在男女关系上形象的一种表现。

王十月的《国家订单》,则从在生产关系上引入了"全球化"的视野,让我们看到中国打工者在资本主义世界体系中的地位与处境。这可以说是一个双重性的压迫结构,在工厂内部,是一种阶级性的压迫,而在全球的分工体系中,中国工厂本身则是被剥夺的,处于以民族国家为单位的产业链的最低端。这种双重性的压迫结构不仅构成了对打工者的剥夺,对于工厂的主人"小老板"也是一种伤害。不同的是"小老板"所承受的只是来自世界分工的压力,而打工者承受的则是双重性压迫。从小说中对于美国的描述中,我们可以看清这一结构。小说中的"美国"呈现出两个面影,一方面是"9·11事件"之后,生产美国国旗的订单构成了小说的主要线索,无论是"小老板"的焦灼,还是打工者张怀恩的猝死,我们可以说都是这一"订单"造成的,这显示出了美国在生产关系中"残酷"的一面,但另一方面,小说中为打工者维权的律师周城,依靠的是美国的基金,这又呈现出"美国"善良、人性的一面。在这里我们可以发现一个生产的链条:打工者——"小老板"——赖查理——美国订单。这一链条同时也是一个多重性的压迫结构,所有的压力最后都集中于处于最底层的打工者。而这篇小说的价值,也在于对于这一结构的呈现,它以全球性的视野,对中国打工者的处境有一种总体性把握,让我们看到了更多层次的丰富性与复杂性。

　　以上我们从不同侧面勾勒了"都市文学"的不同面影,我们所描述的"都市文学"与通常意义上的"都市文学"文学似乎不同,通常的"都市文学"主要以都市的"新人类"为主人公,以酒吧、舞场、咖啡馆为主要场景,主要描述这些人物另类的生活与情感方式,如春树的《北京娃娃》、祁又一的《失踪女》等。这类作品表述了都市中一部分人的经验与内心世界,但并未呈现出都市生活的总体特征,它们之所以受到重视,与我们对"都市文学"的期待有关,也与《上海摩登》等著作对"都市文学"现代性的想象有关,这也可以说是都市文学的第五副"面孔"。这副面孔遮蔽了我们对都市文学更丰富的发现,但如果我们不将此类文学视为唯一的"都市文学",而只是视为"都市文学"的面影之一,那么我们可以将之与上述"都市文学"的特征综合在一起,发现都市文学不同的面影。在"都市文学"中,我们可以看到时代的剧烈变化,可以看到城乡与城市内部的"断裂",可以看到中产阶级的美学趣味及其挑战,可以看到世界视野中的中国故事,也可以看到残酷的青春与华丽而沧桑的场景。

　　当代中国处于飞速的变动之中,而中国都市则是中国最富变动性的地方,在这里,每天都上演着悲欢离合的故事,每天都充满着无限的可能性,甚至很多事情都超出了我们的想象,置身于这个时代的中国都市,如何把握、如何理解这个都市,如何描述当代都市人的生活与内心世界,可以说构成了对中国作家的巨大挑战,尤其是伴随着中国的城市化进程,"乡土中国"在向"城市中国"的转变,我们不能在既有的经验上理解"中国",在未来的数十年内,很大的程度上,"如何讲述中国的故事"将会转化为"如何讲述中国都市的故事",我们必须对此有清醒的意识,并做出我们的探索。而对于"都市文学",我们也应该从创作的现实出发,而不应该从既有的观念出发,去探索未来的可能性。

(原载《广州文艺》,2012年第7期)

我们如何避免一个同质化的世界？
——关于"都市文学"的发言

我们现在的都市是在西方城市模式的影响下发展起来的，而现在"都市文学"的内容，似乎也集中于情感或欲望故事，集中于消费、时尚、酒吧、商场、名牌等，还有官场、商场或职场小说等，我觉得这样的都市或"都市文学"，是对丰富复杂的城市生活的一种狭隘化，在此之外，应该还有另外的方向与可能性，这是我们应该去发掘与探索的，我想谈谈这些另外的可能性，主要包括三个方面：传统性、社会主义现代性、地方性，我觉得从这些方面，可以丰富我们对都市和都市文学的理解，也可以反思西方式的城市发展模式。

首先是传统性。我们应该知道，现在都市的生存状态，在中国不是自古就有的，而是按照西方的模式发展起来的，在与西方"冲撞"之前，在晚清以前，中国也有城市，但与我们现在理解的城市形态大不相同，那时的城市是农耕文明的集中表现。比如那时的城市不像现在，是一个"陌生人社会"，他们虽然住在城市里，但都住在四合院、胡同或大院里，也是一个"熟人社会"，大家都是抬头不见低头见的；那时的生活节奏，也不像现代都市这么快，充满了偶然性与流动性，而是按照四季的循环，过着慢悠悠的日子；那时的城市建筑，也体现了传统中国的宇宙观、世界观与伦理观，比如天坛、地坛，比如故宫，比如佛寺与道观，等等。总之，在西方入侵之前，传统中国有一套自己的城市生活方式，而我们现在的都市生活并不是"自然"的，而是历史地形成的。鸦片战争之后，中国自足的城市生活被打乱了，开始逐渐按照西方的模式来构筑自己的城市，这主要表现在城市空间的变化上。而这个变化，我们又可以分为两个层面来讨论，一个是中国境内城市之间关系的变化，即有的城市的地位变得重要了，有的城市则逐渐衰落了。我可以举一个例子，我是山东聊城人，我们聊城靠着京杭大运河，在明清时期是全国十几个大城市之一，当时叫东昌府，是一个交通枢纽，是很繁荣昌盛的，大家在《水浒传》、《金瓶梅》或其他明清小说中可以看到当时的盛况。但是近代以来，随着京杭大运河的废弃（漕运改为海运），这个城市就逐渐衰落了，现在是山东最落后的地区之一，有人问我是哪里人，我说是聊城，很多人都不知道，但是一提起青岛，大家都知道，其实青岛在近代以前不过是一个小渔村，正是西方的冲击使得城市之间的关系发生了如此巨大的变化。不只在我们山东，在全国范围内都是如此，哈尔滨、上海、香港等很多城市，在近代以前都是小村落或小县城，很荒凉偏僻，正是中外之间的战争、贸易与"交通"，使得它们的战略位置变得重要起来，这可以说是传统中国面对西方的冲击，在内部所做的调整与因应，而形成的一种格局，这是一种城市空间的变化。

另一种变化，是城市内部空间的变化。原先具有现实或象征意义的建筑，逐渐被边缘化，或者废弃，而具有新的功能的建筑或空间，则发展起来，在城市生活中越来越占据主导性的地位，比如故宫、太庙、国子监等建筑，便不再具有实用功能，而只成为了一个景点，占据城市生活核心位置的，则是广场、商场、超市、shoppingmall，等等。

梳理这样一种历史的变化，我是想说明，我们现在的城市生活并不就是"自然"的，也不一定就是"合理"的，而传统中国的城市形态，在某些方面可以给我们以启发。比如现在我们的城市大多是"陌生人社会"，在一起住对门住了很多年，都不认识，见了面连招呼也不打，这样一种冷漠的人际关系，并不一定就比胡同里的热闹氛围好。另一方面，中国城市处于一种历史的变化中，也仍有很多传统性的因素，在老舍的《四世同堂》之中，我们可以看到小羊圈胡同中市民之间的相互扶助，在王朔的一些小说中，我们也可以看到大院里人与人的密切关系。在现实中，也有这些因素存在，比如在一个单位中，我们有时会说单位就像一个"大家庭"，这种"大家庭"的氛围与感觉，也是一种传统性的因素，一种类似于家族意识的集体意识。我们不能简单地说这种"大家庭"不好，是一种封建意识的残留，如果我们剔除了其中的"一言堂"与尊卑或等级关系，而保留其中相互温暖、关切的因素，我觉得是比冷漠的态度要好，而这也可以说是对西方城市或现代化模式的一种反思。

其次，是社会主义现代性。我觉得我们现在"都市文学"的一个误区，就是集中于风花雪月的情感故事，强调"新感觉派"、张爱玲的传统，强调城市的现代感、节奏感等，而忽略了城市中更为丰富而真切的历史。这可以说是夏志清、李欧梵、王德威等海外汉学家所造成的误区，他们只看到了"上海摩登"的一面，只看到了现代性中"颓废"的一面，我们的一些作家与学者也跟着说、跟着写。其实，真实的历史与文学史并非如此，上海那么多惨痛的历史都被淹没了，五卅惨案，上海三次工人武装起义，也不见有人关注，在文学上，鲁迅的身影模糊了，左联五烈士被枪杀在上海龙华的监狱里，也不再有人提起了。我前一段时间读了法国作家马尔罗的《人的境遇》，这本小说写的是"四一二反革命政变"前后，共产党人试图刺杀蒋介石的故事，小说篇幅不长，但写得很丰富、复杂，很"国际化"，也很有历史感与现代感，对人物心理也挖掘得颇为深刻细腻，但在中国作家之中，却看不到有人从这样的角度去观察历史。

社会主义现代性并不是空洞的口号，而是现实的、具体的，是从被压迫者的角度去观察历史，书写他们的故事，表达他们的声音。当年很多作家冒着生命危险开创的"左翼文学"传统，而今却被大多数人忽略了，这可以说是一种历史的不公平。当然这与社会主义的挫折有着密切的关系，但我们应该知道，城市的历史不只是风花雪月的历史，城市中也不是只有有钱、有权、有势、有闲的人，更大多数的则是工人与市民，我们的文学应该关注他们的处境，而不应弃之不顾。在狄更斯、巴尔扎克等关于伦敦、巴黎的小说中，我们也可以看到他们同情与关切的对象，仍是城市中的贫民或底层。对于社会主义现代性试图探讨一种不同于资本主义的现代化模式，我们应该有历史的同情，对于其经验教训，我们应该认真地加以总结。比如1950年代初的"工厂题材"作品，如周而复《上海的早晨》、艾芜的《百炼成钢》、草明的《原动力》等，再如60年代的《霓虹灯下的哨兵》、《千万不要忘记》，80年代的《乔厂长上任记》、《没有纽扣的红衬衫》，以及最近的"底层文学"等,都在探讨社会主义能否发展出一套新的不同于资本主义的价值观、伦理观与审美观,即不靠金钱或物质刺激,能否使现代社会运行,能否形成新的审美时尚,能否形成具有吸引力的新文化与新价值,这个问题是对资本主义现代性的深刻反思,很值得认真对待。

再次,我觉得应该强调城市的地方性。因为我们现在基本上处于一个全球化的网络之中,我们的大城市北京、上海、广州跟纽约、伦敦、巴黎这些城市之间的差异越来越小。但另一方面,我们的大城市跟中小城市之间的差异很大,比如北京与省会城市、地级市、县级市差别就很大,而城市本身跟农村有很大的差异,呈一种阶梯性的状态,而每一梯级似乎都是不可逾越的,不只是政治经济层面,在整个文化、审美层面也是这样。

另一个问题就是"同质化",就是全国的大城市都一样,全国的中等城市、小城市也都差不多,逐渐失去了自己的特色。比如我们想象一下以前的城市,传统中国的各个城市都有自己的个性,南京、扬州、苏州等城市各不相同,这些"江南"城市又跟西北的兰州,或者西南的成都不一样,每个城市都有自己的特色。在推动城市发展的同时,如何将其地方性融汇进来发展出特色,是一个重要问题。对于文学来说,怎么能把这些特点写出来,在时代性中融入"地方性"——包括民间文化、地方文化等,我觉得是一个作家需要去做的。

我说的主要是这三点,一个是传统性,一个是社会主义的现代性,一个是地方性,这是反思资本主义现代性的三个方向。我觉得现在重提"都市文学"是很重要的,因为我们的时代面临着两个巨大的变化:一个是中国逐渐在世界上崛起的过程;在中国的内部,其实也是一个"乡土中国"变成"城市中国"的过程。在这两个不断交织的过程中,我们的都市文学的丰富性与可能性,我觉得可能超过于当前的欧美国家,也超过于以前的中国都市经验,我们有可能会写出更加丰富、独特的"都市文学",这也是对世界文学的一大贡献。

(原载《广州文艺》,2010年第1期)

如何开拓中国乡村叙述的新空间？

现在的中国乡村，已经与传统乡村有了很大的不同，传统中国乡村以土地关系为核心，以小生产者的经营方式为主，形成了稳固的生产关系，并形成了影响深远的家族文化。20世纪，中国乡村经历了一系列变革，从"土地改革"到"合作化"、"人民公社"，再到"家庭联产承包责任制"，土地关系以及人与人的关系经历了几番调整，可以说经历了天翻地覆的变化。而对于现在的中国乡村来说，同样面临着前所未有的变化，这主要表现在：(1)中国乡村内部面临着巨大的变化，比如传统家族文化的解体，人与土地关系的淡漠，新的生产方式的出现，等等；(2)中国处于剧烈的城市化进程之中，这不仅对城市有着巨大的影响，也让乡村发生了巨大的变化，最主要的表现是青壮年劳动力大量进城，这不仅影响到乡村的社会经济秩序，也影响到了道德伦理秩序等不同层面；(3)中国乡村置身于资本主义全球化的语境中，中国乡村所面临的问题便不仅仅是乡村的问题，也不仅仅是中国的问题，而是与世界紧密联系在一起，比如粮食安全问题，食品安全问题，转基因食品问题，等等，就不仅仅是乡村或中国的问题，而是全球性的问题。在这样的视野中，"乡村"便不是远离城市的遥远之处，而是与每个人息息相关的所在，也不是落后于城市数十年的保守之地，而是与城市共处于同一世界的空间，或者说，正是中国乡村构成了中国乃至世界的底座，在当今的世界体系与中国的社会结构中，中国乡村处于双重性的底层，这是我们考察当今中国乡村及其文学叙述所必须具备的视野。

一　历史视野中的乡村"巨变"

中国乡村正处于剧烈的变化之中，这一变化可以说是中国历史上前所未有的，但这一变化尚未被我们的作家充分认识到，如何认识并把握这一变化，可以说是对中国作家的重大考验，而要认识到这一变化，我们不仅要诉诸个人的现实体验，也需要宏观的历史视野，只有在一个大的视野中，我们才能意识到变化的发生及其意义。对于这些变化，我们可以列举几个方面：(1)传统文明的"解体"，中国乡村的宗族制度与家族文化经历了数千年的历史，在20世纪已经受到了较大的冲击，而在当前正处于激烈的解体过程之中，宗族制度与家族文化对于中国乡村来说，不仅起着人际关系的组织作用，而且构成了传统社会价值观与世界观的重要部分，这一文化的解体对中国乡村的影响将会是根本性的。(2)"土地"的贬值，人与土地关系土地的淡漠，在中国历史上似乎从未发生过这样的情况，传统社会中人与土地有着密切的关系与深厚的感情，一部中国乡村史就是围绕土地所发生的悲欢离合的故事，不仅传统社会是这样，20世纪所进行的"土地改革"、"合作化"、"人民公社"、"家庭联产承包责任制"等，也都是围绕着土地的所有权所展开的，而今天伴随着现代化与城市化进程，"土地"作为一种生产资料越来越不重要，而青年大量离乡进城，也让他们也与"土地"在感情上越来越疏远，对于现在很多"80后"、"90后"的农村青年来说，不会或不愿做农活是普遍的状态，这对于中国乡村乃至中国的未来都将会产生深远的影响。(3)中国人"生命意识"与伦理观的变迁，在我们这个时代看似自然的东西，在中国历史上却是前所未有的，它们正在悄然改变着我们对中国与世界的认知，比如说计划生育政策与独生子女政策，从根本上改变了中国人的生育观念与生命意识，比如说进城打工所造成的夫妻长期分居，其数量之大也是前所未有的，而这已经对中国传统的道德伦理观念造成了极大的冲击。以上所说的只是几个方面，如果以历史的眼光来看，我们可以发现中国乡村正处于空前的剧烈变化之中，而这样的变化为我们的作家提供了千载难遇的机会与丰富的素材。

在文学史上，乡村的变化是文学关注的中心之一，从丁玲的《太阳照在桑干河上》、周立波的《暴风骤雨》中，我们可以看到"土地改革"时期的中国乡村，在赵树理的《三里湾》、柳青的《创业史》、浩然的《艳阳天》中，我们可以看到"合作化"时期的中国乡村，在周克芹的《许茂和他的儿女们》、古华的《芙蓉镇》、路遥的《平凡的世界》中，我们可以看到改革开放时期的中国乡村，可以说，我们讲述中国乡村的故事就是在讲述中国的故事，只有中国乡村的故事才是最为深刻丰富的"中国故事"，而在今天，我们则面临两个问题：(1)在今天，我们如何才能讲述中国乡村的故事？我们能否描述出中国乡村所发生的巨大而深刻的变化？(2)在乡土文明瓦解与城市化的历史境况中，中国乡村的故事是否仍能代表"中国故事"？——对于我们来说，讲述中国乡村及其变迁的故事，关注的不仅仅是"乡村"，而是中国人在当今世界的遭遇，我们需要讲出现代中国人的"故事"。

我们可以《红楼梦》为例，对于我们现代中国人来说，《红楼梦》呈现的是一个"昨日的世界"，它表现的是传统中国人的日常生活、情感结构与精神空间。我们对于《红楼梦》的世界是既熟悉又陌生的，自《红楼梦》诞生以来的 200 多年，中国人的生活与内心已发生了天翻地覆的变化，但仍有不变的因素，这为我们阅读《红楼梦》提供了一个有趣的差异性视角。比如，《红楼梦》中对以家族亲缘关系为核心的人际关系有着微妙的描绘，细致地呈现出了人物之间的亲疏远近及相应的礼仪，可以说是传统中国家族文化精妙而形象的表现，而在现代社会，家族不再是社会组织的主要方式，以"核心家庭"为主的现代家庭观念也极大地消减了"家族"的内涵，但是另一方面，中国人对血缘亲情的重视是一脉相承的，而在不同人际关系的相处上也积淀了中国人独特的文化；又如，宝玉、黛玉、宝钗的爱情故事是《红楼梦》的主要情节，但以今天的眼光来看，不仅近亲婚恋是天大的禁忌，而且他们之间表达情感的方式也过于保守了，不过从整体上，含蓄、幽微而又隐秘的表达方式，正是中国人情感的主要特点；再如，儒释道三教合一的宇宙观与世界观，构成了《红楼梦》的思想空间，对于经受过现代思想与科学洗礼的中国人来说，《红楼梦》中的某些人物与情节未免是"不真实"的,但《红楼梦》对世事无常的沧桑感喟,及其苍茫而又细微的艺术风格,却凝结了中国人数千年的经验与美感,在今天仍能唤起我们内心的认同。

我们将《红楼梦》与现代中国人加以比较,并非为了确认现代人的优越感,恰恰相反,自从进入现代以来,中国人尚未形成真正独特的既"现代"又"中国"的价值观,也尚未出现既"现代"又"中国"的集大成式的作品,而且中国至今仍处在巨大的转型之中,我们所经历的是激烈而又全面的社会变革,这在中国历史上是前所未有的,在世界范围内也是绝无仅有的,在这样的历史时刻,重温《红楼梦》,也是将我们的现在与过去相联系,并一起去探索我们的未来,在这个意义上,我们可以说《红楼梦》是传统文化的恩泽,是现代中国人挥之不去的"乡愁"。当然,我们更希望能够出现"现代《红楼梦》",出现可以充分表达出现代中国人生活经验与内心世界的伟大作品。

二 世界文学中的"中国乡村"故事

从现代化的角度看,我国现在类似于欧美国家资本主义发展的早期阶段,在这样的历史时期,不仅乡村的经济与社会秩序处于瓦解之中,而且人们的传统观念也处于崩溃之中,如马克思、恩格斯在《共产党宣言》中所指出的:"资产阶级在它已经取得了统治的地方把一切封建的、宗法的和田园诗般的关系都破坏了。它无情地斩断了把人们束缚于天然尊长的形形色色的封建羁绊,它使人和人之间除了赤裸裸的利害关系,除了冷酷无情的'现金交易',就再也没有任何别的联系了。……一切固定的僵化的关系以及与之相适应的素被尊崇的观念和见解都被消除了,一切新形成的关系等不到固定下来就陈旧了。一切等级的和固定的东西都烟消云散了,一切神圣的东西都被亵渎了。人们终于不得不用冷静的眼光来看他们的生活地位、他们的相互关系。"在欧美资本主义的早期阶段,涌现出了一些批判现实主义的文学大师,比如英国的狄更斯,法国的巴尔扎克、司汤达,俄国的托尔斯泰、陀思妥耶夫斯基,美国的德莱赛,等等,但是在我国，尚未出现能够概括这个时代的大作家与大作品，这不仅在于中国作家的艺术能力，而且在于我们缺乏把握历史的理论与历史眼光，我们需要在世界文学中讲述出"中国乡村"的故事。

以"乡下人进城"的故事为例，我们的不少作家都写到了这样的故事，在一个城乡剧变的年代，这样的故事也是很普遍的，但如何将这样的故事写得深刻、细致，写得独一无二、不可代替，仍是我们的作家需要努力的，在司汤达的《红与黑》之中，我们可以看到一个来自乡村的男青年如何"自我奋斗"的故事，在德莱赛的《嘉莉妹妹》中，我们可以看到一个乡村青年女子如何向往城市并在城市中逐渐堕落的故事，这些故事也都是每天发生在我们身边的故事，但在这两部名著中，这些故事不仅仅是"故事"，而且蕴含着丰富的社会历史内涵，它们不仅为我们奉献出了于连·索黑尔、嘉莉妹妹这两个在世界文学画廊中栩栩如生的形象，而且通过他们的命运与遭际，让我们看到了社会的丰富层面以及作家的批判性思考，在于连与嘉莉妹妹身上，我们可以看到社会、时代乃至人性深处最激烈的矛盾与痛苦，所以他们既生存于具体的社会现实之中，也超越了那个时代，让我们可以感受到那种最为深刻的"人类之痛"。而在我们当前的作品中，大多仍停留在"故事"的层面，这样的故事根本无法触及时代的核心问题，更无法谈到超越时代了。

再以托尔斯泰为例，在托尔斯泰的《战争与和平》、《安娜·卡列尼娜》等作品中，我们可以看到他对待乡村的矛盾态度，一方面他对乡村中的"农奴制"深恶痛绝，认为这是造成社会不平等的根源，从而在小说中乃至在现实中进行改造的实践，另一方面，在道德伦理层面，他却更认同于乡村中的传统观念，在《安娜·卡列尼娜》中，我们可以看到，与安娜"堕落"并列的另一条线索，是列文如何获得幸福的过程。这样矛盾的态度可以说是一代知识分子的核心矛盾，托尔斯泰在小说中不仅写出了他对社会的观察与思考，而且写出了他对传统乡村社会的留恋与赞美，对资本主义生产关系的批判。在我们这个时代，传统的乡村社会也处于瓦解之中，新的生产关系正在重新组织乡村社会的秩序，在这个意义上，我们的历史处境与托尔斯泰是相似的，但是我们能否意识到这一切，能否像托尔斯泰把握他的时代那样切入我们的时代呢？

陀思妥耶夫斯基《罪与罚》的主人公也是从乡村来到都市的青年，在我看来，《罪与罚》凝聚了19世纪后期最为深刻的思想矛盾与精神痛苦，这个时代的俄罗斯正处于从传统社会到现代社会的巨大转型之中，在社会层面，是封建农奴制向资本主义生产方式的转变，而在精神层面，传统的东正教信仰受到了前所未有的冲击，来自欧洲的无政府主义、个人主义、共产主义、无神论等新思想，在俄罗斯思想与文学界掀起了滔天巨浪，涤荡着人们的心灵世界，究竟是该信仰上帝还是该信奉无神论，是该保持传统的生活方式还是要追随西方，是站在穷人一边还是站在新兴的富人一边？面对这些重大问题，每个人都置身其中，不得不做出自己的思考与选择。在某种意义上，我们可以说《罪与罚》正是对上述问题的回应。小说的故事很简单，主人公拉斯科尔尼科夫是个穷困潦倒的大学生，他崇拜拿破仑，想靠个人奋斗干出一番事业，但是他缺乏发展的最初条件，为此他杀死了一个放高利贷的老太婆，可此后他却陷入了巨大的恐惧与精神危机之中。小说围绕"一个人为了伟大的事业，是否可以杀死一个渺小的人？"这一主题，从多个侧面展开了激烈的辩论与痛苦的挣扎，这一辩论在拉斯科尔尼科夫的内心展开，也在他与持不同思想的朋友之间展开，在他与警察的猫鼠游戏之间展开，也在他与妓女索尼娅的相爱过程之中展开，他在索尼娅的感召下，从深刻的痛苦中开始信仰上帝之爱，最后他平静地接受了法律的刑罚，但是在内心中，他仍然存在着深刻的怀疑……。陀思妥耶夫斯基的小说擅长"刻画人的心灵深处的奥秘"，《罪与罚》以激烈的戏剧冲突呈现出了一出惊心动魄的思想悲剧，让我们看到了那个时代最深刻的精神矛盾，以及超越于时代之上的对人类灵魂的深入剖析。

我们中国为什么没有产生这样的作品？从19世纪中期以来，我们中国不仅经历了艰难而曲折的历史，而且中国人的价值观与道德伦理观念也发生了天翻地覆的变化，从晚清的"三纲五常"，到集体主义、理想主义与社会主义，再到以金钱为核心的价值观，中间发生了那么激烈的转变，可以说每个置身其中的人内心都是动荡不安的，但是我们却很少看到有人为此而痛苦，也很少看到有作家能够写出中国人的"心灵史"。相对于陀思妥耶夫斯基，我们缺乏的是感受这个时代精神痛苦的能力，而要创造出我们这个时代的经典，我们需要像陀思妥耶夫斯基一样具备思想的能力，理解他人的能力，以及艺术创造的能力。

当我们从"现代化"的角度，将我们的当代经验与欧美国家资本主义初期阶段进行比较时，也应该认识到其间的不同之处：(1)我们处于21世纪，与19世纪已经相差了近两个世纪，处于不同的历史境遇；(2)我国是社会主义国家，社会主义的传统有着深远的影响；(3)中华文明是与西方文明迥然不同的文明。以上这些因素决定了，中国乡村的现代化与全球化过程，与19世纪文学大师所表现的现实有着很大的不同，也决定了中国的乡村故事是更加丰富、复杂、独特的，如何在世界文学的视野中讲出中国乡村的故事，对当代中国作家来说，既是诱惑，又是挑战。

三 "乡村巨变"与艺术的创造性

上述分析很容易让我们以为，"现实主义"是乡土叙述的唯一方式，事实上并非如此，忠实地记录历史的变迁可以作为文学的追求之一，但并非文学的全部，作为一种"心灵史"，文学相对于理论著作、历史著作与社会学著作，可以让我们深刻、形象地触摸到人物的现实经验与内心世界，而作为一种艺术，文学无疑更应该具有美学上的追求，有作家独特的风格与独特的艺术世界。然而这一切，需要建立在对当代乡村深刻洞察的基础上。只有在此基础上，才能够真正具有艺术的创造力。

我们以上论述强调了中国乡村的剧烈变化，然而在这些剧烈的变化中是否有不变的因素？我们能否认识并把握这些不变的因素，并将之作为艺术创造的对象？在这方面，鲁迅的《阿Q正传》恰好给我们以启示，在鲁迅的《风波》、《离婚》、《祝福》等小说中，我们可以看到鲁迅小说对现实生活的深刻描绘，但鲁迅的着力点并非在此，鲁迅所着重的是民族心理结构的把握与刻画，这一点在《阿Q正传》中得到了最为突出的表现。在《阿Q正传》中，我们虽然可以看到辛亥革命前中国乡村的世态风情，但更加重要的是,他对中国人乃至人类心理情感结构的刻画,鲁迅艺术上的创造性表现在他对现实的穿透,为我们呈现出了一幅精神的图景,在这个意义上,这是更为深刻的"现实主义",画出了人类灵魂的一个侧面。鲁迅在变化中写出了"不变"的因素,写出了亘古至今的一种"现实"。这也是艺术的魅力之一,他让我们看到了比直接的现实更深刻的内容,让我们看到了更深处的"真实"。

在马尔克斯的《百年孤独》中,我们看到的不只是拉美社会的百年历史,还有丰沛的想象力以及艺术上的创造,它为我们打开了一个神秘的艺术世界;在艾特玛托夫的《一日长于百年》中,我们可以看到历史、现在与未来以一种独特的方式交织在一起,为我们呈现了一个丰富的想象空间;而在福克纳的《我弥留之际》、《八月之光》之中,我们看到的也不只是历史现实,而是叙述方法上的创造。——然而对于我们来说,在今天,往往更容易重视这些作品在叙事上的创新,而忽略它们所包含的社会历史内涵。我们应该认识到,是表达的需要在推动叙述方法的革新,而不是为了创新而创新,如果我们忽略了《百年孤独》与拉美历史的关联,如果忽略了《八月之光》与美国南方社会的联系,便不能更深刻地理解这些作品。然而,从另一方面来说,我们不仅要重视社会历史内涵,也要注重艺术上的创造。只有在把握社会现实的基础上进行艺术创造,才能行之久远。

"多年之后,面对行刑队,奥雷良诺·布恩地亚上校将会回想起,他父亲带他去见识冰块的那个遥远的下午。"《百年孤独》这个著名的开头,让很多中国作家为之着迷,它所创造的"过去将来进行时",不仅为我们打开了一个多维时空,而且那种回环缠绕也体现了一种独特的语感与美感。这是一种真正的艺术创造。我们可以欣赏并学习这种叙述方法,但似乎不必顶礼膜拜,在我看来,李商隐《锦瑟》中"此情可待成追忆,只是当时已惘然"一句,不仅是"过去将来进行时",而且蕴含着更丰富的意蕴,对"当时"的不同理解既可以指向将来,也可以指向过去;而在佛经中,"如是我闻,一时佛在舍利城","如是我闻,一时佛在忉利天"中的"一时"也同样具有更丰富的时态,既可以指向过去、现在、将来,也超越了具体的时空,为我们打开了更为丰富的想象空间。

对于当代中国作家来说，我们具有前所未有的思想艺术资源，近百年来，国外的重要经典作品大多已经译成了中文，我们可以充分地借鉴，而且相对于同时代的国外作家来说，我们还有丰富的传统文学资源可以借鉴，这对于中国作家来说是一个优势，我们不必盲目崇拜，也不必妄自菲薄，更为重要的，我们正在经历一个剧烈变化的时代，在这样的时代，中国的都市与乡村都在发生飞速的变化，我们的世界图景乃至我们自身也都在发生巨大的变化，如果我们能够深刻地把握我们这个时代，并在艺术上做出新的创造，必定能够创造出这个时代的经典，我们应该讲述出我们这个时代的"中国故事"，应该在世界文学的视野中讲出我们的故事，这既是对当代作家的一种挑战，也是前所未有的机遇。

（原载《江苏社会科学》，2012 年第 3 期）

中国人的"世界想象"及其最新变迁

对于中国人来说，2008年具有多重性的象征意义，尤其是奥运会上各国政要与运动员"万国来朝"的盛大场面，不仅在象征层面上实现了1980年代"走向世界"的愿望，而且作为"世界中心"的自我感觉与意识，也让我们看到了"天朝大国"的历史遗韵与隐秘的内心渴望。对于中国来说，一个地区性大国从未成为追求的目标，它所要追求的是成为世界性大国，这一隐秘的渴望既来自于传统中国的"帝国"心态，也贯穿于中国近现代史的所有段落，在这个意义上，2008年的奥运会在象征层面上实现了这一愿望，这可以视为中国人"世界想象"的一大转折，当然这已经处于一种完全不同的历史语境。

在何伟亚的《怀柔远人》中，我们可以看到乾隆皇帝与马嘎尔尼使华团在礼仪上的中英"冲突"，"冲突"的双方各有其道理，在天朝帝国的"朝贡体系"中，来自"边远"地区的马嘎尔尼使华团不行跪拜礼，是一种僭越，而在马嘎尔尼的"国际关系"视野中，他作为英国君主的代表向乾隆行跪拜礼也是难以容忍的。发生在1793至1794年间的这一礼仪冲突，以及六十多年后发生的中英鸦片战争，宣告了传统中国"天下观"的崩溃，此后一百五十年间，被卷入现代资本主义与殖民主义体系的中国，在为"救亡图存"而斗争。1949年，新中国的成立，不仅结束了中国半殖民地的历史，而且中国革命的巨大影响，也使中国在冷战格局中有了作为"世界革命中心"的想象与可能性。新时期以来，中国改革开放，开始重新融入资本主义世界体系，三十年来，中国作为"世界工厂"在经济上取得了飞跃性的发展，但是"走向世界"的趋向与"文明与愚昧的冲突"的思想框架始终构成了社会思潮的主流。在这样的思想视野下，"中国"

（包括传统中国与革命中国）是落后的，只有融入资本主义现代化的"世界潮流"中，才是唯一的出路。而在 2008 年，我们看到了一个新的转折。中国经济的飞速发展增强了中国人的自觉与自信，而西方国家的金融危机与经济危机也彰显了"资本主义"的本性。在这样的情形下，"先进"与"落后"，"文明"与"愚昧"便转换了坐标与视野，我们需要重新认识世界，重新认识历史，重新选择前进的路。

一　海外"创业者"的形象

2006 年，12 集电视纪录片《大国崛起》在中央电视台上映，这部纪录片分别梳理了荷兰、葡萄牙、西班牙、英国、法国、德国、日本、俄国、美国等国家"崛起"的过程，这部纪录片突显了中国的大国意识以及"崛起"的愿望。但是另一方面，我们可以看到，这些国家都是资本主义强国，也即我们历史上所说的"西方列强"，在侵略中国的"八国联军"中，除了弱小的意大利和已解体的奥匈帝国，其他六国都名列其中，如果我们只强调"大国崛起"而忽略了这些国家资本主义与殖民主义的性质，便是"好了伤疤忘了痛"，如果中国以这些国家为榜样寻求"崛起"之路，那么不仅将为世界带来灾难性后果，而且也将使中国走向"歧路"。这样的担心并非多余，英国 BBC 拍摄的纪录片《中国人要来了》，向我们展示了中国人在非洲、拉美等地区的商业活动，不少中国人与当地人之间存在着矛盾，这部纪录片固然有"中国威胁论"的影响，也存在着"双重标准"，但此片也提示我们，"中国人来了：不是怕社会主义，而是怕资本主义"，如果我们按照资本主义的逻辑去复制列强的"崛起"之路，必定走不通，我们应该寻找另一条道路。

李蔚的长篇小说《闯荡非洲》，描写新世纪以后中国人到西南非洲某国首都的创业生活，让我们看到了中国商人如何闯荡的故事，小说描述了中国人与当地人的关系，以及中国人内部的倾轧与矛盾，让我们对非洲可以有一个直观而具体的了解，也对"国民性"在国外的表现有更深刻的认识。1980 年代以来，中国文学中很少有表现非洲生活的作品，此部小说可以说弥补了这一缺憾，小说中表现的很多问题值得我们思考，尤其是中国人在创业中表现出来的优越者心态，值得我们批判地加以审视。

泽津、李林合著的长篇报告文学《中国农民在俄罗斯纪实》"生动展现中国农民走出国门来到俄罗斯之后，打工谋生、开荒种地、经商盖房、勤劳致富、发展经济……从无到有，从少到多，由小到大，由弱到强，最终集体致富，并赢得俄罗斯社会各界好评的创业历程。"这部作品展示了主人公"永不言败"的精神，及其在俄罗斯艰难创业的经历。

津子围、张仁译的长篇小说《口袋里的美国》讲述了年轻的中国知识分子赵大卫在改革开放大潮中，为追求先进的管理经验和实现自己的人生理想而背井离乡，来到被誉为"天堂"的大洋彼岸的美国寻梦。在美国，赵大卫边打工边求学，经历了人生旅途上最艰难最凶险的一段历程。经过不懈努力，赵大卫进入美国海产界。为融入美国主流社会，他夜以继日地工作。经过竭尽全力的打拼，他终于成为美国海产界的精英。可正当他雄心勃勃，准备大展宏图之际，却被莫明其妙地解雇了。于是他的抱负和一系列商业计划都化为泡影，理想也随之破灭，沉重的打击并没有使赵大卫崩溃，坚韧的赵大卫冒着倾家荡产、身败名裂的风险，毅然将世界级大企业告上法庭，开始了艰辛的"尊严之战"。最终，历经波折，他打赢了美国司法史上这场空前绝后的种族歧视官司，创造了美国新的司法判例。这部以真人真事为原型的长篇小说，向我们展示了一个"胜利"的中国人形象。

从以上作品中，我们可以看到中国人在世界各地创业的身影，在这里，"中国人"的形象与以往已经大不相同。如果说以往中国人主要以"落后者"的形象出现，那么出现在这些作品中的"中国人"已经转化为精明强干的"创业者"。如何认识与适应这一形象的转换，并批判性地审视其中"殖民主义"的因素，将是中国知识界需要研究的重要课题。

二 中西"文明的冲突"?

最近,海外华人作家写出了一些优秀的作品,这些作品与1980年代以来的"留学生文学"有着显著的区别,主要是对西方国家(主要是美国)的价值观念与生活方式,不再持一种理想化的态度,不再无条件地认同与追求,而更注重中国经验、中国文化或中国人的"身份"。这一变化,可以说与中国的"崛起",与中国在世界格局中位置的变化,有着密切的关系。但同时我们也应该看到,这一变化又是有限度的,而这主要在于中国尚未完全"崛起",同时1980年代以来形成的思想框架,仍处于支配性的位置,在意识或潜意识层面影响着人们的判断。

袁劲梅的小说将中西文化冲突作为小说处理的主要题材,无论是《罗坎村》还是《老康的哲学》,其间都纠缠着中西文化的冲突以及中国内部不同时代、不同人群在价值观念上的冲突。在《老康的哲学》中,从"等级观念"、"大一统"、"人情和法理"等命题,我们可以看到老康所代表的更多的是传统中国文化,老康哲学的主要对立面是他的儿子戴小观所受的美国教育,所谓中西文化的冲突主要体现在他们两人身上,但是还有另一种冲突,那就是老康和他的妻子之间的矛盾,老康的妻子代表的是一种官本位思想与裙带或依附关系。叙述者位置的选择,同时也是情感与思想倾向的选择。我们可以看到,小说中叙述者"我"的立场并不清晰,她大体认同戴小观的美国文化,不过她又试图去理解老康,虽然叙述中不乏调侃与嘲讽的意味,但她却又认真地去追溯他的历史,他的"哲学"的形成过程,表达了一种努力去了解的意愿。小说的叙述姿态是值得注意的,如果历史地看,比如与1980年代的作品相比较,中西文化的冲突,至少不再被视为"文明与愚昧的冲突",而是"文明之间的冲突",是两种价值观念与生活方式的矛盾。

加拿大华语作家李彦的长篇小说《雪百合》,描述了来自中国的新移民在适应新环境的过程中寻找心灵归属感的历程。故事发生在加拿大一个小城,小说主人公百合是一个在社会主义制度下成长起来的典型的理想主义者,小说主要描写她面对现实和理想冲突时的困惑,以及对生活价值观的反思，在应付前所未有的挑战中完成了精神和心灵上的转变。小说中对加拿大现实生活的描述让我们看到了资本主义社会中的性别、种族矛盾，同时突显了以"白求恩"为代表的革命精神对宗教的超越，让我们看到了女主人公对中国人身份以及"革命"的认同，这可以说是以理想的名义对中西文化的一种对比。

在亨廷顿"文明的冲突"理论的构架中，不同文明之间的冲突构成了国际秩序重建的基础，在这一构架中，中国作为"儒家文明"的代表，也构成了世界的一极，而在现实的国际秩序中，中国作为"社会主义国家"，也是现代资本主义世界体系的"他者"，这样双重的"他者"身份让中国在当今世界处于一种尴尬的地位，而伴随着中国的"崛起"，也必将在双重意义上挑战着现有的国际秩序。

三　中国人的"文化自觉"

伴随着中国由"弱者"到"强者"形象的转变，中国人的"文化自觉"越来越构成了一个重要的文化现象，不仅主流提出了文化"自觉、自信、自强"的命题，在学术界与社会民众中间，民族主义与保守主义也成为了重要的思潮。对于我们来说，问题是什么意义上文化的"自觉"，如果说传统文化构成了中国文化的一个侧面，20世纪的革命文化以及改革开放以来的改革传统同样构成了中国文化的不同侧面。在这个意义上，有人提出"通三统"的命题，但是否能够或如何"通三统"，将会构成中国思想文化界的重要议题。而在具体的文化创造上，也会体现出鲜明的"自觉"意识。

胡学文小说中的不少主人公具有一种执拗的性格，一种百折不挠的精神，一种为了一个目标虽九死而不悔的气质，这些人物都是最底层的民众，没有"文化"，他们为什么能够如此坚韧、如此坚强呢？如果我们在1980年代构建起来的思想框架中，在"文明与愚昧"的视野中，根本无法了解这样的人，也根本无法了解中国与中国农村，在这样的思想框架中，农民或者底层常被视为"愚昧"的代表，或者被视为国民"劣根性"

的集中表现,被视为没有什么"文化",但这只不过是来自西方、城市或现代资本主义的"傲慢与偏见"。他们所有的并非精英阶层所谓的文化,而是另一种"文化"——从周公、孔子到程朱陆王的传统文化在民间千百年来的积淀,以及"燕赵自古多慷慨悲歌之士"的地方文化传统。胡学文的小说写出了这种文化在民间、农村的积淀,写出了传统文化、民间文化与地方文化所养成的"人格",或者"精神"。而这样的"精神",正是底层或中国人最可宝贵的精神。只有这样认识中国人,认识中国的农村与底层,才能解释为什么中华文明历数千年而不坠,为什么鸦片战争以来中国经历了"数千年未有之变局"而没有亡国灭种,为什么现在中国又奇迹般地浴火重生并有"崛起"的可能性。

而付秀莹的《旧院》在对个人独特经验的描述中,写出了中国人经验、情感的独特方式,或者说,写出了我们的"民族无意识"。小说写的是一个大家庭之间复杂微妙的关系,其好处便在于幽婉细致地深入了每个人的内心深处,以及人们微妙的关系之间,向我们揭示了其中的隐约曲折之处。感叹时光流变与世事沧桑,并通过一个家庭的盛衰来表现,可以说是中国叙事文学的一个传统,从《红楼梦》到《呼兰河传》都是如此,而《旧院》可以说是这一美学的当代继承者。而在一个更为开阔的精神视野中,我们可以说《旧院》不仅写出了个人记忆与"民族无意识",而且写出了一种人类共同的悲哀与惆怅,那就是一个美好世界的消失,人们面对世事变迁的沧桑与无奈,以及重返旧日时光的渴望。

五四新文化运动以来,"小说"作为一种外来的文体,如何表达中国人的经验与情感,始终是一个没有得到完全解决的问题,伴随着中国在世界格局中位置的提升,中国作家的自信心也在不断增长,而中国经验的丰富性与复杂性也在呼唤着中国作家突破"小说"的固定观念,创造出能够充分表达出中国人经验与内心世界的新的"小说"形式,而文学的"中国化",也是"文化自觉"的重要表现。

不仅文学,最近的中国电视剧尊重观众的审美习惯,汲取了传统中国美学的某些叙述元素,并予以现代性的转化,在民族形式的探索上,在民间趣味的发掘上,取得了较为丰富的成果。与日剧、韩剧、美剧、港剧、台剧相比较，中国大陆的电视剧更注重"故事性"，在叙事中更注重伦理关系，在叙事的长度、段落、节奏上，更注重观众的接受习惯，也更注重现实主义的表现方式，已经发展出了自身的"特点"。

当代中国文化虽然已具备"自觉"，但尚未发展出真正能够表述自我与表述世界的方式，当我们注重"讲述中国故事"的时候，我们既应该具备充分的自信，也应该警惕隐藏在传统文化中的"帝国"心态与资本主义的"殖民主义"，在与世界人民的友好交往与共同发展中，创造出独具魅力而又有普适性的当代中国文化。

（此文系在韩国"东亚批判性刊物"会议上的发言稿，中文版以《中国人"世界想象"的变迁》发表于《社会科学报》2012 年 7 月 31 日，韩文版将发表于韩国《创作与批评》）

新的体验,新的美学
——评"70 VS 80后"

2009年在深圳的时候,冉正万兄告诉我《山花》2010年将开设一个新栏目"70后 VS 80后",每期各刊发70后和80后作家的一篇小说,他约我在年底的时候写一篇评论,谈谈这个栏目中的作品,并对70后作家和80后作家的艺术特色做一些概括与分析。当时我一口答应了下来,这首先是出于对《山花》杂志的尊重,《山花》在如此恶劣的文学环境下一直坚持艺术的高品位殊为不易,在文学界可谓有口皆碑,此次以这样的力度扶植青年作家,自然应该支持;其次也是出于对"70后"、"80后"作家及这一命名的看法。"70后作家"的命名出现在1990年代后期,但是这一命名很快转化为对"美女作家"、"身体写作"的讨论,"80后"作家的命名稍晚,但随之席卷而来的是更加凶猛的商业化运作,这样运作的结果是造就了几个文学上的"商业明星"。如此,在文学界"70后"、"80后"作家便只是成为了某些作家的市场标签,成为了某种固定的形象——欲望化的,或者叛逆性的写作,如果我们不否认这些作品的文学价值,这也只是某些70后、80后作家的特征,与他们的成长环境密切相关(大都市中某些特定阶层的成长背景),而在这一过程中,更多70、80年代出生的作家则被压抑、遮蔽了。

从文学史的角度,"70后"、"80后"的命名并非毫无价值,因为这些作家与50、60年代出生的作家相比,无论生活经验还是审美经验都已经发生了很大的变化,他们认识世界的方式,他们的成长经验与背景,他们的美学趣味与偏好,都有不同于前人的独特之处。作为一个作家,如何发现这些生活与美学中的新经验、新因素，做出不同于前人的探索，是一项严肃而艰辛的工作，而如果我们不满足于商业上的炒作，那么致力于这些新体验的发掘并阐释其意义，也是摆在作家、评论家与文学刊物面前的任务。在这个意义上，《山花》对70后、80后作家的集中展示，可以说是一件重要的事情。2010年，刊发在"70后 VS 80后"栏目中的作品共25篇，以下我将在具体作品分析的基础上，探讨"70后"、"80后"作家的新经验与新的审美要素，并比较他们之间的异同，分析他们面临的问题。

一 70后作家的作品

卫鸦的《天籁之音》写两个脚手架上的打工者和他们的内心世界，"我"和石岩，每天的工作就是在脚手架的竹夹板上运送水泥，他们在深圳已经五年，石岩的梦想是回家结婚，他喜欢一个哑女，将她的照片每天装在口袋里，在脚手架上他说听到了她的歌声，而"我"并不相信，石岩却说他真切地听到了她的歌声，在千里之外召唤他。接近年底的一天，"石岩问我，回家以后，你有什么打算？我说，我只想抱个女人睡觉，你呢？我想像鸟儿那样飞一次，他张开手臂作了个飞翔的姿势，他说，我从来都没有飞过"。一阵风吹走了石岩胸前的照片，他伸手去抓，从脚手架上"飞"了起来，穿破防护网，跌到了地上，而那张照片还在空中翻飞，"我"望着照片，好像听到了千里之外哑女的歌声，仿佛"天籁之音"……小说将笔触深入到了打工者的生活和他们的内心，照片、哑女、歌声、"飞"，不同的意象交织在一起，构成了小说主人公在脚手架上遐思的对象，这让我们看到了打工者在辛苦的劳作之外，内心所拥有的憧憬与向往，小说结尾悲剧性的一幕，让读者与"我"一起陷入了悲哀之中，而那"天籁之音"一样的歌声，则将现实中的不可能转化为了可能，以艺术的升华寄寓了作者的美好祝愿。

马拉的《爱别离》写的是一个"代孕母亲"的故事，小说的主人公小艾大学毕业后跟男友分手，"她不想恋爱了，甚至不想结婚，但她想要一个孩子"，于是在看到网上一个帖子后，便与发帖者王树联系，以人工授精的方式怀孕，生下了儿子皮皮，儿子出生后不久被抱走，小艾则产生了难以遏制的思念之情……小说对小艾与皮皮、王树之间复杂暧昧的情感有着深入细致的刻画，对小艾的生活与内心世界也有细腻的揭示，可以让人们看到一个"代孕母亲"的情感及其处境，以及"代孕"这一行为对道德伦理的冲击。在小说中，最值得注意的是小艾的情感故事与情感选择，她并没有经历太多心理障碍就选择了"代孕"，而在这一过程中，她才逐渐了解了这一事情的实质，并同王树产生了类似夫妇一样的情感，而在儿子被抱走后，她也没有经历太多情感波折就接受了这一现实，只是在她有了新的情感对象，要离开这个城市时才提出要见见皮皮。小说对小艾情感选择的描述，让我们看到了都市中人们情感联系的脆弱性与偶然性，而"代孕"这一新鲜事物，也正是都市文化的产物。

奚晗的《回望》写一个老人和他的乡下保姆的故事，小说以第一人称叙事，写出了"我"对衰老的感触，以及对人情事理的深刻理解。小说中的"我"创建了大的家业，年老后分给了两个儿子，独自住在一栋别墅里，两个儿子和儿媳妇无暇照顾他，请了一个乡下保姆梅来照顾，于是在"我"的余生中，梅便是生命中最重要的人了，她对"我"的照顾无微不至，但又并非贪图钱财，只是出于职业或工作上的伦理，而"我"的儿子和媳妇反而成了外人，很长时间也不会来看"我"。小说对梅和儿子对"我"不同态度的深刻揭示，让我们看到了现代资本主义社会中，亲情伦理已经被异化到何种程度，而只有保持着乡下人本色的梅，才让"我"感受到了人间的温暖，这一温暖虽然仍是建立在金钱或者说雇佣基础上的，但梅最后拒绝了"我"遗赠的别墅，这不能不说是对资本逻辑的一种深入认识与反思。小说对老年人的羞耻与难堪有着深刻细致的描写，"在一个尚还年轻的女人面前，被脱得干干净净，光着又老又皱的身体，像一个小丑一样滑进浴盆中"，如此清醒的自我意识，让人看到了衰老与时间的无情。此外，小说中的叙述视角也颇具特色，小说是从"我"的视角进行叙述的，但是当"我"去世后，这一叙述视角仍然没有改变，这既与前面的叙述相连接，也使小说突破了"现实主义"的界限，而别具一种幽灵的眼光与色彩。

付秀莹的《蓝色百合》，写的是一个青年女子对一个陌生人的奇怪情感。小说的主人公水青有一个爱她的丈夫，和一份稳定的工作，生活安宁妥帖，但是她内心中并不平静。在上班的路上，她时常会碰到一个陌生男子，开始她并没有在意，时间久了，她开始留心这个"高高的个子，有些清瘦，捧着一张报纸，边走边看"的人，这个陌生人在她意识中越来越重要，像一个谜一样，她渴望能够了解他，走进他的世界，但这并非有意识的"越轨"，而只是出于一种好奇，"两个陌生的人，从不同的方向来，到不同的方向去，于千万人之间，在时空的某个奇妙的交叉点，遇合，然后，擦肩而过。这是多么让人着迷的事情"，她开始幻想，并试图接近这个陌生人，但是这个男子却很少再出现了，在一个下雨天，她终于看到了那把"花格子雨伞"，追踪他来到了街心花园，却发现"伞下，是一个少年，清瘦，忧郁，目光迷茫"。小说中主人公对陌生人的兴趣，可以说是对庸常生活的一种反抗，是对诗意的一种追寻，而结尾处的"少年"意象，可以让我们看到主人公所追寻的并非外在的遇合，而是内心深处爱与美的最初印象，正如小说中的"蓝色百合"一样，这样的花与这样的情感并不存在于这个世界上，而只存在于人的内心。小说语言优美，对都市人复杂的内心世界有着细腻的刻画，并展示了一种反抗平庸的诗意方式。

李云的《夜色》写主人公小穗和她的两个"情人"的故事，老吴是"小穗今天幸福生活的创始人和领路人"，他把小穗安排进了单位的文印室，并逐渐亲密起来，小穗"便成了老吴怀中的一个宝"，如今老吴已退休；小骡子是她小区的一个保安，她很喜欢他的质朴真诚，他们之间没有什么。"小穗的老公出差去了。小穗为自己安排了一些事情"，那就是先去见纠缠不休的老吴，再去见想见的小骡子。小说在这一过程中描述了小穗与老吴、小骡子的情感故事，让我们在"夜色"中窥见了她迷乱的内心世界，但在迷乱中她也有自己的执著与纯情，她与小骡子之间单纯的交往，她帮助小骡子寻找他的媳妇"月亮"，不忍心告诉他"月亮"堕落的消息，等等——这让我们看到，在她的内心中仍有一块纯净的地方。小说为我们塑造了这样一个内心迷乱而又真诚的女性形象，从中可以看到都市生活的复杂性，小说语言细腻，对人物的心理有着深入的刻画，而反复出现的"桂花香"既烘托了小说暗香浮动的整体氛围，也颇具象征色彩。

刘丽朵的《风筝误》写三个少年的成长故事，艾涛、董青、宁小冒三人从小在一起长大，小学、中学都在一起，小说写他们各自的成长过程，以及在这一过程中他们彼此之间的关系及其变化。艾涛父母离异、离家出走，想加入黑社会，最后打人致死被判刑，董青打架、打台球，独自去寻找"恒山派"，宁小冒则是他们的跟班。小说通过这三个人的故事，展示了成长过程中那些幽暗的角落和无人知悉的寂寞时光，让人窥见了这些少年的内心世界，也将人带到了那个年龄阶段的所思所想，小说中一些细节的运用颇为出色，内蒙风情的某些描写突出了小说的地方特色，而最值得注意的则是小说平静的叙述方式，以及看似散漫的散文式的结构方式，这使作者以一种超然的视角关注着她笔下的世界，但从中我们也不难感受到她对笔下主人公的"关切"，这种超然的"关切"充满了内在的张力。

　　闫文盛的《影子朋友》，写一个令人讨厌的朋友的故事，这个朋友借钱不还，性格乖戾，与女友争吵，甚至还吸毒，小说通过"我"与他交往的过程写出了对他的"印象"，描述出了一个难以理解但又较有典型意义的人物形象，小说的叙述口吻逼肖而又别具特色，在亲近之中显示出疏离，有一种恰如其分的距离感。

　　徐东《叫瓷的女人》写"我"对一个女子的幻想、追寻以及实际接触，小说的主人公敏感而脆弱，时常陷入幻想之中，他将在街上遇到吸引他注意的一个女子命名为"瓷"，不断寻找接近她的途径，但又怯于行动，最后当他终于接近这个女子时，却意外地让她走上了绝路。小说对"我"的心态及耽于幻想的性格有着细腻的把握，戏剧性的结尾使小说增加了波澜。

　　强雯的《霉菌》写一个公交车女售票员的生活，她与前夫离了婚，与车队的司机小七保持着一种暧昧的关系，现在公司改制又面临下岗，小说中的"霉菌"象征着生活的暗淡、无望、失控与腐烂，小说的主人公与这样的"霉菌"搏斗着。莫大可的《岸》通过父亲的住院过程与"我"的回忆，描写"护工"郭兰英的性格与生活，孙频的《流水，流过》写一个父亲隐瞒自己的绝症，让女儿安心读书长大成人的故事。王齐君的《岁月有痕》写两对男女出乎意料的情爱故事，小说结尾的处理颇为离奇，张好好的《待嫁的女人》写三个事业有成的女性的情感故事，小说对都市女性情感上无法找到归宿的困境有着深入的刻画。

二 80后作家的作品

毕亮的《铁风筝》写马迟与杨沫的相亲故事,"铁风筝"是他送给她儿子的一件礼物,小说表面上写他们两人的相亲过程,但是通过银行、骆驼、狙击手等反复的出现,暗示了一个更为隐秘的故事:杨沫原先的丈夫是一个骆驼饲养员,为给儿子治病铤而走险去抢银行,被公安局的狙击手击毙,而这个狙击手马迟为了照顾杨沫和她的儿子,隐瞒身份来相亲……小说将最具戏剧性的核心情节隐藏在背后,在平静的叙述语调中暗含着波澜,给人留下了丰富的想象空间。这篇小说在叙述技巧上颇为成熟,从一个很小的入口切入,将不同的叙述元素有机地结合在一起,有力地暗示了一个更加丰富的世界。

游睿的《迂回》,写一对打工者夫妇的遭遇,并通过他们的故事反映了资本主义生产方式的"内在逻辑",小说中的张修国和杨千花夫妇到一处建筑工地上打工,负责把大量的竹子剖成竹块,他们每做完一块竹板,可以得到九毛钱,他们的老板是张满玉,一个整天坐在那里嗑瓜子的女人,后来他们发现,离他们很近的另一个工棚,做一块竹板是一块五毛钱,他们向老板抗议,老板被迫满足了他们的要求。后来,他们又发现,搭一个这样的工棚很容易,也很便宜,于是他们辞工准备搭建一个工棚,但这时他们才发现并不是那么简单,他们的工棚还没有搭起来,"几个大盖帽找上了门,对着张修国一阵吆喝,要求立马进行拆除",他们买来的工具也只能堆在那里,他们想再去做工人也不可得了,因为老板张满玉已经跟其他工棚的人打了招呼,没人敢雇用他们,最后实在没有办法,他们只好又回到了张满玉的工棚,接受"剥削"。小说通过这一对夫妇的遭遇,让我们看到了"资本"的特性:与权力结合在一起的"垄断",以及对"剩余价值"的最大榨取。小说中的张修国虽然从上学的儿子那里知道了"剩余价值"、"资本家"等词汇,但是却无力改变这一现实,只能怀着对"资本家"的厌恶与仇恨"迂回"地加入被剥削的队伍之中。但是他们对自身处境的清醒意识,也正是改变这一现状的内在动力。

郑小驴的《鬼节》写过鬼节给父亲"打月半"的过程与氛围,也涉及躲计划生育的"大姐"及其夭折的孩子,一个乡干部对"母亲"的纠缠,以及"我"的成长;他的另一篇小说《像人》写在2008年冰冻灾害遇阻的火车上几个乘客的故事,小说将梦境与现实结合在一起,从中可以看到"先锋小说"的鲜明痕迹。小说的叙述穿梭在不同的时空:现实中的火车,警察讲的故事,道光十一年春发生在"和记茶馆"的故事,等等,这些故事互相交织,在叙述中开辟出一个新的空间,而小说对氛围的营造也颇为出色,让人能够感受到一种恐惧、诡异神秘的色彩,而在故事的结尾,现实、故事与梦境融合在一起,让人在现实中看到了谜一样的存在,拓展了对"现实"的理解。

许艺的《寻找主人》也具有"先锋小说"的色彩,小说从抽象的叙述入手,分"倒立""两棵树""山音""王后""比喻"五个小节,其中有童年的回忆,以及寓言、思考、寻找出路的暗示等,小说并没有连贯的故事,总体上可以视为叙述者追求精神自由的一种隐喻性表达。

甫跃辉的《红灯笼》,写一个杀人犯的妻子和女儿回到家乡后受到亲人的欺侮,而租住他们房子的外方人老正反而挺身相助的故事,小说在结尾处给出了一个戏剧性的解释,原来老正多年前也曾失手杀过人。小说对人情世故的描写显示了不同生活逻辑的碰撞,而其中一些次要人物如傻子三雀、金凤奶奶的反复出现,营造出了一种独特的生活氛围,"红灯笼"这一意象也颇具象征性。

叶临之的《羽弃生》写一个打工者与一个女性"性工作者"的故事,他们都崇拜歌手羽毛,因而也将自己命名为羽毛,男羽毛在一个夜总会将喝醉的女羽毛收留在宿舍,他试图通过她获得音乐事业上的发展,而女羽毛也只是歌手羽毛的前女友,在他们再次见面之后不久,女羽毛就跳楼自杀了,而男羽毛也由于参与工厂的维权而被公司辞退了。小说写出了底层人生活的无望及其个人发展的渴望,也展示了社会生活的多个侧面。

曹潇的《相约西湖》写两个女生在西湖边相约,她们一个是从云南来杭州和男友了结,另一个人暗恋的对象即将离开杭州,她"想在他走之前告诉他，我喜欢过他整整三年"，她们两人在湖边相遇谈心，小说的故事虽然简单，但风格清新自然。宋成魏的《现在是未来》，写一个女孩最初朦胧的情感及其成长与回首，"黄色房子，小火车站，悠长的铁轨如岁月般朝未知的远方延伸开去"，小说写出了时间流逝中的沧桑与怅然。袁腾的《故人》写一个女中学生的成长，缺席的父亲，学校的环境，她对老师的特殊情愫，构成了主人公成长的独特背景。陈乙炳的《两代人》，写"父亲母亲"的复杂关系，及其与"我"和"女友"苏茌为人行事的不同，小说试图写出对两代人对情感的不同理解，但叙事重点不突出，显得有些芜杂。却却的《笨女人》写一个女人的情感与婚姻经历，她与丈夫本是恩爱夫妻，随着丈夫在事业上的发达，他开始在外面找女人，她虽然想过离开这个家庭，但是却无能为力，只能接受丈夫"依然"爱她的逻辑，忍气吞声地继续生活，小说对当前的婚姻状况有着较为深入的揭示。

三　70后、80后作家的差异及其面临的问题

　　以上，我们简要分析了2010年《山花》"70后 VS 80后"栏目中作品，这些作家作品虽然不能代表70后、80后作家的全部，但是从中我们也可以看到他们彼此之间的差异，相对来说，70后作家在艺术上较为成熟，所涉及的社会层面也更多，一些作家也已经形成了较为稳定的叙述方式与艺术风格，卫鸦的《天籁之音》、马拉的《爱别离》、徯晗的《回望》、付秀莹的《蓝色百合》、李云的《夜色》、刘丽朵的《风筝误》、闫文盛的《影子朋友》等作品，向我们展示了社会的不同侧面，并在艺术上有自己的探索与发现。比如，卫鸦的《天籁之音》较之以往描写打工者的小说，更注重对打工者内心世界的关注，在艺术手法上也更加灵活自如；马拉的《爱别离》与徯晗的《回望》，则对都市中的特定人群有着自己的观察与思考，发现了时代发展中新的经验，并以自己的方式做出了艺术上的描述；付秀莹的《蓝色百合》、李云的《夜色》描写不同的都市女性及其生活方式，深入到她们的内心深处，发现了她们的"秘密"及内在的幽微曲折；刘丽朵《风筝误》中的"成长"、闫文盛《影子朋友》中对朋友的复杂

态度，也让我们看到了这一代作家逐渐成熟的过程。相比较而言。80后作家则仍处于成长的过程，虽然毕亮、郑小驴、甫跃辉、游睿、许艺等人已经显示出了他们的叙述才华以及观察与思考的能力，但他们目前的创作尚没有表达出这一代人独到的"体验"，没有形成独特而稳定的艺术风格，这是他们仍需要继续努力的。

在创作上，70后、80后作家也面临着共同的问题，主要是如何处理作品与个人体验关系，如何历史地理解"现实"，以及艺术赋型的能力问题，我认为这三个问题制约着当代青年作家创作所可能达到的深度与广度，以下分别简略地谈一谈。

在我看来，每一篇优秀的作品都是有生命的，而作品的生命来自于创作者的生命体验，凝聚着创作者的血肉、情感与想象，创作者将个人的生命注入到作品中，作品才能够获得生命。但就目前的大多数作品而言，却是没有生命的，原因就在于创作者没有将自己最真切的人生感受融入作品中，而只满足于讲一个故事，或者做些花拳绣腿的"探索"，这极大地限制了一篇作品所可能具有的生命力。对于当70后、80后作家而言，正是成长或成熟的人生时期，也正是他们对现实与人生有所感悟、有所反思、有所批判的时期，他们所面临的社会与精神处境也有别于上几代人或其他历史时期，比如他们面临着就业、购房的巨大压力，面临着社会结构凝聚化的"断裂"状态，也面临着社会急剧发展带来的种种问题，这些不仅是外在于他们的"社会问题"，也是他们置身于其中的现实处境，是他们生命体验的一部分。如果能够将个人或这一代人独特的"生命体验"表达出来，这样的作品才是有生命力的。在这里，我们强调"生命体验"中个人内心隐微而曲折的部分，同时也强调这一代人或这个时代的共通部分，如果能够充分表达，每一种"生命体验"都可以写出优秀的作品，但是如果能以个人的体验为基础，写出对整个时代精神的概括，则无疑是一种更高的要求。

70后、80后作家大多成长于改革开放以后的"新时期"，伴随他们成长的是中国经济的高速发展与物质的极大丰富，这些作家也大多是独生子女，自幼备受呵护与宠爱，对中国的历史与现实并没有刻骨铭心的体验与理解。对于这一两代人来说，不仅物质匮乏时期的饥饿与恐慌难以理解，而且优越的生长环境也让他们对近代以来的中国史难以有"了解之同情"，他们所经验或体验的只是"现在"，很容易认为这是理所当然的。但正如我们所看到的，"现在"的中国并不是自然而然发展而来的，而是经历了近两个世纪的奋斗、牺牲以及种种历史的曲折所达到的，而"将来"的中国也只有在充分总结历史经验教训的基础上才能够进一步发展，我们的作家如果只囿于个人的经验，缺乏历史感与时代感，很容易陷入"个人"的自恋与自得，而只有历史地理解"现实"，将对现在的理解与对历史的理解结合起来，并发现不同于以往历史的新的经验与新的美感，才有可能拥有一个开阔的视野，并在艺术上做出新的探索。

每一个时代有每一个时代独特的经验，每一个人也都有自己观察界的独特视角，如何将个人的生命体验以恰当的艺术形式表达出来，是一个作家所不可不面对与思考的，艺术赋型的能力也是衡量一个作家的重要标准。在这方面，我们经常会看到两种偏颇，一种是在形式上模仿经典作品，而并没有表达出新的经验或"体验"；另一种则是以陈旧的形式表达新的经验，但受制于形式的限制，往往不能充分表达出新的经验，也不具备新的美学元素。在我看来，对于经典作品，我们要学习而不要迷信，我们应该在个人体验的基础上，创造出新的美学形式，我们考察一篇作品是否优秀，不应该看它是否像某部（外国）经典作品，或者在形式上是否花样翻新，而应该看它是否充分地表达出了创作者的人生体验，是否在内容与形式上达到了和谐或完美的境界，是否创造出了新的美学经验或美学元素，只有具备这样的探索精神，我们的作品才是真正具有生命力的。

对于 70 后、80 后作家来说，现在正处于充满创造力的年龄，如何在现实与文学环境的限制下，充分展现个人的文学才华，创作出具有无穷生命力的作品，是每一个有抱负的作家都应该面对与思考的。我也相信，70 后、80 后作家也将会创作出真正属于他们的文学"经典"。

（原载《山花》，2011 年第 1 期）

理论内外

　　每一篇优秀的作品都是有生命的,它的生命来源于创作者生命的对象化,其中包含着创作者的思想、性格、情感,也包含着创作者的呼吸、体温与气息,在那些独特的语言、语调以及叙述方式中,我们可以读到创作者的生命密码,我想这也可以解释,为什么优秀的作品即使在千百年后,仍是那么生机勃勃,仍可以与读者息息相通,比如我们读《诗经》或唐诗宋词,或者古希腊悲剧和莎士比亚、歌德,总是能够为之感动,我想这并不仅仅是因为我们在读"文学",也是因为我们在阅读一种生命体验与情感经验。

　　　　　　　　　　——《"文学"与我们的生命体验》

重申"新文学"的理想

当前,文学的"边缘化"似乎已经成了一个被默认的事实,有的人为之愤愤不平,有的人认为这才是一种"正常"的状态。另一方面,在文学及文学研究界,对当代文学整体评价的争论此起彼伏,批评者认为其中大部分是"垃圾",赞同者则认为当代文学"达到了前所未有的高度",或者"处于最好的状态"。这样的争议在文学界引起了激烈的讨论,而在外部看来,则只不过增添了一些"话题"与热闹。

在我看来,上述争论的表面喧嚣,掩盖了一个重大而深刻的变化,即我们的文学正在经历一个新的转折,这一转折不仅是对1980年代以来文学秩序的挑战,而且是对五四"新文学运动"所确立的基本的文学观念与文学体制的挑战,如果站在"新文学"的立场上来看,那么我们的文学正在经历一种前所未有的危机,或者变化。

这也有必要让我们将五四以来"新文学"的不同流派、脉络、阶段视为一个整体,在一个更加开阔的视野中加以审视,从而在历史经验中探索文学的未来。具体说来,无论是"五四文学"、"左翼文学"、"解放区文学"、"十七年文学"、"文革文学"、"新时期文学"、"后新时期文学"等不同的发展阶段,还是"为人生"的文学、"为艺术而艺术"、"左翼文学"、"自由主义文学"、"民主主义文学"、"工农兵文学"等不同的文学追求、主张和流派,都可以视为"新文学"的一部分,它们在整体上既区别于传统的中国文学,也不同于西方的现代文学,而是在中国创建民族国家的过程中所发展出来的"现代"的"中国文学",是现代中国人探索、奋斗、挣扎的心灵史,而在今天,这样一种"新文学"却面临着整体性的危机。

我们知道,"新文学"是在对传统中国文学及通俗文学的批判中发展起来的，在这一过程中，不仅现代中国的文学语言从文言文转换为白话文，而且"文学"的观念也发生了极大的变化："文学"不再是"著诸竹帛"的所有文字，也不再包括传统中国文学的某些文类（如碑、铭、赋、诔等），而是现代性的"小说、诗歌、散文、戏剧"的特指；同时，"文学"也被赋予了先锋性、精英性与公共性，而不仅仅是私人之间的酬唱，或仅仅是一种消遣或娱乐，而被视为一种精神或艺术上的事业。与此同时，也发展出了一种新的文学体制，如以作协、文学期刊和出版社为中心的文学生产—流通—接受机制，以大学中文系与研究所为核心的文学教育、研究、传播机构，以文学批评、文学史、文学理论为基础的文学知识再生产模式，等等。这些新的文学体制既是"新文学"发展的制度或机制保证，也与"新文学"一起，构成了现代民族国家及其公共空间的一部分，并在其构建与发展的过程中起到了不可替代的作用。

在今天，我们遇到的挑战，是文学的先锋性、精英性与公共性的丧失。这里的"先锋性"不是指 1980 年代"先锋文学"对形式、语言与技巧的重视，或者对"现代"、"后现代"思潮的模仿或追逐，而是指文学在整体社会生活及思想文化界中所处的位置，即在社会与思想的转折与变化之中，文学是否能够"得风气之先"，是否够能对当代生活做出独特而深刻的观察与描述，是否能够提出值得重视的思想或精神命题，是否具有想象未来的能力与前瞻性。我认为这是判断文学是否"先锋"的重要尺度，在这个意义上说，从"五四"一直到 80 年代，文学在整个社会与思想文化界一直处于"先锋"的位置，而从 1990 年代之后，我们的文学逐渐丧失了这样的地位，在今天，文学界所讨论的基本问题，不仅落后于思想文化界，甚至落后于社会民众，很多人只满足于文学内部或小圈子的自我欣赏与满足，对中国乃至文学体制发生的巨大变化视而不见，其"边缘化"的命运也就不可避免了。

所谓"精英性"并不是指创作者的身份，而是指新文学本身的严肃性与"精英性"，即"新文学"不是像通俗文学一样，要去迎合读者的阅读趣味，而意在通过艺术所具有的魅力与感染力，改变或提升读者对人生与世界的认识，在意识领域中引发读者对自我、世界或艺术自身的思考，从而扩展、丰富个人的审美体验，同时对自身的现实与精神处境有一种新的体认。正是在这个意义上，文学才是一种精神或艺术上的事业，而不仅仅是一个故事或讲述故事的方法，文学才是一种"高级文化"，而不是一种消遣或游戏。

而"公共性"，则是指文学所可能产生影响的范围不限于私人领域，不是小圈子的互相欣赏，而是更为广泛的思想文化界及整个社会。这既是指"文学"的生产过程，不仅在于作家的私人"创作"，而且有赖于出版、印刷、发行、流通、阅读等不同环节，才能最终"完成"；也是指"文学"作为意识或象征领域的一个特殊部分，是不同身份、阶层、性别、种族、观点的声音相互交流、争夺与斗争的一个公共空间，这一空间的有效性不仅在于文学从业者是否具有自觉意识，也在于这种"公共性"范围的大小。在今天，文学读者数量的日益缩小已成为一种公认的事实，而且仍有进一步发展的趋势。令人忧虑的是，"文学"已经很难成为公共话题，或者说很难产生公共影响，这可以说是"文学"丧失"公共性"的一种表现。

从"五四"到1980年代的中国文学，尽管有可以鲜明区分的不同阶段，以及不同思想、政治、艺术派别的争论、批判甚至运动，但无论是"为艺术而艺术"，"为人生"，或者"工农兵文学"，在将文学作为一种精神与艺术事业上，或者说在坚持文学的先锋性、精英性与公共性上，却是一致的。而这样的文学理想或文学观念，面临着巨大的危机，这可以说是我们这个时代文学所面临的最大挑战。

在今天，当"文学"日益通俗化、娱乐化的同时，我们有必要重建文学的先锋性、精英性与公共性，我们必须重申新文学的理想。

（此文以《重建"公共性"，文学方能走出窘境》为题，载《人民日报》，2011年4月8日）

"文学"与我们的生命体验

"文学观",即关于何谓文学的基本观念,不同的人有不同的看法,从不同的角度去看,也会有不同的结论。有的人认为"文学"是永恒的,这是 1980 年代较为流行的一种看法,也是将文学浪漫化与神圣化的一种表现,但是正如研究者所指出的,英文 literature 的出现不过二百年,而汉语"文学"一词虽然在先秦已经出现,但它的现代内涵——"以语言文字为工具借助各种修辞以及表现手法形象化地反映客观现实的艺术,包括戏剧、诗歌、小说、散文等形式"——却是五四新文化运动之后才形成的。所以并不存在所谓"永恒"的文学,对于"文学",我们也只能历史地理解,而不能将之作为亘古不变的一种形式。另一方面,有的理论家在理论的推演中,则否定了"文学"的存在,或者忽视了文学的独特性与独立性,将"文学"仅仅作为阐释理论或世界的一种材料,无论是传统的社会学批评,还是后现代或"全球化"理论,都易于将文学作为附属性的资料,而否定其作为主体的存在。与以上两种看法不同,我认为"文学"虽然不是永恒的,但在每个历史时期或一定的范围内,我们却可以对"文学"有一种共同的理解与认识,只有在此基础上,我们才能探讨文学的标准与规范,而另一方面,我们只有认识到这种理解的暂时性与局限性,才有可能灵活而不是僵化地理解文学规范,并不将某一种"文学"视为文学的全部,而可以勇敢地去开创新的文学道路。

在这方面,可以说是"一代有一代之文学",诗经、楚辞、唐诗、宋词、明清小说,文学与历史的不断演进,在拓宽着我们对"文学"的理解,但又不仅仅如此,我觉得某些特殊的问题,也可以拓展我们对"文学"的认识,比如鲁迅先生晚年的杂文是否属于"文学",是文学史上聚讼纷纭的一个话题，肯定者与否定者都有充分的理由，但是在我看来，更重要的问题却是，鲁迅先生为什么要创作"杂文"？他是为了要创作文学而写"杂文"的吗？显然并非如此，他是心中有所郁积才不得不写的，至于他写作的杂文是否"文学"，则并不是他所太关心的。而他的这种创造性表达，则将"杂文"这种体裁带入了"文学"之中。这只是一个例子，我认为，文学正是在不断突破成规的过程中，才不断发展与创新的，就像托尔斯泰的"心灵辩证法"和"对位式结构"突破了当时欧洲小说的流行方式一样，或者马尔克斯的"过去现在将来时"也打破了小说的写作方式，他甚至说自己在"发明文学"。但是另一方面，他们也并非为创新而创新，而是表达的需要让他们打破了叙事的陈规，从而在艺术与形式上有了全新的创造。

所以在这里，我愿意强调"文学"与创作主体之间的密切联系，我认为，每一篇优秀的作品都是有生命的，它的生命来源于创作者生命的对象化，其中包含着创作者的思想、性格、情感，也包含着创作者的呼吸、体温与气息，在那些独特的语言、语调以及叙述方式中，我们可以读到创作者的生命密码，我想这也可以解释，为什么优秀的作品即使在千百年后，仍是那么生机勃勃，仍可以与读者息息相通，比如我们读《诗经》或唐诗宋词，或者古希腊悲剧和莎士比亚与歌德，总是能够为之感动，我想这并不仅仅是因为我们在读"文学"，也是因为我们在阅读一种生命体验与情感经验，"昔我往矣，杨柳依依，今我来思，雨雪霏霏"，千载之下仍能令人动容，就在于它表达出了诗人对时光流逝、物是人非的深沉感喟，也表达出了人类共通的情感体验，而这引起了我们的共鸣。

但是在我们强调"文学"与创作者生命联系的时候，并不是要将这种联系神秘化，我们知道，每个人的生命也都是具体环境的产物，是受制于泰纳所说的"种族、环境和时代"的，当然也受制于阶级、性别与国别，所以一个创作者的作品也只能是这样具体环境的产物，但是我们也可以看到，一个优秀的创作者往往能突破某些个人或时代的限制，深入到人类的集体无意识层面，在一种更深层次上表达出某个群体或人类共通的情感与生命体验。我想，那些经典作家与经典作品之所以能打动一代代读者，原因或许就在于此。当然，从古至今，人类的情感与生命体验愈趋复杂，"文学"的形式也愈趋精致繁复，中国古代的诗歌，从四言到五言，到七言，从古体诗到律诗、绝句，不仅是文学形式的演进，其中所蕴含的情感与经验也更加丰富复杂，西方小说的发展也同样如此，从最初的罗曼司，到浪漫主义，到现实主义，再到现代主义与后现代主义，也是一个愈趋复杂的过程，而这也是人类情感与生命体验愈趋复杂的一种映射。

　　当我们强调"文学"与创作者生命的内在联系，以及文学的演化的时候，主要是想对这样的文学创作现象提出批评：创作上的毫无个性，千篇一律，以及固守某种边界，将小说写得太像小说了，将诗歌写得太像诗歌了，以所谓"文体"的要求禁锢了创作者的个性及其创造力、想象力。我们可以看到，每个历史时期都有主流的文体及其内在规范，他们形成了一套美学标准与秩序，如果说这种文体及其美学在最初形成时，是具有革命性与冲击力的，可以充分表达当时人们的思想、情感与情绪，但是当这种美学成为一种统治性力量的时候，也便会对创作者的个性造成压抑与损害。在这样的情形下，一个创作者是按照个人真切的生命体验与情感体验去写作，还是按照既定的美学标准去写作，便成为一个不得不认真思考与选择的问题。按照既定的美学标准去写作，可以写得圆熟或光滑，但同时也失去了个性与独特性，成为了某种标准化的"产品"，只是沿着既定的边界在划定的区域中腾挪，这样的作品虽然也会具有一定的艺术性，但在根本上却寄托于外在的标准，从而在不同程度上窒息了作品的生命力与创造力，因而只能日益枯槁。而只有按照个人真切的生命体验与情感体验去写作，才能使创作者生气勃勃，才能使作品元气淋漓，这样的作品或许并不"成熟"，但因其与创作者的生命体验密切相连，因而更能让我们看到其真切与珍贵的一面，或许我们可以说，这样的作品与这样的写作方式才是属于将来的，虽然从表面上看，它们不属于这个时代的主流作品，但是如果我们细心体察，正是在这样的作品中才隐藏着这个时代及其心灵的奥秘，也只有这样的作品，才有可能成为这个时代的经典。而在今天，我们可以看到，按照既定美学标准写作的作品是那么多，以小说而论，我们可以看到故事，看到人物，看到场景，唯独看不到作者的情感与态度，也看不到作者的思考，很多人只是满足于讲述一个跌宕起伏的故事，更多的人则连这一点也很难做到，他们在故事的讲述中迷失了自我，泯灭了一个创作者应该具有的主体性与独特性，因而只能追逐某种潮流，只能沦于千人一面的模糊形象。

其实，每个人的生命都是独特的，每个人的情感、态度、感触都是不同的，只要我们意识到这种不同，并以合适的艺术方式表达出来，就是独一无二、不可替代的，所以我现在宁愿看不像小说的小说，不像诗歌的诗歌，因为在既定的对小说与诗歌的理解模式之中，我们已经难以看到新鲜的经验与新鲜的感觉，而只有在那些突破既定模式的新的写作方式与新的艺术形式中，我们才能看到新的生活与审美经验，这些作品充分表达出了创作者的思想、情感与态度，也因其出自创作者在现实生活中的感触与感悟，因而也能唤起读者的共鸣与思考，我认为这样的创作方式——与现实息息相通，并出之于创作者不得不发的创作冲动，才是最值得珍视的创作，也只有这样的创作方式才能突破既定美学标准的规范，给我们带来新的文学经验，开辟出新的文学道路，也只有这样的创作方式，才能与创作者的生命体验合而为一，才能写出创作者观察和理解的整个世界，包括意识以及潜意识、无意识等不同层面，也因此才能为读者呈现一个更加丰富、复杂而深邃的艺术世界。

在这里，我们可以鲁迅先生的《野草》为例，我们可以看到，《野草》并不是诗歌，也不是散文，也不是散文诗，它是那么独特的一种文体，但是这种文体的产生，正是鲁迅先生表达内心感受的过程中一种挣扎的凝固或定型化，他独特的思考与感受并不能以某种既定或现存的文体来表达，他的表达受到既定文体的束缚，若按照既定文体的固定规范，他那丰富而独特的生命体验便难以完整地表述出来，而既然要充分地表达，他就不能不寻求一种新的方式，于是他只能突围，只能挣扎，这就是我们所看到的《野草》，虽然我们不能以某种文体概括《野草》中的篇章，但是我们却能从中感受到鲁迅先生深邃、矛盾而痛苦的灵魂。同样，在这些篇章中，鲁迅先生所写的虽然只是"个人"的思想与感悟，但是透过他的描述，我们可以看到那个时代的面影，甚至也可以看到人类共通的精神体验，它并不因为写"个人"而渺小，却因为深邃、独特而丰富，反而能在更深层次上抵达一个开阔的世界。

不只《野草》如此，我们可以发现，每一部经典都是如此，每一部经典都是独一无二的，也是不可替代的，《罪与罚》不同于《安娜·卡列尼娜》，《神曲》不同于《浮士德》，《水浒传》也不同于《红楼梦》，它们既是创作者生命体验的结晶，也包含着丰富复杂的时代、环境、民族、阶级、性别等诸种因素，每一部都包含着对"文学"的新的理解，都可以让我们理解的"文学"更丰富。比如我们通常说《红楼梦》是一部小说，但是按照现在通行的小说标准，我们却无以解释《红楼梦》，因为它不仅有故事、人物、场景，而且包含着更为丰富的社会、心理、哲学等各方面的内容，在这个意义上，《红楼梦》是大于或者说超越了"小说"这一概念的。同样，《呼兰河传》、《边城》等小说，也不是通常意义上的"小说"，我们可以说，这样的小说拓展了我们对"小说"的理解，拓展了"小说"的可能性，而只有从生命体验出发，不断拓展文学的边界，我们才能更真切地表达出我们切身的感受，以及我们对这个世界的观察与思考，也才能使"文学"更加丰富，更加多姿多彩。

（原载《文艺报》，2010 年 7 月 28 日）

我们能否想象我们的"未来"?

"理想"是与未来相关的,也是建立在现实的基础之上的。当今社会"理想"的缺失,表明我们失去了想象未来的能力,进而失去了创造未来的冲动与激情,也失去了自身的"主体性",从而只能被动地适应现有的秩序。然而人类总有对未来的向往与憧憬,当我们说理想缺失的时候,常常是将别人的理想当作了自己的理想,而缺乏批判与反省的能力。以一个国家而论,我们常常会将美国的现在当作中国的未来去追求,而没有认识到美国的现在与其在资本主义世界体系中所处的地位密切相关,是以中国等第三世界的相对贫困为基础的,而中国要真正"崛起",必须冲破这一旧的世界秩序,创造一种新的未来,一种新的世界图景。以一个人而论,我们常常会将"成功者"的现在当作自己的未来去奋斗,即使很多底层青年也常常追逐"成功者"的人生观念、生活方式与审美趣味,而没有意识到这不过是延续了压迫者的逻辑,并不能创造出一种新型的人与人的关系,也不能彻底改变底层的命运。以一个作家而论,我们常常会将写得像某位外国作家当作文学的最高理想,而没有想到某些外国作家之所以能够获得如此高的评价,不仅与文学作品的艺术性相关,而且与资本主义世界体系与西方文化中心所主导的文学评价体制、话语权及其传播渠道密切相关,在这一文学评价体系中,从《诗经》到《红楼梦》这一"伟大的中国文学传统"并不能够得到足够的尊重与评价,但对于中国人来说,无论是"传统文学",还是20世纪的"新文学",都凝聚了我们这个民族的心灵密码与"集体无意识",是隐秘的情感结构与心灵形式的外在显现,我们只能在这样的传统中才能找到我们的"根",才能创造出新时代的文学经典。

那么，我们能否想象一种新的未来呢？这需要我们有对现实的清醒认识与改变的渴望，需要我们对流行的思想观念具有批判与反省的能力，需要我们提出一个不同于现存秩序的更加美好，更加公平正义，更值得追求的世界图景。只有能够想象一种新的未来，我们才能有理想，才能拥有创造未来的激情与动力。可以说，如今我们正面临一种前所未有的历史机遇，世界和中国现在都面临着巨大的变化，对于中国来说，我们面临着近代以来最大的转折，近二百年来困扰中国人的基本主题——救亡与发展的焦虑，已经得到了基本解决，在我们不再挨打与挨饿之后，如何走自己的路，如何提出我们的世界想象，如何实现我们的文化理想？这是我们现在面临着的新问题，我们必须有能力提出并面对这些问题，创造性地做出我们的回答。

在文学界，经常有人提到这样的问题：世界各国在现代性发展的初级阶段，都会涌现出一些现实主义文学大师，如俄国的托尔斯泰，英国的狄更斯，法国的巴尔扎克，美国的德莱赛等等，为什么我们中国没有出现大师？这样的问题很值得思考。我们可以做一些分析，在这些国家之所以出现文学大师，在于这一阶段是人类社会发生巨大变动的时候，旧日的生活方式发生了剧烈的变化，无论托尔斯泰，还是巴尔扎克都是置身于这一巨大的变动之中的，他们的作品也是这一社会剧变在人类精神上的反映。

我们中国之所以没有出现这样的文学大师，首先在于我们的作家没有意识到我们正处于历史的巨大变化之中，他们不能从整体上把握这个时代并进行深入的思考，在我们生活的数十年间，虽然每个人的生活都在发生急剧的变化，但是很多作家却对这一变化视而不见，他们的文学与生活没有关系，也与现实的变化没有关系，他们只沉浸在狭小的空间制造"纯文学"的美梦，却缺少与世界的有机联系，因而日趋僵化，甚至丧失了读者。他们的作品不仅缺乏现实感，也缺乏历史感，在这样的状况下也就很难看到理想与未来。近二百年来中国的变化可谓天翻地覆，人们的生活方式与内心世界都已经有了极大的不同，当我们想到，仅仅一百年前，大多数中国人还拖着长辫子、缠着小脚，还在相信"三纲五常"的时候，我们会感到难以想象，也可以想见在这一百年间发生了多么剧烈的变化。即使改革开放以来的三十年，我们国家的巨大变化也是惊人的，我们告别了物质匮乏的时代，我们的经济总量已跃居世界第二，这是改革开放之初我们可以想象的吗？置身于这一伟大的变革之中，我们的作家却闭上眼睛或充耳不闻，又怎么能够写出优秀的作品呢？不了解历史的人，也不会理解现实，当然也把握不住未来。

其次，则在于我们的作家对待"底层"的态度，我们可以看到，无论是托尔斯泰、巴尔扎克，还是狄更斯、德莱赛，他们的作品尽管风格不同，世界观不同，但他们对待社会底层的态度却都是相同的，那就是站在底层的立场上，描述他们的具体生活境遇，并呼唤一种更加公平正义的社会，他们的作品既是对现实生活的深刻描绘，同时也在探索着新的社会，新的人与人的关系——一种没有剥削与压迫、没有人身依附的平等关系。可以说，正是与底层民众血肉一般的情感，让这些作家的作品不仅闪耀着人性的光辉，而且具有打动人心的道德力量。而在我们的作家中，还很少看到有人能够像他们那样贴近底层，倾听他们的声音，将自身的命运与他们联系在一起，因而也无法从底层汲取力量。只有真正地进入底层，我们的作家才能够创作出无愧于这个时代的作品。

再次，则在于我们这个历史阶段的特殊性，如果说托尔斯泰、巴尔扎克生活在资本主义发展的原始积累阶段，那么我们现在则置身于社会主义的初级阶段，虽然对传统生活方式与生产关系的变革是相同的，但社会发展的方向并不相同。在这里，最关键的问题是如何理解中国的社会主义革命。1980年代以来，很多人将我国快速现代化的过程与资本主义初期简单地相提并论，却忽略了我国的社会主义性质，事实上我国的现代化是建立在社会主义革命基础之上的，也是一种社会主义的现代化。这一性质决定了我国的现代化事业与资本主义现代化有着根本的区别，这需要我们在理论上有一个清醒的认识，如果我们不能对这一问题有宏观把握，那么就不能对历史有深入的认识和思考，我们不少作家在思想上缺乏认识的深度，因而无法创作出能反映一个时代的经典作品。自2008年美国金融危机以来，我们可以更清晰地认识到资本主义所存在的痼疾及其最新的特点，这对于我们重新认识现实具有重要的启发，也让我们看到了马克思主义本身的巨大阐释力。我们可以发现，在对资本主义社会的研究中，尚未有任何一种理论可以达到马克思主义的深度，因而马克思主义对人类社会所指出的方向——"个人的全面发展"与"全人类的解放"，便不只是一个乌托邦，而是一个未来可以实现的理想。

  对于我们的作家来说，只有深刻地了解历史与现实，站在底层的立场上书写他们的境遇与命运，才能够和他们一起去开创未来，才能去探索新的社会与新的人与人的关系，"社会主义是一个新事物"，这一理想的真正实现，将改变目前不平等的世界体系与社会结构，而这需要我们打破资产阶级意识形态的幻想，需要我们在理论与历史上做出新的梳理与认识，需要我们重新去想象与创造未来，只有这样，我们才能真正把握历史和自身的命运，而一个作家，只有将自身置身于这一社会进程之中，才能最终实现自身的文学理想。

（原载《文艺报》，2011 年 3 月 7 日）

批评是一种创造

我以为,好的文学批评不仅是面向作品的,也是面向世界的。文学批评当然要面对文学作品与文学现象,但是文学批评与文学作品一样,也是某一时代、某一种文化语境的产物,都应该面向世界,都应该有对世界敏锐的观察与细腻的体验。只有这样的批评才会与时代保持血肉般的联系,才能有疼痛感与当代性,才能切入一个时代最为核心的精神命题,并能发现新的美学因素,引导文学的走向,创造出新的美学标准。在这个意义上,文学批评不是简单地对文学作品做出分析与判断,更重要的是,应该对我们借以评价的审美标准保持一种反思与开放性的态度。

上世纪 80 年代以来,我国的文艺思潮发生了巨大的变化,但我们经常看到的是,很多人仍然沿用旧有的审美标准对当下作品做出评价,他们所思考的问题仍是三十年前的问题,他们所得出的结论已是尽人皆知的常识;他们不知道今天的世界发生了什么样的变化,仍然沉浸在旧日的世界中无法自拔,无法应对文学界所出现的新问题与新现象,因而也就无法切入这个时代重要的精神问题;他们的文章也只能一再地重复自己,最多也不过变化了几个例子而已。所以他们的文章尽管直气壮,写得很顺畅,但是却缺乏疼痛感与问题意识,缺乏与个人生命体验的联系,也就不能不显得空洞乏力。

另一方面的问题则在于,上世纪 80 年代以来的文学评论形成了两个不好的倾向:一个是"惟新是尚"。在特定的历史时期强调"新"有其合理性,发掘新的审美经验也是文学批评的重要内容,但是"新"的并不就是"好"的,我们的文学批评一味追逐新潮,却对新出现的各种美学经验缺乏具体的分析,不能以辩证的态度对之或批评或赞扬,做出自己的判断,而只是将"新"本身作为文学评价的标准,似乎越新就越好,因而只能走向怪、险、僻;另一个则是"惟理论是尚"。这里的"理论"又主要是西方最新的理论,将西方理论译介到国内并将之运用到批评领域,本也是无可厚非的事情,至少可以为我们打开看待世界的一个新窗口,但是不少人的运用却是生搬硬套的,他们不顾中国的现实经验与文学经验,以某些理论的条条框框为准绳,对文学作品与文学现象做出简单的归类、判断,这样似乎就完成了文学评论的工作。他们的理论是僵化的,对任何问题、任何文学作品似乎都能套用,但同时,他们的"套用"也只能是隔靴搔痒的。在这里,应该强调,中国三十年来社会发展的经验,是无法以某种(西方)理论简单地加以归纳或解释的,我们必须充分尊重中国经验,在此基础上寻求理论上的概括,而不能削足适履,以某种理论框架生搬硬套;在文学上也是这样,我们必须充分尊重中国作家的作品,尊重这些作品所表现出来的经验、情感与心灵形式,尊重作家们艺术上新的探索与发现,然后在批评实践的基础上,做出理论上的总结。

在这个意义上,我愿意强调:批评是一种创造。我想,这应该包括以下几个层面的含义。首先,批评是面向世界的,批评家应该对世界有新的理解与创造性的发现,应该有独特的观察思考与独特的个人体验。其次,在面向世界与尊重个人体验的基础上,批评家应该拥有自己创造性的文艺思想和审美标准,同时对这一思想保持开放性的态度,不断拓展自己的审美视野与美学趣味。再次,尊重作家的创作与探索,具有艺术上的敏感,能够创造性地发现文学作品中新的美学元素,并能做出深入细致的阐释。最后,在上述基础上,批评要创造出新的美学标准,这一美学标准不同于既有的对文学的理解,而是在时代的发展中不断拓展"文学"的概念,让文学能够始终保持生机与活力,能够成为我们这个时代精神生活的重要方式。

当然,好的文学批评不仅要在内容上有新的创造,而且要创造出新的形式、新的文风、新的批评方式,或者说批评在创造的同时也要创造出自身的新形式,只有这样,我们的文学批评才能让人耳目一新。然而要创造出新的文风,我们需要考虑的不仅是文风问题,我们需要思考批评的目的与作用，需要考察批评与世界、批评与作品的关系。如果我们认可批评是一种创造，那么批评的目的便是探索与发现，批评也就是勘探这个世界的一种方式，是触及时代核心精神命题的一种途径，所以展现在批评面前的是一个未知的世界，需要批评去命名、去探索、去分析，并在此之上提出新的问题，拓展新的领域。这样一个探索的过程也是一个困惑与思索的过程，批评家需要从个人的生命体验与审美体验出发，去触摸一个开阔的世界；这样的过程也是迷人的，它不是以旧有的知识简单地评判一切，而是在进入世界的过程中不断有新的发现，不断形成新的知识，充满了发现的愉悦与乐趣。在批评与作品的关系上，既然它们都是面向世界的新的探索，便并无高低上下之别，批评并不"指导"创作，也不依附于创作，两者之间是独立的，也是平等的，只不过是进入世界的途径与表现的方法不同而已。如果两者能形成良性循环，那么批评可以及时提炼创作经验，而创作也能从批评中寻找到新的启发与方向。但是这对批评家则会有较高的要求，他们不仅要有艺术的敏感，而且要有立场，有判断，能够对文学作品与文学现象做出辨证而客观的分析，能够发现处于萌芽状态的新的美学要素并加以阐释。如果我们认为批评是一种创造，那么这便是批评所要做的，只有这样，批评才能创造出一个新的美学世界，也才能创造出新的形式，新的文风。

（原载《文艺报》，2011年4月13日）

如何重建批评的公信力？

一

最近有不少关于文艺评论的批评，在我看来，批评所遭遇的最大危机，并不是红包批评或研讨会泛滥，或者说这只是批评危机的表现之一，而最根本的问题则在于"公信力"的丧失。批评的一个重要功能在于辨别优劣，通过它的选择、分析、判断，应该使优秀的作品脱颖而出，使粗劣的作品相形见绌，从而使整个文坛形成一个良性循环，保持一种良好的生态，这应该是批评所应尽到的责任。但恰恰在这一方面，批评的表现并不尽如人意，所以当务之急，在于重建批评的公信力。这不仅对于批评的声誉是一种挽救，也是整个文坛形成"优胜劣汰"的必要条件，如果没有这样一种好的生态，任由粗劣的作品横行天下，而使优秀的作品湮没无闻，不仅是批评的失职，也将使文坛陷入一种恶性循环。

目前批评的弊端已有不少人做出了分析，但大多集中在红包批评上，红包批评可以说是商业化逻辑侵入文艺界的一种表现，除去红包批评之外，其他批评各有利弊，我们可略作一下分析。"人情批评"或"小圈子批评"，因为有人情，或在一个小圈子里，所以其好处是对作者有一定的了解，如果能"知人论世"，写出较为公正、客观的批评，应该是外人所不及的，但在现实中往往为了人情或"圈子"而隐恶扬善，只说好话，这便使批评变成了一种"表扬"，这正是它为人诟病的原因。"媒体批评"的长处在于方便快捷、消息灵通，但其不足在于过于追求新闻效应，有时也难免陷入商业化的逻辑之中。

"酷评"的一个好处是能够仗义执言，这正是它最初受人瞩目的原因，也可以说是对上述"表扬"的一种反拨，但现在的"酷评"也有其不足之处，首先在于"哗众取宠"，它常以一种高蹈的标准和姿态发言，有时会显得故作姿态；其次，这种批评往往"攻其一点不及其余"，只抓住作品中的某一部分大做文章，而并未对作品做整体的把握和分析；再次，往往会因人废事、因人废言，由于对作家作品采取过于"酷"的态度，与作家会产生某种情感上的矛盾或对抗，评价上便难免会产生偏差。

"学院批评"使批评获得了一种"独立性"，它们不再只是面对作品的依附性文体，而获得了自身的独立，批评不仅要面对作品，而且也要面对世界，表达作者对这个世界的观察与思考，批评家们多以自己的理论来解释作品与世界，其好处在于使批评具有一种理论的视野与深度，而其不足之处则在于有的批评家过于依赖理论，尤其是西方理论，从而出现拿某种理论生搬硬套的情形，这就使作品成为了论证的材料或者批评的附庸，有的甚至不看作品，只看一个故事梗概就拿来套，所以在文坛上就有了"批评家不看作品"的怪现象；这一批评的另一个不足在于较少做价值判断，他们专注于学理辨析，而对一个作品的优劣高下不做回答，这或许是出于"学术性"的考虑，但却回避了批评应承担的责任。

这就使另外一些批评家受到欢迎，他们注重技术与细节分析，尊重作品的独立性与艺术性，我们可以称之为"专业批评"或"技术批评"，但同时他们的一个缺点，则是缺乏理论视野与大的情怀，只靠印象与"灵感"进行批评，有的甚至以没有理论而自豪，但正如伊格尔顿所说，所谓"没有理论"只不过是信了最庸俗最流行的理论，缺少反思与反省的能力而已。他们贴近作品，但只能在一些细枝末节处着力，而缺乏一种宏观的审美与历史把握。

除去以上诸种批评的利弊，批评中还有不少怪现象，一是"眼球文学"，就像"眼球经济"一样，只要你能够吸引眼球，不管什么样的批评都会得到关注，好像取消了正负号的绝对值，甚至作家也是这样的心理，只要能够引起关注，不管是捧是骂都会觉得好，甚至还有人主动请别人骂自己，这不能不说是一种诡异的现象；二是"权威崇拜"，不管开什么样的研讨会，只要显得上档次，就会请批评界的一些权威，也不管他们说什么，只要他们出场就万事大吉了，这些权威成了批评界的象征，形成了一种"垄断"，这既让他们疲于奔命，也使一些青年人严肃认真的思考无法得到重视；等等。要重建批评的公信力，应该使这些怪现象销声匿迹，并能发挥上述诸种批评的长处，克服其弊端。

二

批评是一种对话，或者说我理想中的"批评"，是一种对话。这样的批评既是与作品的对话，也是与世界的对话；既是与作家的对话，也是与读者的对话；既是与（西方）理论的对话，也是与中国经验的对话；既是与写作者内心的对话，也是与其他批评者的对话。

批评既不高于作品，也不低于作品，它不能"指导创作"，但也不是创作的附庸，它与创作是两种面对世界的不同方式。如果说文学作品注重个体经验的表达与想象力的飞扬，而批评则更注重从理论的角度对作品做出阐释、讨论与命名，这同时也是作者对世界发言的一种方式。我们应该尊重作品的独立性，也应该尊重批评的独立性，两者不是你依附于我或我依附于你的关系，而是一种平等的关系。在这个意义上，"酷评"也好，"媚评"也好，都是一种不平等关系的表现。

同样，批评与作家也应是一种对话关系，它不应像传统的传记批评一样围绕着作家转，也不应像"新批评"那样将作者排除出关注的视野之外，而是既关注作家，但又不为之左右，能发出自己独特的见解，在这方面，李健吾与巴金关于"爱情三部曲"的争论，严家炎与柳青关于《创业史》的辩论，都可以作为榜样。与读者的关系也是同样，它重视读者，但不应像"读者反应批评"那样一切以读者的意见为最终鹄的，张恨水、金庸、琼瑶的读者再多，在文学史与思想史上也不能与鲁迅比肩。但这并不意味着读者不重要，批评家也是读者，是一种特殊的"专业读者"，他们应该能以自己的知识与经验对作品做出独特的阐释，以此与读者对话。

理论不是万能的，但同样"没有理论"也并不值得自豪，我们既要有理论的视野与问题意识，同时也应该对理论的前提、预设及其逻辑、结论有所反思与追问，不将之作为一种既有的结论，而作为激发自己问题意识、反观自身处境的一种方式。尤其是西方理论，应该将之"地方化"、"问题化"，对其产生的语境与演变有深入的了解，不应将之作为一种既定的框架，而应以中国经验、中国的文学作品对其进行检验、观察，在相互磨合、切磋中形成自己观察世界的角度与方式，既以作品对理论本身进行质疑，也以这样的理论方式对文学进行观察，形成一种开放性的动态平衡。

在学院中，不少人谈论理论的必要性，认为应该学习各种各样的理论，一个作品可以从不同的理论视野去解读，这是不错的。但是从各种理论去解读作品，只从技术角度去操练，又有什么意义呢？学习理论仅只为了写博士论文吗，仅只为了让人看到自己也赶上了最新的理论时髦吗？如果是这样，不过是为理论而理论，理论如果不能促进或触动自己的世界观与人生观，如果不能增进对世界与自身的理解，那么也是没有太大价值的。从另一方面来说，文学作品也是这样，如果阅读仅是为了获得愉悦的快感或标榜趣味的优雅，则并无太大的价值，或者说可以不必去读"新文学"，那么多通俗小说、肥皂剧或许能给人更大的快感，阅读古典诗词或外国名著更能表明一个人的趣味，但"新文学"的新，也就在于它与我们的人生、现实有关，用五四时期的话说就是"将文艺当作高兴时的游戏或失意时的消遣的时候，现在已经过去了"——或许我们可以在这个意义上理解本雅明的"震惊"，或者卡夫卡所说的他的作品要给人"迎头一棒"的效果。

批评对于批评者来说，也是与自己内心的对话，是一个"格物致知"的过程，在批评的写作过程中，批评家发现作品、发现世界，同时也发现"自我"，这既是一个自我意识明晰的过程，也是一个向世界敞开的过程。对于不同的批评者来说，对同一个作品或文艺现象的阐释，客观上也构成了一种对话，不同解释之间的互相辩驳、争论与促进，正是文艺繁荣的一种表现，而一个严肃的批评者，也应该对自己观点中可能有的局限保持一种清醒的意识与反思的态度，并能从不同的观点乃至相反的观点中，汲取合理性因素，不断提升自己分析与判断的能力，而不是一看到不同的观点，就激烈地反击，或者不屑一顾。可以说平等的"对话"，严肃、认真、生动、活泼的讨论,是批评界达到良性循环的表现,也是将话题不断推向深入的一个前提。

三

如果我们将批评视为一种对话,那么"对话"的前提是独立、多元与相互尊重,是一个主体与另一个"主体"平等的交流,而不是为权力、金钱、人情等所扭曲的不平等关系。

"独立"是批评最可宝贵的品质,它不仅要独立于新旧意识形态,还应独立于商业化的霸权运作模式,以及文艺界的"人情"与面子。批评应该有自己的立场,而这种立场应该建立在研究的基础上,它不是止于常识,而应该是一种探索。只有在研究与探索的基础上,我们才能确立自己的立场,也只有这样的立场才是坚固的,才能称得上"独立"。从来没有"人云亦云"的独立,不管是左翼思想还是自由主义、保守主义,不管是师友的教诲还是辩手的批评、他人的议论,都应该经过自己的独立思考,做出自己的独立判断。

"多元"是新时期以来思想文化所追求的一种状态,但提倡多元的前提,一是环境的宽容,允许多元存在;二是要有一个个"元"存在,这就要求每一个人有自己独立的立场与看法,而不是在"多元"的名义下每一个人的想法都差不多(这就是另一种"一元"了);三是各个"元"之间应有平等而自由的讨论,只有这样,才能形成"百花齐放,百家争鸣"的局面,以这样的标准来看,我们离真正的"多元"还差得很远。

"尊重"是对作品的尊重,也是对不同批评声音的尊重。我们强调文艺作品应关注社会,但不能仅在社会意识层面上讨论,也不能单纯从审美的角度分析,而应尊重其艺术上"相对的独立性",在历史与美学的双重向度上对作品做出综合性的把握。对不同的批评声音,我们可以批评,但首先需要做的是了解与研究,在这样的基础上才能对之有一个客观的评价。那些破坏批评公信力的批评,既已失去了自尊,也败坏了批评的声誉,面对它们,我们首先应该坚定底线,不涉足其中,其次应该在批评界形成一种风气与压力,最终使这样的批评减少乃至消失。

独立、多元与相互尊重,是重建批评公信力的前提,也是文艺繁荣的基础,三者缺一不可。没有独立,不可能有多元;没有相互尊重,也不可能有多元;也只有在多元的环境下,才能够有批评家的独立,才能够有批评家之间相互的尊重。而最终,只有建立起这样一种良性循环,才能使我们的文艺焕发出新的生机。

(此文以《漫谈文艺批评的公信力》为题,载《文艺报》,2010年8月1日)

韩少功的"突围"

一

韩少功的重要性不只在于他是一个重要的作家,而且在于他总是能够不断超越自己与同代人,对流行的观念进行批判与"突围",而他正是在这样的突围中,走在时代思潮与文学思潮的最前沿,引领一代风气之先。他的"突围"可以分为如下几个层面:

1. 对自我的超越。韩少功从"文革"后期开始写作,新时期之后以《月兰》、《西望茅草地》等作品超越了此前的作品;而在 1985 年前后则以《我们的根》、《爸爸爸》、《女女女》等"寻根文学"的重要作品超越了此前"伤痕文学"、"反思文学"的创作模式;而 90 年代以后的《马桥词典》、《暗示》、《山南水北》等作品,则超越了"寻根文学",在一个更加开阔的视野之中探索着文学的可能性,并取得了重大成就。

2. 对同代人的突围。1980 年代成名的作家,大多囿于 1980 年代的文学观念,一方面无法创作出重要作品,另一方面却在文学界形成了垄断性的影响,"代表"着中国文学,二者之间形成了一种鲜明的反差,对当代文学的发展形成了一种阻碍性的力量。但是,以韩少功、张承志为代表的少数作家,却与他们相反,张承志以远离文坛的精神姿态继续着自己的流浪、思考与探索,而韩少功则以他的思想随笔以及《马桥词典》等重要作品,在文学界成为独树一帜的"异数"。

3. 对"文学"的反思。在 1990 年代以后,韩少功之所以仍然是一位重要作家,在于他突破了 1980 年代的文学观念,以及工匠式的创作态度,他也并不以反对旧有的意识形态来博取当下的位置与合理性,而是将自己置身于一个更加复杂的现实之中,以"文学"的方式探索着这个时代的精神症候,寻找着未来的出路。而在这一过程中,他的"文学"也突破了1980年代对"文学"的理解。他的"文学"汲取了传统文学中"文史哲合一"的观念,以及笔记体的形式,也汲取了西方理论"语言学转向"后对"语言"的深刻认识与思考,他以此来面对中国与世界在"全球化"中纷纭复杂的现实与精神现实,提出了自己的观点,发出了自己的声音,也表达了自己的困惑,他的作品是与时代联系在一起的,也是与个人的内心联系在一起的,是一种"真的声音",而他在这一过程中创造出的"文学",也是一种有生命力的文学,是与那些华丽而苍白的文学不一样的"文学"。

4.对思想的自觉。韩少功经历过知青下乡的过程与"文革时期",对传统社会主义及其意识形态的弊端有着创伤性的记忆,但在1980年代以后,他并不是站在新意识形态立场上反抗旧意识形态(这是一种"安全"的反抗"姿态"),而是对新旧意识形态都持一种批判与反思的态度,他正是在这样的立场上确定了思想者的独立位置,同时他也不断提出新的思想命题,比如他的《灵魂的声音》、《夜行者梦语》、《性而上的迷失》、《文革为什么结束》等思想随笔,以及《天涯》杂志所引起的"新左派"论争,以及组织《南山纪要:我们为什么要谈生态与环境?》等,都为当代思想界提供了重要的命题,可以说这些问题的提出本身就具有重要的价值,是知识范式转型的重要标志。

5.对"知识"的突破。韩少功对文学与知识界的贡献众所周知,但是另一方面,他却并不"迷恋"知识,并不将知识作为唯一重要的事情,在他看来,知行合一是一种更值得践行的方式,在知识领域,他创办《海南纪事》、改版《天涯》都是重要的实践,而在生活领域,他辞去《天涯》主编,辞去海南作协与文联的重要职务,回归乡下生活,可以说是一种重要的实践,是一种生活态度的表现,也是一种理想追求的践行。

韩少功之所以能够实现上述"突围",不断超越自我,是与他的思想与思想方法紧密联系在一起的,我想至少以下几个方面,值得我们关注。

首先，是他开阔的视野与不断探索的精神，在他眼中，文学并不是孤立于社会之外的"纯文学"，思想也不是封闭在学院里的"知识"，文学与思想都应该在与社会思潮的激荡之中产生，并在其中发挥作用，一个作家与知识分子的价值也体现在这里。而一个知识分子不仅应该批判社会，而且应该对自我有着清醒的认识与严格的解剖，在一个社会变动如此激烈的社会，知识分子只有不断对既有的知识与美学进行反思与调整，才能够敏感，才能够发现新的现实与新的问题，而不是抱残守缺，或被动地适应。

其次，是作家与知识分子双重身份的融合。作家长于感性，长于经验，而知识分子则长于理性与思辨，韩少功很好地将二者的长处融合在一起，并且相得益彰，他的经验可以弥补理论概括所无法达到的角落，从而加以补充、反驳，或提出新的问题，而他的思辨则将他的感性加以引申、升华，使之成为具有普遍意义的命题。

再次，是为文与为人的统一。韩少功有着清醒的意识，他的文学与人生道路正是他自我选择的结果，正是在一次次重要关头的选择，才铸就了今日的韩少功，而他的文学则正是他的人生追求的表现形式，他的文学智慧与人生智慧融合在一起，他的文学理想也与生活理想融合在一起，在这个意义上，我们可以说，韩少功不断的"突围"，正是为了回到内心，回到他所理想的文学与生活方式。

二

韩少功的探索既与时代密切联系在一起，也成为了我们这个时代文学最具光彩的一部分。从"新时期"开始到今天三十年，中国社会发生了天翻地覆的变化，我们的世界图景与世界想象也发生了巨大的变化，置身于这一剧变中的每一个人，无论是日常生活还是精神生活，也都发生了剧烈的变化。面对这一巨变，一个作家该如何表述？如何才能表述出如此丰富复杂的中国经验，如何才能表达出具体而微的个人体验，如何才能对世界发出我们最为真切的声音？这是摆在每一个作家面前的问题，同时这也是中国作家的幸运。相对于欧美中产阶级稳定而庸常的生活，中国社会三十年的飞速发展与剧烈变化，使得每一个人都具有非同寻常的经历，每一个人都是当代史的缩影，每一个人都充满了"故事"。这可以说为当代作家提供了最为丰富的写作资源，但是大多中国作家却对这一变化熟视无睹或漠然置之，他们或者在房间中想象与臆测，或者满足于叙述方式的炫技，或者以旧的思想框架来简单地理解现实。但韩少功却与之不同，他以他的作品向我们展示了他对现实的敏锐捕捉，为我们呈现了一个变化中的中国与世界，以及变化中的韩少功。之所以能够如此，在于韩少功是一位具有思想能力的作家。

在当代中国作家中，真正具有思想能力的作家并不多，而韩少功便是其中的一位。在1980年代，"感性"解放成为一种美学潮流，相对于"文革文学"的僵化，这样的潮流有其合理性，但是另一方面，在不少推崇者那里，却将之绝对化与极端化了，不仅以"感性"否定"理性"，甚至以没有思想为荣。这样的后果是，很多作家只沉溺于"感性"之中，却缺乏对社会变化的理性思考能力，因而他们所表达的只能是最流行的常识或者新意识形态，尽管可能会有艺术上的探索，但缺少了对现实的敏感与思想上的照耀，即使能够写出华丽的作品，也是苍白无力的。韩少功与之相反，他在感性与理性方面保持了一种均衡，并能以新的思想照耀现实，发现新的社会现象，做出独立的思考、分析与判断，这不仅表现在他的一系列思想随笔之中，也表现在他的小说之中，在《马桥词典》《暗示》中，他对"语言"问题的思考不仅让他发现了被普通话遮蔽的方言世界，而且他也在探索着历史之外的历史、语言之外的语言、世界之外的世界，让世界呈现出了一种新的面貌。

具有思想能力的一个标志，是能够将所把握的题材对象化与陌生化，而不是日常化，在日常化的熟视无睹中，我们不会发现新的问题，也不会具有发现的敏感。只有在"陌生化"的过程中，我们才能够具有历史感与现实感，或者反过来说，我们只有在历史流变与社会结构中去把握某种现象时，才能将之陌生化，才不会认为它是"自然而然"的，才有思考的动力与可能性。韩少功的思想能力正是来自于他对"变化"的敏感，他对"伪小人"的精彩分析，他对"性而上的迷失"的批判，他对"扁平时代"

的反思，他对"重建道德"问题的关注，等等，都来自于他并不认为"存在的都是合理的"，或者并不认为这些是与他毫不相关的。韩少功的思考能穿透表面的现象，抓住最为核心的精神症候，在层层递进中逐步深入，让我们从不同侧面对某一命题有一个深刻的认识，发人深省，引人深思。

但是另一方面，韩少功的思想不是抽象的演绎，而是与他个人的生命体验密切联系在一起，他有他自己的"根"，有他思考的出发点与归宿。在《马桥词典》、《暗示》等小说中，我们可以看到韩少功总是回到他作为知青下乡的岁月，从具体的经验与细节出发，去谈论他的感受与思考，他思考的可能是十分宏大的命题，或者非常复杂的理论问题，但是他在论述的过程中，总是会一再地回到具体的生活经验，如他关于"话份"的描述，既有马桥人的经验，也有他关于话语权利、现代主义艺术命运等问题的思考，两者紧密地结合在一起，既具体又抽象，既特殊又有普遍意义，显示了韩少功思维方式的特点。正是由于如此，《暗示》虽然具有一部学术著作的形式，但在本质上却是各种经验碎片的整合，更接近于小说的性质。而《山南水北》更是通过他在乡下居住的具体经验，提炼出了他对当下各种社会现象的观察与思考。即使在他的思想随笔中，我们也可以看到他对生活经验的思考，他描述某一现象的笔法，其生动形象也会让人想到小说。

我们可以发现，韩少功是从个人的生活体验出发去触摸理论命题的，他不止于生活经验的描述，也不止于理论命题的抽象思考，而是在二者之间建立起有机的关系，以自己的方式将之融合在一起，探索一种独特的思想以及独到的表达方式。正是这一特点，使韩少功既与社会生活保持着密切的联系，也与理论界的思想命题保持着有机的互动，或许我们可以说，这是韩少功保持思想活力的独特方式，也是他能够不断"突围"的原因。

三

值得思考的一个问题是：韩少功为什么要"突围"？对于韩少功这样1980年代成名的作家来说，最安稳的方式莫过于在文学界占据一个位置，名利双收。但这显然不是韩少功的选择，也不是他所理想的文学与文学方式，对于他来说，文学显然与一个更宏大的追求联系在一起，这样的追求是什么？我们无法把握，只能从他的文学作品与文学探索中加以描述：从小的方面来说，他需要寻找到一种能够描述他的个人体验与社会经验的文学方式，而这样的经验无法在既有的文学成规中得到充分表达，这便促使他不断尝试与创新，不断突破文学成规，不断突破自我，永远走在一条探索的道路上；从大的方面来说，文学只是韩少功探索世界的一种方式，或者说是他追求"真理"或者表达困惑的一种方式，是他思考与发言的一种方式，在他的眼中，文学虽然具有独立的审美价值，但并不是绝对独立的，而只是我们这个社会精神现象的一部分，是与我们这个时代密切相关的，面对这个社会，他可以用文学的方式发言，也可以用其他的方式发言，相对于文学来说，对这个世界做出自己的观察思考与判断或许是更重要的，当"文学"无法容纳他的思考时，他必然要突破"文学"的限制，创造出能够充分表达出他的体验与思考的新的文学形式。

这也是五四以来中国"新文学"的重要传统，对于鲁迅来说，晚年不写小说固然是极大的遗憾，但是他的追求显然不仅仅在于小说，他最终所要达到的并不是成为一个优秀的小说家，而是以自己的全部生命与精力致力于中国与"国民性"的改造，也正是在这个意义上，鲁迅可以被当之无愧地称为"民族魂"——即他改造乃至创造了现代中国人的语言、思维以及最重要的精神命题。巴金也是如此，从一开始写作，巴金就宣称自己"不是作家"，这样的宣称几乎贯穿了巴金漫长写作生涯的不同时期，这当然并不是说巴金不认同自己的作家身份，而是说在作家的角色之外，巴金具有一种更大的理想与抱负，而文学只是实现这一抱负的方式。

在海口召开的"韩少功文学写作与当代思想研讨会"上，有论者指出，韩少功是当代作家中"最像"现代作家的一位，这指的是韩少功不仅写作小说、随笔等不同体裁，而且从事翻译，还编辑杂志，是一位"全能型"的作家，这样的说法是有道理的，但需要补充的是，韩少功之所以从事上述不同的工作，恰恰在于他并不将自己仅仅定位于"作家"，如鲁迅、巴金一样，他也拥有一个更开阔的视野和一个更宏伟的抱负，正是在这样的意义上，我们可以说韩少功是鲁迅传统的当代继承者。他所继承的正是中国现代知识分子以天下为己任的承担精神，与时代和民众血肉相连的情感关系，以及"吾将上下而求索"的进取精神。正是这样的精神，将韩少功与其他作家区别了开来，也让他不断突破旧日之我，不断创造出新的自我与新的文学。

我们可以说，这样的精神正是中国知识分子的精神，也是中国文学的精神，从古到今，无数优秀的知识分子正是以这样的精神关注民族与民生，创造出了无数奇迹和灿烂的文化，如鲁迅所说，他们正是"民族的脊梁"。而在传统中国到现代中国的艰难转型过程中，以"戊戌"一代和"新青年"一代为代表，中国的"士"转变为现代知识分子，面对国家凋敝与民生多艰，他们不断探索着中国与世界的出路。在这一过程中诞生的中国"新文学"，正是他们探索的一种方式，也是他们进行社会启蒙、社会动员、社会组织的一种方式。经过几代人艰苦竭蹶的奋斗，终于迎来了中国的独立与富强，而在这一过程中，中国的"新文学"发挥了重要的作用。也正是因此，五四以来，"新文学"不仅在文化领域中占据核心位置，也是整个社会领域关注的焦点，这样的状态一直持续到1980年代。

三十年后的今天，文学已经发生了天翻地覆的变化。在整个社会领域，文学已经越来越不重要，关注的人已经越来越少；在广义的文学领域，以畅销书和网络小说为代表的通俗文学占据了文学市场的大部分份额，"新文学"传统之内的"纯文学"或"严肃文学"（以文学期刊为代表），也越来越为人们所忽视，读者在逐渐减少；而在"纯文学"或"严肃文学"内部，则存在着严重的问题：1980年代成名的作家占据了文学界的中心位置，但他们的思想与艺术观念仍停留在1980年代，无法以艺术的方式面对变化了的世界；而新一代作家的成长则受到了严重的阻碍。

不少人认为文学的边缘化是一种"常态"，他们简单地将中国与西方某些国家中文学的位置加以比附，认为那是一种"趋势"。但是他们却忽视了一个重要的事实，那就是中国文学在中国社会中的重要作用，从"经国之大业，不朽之盛事"到"改造国民性"，无论是传统文学还是"新文学"，中国文学都在中国文化乃至中国社会中占据核心位置，这可以说是中国文学的一种"传统"，我们固然不必迷恋传统，但似也不必简单地比附西方，中国文学的位置与重要性需要中国作家去创造。

在这样的情势下，韩少功的"突围"便具有重要的意义，他让我们看到"新文学"传统在今天的延续，也让我们看到"严肃文学"在今天所可能具有的影响力。相对于通俗文学的娱乐消遣功能，韩少功的文学是一种精神与美学上的事业，是一种对世界发言的方式；而相对于僵化的"文学界"内部，韩少功则让我们看到，文学不是自我重复，不是工匠式的技巧演练，也不是以反抗旧意识形态姿态出现的新意识形态，而是一种探索，是在一个变动了的世界之中努力发出声音的美学尝试。如果我们需要恢复文学的尊严，需要恢复文学对世界的影响力，那么我们必须重视韩少功及其"突围"。

（原载《传记文学》，2011年第12期）

我们为何怀念路遥？

今年11月17日是作家路遥逝世15周年的纪念日，15年来，路遥的作品一直被广泛阅读着，时过境迁，多少当年文坛的风云人物早已风光不再，但路遥却一直活在普通读者的心中，在他身上体现出的现实主义文学传统、底层立场以及他在写作上认真、执著与不断超越自我的精神，至今仍对我们具有启示意义。

我最早读路遥大约是在1990年，那时我还只是一个14岁的初中生，对文学毫无了解，更不知道路遥是谁，但《在困难的日子里》中的主人公仍然深深地打动了我，他在饥饿中奋发求学的故事，以及他对道德纯洁性的坚守，都给我留下了深刻的印象；直到上大学以后，我才读到了路遥的《人生》、《平凡的世界》等作品，作为一个外语系的学生，路遥可以说是最早激发我对文学兴趣的作家之一。直到前年，我又一次看电影《人生》，仍然禁不住流下泪来，去年我重读了《平凡的世界》，仍然觉得这是新时期以来最好的长篇小说之一，可惜它至今在文学研究界仍未得到足够的重视。

在"现代主义"风靡一时的时候，坚持现实主义的创作方式，这让路遥在世时无法得到公正的评价，但在今天看来，路遥的意义恰恰在于他延续了伟大的文学传统，这一传统是托尔斯泰、巴尔扎克、狄更斯的传统，是鲁迅、茅盾、柳青的传统，这不仅仅是"现实主义"的方法，也不仅仅是"史诗"的形式，而是一种如何认识个人与世界、历史与现实的世界观，是一种如何把握内容与形式、自我与他者的艺术观。从80年代以来，不断有人宣布现实主义过时了，"宏大叙事"解体了，文学死亡了，但事实证明过时的不是现实主义，而是他们的观点。90年代在文坛上就不断有"新写实主义"、"现实主义冲击波"出现，新世纪"底层文学"的兴起，更让人们看到了现实主义新的生命力，在这个时候怀念路遥，让人不禁感慨万端。

路遥的写作扎根于普通人的生活中，饱含着对底层民众的深情。80年代以来，我们看到了那么多"知青小说"，不厌其烦地描写知青在农村的苦难与血泪，但有一篇作品表达农民的思想、情感与看法吗？在我有限的阅读范围中，似乎只有路遥的《姐姐的爱情》，在这篇小说中，美丽善良的姐姐善待了遭受歧视的"走资派"的儿子，并为他献上了爱情，而这个儿子在爸爸官复原职之后，马上毫不犹豫地抛弃了"姐姐"，姐姐一生的幸福就此被毁灭了，在知青小说中她却成了被遮蔽的"阁楼上的疯女人"，甚至成了90年代初类似"小芳"那样被怀旧的对象。80年代"伤痕文学"、"反思文学"风起云涌，但他们反思的只是知识分子与老干部的伤痕，只有路遥在关注底层的伤痕、大地的伤痕。在《人生》与《平凡的世界》中，我们看到的是底层青年的奋斗经历与内心矛盾，路遥与他的主人公一起矛盾并痛苦着，而在今天的作品如《新结婚时代》中，即使奋斗成功的底层青年，仍然摆脱不了一条被歧视的"农村尾巴"。

在写出《人生》之后，几乎没有人相信路遥还能写出更好的作品，但路遥又一次创造了奇迹，《平凡的世界》这部命运多舛的作品，至今已成为了"经典"，十几年来长销不衰，并在普通读者中口口相传，这不能不说是一个奇迹。现在每年有两千多部长篇小说出版，有几部能引起全国性的反响，新时期以来又有几部长篇能让人记住？只有极少的几部，而路遥与《平凡的世界》肯定是在其中的。为了创作《平凡的世界》，路遥付出的精力与心血是惊人的，在《早晨从中午开始》中，我们可以看到他创作的艰辛过程，有一个细节我记忆犹新，翻阅资料时，路遥的手掌被纸张磨得毛细血管都显露了出来，到最后他只能用手背翻页，这是一种什么样的刻苦精神？正是凭着这样的精神不断超越自我，路遥才为我们奉上了文学的经典，这是当今那些享有中产阶级生活的作家所不可能做到的。今天我们怀念路遥，不只是怀念他一个人，而是怀念他所代表的传统、立场与精神，希望这些能在今天发扬光大。

"怎么说呢"

——王祥夫小说集《愤怒的苹果》序

怎么说呢,我居然要为王祥夫老师的小说集写一篇"序",这在我看来都是一件很奇怪的事。一般写序,都是名人为无名的人,或者前辈为后辈写,王老师却反其道而为之,让我这个无名后辈为他写,实在出乎我的意料之外。所以刚接到他的电话时,我的第一反应是"我哪敢给您写啊",但王老师在电话那边循循善诱,说只是"好玩",要来一次"联袂演出",让我在他的书中"露一脸"等等,盛情难却,虽然有些惶恐,我也只有答应了。怎么说呢,答应之后,我才感觉这个"序"很难写,其难盖有三点。首先,我和王老师认识的时间虽然不长,但也是酒友加文友,说他好,有拍马屁之嫌,说不好,又怕他会不高兴,但我想只要实事求是并出以公心,与作者关系亲近未必是缺点,反而可以"知人论事",即使说到其不足,以王老师的雅量也是不会计较的;其次,在于时间紧,九个中篇,我以前读过的只有三个,必须尽快地读与重读,还要细细地感受、思考、体味,不过这只要抓紧时间,也是不难解决的;再次,也是最难的一点,是他的小说很难分析,他的小说可以感受、可以体味,可一旦要用某一固定的理论框架与理论术语去阐释,会显得苍白无味,会只剩下一个故事梗概,而恰恰丢掉了神韵,丢掉了他小说中灵动、自然、微妙的部分,而这正是他小说中最为迷人的。要对不可言说之物言说,对灵动飘逸的东西予以凝固、赋形,怎么说呢,没有办法,也只有硬着头皮上了。

还是"知人论事",先说说王祥夫老师是一个什么样的人。算起来,我与王老师认识不过一年多时间,但好像却是熟识很久的老朋友了。最早,是王老师在我的博客上留言,说他将到北京,希望到时能一见,那可能是他偶尔看到了我对他的小说的一篇短评的缘故。但我很多天才上一次博客,错过了约定的时间,不过他这样的名家竟然主动约我相见,令我很感动,于是又约了下次。很快,他又来到北京,我们在"岳阳楼酒家"一见如故,此后他每次来北京,我们及其他朋友都会相见——喝酒、聊天、谈文学,等等,在大同、新昌、绍兴、富阳,也都留下了我们觥筹交错的欢笑声。在我的印象中,王老师是一个热情豪爽的人,同时也颇为细腻缜密,又天真可爱(这么说似乎有些不敬)。他喝起酒来颇有东北人的风范,不仅自己喝得爽快,还能带动起全桌人的热烈氛围,使所有的人都活或"火"了起来,我本是一个不怎么爱说话的人,在他的带动下也常常会激动起来,不停地与人干杯。在生活情趣上,王老师可以说是一个现代的"士大夫",格调高雅,爱好广泛。小说自不必说,我不懂美术,但他的画据说已卖得很贵了,应该造诣颇深;收藏,他在琉璃厂有一个店,专收古董,有好的自己就留下来,他曾给我们看过一个唐代的酒盏,我们都没有太大的感觉,他却说"想象一下唐代人曾用它喝过酒,一千多年的时光都凝聚在里面了";此外,他还是一个红学家,一个美食家,如此多侧面的一个人,并在每一面都有不俗的成就,"横看成岭侧成峰",真不知如何概括才好,我也只能拣我较为熟悉的一面——即小说,来略微谈谈了。

王祥夫(以下敬称略)的小说,从文学传统上来讲,远的可以说继承了《红楼梦》的传统,在 20 世纪"新文学"中,可以说继承了废名、萧红、沈从文、孙犁、汪曾祺等"抒情诗"的传统,但他又有自己的发展与变化。我与红楼梦研究所的孙玉明教授交流,认为 20 世纪中国最好的小说,大多是学得了《红楼梦》的某一侧面,并加以融会创新的,如张爱玲的小说,便继承了《红楼梦》文字的细腻贴切,而在色调上转为黯淡阴郁,巴金的《家》借鉴了其家族结构与青年故事,而融入了时代新思潮的影响,至于林语堂的《京华烟云》、张恨水的《啼笑因缘》,则可以直接说是《红楼梦》的 20 世纪版。而王祥夫的小说,则继承了《红楼梦》叙述上的灵动与自然,对日常生活细节的细致描绘,以及对"世道人心"的洞察。从这些基本面出发,王祥夫又融入了他对时代的观察与思考,将之化为自己艺术上的特色，这同时也是对中国小说传统的创造性转化。所以王祥夫的小说，更像"中国"的小说，而不像西方小说观念中的"小说"，即他不注重故事、人物或思想（虽然他的小说中也有这些），而更重视生活中的细碎琐屑之处，更着意于小说整体意境的营造，更注意发掘人内心深处或人与人之间关系的微妙细致之处，仿佛打开了生活中隐秘的一层层皱褶，让人能从中发现其中的奥秘，于是看似清晰的暧昧起来，看似简单的复杂起来，而正是在这种"暧昧"与"复杂"之中，我们看到了与表面现象不一样的"生活"，一种王祥夫眼中的"生活"，而这同时也构成了他独有的艺术世界。

  与现代文学史上的"抒情诗"小说相比，王祥夫与废名等人的相似之处在于散文式的笔法、独特而深厚的语言功底、结构上看似随意的匠心独运，他们常常能在无事的故事中写出韵味，看似无所用心，而却能曲径通幽，引领读者到达一种美妙的艺术境地。但与废名、沈从文、汪曾祺等人专注于想象中的童年或"理想的人性"不同，王祥夫的小说并不着意于回忆或想象，而是从广袤的现实生活中汲取诗意，他所关注的都是一般的社会题材或"小人物"，如《五张犁》中的失地农民，《狂奔》中从农村进城的儿童，《半截》中的残疾人等等，这就使王祥夫的小说打开了一种社会的视野，而并不是仅仅沉浸于创作者的主观世界，可以说在这方面，王祥夫更接近于萧红与孙犁。我们可以拿汪曾祺与王祥夫做一下对比，两个人都有很深的"文人气"，汪曾祺先生身上似乎更浓一些，汪先生的每篇小说都耐人寻味，但如果集中阅读他的一本小说集，读到一半便会感到吃力，因为他的小说虽然每篇都好，但大多取材于个人"主观的世界"，笔法、语调也颇相似，读多了便难免会有"审美疲劳"，而王祥夫的小说则不同，他的小说取材于现实社会，笔法、语调也能"随物赋形"，根据不同题材有所变化，因而即使集中阅读，也很少会产生阅读的疲劳感，此处并非要比较二人的"优劣"，而只是阐明他们各自取材、叙述的特色。

  如果将王祥夫与当前的"底层文学"做一些比较，或许更能看出其小说的艺术特色，"底层文学"作为一种社会性的思潮已产生了极大的影响，从较为宽泛的意义上，王祥夫的一些小说也可纳入这一范围内来讨论。

但与大多数"底层文学"不同的是,王祥夫小说艺术上的价值更高,也更有"文人气质",可以说在"底层文学"中王祥夫属于一个异数,或者说是"底层文学"中的非主流派,这与孙犁在"左翼文学"中的位置颇有些相似之处。但另一方面,在关注底层民众的疾苦、从"小人物"的视角看世界等方面,王祥夫又与"底层文学"有着同样的思想与情怀,这又让他与那些追求"纯文学"、"纯审美"的作家区分开来,而具有了自己的艺术敏感点与艺术特色。

在当前的文坛格局来看,王祥夫可以说是一位创作实绩大于其名声的作家,在很多作家名不副实、名过于实的情况下,这可以说是较为罕见的,我想原因主要在于以下几个方面。首先在于王祥夫不追赶时髦的文艺潮流,在80年代短暂地写过一些"先锋派"作品后,王祥夫很快安下心来写自己想写的东西,因为不在"潮流"中,所以也很少为弄潮的批评家注意,但另一方面,少了赶潮流的浮躁,他才可能扎下根来,在艺术上发挥出自己的独创性,现在他的作品之所以被认为是"底层文学",也只能说是一种"耦合",也就是说,他是从自己的艺术道路上走到"底层文学"上去的,而不是刻意追求的结果;其次,他不在北京、上海等文化中心,而只是在大同这样一个较小的城市,因而少了很多"露脸"或交际的机会,然而同样的,这对他来说也未必不是一件好事;再次,则在于他的小说以中短篇为主,他虽然写过长篇,但影响不大,他的特长在于中短篇,短篇颇富神韵,中篇则更复杂微妙,而在当今的出版市场上,长篇小说才更有可能成为"畅销书"。这对率性、通达的王祥夫来说,或许根本算不了什么,不过我想将来的文学研究者,应该会给他一个公正的评价。

我希望通过以上的简单勾勒,读者对王祥夫的艺术特色可以有一个大致的了解,接下来我想对收入此集中的小说略做些介绍与分析。

《明桂》是一个探讨世道人心的故事,这个小说让人想起司汤达的《红与黑》与张爱玲的《金锁记》,小说中的男主人公于国栋是一个于连式的人物,想靠着女人向上爬,而女主人公明桂则是一个曹七巧式的人物,想把男人攥在自己手心里。在这个意义上,我们可以说这是一个曹七巧怎么制服于连的故事。然而这又完全是一个中国的故事、当代的故事,随着小说的进展,我们可以看到乡镇中的权力如何影响着主人公的内心世界,而在一层层的转折中,那么多丰富的元素不断涌现,将人性最深处的底线与脆弱处如此清晰地呈现了出来,而在最激烈的爆发之后,又重归于生活的"宽恕"与平静。在这个小说中,不仅两个主人公写得活灵活现,一些次要人物如齐新丽、季老师、于国凤、于国梁等人虽然着墨不多,但也写出了个性与光彩,他们共同构成了一张网络,使小说的主线更加曲折、复杂。这篇小说恰似从生活中裁剪下来的一块,虽然小,却又那么丰富,让人闻得着生活的气息。

《顾长根的最后生活》写的是顾长根批评警察,反而被警察诬陷他嫖妓的故事,他竭力想证明自己的清白却无济于事,陷入了一种尴尬而荒谬的境地。《老黄的幸福生活》写了一个类似的故事,老黄退休后过着平淡而幸福的生活,在一次洗澡后被警察诬陷嫖妓,他为了不把事情闹大,给他们缴了3000元钱,没想到过了几天,警察又来找他追加罚款,他无奈之下又缴了,但他心中却愤愤不平,跑到那家澡堂想真的来一次,人家却告诉他那里没有"小姐"。《风车快跑》写风车的母亲去世了,他去公墓买墓地,却被当作神经病关在了医院里,家人找他找不到,他也无法出来,陷入了一种荒唐的境地。这三篇小说在平常的生活中写出了荒谬的一面,让人们感受到现实的冷酷与非理性的,小说不乏现代主义的气息,但寓深意于平实之中,引人深思。

《愤怒的苹果》讲述的是农大毕业的亮气,因承包果园与当地乡民和当权者展开的无奈抗争,通过对三次"白条大战"的生动描绘,将错综复杂的人情世故和重重叠生的矛盾纠葛层层推进,在市场运行规律下荒谬绝伦的"哄抢",在乡土逻辑的中却显得"合情合理"。《尖叫》写米香被丈夫屡次殴打,离婚又离不成,走投无路后雇凶杀人,最后被抓的故事,小说同情的笔墨集中于米香,写她在整个过程中的屈辱、无奈与善良,因而她的被抓,也使读者反思法律的"公正性"。《流言》写桃花开出租车被劫,丈夫及全家卖血救治,但当他们知道她还曾被强奸时,态度却发生了变化,从而引发了夫妻之间的精神折磨。这三篇小说向我们展示了现代伦理的困境,在现代法律制度下合理的行为,在与传统伦理、人心、人性的纠葛中却显示出了尴尬的一面,让我们不能不重新反思我们所处的现代社会,以及"现代性"本身的合理性。

《西风破》讲的是一个刑满释放的犯人想认儿子,怕伤害他又不敢认,而最终又认了的故事,《驶向北斗东路》写的是一个捡到钱的司机,既想把钱留下,又想还给失主,在这个过程中他的内心矛盾、家人的反应及与失主讨价还价的故事,这两个小说故事很简单,但曲曲折折,写出了层次感与人物心理的复杂性,也让人们看到今日道德的脆弱性,王祥夫正是在不断向前推进的叙事中,不断拷问着道德伦理的底线与可能性。

以上介绍的只是小说的大略,上面也说过,王祥夫小说的长处不在于故事梗概,而在于故事进展中的曲折,及由此展现的人物内心的波动与人际关系的微妙之处,所以要领略王祥夫小说的妙处,还是需要自己去读一读。

到这里,这篇"序"也该结束了,但有一件事还值得一谈,熟悉王祥夫小说的人会知道,在他的小说中经常会出现"怎么说呢",这简直就成了他的口头禅了!为什么他会如此不厌其烦地重复这一句话呢?如果认真分析的话,可以说出一大堆道理,但我以为,或许主要在于他对"言说"的局限性的认识,不仅是"书不尽言,言不尽意",也不仅是把先锋派的"怎么写"转换成"怎么说",而包含着对世界的茫然与难以把握,包含着对精神困境的体认与尴尬,而正是在对不可言说之物的言说中,在不知"怎么说"而不断地说的过程中,他显示了一种超越自己、超越精神困境的努力,如果能让人注意到这几个字,则我这个偷来的标题也不算白用了。

中国乡村的"新现实"及其艺术化
——读陈应松近作三篇

陈应松最近发表的小说《野猫湖》、《夜深沉》和《一个人的遭遇》，向我们揭示了当前乡村中出现的新现实与新经验，并以迥然不同的风格呈现了出来，在艺术上达到了较高的成就。我想，这首先得益于陈应松在家乡荆州一年的挂职生活，这让他可以更深入地认识与理解当前社会的变化，并对各阶层尤其是农民的生活与心理有细致的把握，其次得益于他在艺术上孜孜不倦的追求与探索，这让他将自己的观察与思考加以艺术化，从而创作出优秀的作品。以下我想结合对这三篇作品的具体分析，谈谈陈应松的创作及其启示。

一 《野猫湖》：被逼而成的"同性恋"

《野猫湖》讲述的是一个有点怪诞的故事：乡村女子香儿在孤苦无依的状况下，得到了同村庄姐无微不至的照顾，于是在这两位中年女子之间，发展出了一种超越友谊的"同性恋"。我最早听到陈应松讲这个故事，是在去年夏天"清华会议"的间隙，蔡翔先生在评论《泉涸，相濡以沫》中也提到了这件事。但是，读到这篇小说，仍与当时听到的"故事"有所不同。这种不同主要有两个方面，首先是小说虽然保留了故事的怪诞性，但是并没有突出这个故事的传奇色彩，而是将之放置在具体的社会与生活环境中，让我们看到了这个故事的现实合理性与内在逻辑，于是这便不只是一个可以满足猎奇心理的一个"故事"，而成为了对现实生活及其秩序的一种反思与批判。我们可以看到，小说中两个女人的"同性恋"并不是天生的，或自然而然的，而是被具体的生活环境逼迫而成的。对于香儿来说，她的丈夫三友长期在外打工，不着家，她的娘家哥嫂也指望不上，甚至还需要她帮忙，村里还有村长马瞟子、贩子牛垃子等人觊觎着，想要占她的便宜，她的生活与内心处于一种极度不安定的状态，而一旦遇到洪水淹没了庄稼或牛被偷了这样的突发事件，她只能陷入孤苦无依的状态。在这样的情形下，庄姐对她的关心、照顾和呵护，不能不引起她情感上的触动，进而产生依赖，虽然对于同性之间的情感与生理上的需要，她是矛盾、纠结甚至是不情愿的，但在现有的具体生活之中，她所能找到的依靠与安慰只能来自庄姐，于是在经历过种种的内心矛盾、心理障碍甚至不断拒绝之后，她最终接纳了庄姐。而对于庄姐来说，丈夫早逝，一旦她再嫁，在婆家的压力下，便会失去儿子和丈夫的抚恤金，她也只能一个人带着孩子生活，在这种情况下，她在情感与身体上也处于饥渴的状态，此时遇到香儿，她们两个人互相照顾、相濡以沫也就是可以理解的了。在这里，陈应松的独特之处在于，他通过对这两个人具体生活环境的描写，充分写出了两个人走到一起的"合理性"，而这种"合理性"是以社会对人性的扭曲为前提的，而小说也通过对这种扭曲的"合理性"的描述，对当前农村的社会现实进行了深刻的批判，这主要包括，外出打工所造成的两地分居对夫妻情感所造成的损害，以马瞟子为代表的乡村政治权力与资本对乡村正常秩序的破坏，牛垃子等偷牛贩子对乡村道德伦理的破坏，以"吹毒管"的方式杀狗卖到餐馆中的恶劣行为，等等。呈现在我们面前的农村，是一幅凋敝而凄厉的场景，置身于其中，人人自危，像香儿这样的弱小者无依无靠，只能以扭曲的方式寻找安全与安慰，于是庄姐便成了她情感上的依靠。

在这里，需要提及的是，"同性恋"在国际与都市题材是较为常见的，如《断背山》、《春风沉醉的晚上》等影片，李银河等性学研究者所关注的也多是都市空间，他们大多以性别认同的差异来突显人类生活的丰富性，以作为反抗现实秩序的思想与理论资源，但这种反抗大多囿于私人领域，难以构成一种社会力量，甚至成为了精英阶层的游戏或另一种"政治正确"。但在陈应松的《野猫湖》中,我们可以看到,置身中国社会最底层的农村女性,为生活所迫,竟然改变了性认同的取向,不能不说是令人触目惊心的,也让人反思我们置身其中的现实,这可以说是一种有力的批判。

另一方面,小说在艺术上也具有鲜明的艺术特色,野猫的叫声,洪水的袭击,偷牛贼,逮野猫揉麝,"吹毒管",同性恋,为所欲为的马瞟子,突然出现的牛垃子等,营造出了一种令人恐惧而鬼魅的艺术氛围,这既来源于现实,又具有一定的象征色彩,为我们勾勒出了一个诡异的艺术世界——这种整体上的象征色彩与艺术特色,使小说超越了一个故事的单纯讲述,而在思想与艺术上具有更为丰富的意蕴。另外值得称道的是小说中方言的运用,这些方言执拗,简洁,不规则,时常跳跃,丰富了小说的艺术表现力。在这篇小说中,我们可以看到陈应松"神农架系列"小说风格的延续,但具体现实因素的增多,无疑也显示了他在创作上的新变化。

二 《夜深沉》:故乡为何难以归去?

《夜深沉》涉及当前农村中出现的一个新问题,并以一种独特的角度讲述了出来:小说的主人公隗三户早年外出打工,在广东做生意并小有成就,在一场大病之后,他萌发了叶落归根的想法,但是当他回到家乡,向村支书、村长武大雨提出想要回承包地、批一块宅基地时,却遭到了拒绝,他为此四处奔波,费尽周折,终于也未能如愿,只好失望地踏上了回广东的路,然而走到村口时,却意外地被偷牛贼杀死了,他活着不能留在村中,但临死时,"他突然想,这下就可以死在家乡了"。——小说通过隗三户回乡奔波的历程,向我们展现了他这一代打工者困窘的精神处境,他们尽管获得了一定意义上的成功,但是无法融入当地城市(广东)的生活之中,也无法对之产生情感上的认同,但是当他们回到家乡,却同样无法找到归宿感,就像小说中写的:"自欺欺人的隗三户终于回来了,回来却如走在异乡,没有一点儿回家的感觉,家乡已没有了亲人,房子早卖掉,已经拆了。承包地早就退了。心茫然而虚空……"

小说对隗三户无所归依的精神处境以及他为走出这一困境所做的努

力与挣扎，做了精彩而细致的描述，但是在我看来，小说中最为精彩的部分并不在此，因为打工者类似的精神困境，在不少小说中已经有所表现了。我以为小说中最引人注目的地方，在于对隗三户无法回乡的原因的探讨——即，在他离乡的这一段时间，农村的土地关系已经发生了巨大的变化，正是这种变化，使得武大雨不可能再批给他承包地与宅基地。这种变化就是小说中所写到的"土地流转"——"十年前一大批在外打工做生意的人都失了地，跟他一起出来的，基本都不要了。那时的地是个吃人的老虎，张着血盆大口，一亩竟要四百多的税赋，送给人家代种人家也不要。那时也没有这么高产的杂交稻，这么高产的油菜。稻谷也便宜，根本卖不出钱来，刨去种子、化肥、农药七的八的成本，根本赚不到钱，还倒贴，隗三户的田一年就要交近五千块，只好抛荒。钱村里还是得找他们收，抛荒了也收，你名下的地么。听说乡里的干部腊月二十八还在村里，不交的一绳子捆到镇里去，让你过不了年。有钱的交钱，无钱的揭瓦牵猪。杀了猪的，收猪肉。村里就说，交钱呀，不交我工资都拿不到。这样，你不找我要钱，我不找你要田。好呀，你说的。行。村里贷款交。村里就把田收回了。至于收回后是怎么变成大驴的猪圈，他这就搞不明白了。"

在这里，我们可以看到"土地流转"的一个轨迹：外出打工者抛荒——村里收回——土地流转到村干部私人手中。于是村干部武大雨（绰号"大驴"）便成了"土地流转"的最大受益者，他事实上成为了村中土地使用权的最大拥有者，并且以规模经营的方式"养猪"，在某种意义上，甚至可以说他成为了村中最大的"地主"与"资本家"，虽然村里的土地名义上仍属于"集体所有"，但并不影响他对土地的支配权。在这种情形下，作为一个既得利益者，他自然不会按照1980年代"包产到户"的惯例，将承包地再分给隗三户，而且土地作为一种他可以支配的资源，甚至可以成为他交换政治或经济利益的筹码："胡妖儿……要跟大驴争村长的，大驴发动族人要她别争，条件就是收回外人承包的这片河滩，给她承包种树搞农家乐，这事儿就这么搞掂了。"在这里，所谓"承包"已经成为了一种利益交换的手段，而这一权力则掌握在村干部的手中。这可以说是我国农村土地关系的一个重大变化，尽管这一变化的后果还没有充分显现出来，但如果按照这样的趋势发展下去，我国农村势必会发生激烈的贫富分化与阶层分化：少数掌握权力与资本的人掌握了"土地"这一农村中最重要的生产资料，控制着农村中的政治与经济局势，成为集地主与资本家于一身的土地的"新主人"，而更多的人则将失去土地，只能沦为雇工或佣工，"自由得一无所有"。如果真的发展到了这样，那么20世纪中国在"土地革命"上所取得的成就——以"土地改革"、"合作化"、"家庭联产承包责任制"等不同形式表现出来的——将化为乌有，中国农村将重新回到弱肉强食的状态，而且将因为历史条件的变化而更加恶劣化：现代农村已失去了传统社会"互助"的思想与组织；资本主义现代化进程的加速——如此，将来的中国农村不是回到传统的"治乱"模式，就是会发展到现代阶级社会的剧烈斗争，这对于现在土地只能起到社会保障作用的中国农村来说，无疑是灾难性的。具体到小说中，由于隗三户在广州已成为小老板，他无法回到故乡的痛苦还只是精神性的，但是我们也可以想象，像他这样的"成功者"并不多，大多数的打工者并不能真正融入城市之中，在这种情形下，故乡的土地至少还可以为他们提供一个立足之地，如果连这样的土地也失去了，他们就只能进退失据、走投无路了，而这对于中国来说，则将有可能会酿成更加严重的社会问题。所以，小说中所写到的"土地流转"虽然还只是一个苗头，但应该引起我们足够的警惕与注意。"土地问题"是中国农村问题的核心，近年来农村中土地关系已发生了不少新情况（包括撂荒、"土地流转"，以及新的"合作化"等），但农村题材的作品中却很少涉及，陈应松敏锐地捕捉到了当前农村土地关系的最新变化，并以艺术化的方式呈现了出来，值得我们认真思考。

《夜深沉》不只是提出了"问题"，在艺术上也达到了很高的造诣，它以隗三户返乡——离乡为主线，通过他与不同人的接触，呈现出了当前农村的复杂性，并以"偷牛贼"照应首尾，既使结构完整自然，也渲染了农村中人心惶惶的氛围。小说中的人物也是丰富的，不仅小说主人公隗三户的内心世界得到了充分的呈现，即如村干部武大雨，也不是平面化的，小说写到了他早期面对土地撂荒的忍辱负重，他为争取上边支持所付出的代价（陪酒等），也写到了他为村民谋利益的一面（建沼气池等），这样一个人也有其可以理解的地方，如此，小说深入到了矛盾纠结的复杂之处，呈现出了历史与现实的内在皱褶。此外，这篇小说的语言是诗化的，带有浓重的忧伤与抒情意味，这不仅与隗三户的"乡愁"相适应，可以说也表现了陈应松的忧思与感慨。

三 《一个人的遭遇》：信任问题

《一个人的遭遇》与肖洛霍夫的一篇名作同名，应该显示了陈应松的抱负，但或许更重要的是，两篇小说同样着重的是"一个人"，也即从"个人"或人道主义的角度出发，展开对历史与现实的反思。肖洛霍夫的《一个人的遭遇》，作为"解冻文学"的代表作之一，反思了斯大林时期所造成的伤痕，从回顾历史中找到了继续生活下去的勇气，充满了沧桑之感。陈应松的《一个人的遭遇》所反思的，则是现实生活中的"伤痕"，小说写的是主人公刁有福上访的历程，通过他屡次上访所遭遇到的事情，欺骗，诱惑，分化，劳改，向我们展示了"一个人"在现实生活中的困境及其挣扎，小说涉及的一个尖锐问题就是信任问题，即底层人对基层政府能否维护社会正义与公平的质疑，小说通过刁有福的"遭遇"及其心路历程的描述，向我们揭示了这一问题及其面临的困境。

小说中的刁有福，最初是因为家庭纠纷去派出所、法院、信访局告状，但是司法机关的推诿与冷漠伤透了他的心，"这不仅是一个利益集团，而且是一个冷漠的利益集团。走到哪儿都是一张冷脸，你要老百姓心气能顺的？"家庭纠纷没有解决，但在与信访局打交道的过程中，他了解到他作为"水牛哞哞酒厂的正式职工"，在厂子"改制"后，按政策应该得到安置，但是"下面没有执行"，他于是和其他下岗职工联系，并被推举为职工代表，开始上访，这是一个漫长的过程，他遭遇到了种种挫折，但他一直不屈，直到被以"妨碍公务罪"判刑两年半，他出狱后，当时拥护他的下岗职工也疏远了他，他继续上访，但被他们市驻京办的人殴打，虽然信访局治好了他的伤，但他自己也绝望了，只好回到村里"贷款"养猪搞酒坊，最后放弃了上访的念头。

在小说中我们看到的是"一个人"与一个体制的较量，安置下岗职工本来是国家政策，但基层政府不执行，并想尽种种办法阻止刁有福等人的上访，刁有福的上访是有理有据的，但在现实生活中却无法实现，他倔强地一次次走上上访之路，是因为相信他们的问题能够通过这样的形式得到解决，但是现实所给予他的却是一次次失望，直到他最后彻底放弃了上访的念头。但是，我们也可以看到，这也是一个他对"上访"，对能够得到公平对待逐渐失望的过程，是一种质疑与不信任情绪逐渐弥漫的过程，而这一过程也意味着他对政府、司法、信访等部门已经完全失去了信任，甚至是处于对立乃至对抗的位置。如果是"一个人"失去了这种信任，或许并不可怕，但刁有福所代表的是几百下岗工人，与他们相比，刁有福或许是最顽强地相信可以通过上访解决问题的，所以他的失望与不信任，也代表着这些下岗工人的不信任情绪。如果仅仅是这些工人失望，或许也并不可怕，但如果我们联系到近年来不少突发事件的发生，就可以知道，这种不信任情绪是我们当前社会最为严重的危机之一。我们只有正面应对这一危机，重新建立起民众与政府的互信机制，并形成一种良性循环，才有可能建设成一个和谐稳定的社会。

《一个人的遭遇》通过对刁有福上访历程的描述，让我们看到了这种情绪是如何酿成的，让我们反思社会结构中所存在的隔阂与障碍。小说直面当前社会中的重大问题，通过"一个人的遭遇"，具体而微地展现了他在这一过程中所承受的压力、屈辱直至最后的刑罚，让人看到"一个人"在当前的社会结构中是多么无力，而他最后的放弃，既是对现状的一种无奈认同，同时也是一种有力的批判。在艺术上，小说平实自然，与陈应松"神农架系列"的瑰丽神秘形成了一种鲜明的对照，小说也不注重故事，而注重对人物命运的把握，在具体生活场景的写实中，展现了社会中少为人知的一个侧面。但是这篇小说的不足之处，也在于其过于"平实"，或许过分拘泥于现实或"原型"，因而在艺术上不如《野猫湖》与《夜深沉》更加成熟。

四　新问题的发现及其"艺术化"

我们分析了陈应松的三篇小说,及其在思想艺术上所达到的高度,我想这不仅涉及他个人的创作,而具有更加普遍的启示,这主要包括两个方面,即发现新问题的能力,以及将之艺术化的能力。

当前的中国社会处于剧烈的变化之中,一个作家只有置身于这一变化的过程中,才能发现社会发展中的新问题与新经验,才能不断地有自己新的观察、思考,并进而将之艺术化,写成文学作品。这就需要一个作家与社会的变化保持密切的联系,我们可以看到,在当前的不少作家那里,或者是关在书斋里"两耳不闻天下事",沉浸在虚幻的想象中,与中国的社会现实颇为隔膜,或者是问题意识较为陈旧,仍然停留在二三十年前的思维模式之中,对社会发展的新变化缺乏了解与认识,因而只能写出在思想意识上较为陈旧或僵化的作品。而陈应松与这两类作家不同,他始终与社会保持着密切的联系,观察着现实中出现的新问题,并以文学的方式做出自己的思考与回应。这其中,尤为突出的是,他曾先后到神农架、荆州两地挂职去体验生活。"体验生活",作为作家与社会联系的一种方式,可以让作家走出个人生活的范围,深入到不同阶层尤其是底层生活的内部,对社会的变动及其在不同阶层心灵上所引起的波折,有一个更加具体、生动、形象的理解与把握,有助于作家观察与理解社会的整体,也有助于他们写出更加生动形象的作品。

当然,"体验生活"作为社会主义文学的一种传统,在历史上也曾有过偏差,那就是认为只有"工农兵"的生活才是生活,而知识分子或其他阶层的生活则"不是生活"或者是不那么重要的"生活",这一观念对于强调并加强知识分子与民众的联系,在历史上曾有过积极的作用,但一旦走到极端,则泯灭了创作者的主体性,因而1980年代文学理论界所讨论的"处处有生活"是有历史针对性的,在当时也起到了思想解放的作用,但是很快我们的文学又走到了另一个极端,那就是认为只有"个人"的生活才是生活,而"个人"之外的生活则"不是生活",文学中强调"私人写作"、"日常生活"、"下半身写作"便是这一思潮的表现,我们可以说,这同样是一种偏颇，"人"作为社会化的动物，仅仅从"私人"或"下半身"的角度是无法涵盖其复杂性的，只有对社会生活有深入的认识，才能够对社会及置身于社会之中的"个人"有一个整体的理解，也才能够写出更加开阔、丰富与深邃的作品，在这个意义上，我们有必要在批判的基础上重建"体验生活"的传统。陈应松的创作实绩也向我们展示了这一传统的巨大力量，不仅其"神农架系列"在文学界引起了广泛的关注，他的新作再一次向我们显示了，"深入生活"对一个作家是多么重要，乡村中的女同性恋故事，离乡者无家可归的故事，以及上访者不断遭遇挫折的故事，在书房里是很难想象出来，即使可以想象出来，也无法具有生活的实感与质感。

　　"体验生活"是重要的，但仅有生活也是不够的，对于一个作家来说，能否在生活中发现新的经验与新的问题，能否将这些加以艺术化，则是同样或者更加重要的。发现新的问题，需要作者的积累，需要作者的眼光与思想，乡村中的女同性恋或许并不少见，但是如何讲述这个故事？是将之作为一个具有传奇色彩的故事，还是将之置于乡村变化的整体中并做出反思？我们看到，陈应松选择了后者，而正是这样处理题材的方式，让他的小说更富深意，更有价值，同样，离乡者无家可归的故事，在当前的乡村中应该说也是较为常见的，但是陈应松的独特之处在于，他将之与乡村中土地关系的最新变化联系在一起，让我们从一个新的角度思考这一变化所可能造成的后果，这样一种思考与表现的方式，显示出了创作者开阔的视野，以及他对乡村土地关系变化的忧思。

　　在艺术上，这三篇小说也各有特点，陈应松的艺术表现方式颇为丰富，小说的艺术风格也有较大的差异，这可以使他根据不同题材的需要，以适合的方式加以表达，而在这样的差异中也有相对的统一，那就是陈应松始终关注社会现实的变化及其对底层民众的影响，他的小说虽然具体的题材不同，但都从不同方向指向这一核心问题，并以艺术的方式表达出来。我们可以看到，陈应松努力的方向在于两个方面：在深入生活中发现新的问题与新的经验，关注底层民众的命运与心灵；在艺术上不断探索，执著追求，不断开拓新的可能性。我想，这是陈应松的小说在文学界引起广泛关注的原因，也是他的创作所给予我们的启示。

我们能否理解"故乡"?
——读梁鸿的《梁庄》

读梁鸿的《梁庄》,让人既感动又惊讶,这部书展现在我们面前的是一幅幅当前农村的场景,那些人物、故事与画面是如此真实,又如此残酷,让人们不得不正视。梁鸿将人们习焉不察的农村及其二十年来的变迁,以一种立体的方式呈现出来,让我们看到了当前农村中存在的诸种问题,以及人们在情感、精神、内心深处的变化,读之令人触目惊心,也可以启发人们更为深广的思考。对于我个人来说,阅读《梁庄》有一种特殊的意义,因为长久以来,我也有一个愿望,就是以家乡村庄的调查为基础,写出中国农村的整体面貌及其变迁,由于诸种原因这一愿望一直没有实现,而在梁鸿的《梁庄》中,我看到她实现了我没有实现的愿望,这让我既惭愧又欣慰,对梁鸿的工作充满了敬意。我想对于梁鸿来说,这部书的写作也具有特殊的意义,这是一部困惑的书,也是一部思索的书,梁鸿所写的是农村,也是她的故乡,她出生并成长了二十年的地方,对于她来说,这样一次写作是回溯生命源头的写作,她既是一个归乡的"游子",也是一个观察者与思考者,这样,她的写作便不仅为我们呈现了当下农村的"真实",而且也可以让我们感受到她的目光,她的忧思与感悟。这也是一次"越界"的写作,梁鸿是一位评论家,但在这部书中,她却以纪实的方式直面农村的现状,写出了她所观察和理解的"故乡",这样一种尝试与探索,可以说来源于两种不满,首先是对当前文学作品的不满,这些作品与农村"真相"的隔膜,促使评论家不得不直接拿起笔来,写出她所认识的"真实",其次则是对自身评论工作的不满,文学评论作为思想文化领域的一种工作，与社会现实之间是一种更加"间接"的关系，如果长期陷于符号与知识的生产，便会与社会现实更加隔膜，而这样的写作方式使她摆脱了羁绊，直接面对具体的现实，突破了"从文学到文学"的内在循环。同时这在文体上也是一次探索与创新，梁鸿所做的是社会学与人类学的工作，但与之不同的是，她所做的并不是客观、冷静的分析与纪录，也投入了她的情感，这也不同于一般意义上的"报告文学"或"纪实文学"，她所关注的并非是某一社会现象或社会问题，而是对农村（"故乡"）整体状况的考察，因而在这部书中，作者结合了社会调查、口述实录、访谈等不同的体裁，在具体写作中则既有叙述与说明，也有议论与抒情，不拘一格，为我所用，但是综合在一起，凝聚了作者深厚的情感，展现了一个村庄的全貌，也以其质朴、真切打动了读者的心。以下本文将结合这部书，讨论下面三个问题：在今天，我们如何理解农村，如何理解这个时代？我们需要什么样的文学？

一 我们如何理解农村？

"我们能否理解农村？"，这在很多人看来是一个不成问题的问题，尤其是在农村里待过的人，比如当年插队的知青，或者通过高考进入城市的"大学生"，不少人谈起农村的事情都会以一种过来人的方式娓娓道来，仿佛无所不知，但是他们所了解的农村，只是他们当年置身其中的农村，而从"土地承包"到今天近三十年来，农村已经发生了很大的变化，今天的农村和那时的农村已经有了天壤之别。如果我们只停留在过去的印象中，以过去的经验来看待今天的农村，就会陷入一种困境。这也是我个人所遇到的问题，我从90年代中期离开家乡到北京读书，每年都会回家两次，平常里对关于农村的文学艺术作品以及社会学的研究著作也颇多留心，但即使如此，每一次回到家乡，仍会感到颇为陌生。之所以感到陌生，我想主要在于两方面的原因，一是农村的变化过于剧烈，在我们离开家乡这一段时间，正是"三农"逐渐成为"问题"的时期，农村中的土地、劳力以及生产方式都处于剧烈的变化之中；二是"我"自身的变化也过于剧烈，无论是在价值观方面，还是人际交往方式方面，已经与农村中的亲友拉开了相当的距离，难以深入乡村内在的逻辑。我想正是这样的原因，当我们面对当前的农村时，便不能不感到陌生。而这样的状况应该说是相当普遍的，即使在那些关心当前农村状况的人们之间，也是如此。

梁鸿的《梁庄》的可贵之处，恰恰在于她试图突破这一"陌生"的障壁，写出了她对当前农村的观察与理解，由于这个村庄是她生长的地方，这样的尝试便具有了新的可能性：（1）她可以在今昔对比中把握当前农村的状况，在回忆与现实之中把握农村的变迁；（2）她不仅具有新的文化与知识的视野，而且可以深入到乡村逻辑的内部，从"内"、"外"两个视角观察农村。当然这对作者来说，也是一个充满困惑的尝试，如何尽可能客观真实地呈现出这个村庄的全貌，与作者先在的预设、主观的情感之间充满了矛盾，也使整部书充满了张力，作者自述曾转换过几次文体，从"抒情体"到"日记体"，一直到现在以人物为中心的记述体，梁鸿找到了一种方式，将她的观察、思考与情感很好地结合了起来。

在《梁庄》中，梁鸿对梁庄的各个方面都做了呈现：家族与人口构成，历史与环境，政治改革，孩子、青年、成年的生活状态，信仰、"新道德"、"新生活"，等等，向我们展示了这个村庄的全貌及人们的生活状态，尤其是一些人物的命运与遭际，让我们形象地看到了当前中国农村的凋敝、破败，以及精神上的涣散与结构上的解体。这也让我们看到，在经济上得到发展的同时，我们又付出了怎样惨痛的代价，不仅是"砖厂平地掘三丈"、"坑塘变成黑色的巨大淤流"等环境问题，也不只是教育、医疗、养老等社会问题，而是整个村庄失去了魂魄与凝聚力，人们为追逐金钱而四处奔忙，人去楼空，村庄成为了"蓬勃的废墟"。在这部书中我们可以看到，关于当前农村的政治与政治改革，不同的人都持有类似的看法："老支书：选举给钱都找不来人"；"现任村支书：谁干就是让谁累死"；"县委书记：农村正在一个危险期"。从这三位基层干部的看法之中，我们不难看出他们对当前农村问题难度的认识与情绪，这位颇具有知识分子气质的县委书记认为："现在看来，整个90年代，农村政策是很不成功的。三农问题像一个到站的火车，喊的响，走的太慢，文件很多，不管用。农民负担不但没有减轻，反而日趋加重。"而现任支书则认为："按我分析，将来还得走集体化道路，集体化要比散化好，一人一点地，太过分散。集中种，成本降低，劳动力也减少，大型农机工具也能够充分利用。"也显示了他们在具体乡村工作中所达到的认识深度。作者在分析中认为："现在，政府对农村进行全方位的改革，并且，加大了投入的力度和广度。从表面上看，国家与农民、干部与群众的矛盾减轻了，但是，却也遮蔽了许多本质性的问题。譬如民主程序、村民自治，虽然已经喊了30年，但是，对于中国一个内陆小村庄来说，它们依然是很陌生的、概念化的名词。"当然中国农村中所存在的问题，不仅是民主程序与村民自治的问题，在此书中也有更加复杂的呈现。但就总体来说，对于乡村问题的整体分析并非此书的长处，作者也并没有着力于此，作者所做的，是对当前农村状况下人物命运与生活细节的呈现，通过这些具体的细节，或许我们更能看到当代乡村的变化。

"我管水，也只能让我儿子站在岸上"一节，写由于挖沙造成河流出现深坑，每年都会淹死人，而作者采访的水利局副局长也只能如是说，无人在意或者无人愿意为此负责；"王家少年：强奸了八十二岁老太"一节，写了一个令人震惊的悲剧，一个"好孩子"竟然做出了这样的惨无人道的事，呈现了当前农村道德观的破碎和"留守儿童"教育的尖锐性；"春梅：我不想死，我想活"，写一个丈夫在外打工的女人，因思念、猜疑，以及被村里人议论羞愧而自杀的故事，突显出了"打工"这样一种生活方式对正常家庭伦理的破坏以及对当事人内心的打击；"生命之后：金钱与法律的较量"一节写了一家人因亲人车祸获得赔偿而盖起房子的故事，作者指出，"农村人的想法很现实，人死了，最重要的就是钱的问题。而在为钱而争执的过程中，疼痛、伤心、亲情都变为可以讨价还价的东西，一切都似乎冰冷，无情与残酷。这也是一般人在理解乡村的类似事件时常有的谴责与鄙视，似乎他们把钱看得比人重。但是，谁又能看到他们心里面的深流呢？"——正是在这些看似难以理解的生活中，我们可以看到农村在精神上的颓败，价值观的破碎。这不仅是传统中国文化观念的解体，也是20世纪中国革命所凝聚起来的核心价值的解体。在价值与观念方面，当前的农村可以说处于一种混杂的状态，或者说处于一种真空状态，我认为《梁庄》的可贵之处，是向我们呈现了农村的这一状态，也即我们所面临的不只是政治、经济危机，而是心灵危机、伦理危机与价值危机，相对于政治经济危机，这是影响更加深远的危机。梁鸿在《梁庄》中所做的，便是通过乡村人物的具体命运，将这一危机呈现在我们面前，那些彷徨游荡的少年，那些无依无靠的老人，那些背井离乡去打工的"青年人"，那些留守在土地上的"成年闰土"，构成了乡村的主体，让我们看到了一幅幅惊心动魄的画面，这里曾经是我们的"故乡"，而今竟然面目全非，又怎能不让人感慨？在这里，梁鸿充分发挥了她作为一个文学工作者与一位女性细腻敏感的天性，描述出了乡村的现状和变迁，让我们和她一起去观察、感受与思考。

二　我们如何理解这个时代？

乡村的命运和时代密切相关，如何理解农村和如何理解时代的问题也是紧密联系在一起的。20世纪中国的命运，很大程度上是由中国乡村决定的，而中国乡村也在20世纪发生了前所未有的巨变。面对19世纪以来深重的民族危机，中国人不断探索着前进与突围的道路，最后以最广泛的基层动员的方式——"农村包围城市"取得了中国革命的胜利，建立起了独立自主的新中国。在这一过程中，也以"土地革命"的方式改变了中国乡村的基层组织与经济结构，彻底解决了数千年以来"地主—农民"的基本矛盾，实现了"耕者有其田"的理想。随后进行的"合作化—人民公社"运动，将土地的私人所有转为集体所有，试图解决中国历史上"土地兼并"造成的治乱循环，同时追求"现代化"和社会主义双重目标，但这一运动因过于急切而失败。改革开放以来，在农村实行的"家庭联产承包责任制"，以土地的集体所有为基础，以家庭为单位分散经营，适应了生产力的发展和农村生产、生活的习惯，在1980年代前期取得了成功。但是，自1980年代中期以后，中国农村的发展却处于停滞的状态，而伴随着"打工潮"的出现，农村中劳动力流失、土地撂荒、留守老人与留守儿童等社会现象不断出现，到1990年代末，"三农问题"已经成为社会各界不得不重视的危机，2002年以后，政府出台了一系列惠农政策，农村的状况得到了很大改善，但没有从根本上改变农村日益凋敝的现实。梁鸿的《梁庄》所描述的，便是中国农村从1980年代到今天的变化。梁鸿记忆中的乡村，正是1980年代中国农村的"黄金时期"，那时的农村正"在希望的田野上"，不仅初步解决了温饱问题，收入增高，各项社会事业得到发展，并且每一个人都对未来抱有希望，相信依靠个人的奋斗和努力，可以过上更加美好的生活。但是三十年的变化到今天，农村虽然在经济上得到了一定的发展，但是在各方面却陷入了一种困境，面临重重危机，而这不仅与乡村相关，也与整个中国的发展密切相关。

如何理解我们这个时代？我们可以从不同的视角去看，从中国史的角度来看，改革开放到如今已经三十年，与新中国前三十年形成了两个鲜明的时间段，不同时期在农村所实行的具体政策也不同，但是从整体上来说，"土地革命"、"合作化"、"土地承包制"却是一脉相承的，是中国革命在农村问题上所取得的伟大成果。这一制度解决了"土地"这一根本问题，也保证了中国不会再出现因"土地兼并"所造成的剧烈分化与破坏，在这个意义上，任何土地"私有化"的做法，都可能为中国带来灾难性的后果，尤其在土地只能起到社会保障作用的现在，一旦这一基本保障受到破坏，失地农民将再无后路可退，中国也将再无后路可退。而在今天，当农村与农民被"原子化"之后，不仅乡村原有的社会结构与文化受到破坏，而且在市场经济社会之中，单个的农民根本没有任何力量与其他市场主体进行谈判或"博弈"，作为"弱者"的农民只有联合起来，才能从根本上保障自身的利益，另一方面，"现代化"的农业也必然要求规模经营，这也是作为"个体"的农民所无法承担的，在这个意义上，"合作化"所留下的政治与思想遗产必须得到充分正视，而如今在全国不同地区所展开的"合作化"的尝试，也向我们展示了组织起来的农民所具有的生机与活力。在今天，中国乡村正面临着一个巨大的转折，在这个新的历史时期，我们必须避免土地"私有化"或"自由流转"所可能带来的巨大伤害，而以农民及其自身组织为主体，探索一条更加公正平等的发展道路。

从一个更加长远的视野来看，可以说中国与中国乡村正处于一个从传统到现代的转型之中，这一过程从晚清时期开始，至今尚未完成。在这一百五十年间，中国乡村发生了前所未有的变化。在传统中国的乡村中，是以儒家文化为核心组织起来的"差序格局"式的社会结构，但是近代以来，这一文化与结构遭到了重重冲击。这一方面具有解放的作用，将人们从儒家文化的笼罩下解脱出来，破除了长幼秩序、男尊女卑等"封建"思想及一些陋俗的影响，在家族认同、血缘认同、地区认同之上建立起民族国家认同与现代的公民意识，但是另一方面，在破除儒家文化及其社会结构之后，如何增强村庄内部的凝聚力，仍是一个没有解决的问题，1950—1970年代以阶级意识为核心组织社会的尝试也遭遇了挫折，1980年代以来，中国农村作为一个社区或集体的凝聚力日趋涣散，农民在社会结构上逐渐"原子化"，在思想文化观念上则处于一种"真空"状态，既有传统文化与家族观念的残留，也有电视等媒体所带来的现代观念的冲击，以及某些宗教的广泛传播。在我国农村人口众多的国情之下，"城市化"在可以预见的将来并不能解决农村问题，那么如何在既定的现实条件下，让农民能够"安居乐业"，如何建设一个既"现代"又充满内在凝聚力的农村，需要我们借鉴传统中国与革命中国在组织与思想上的资源，做出新的探索与努力。

在《共产党宣言》中，马克思和恩格斯在谈到早期资本主义时指出："资产阶级在它已经取得了统治的地方把一切封建的、宗法的和田园诗般的关系都破坏了。它无情地斩断了把人们束缚于天然尊长的形形色色的封建羁绊，它使人和人之间除了赤裸裸的利害关系，除了冷酷无情的'现金交易'，就再也没有任何别的联系了。……生产的不断变革，一切社会状况不停的动荡，永远的不安定和变动，这就是资产阶级时代不同于过去一切时代的地方。一切固定的僵化的关系以及与之相适应的素被尊崇的观念和见解都被消除了，一切新形成的关系等不到固定下来就陈旧了。一切等级的和固定的东西都烟消云散了，一切神圣的东西都被亵渎了。人们终于不得不用冷静的眼光来看他们的生活地位、他们的相互关系。"在这里，马克思、恩格斯所分析的虽然是资本主义社会，但也是对现代性与"现代社会"的描述,在这个意义上,我国也处于或者说正在经历"现代社会"的早期阶段,梁鸿在《梁庄》中所描述的很多现象,也可以说是这一阶段独特的历史与社会问题。所不同的是,我国是社会主义社会,在农村中也以建设"社会主义新农村"为目标,在此意义上,如何在发展的同时注重社会主义的追求,焕发起底层劳动者的主体性、积极性与创造性,使之成为社会的主人,而不至于沦为资本的奴隶,便是我们这个时代所面临的重要问题。

三　我们需要什么样的文学?

梁鸿的《梁庄》所启发人思考的另一个问题是:我们需要什么样的文学?在今天,文学在思想文化领域与社会整体中的重要性日益降低,读者也越来越少,而这不仅由于社会本身的变化,也在于大多数文学已丧失了直面世界的追求与能力,因而也无法唤起读者的共鸣。

相对而言,关于农村题材的作品在中国文学中占有很高的比例,这一类作品也较少其他作品"不及物"或"凌空蹈虚"的弊端,但是在这些作品中,也容易存在一些问题,那就是作家很容易以过去的经验来叙述今天的农村,因而无论是题材还写法都很陈旧,不切合当前农村的实际,远远脱离了人们的现实感受,在此基础上"艺术化"而成的文学作品,不是让人更深刻地理解现实,而是以"艺术"与幻想遮蔽了现实。

梁鸿的《梁庄》,作为一个"非虚构"的作品,至少在以下方面可以给我们以启发:(1)作者注重"真实",这种"真实"既是个人经验意义上的真实,也包括对现实的观察、思考与表现,在个人与世界之间建立起了一种有机的连接;(2)作者注重"体验","体验"是作者接近真实与"世界"的途径与方法,但是,这里的"体验"不是被动的、消极的,而是主动积极的,是一种介入的"行动",也是对这一行动的内心感受,是主观与客观的融合,在这里,"体验"是连接内心与世界的桥梁;(3)作者注重"文学性",但不固守文学的成规,而是以表达的需要创造新的形式,作者最为关心的并不是所写的是否是"文学",而是能否表达出对这个"世界"的观察与感受,如果现有的文学形式无法表达出个人的真切感受,那么作者宁愿抛弃这样的"文学",宁愿写出不像或不被认为是"文学"的文字,但是恰恰在这些不像"文学"的作品中,却保留了"文学"的真正精神,那是一种有情怀、有血肉、有痛感的文字,可以让我们更深刻地理解自己和这个世界。

我们置身其中的这个世界,是纷纭复杂而又变化莫测的,在这样一个世界中,我们能否理解自己、能否理解他人、能否理解这个世界,便是一个逼迫人不得不面对与思考的问题。像梁鸿与我这样出生于70年代的人来说,我们成长的年代,是中国迅速发展发生了天翻地覆变化的时代,而且这样的发展还在继续,中国和世界仍处于剧烈的变化之中。很多以前习以为常的事情正在变得陌生,很多以前不可思议的事情正在发生。从大的方面来说,我们经历了苏联的解体,在此之前,谁能够想到这个庞然大物会如此脆弱?我们也经历了美国的911和金融危机,在此之前,谁能想到这个强大的帝国竟然如此不堪一击?我们正在经历世界格局的巨大变化,而这对我们每一个人的生活都会有影响。从中国方面来说,我们的国家已经告别了物质匮乏的年代,我们童年时关于饥饿的记忆,在现在的孩子看来不啻于天方夜谭了,他们所面临的是消费主义等新的问题。而在这样巨大的变化之中,我们自身也在发生变化,我们从一个偏僻的乡村来到北京这样一个现代都市,在生活和知识上都有了很大的变化,在这样的情况下,我们能否理解自己,能否理解"故乡"、能否理解这个世界?便是一个很大的疑问。在这个意义上,我认为梁鸿的《梁庄》是一部试图去重新理解"故乡"的作品,也是一部试图去认识变化了的自我与世界的作品,而《梁庄》所做到的不仅是呈现了这个村庄的现状及其变迁,也将作者现在的"自我"与过去的"自我"连接了起来,在自我生命的内部建立起了一种统一性。我们可以说,这既是自我反思的需要,也为我们打开了一个通向世界的窗口,让我们看到了另一种"真实"。

在我看来,"非虚构"作品之所以必要,恰恰在于我们自身置身于一个"虚构"的世界中——在一个信息爆炸的社会中,我们赖以形成对世界与自我印象的信息,大多来自于媒体,来自于间接的经验,我们的生活与自我意识在很大程度上是"虚构"的,是没有痛感、没有血肉、没有体温的。在这种情况下,如何突破这个苍白的"自我"与世界,需要我们去"体验"、"介入"与"行动",只有在这样进入世界的过程中,我们才能够丰富我们的生命,丰富我们对自我与世界的真切认识。但是要进入世界,我们也需要具备或培养出理解自己的能力、理解他人的能力、理解世界的能力。我认为,在这些方面,梁鸿的《梁庄》可以给我们以启示。

(原载《南方文坛》,2011 年第 1 期)

细　读

　　正是这些最为独特、细腻的人生体验，正是这些"不足为外人道"的部分，包含着一个民族乃至人类最为隐秘而又难以道出的痛楚，只有进入到这一层面，进入到"无意识"的深处，一部作品才能真正唤起人们内心的共鸣，才能让人们重新认识世界，重新认识自己，并重新认识艺术的力量，而要做到这一点，不仅需要高超的艺术技巧，而且需要创作者态度上的真诚，只有这样，我们才能通过内心走向一个宽广博大的世界。

　　　　——《记忆的诗学及其穿透世界的力量》

历史的碎片与"地方志"小说
——读铁凝的《笨花》

《笨花》是铁凝的转型之作,她以前的作品如《玫瑰门》、《大浴女》等,关注的是城市与女性,注重个人情感幽微处的开掘。而在这部作品中,她写了从清末到抗战华北平原上一个村庄的故事,着重写的是历史风云变幻中的乡村与农民,这一转型是否成功,值得人们关注。

小说并没有一个完整的戏剧化的故事和贯穿全篇的中心人物,而是以散点透视的方式,将那段时期的中国历史融入了平凡的人与事之中,化传奇为平淡,以娓娓道来的方式讲述了笨花这个村庄的故事,展示了华北平原上的风土人情和世俗烟火,也为我们勾勒出了十多个别具一格的乡村人物。

在《笨花》中,饶有兴味的一点,便是将地方置于历史之上,以地方性知识来讲述自己视野内的"中国故事"。在以往的"革命历史小说"中,清末到抗战这一段时期,是新旧民主主义革命时期,推翻"三座大山"、建立新中国,作为时代的主旋律,在作品中得到了充分的反映,它们受到主流意识形态的限定,也为新中国提供了意识形态的合法性,这在《红旗谱》、《铁道游击队》等作品中可以看出;1980年代以来,转向"新历史小说"的一些作家,开始以新的思想资源处理对这一时期的叙述,他们或突破以前的禁区(如《灵旗》),或以新的思维方式处理旧题材(如《红高粱》),或以新的叙事手法加以尝试(如《迷舟》),这些作品在解构旧意识形态的同时,也适应时代的变迁,提出了新的观察世界与历史的角度,比如《白鹿原》在梳理20世纪中国史时便突出了儒家文化的价值,而《故乡天下黄花》则以权力与欲望为中心来解读历史，等等。

《笨花》中的叙事，与"革命历史小说"与新历史小说不同，但又糅合了这两类小说的一些因素，呈现出了新的特点。在小说中，宏大叙事表现为向家三代人在历史风云中的选择与命运，向喜从一个卖豆腐脑的货郎，成长为一个军阀队伍中的中将，小说以他的经历描写了清末以及军阀混战的历史，向喜的儿女取灯、文麒、文麟，孙子武备、有备则以不同形式勇敢地参加了抗日战争，正是这些将笨花、将向氏家族与整个中国的历史联系了起来，尤其前半部军阀孙传芳的出现，更增强了这样的效果。在"革命历史小说"的视野中，这一时期是反帝反封建的历史，《笨花》中虽然有对日本帝国主义的激烈反抗，但它同样描述了一个友好的日本人松本槐多，也叙述了一个瑞典传教士山牧仁的活动和影响，没有将"反帝"做简单化的处理。另外，小说中也只在抗日这一层面讲到了共产党，没有从"阶级斗争"的角度来叙述，小说中的共产党人没有将向家作为军阀与"地主"，向家的仆人甘运来、长工群山性格也都十分忠厚；而从军阀混战到抗日战争之间，国民党统治时期被忽略了，在经典革命历史小说中，这些都是需要强调、突出的内容，作者有意无意的回避，显示了观察历史的新思路与新视野。

"新历史小说"的一个重要策略，是以家族斗争代替阶级斗争。《白鹿原》中白、鹿两家的斗争贯穿始末，并成为小说结构的主要线索，《故乡天下黄花》等小说也是如此。《笨花》中写到了向家、西贝家两大家族，也写到了家族斗争——向家与佟家的斗争，但这在小说中只是很小一部分，并没有成为重要的因素，尤其是向家与西贝家这两个小说中重点描写的家族，没有不可调和的矛盾，他们的矛盾与否也不是《笨花》所关注的。

《笨花》融合了以上小说的因素，发展出了一种"地方志"式的叙述，作者将散落在笨花上的历史碎片捡起，精心地拼凑起来，写出了其中的各种人物与乡村民俗，写出了历史风云变幻中的日常生活。在《笨花》中，一切故事都是围绕着笨花这个村庄展开的，笨花在故事中处于中心地位，主人公在笨花长大，然后或离开，或在周围活动，但离开的归根结底要回到笨花来，在周围活动的也以笨花为重要据点，在这里，笨花是故乡，是大地,"一切来自泥土,又回归泥土"。

从"地方志"的角度,小说自然地以乡村人物和地方风俗为描写重点。乡村人物,尤其是其中的"乡村奇人",在小说中得到了突出表现,向喜这样飞黄腾达的人物可谓奇人,向文成这样未卜先知的乡村医生也是奇人,瞎话连篇的"瞎话"、笃信基督的梅阁、从城市来的取灯,都可谓之奇人。此外,西贝小治、时令、走动儿等等,也都有独特的性格或标示,小说正是通过对乡村形形色色人物的展示,塑造出了一组"群像"。在这些人物中,大花瓣和她的女儿小袄子的形象,值得特别注意,这是两个风流的乡村女子,从她们身上我们可以看到赵树理《传家宝》中"小飞娥"、孙犁《铁木前传》中"小满儿"的影子,从这里我们可以看出,铁凝继承了前辈作家对乡村人物的观察与思考。

民风民俗更是作者描写的着力之处,《笨花》既写出了乡村的日常生活,也超越了一般的日常生活,而深入到了地方或民族集体无意识的深处。张爱玲曾说自己要写"人生安稳的一面",铁凝在这里便写出了历史变迁中乡村里"安稳"的一面,开头对"黄昏"的描写,窝棚里的故事,摘棉花、打兔子,最后给老人"起号",等等,在在显示了传统的深厚积淀和民间文化之活力,正是这些描写,使小说超越了简单的故事层面,而具有了更为深远的意义,同时使小说在节奏上更加舒缓,在风格上更加质朴、自然。

在这些风俗描写中,对笨花"黄昏"的描写令人印象深刻,小说先写驴和骡子写当街打滚,然后走来一个鸡蛋换葱的,接下来是卖烧饼的、卖酥鱼的、卖煤油的,走动儿到奔儿楼家"走动",最后"向家点起了灯,一个黄昏真的结束了",这里的描写是舒缓的、宁静的,似乎亘古以来乡村的黄昏就是如此。在萧红的《呼兰河传》中,我们也可以看到对乡村黄昏的相似描写,也是同样优美动人。不同的是在萧红那里,只是对风俗人情的描写,更多的是怀念与挽留的抒情意味,而在铁凝这里,这些还承担了小说中的叙事功能,牵引出了西贝牛、西贝大治、向文成、向桂、同艾、秀芝、走动儿等人与事,这里的黄昏不只是主角,还是一个舞台与布景。

小说的整体风格是舒缓、自然的,但也不乏戏剧性,第8章便集中写到了取灯、小袄子、向喜、瞎话的死,这些重要人物的死亡,既显示了抗日战争的悲壮惨烈,也为小说增添了波澜,预示了即将到来的结局。

"地方志"小说不仅是地方志,它还通过历史风云与笨花的交织,从自己的角度写出了"中国的故事",但这样的方式,在某种程度上也显示出了力不从心,作者对这一段历史并没有表达出完整而明晰的认识,作品的细部较为充实,而整体上则是混沌的,这或许源于作者表达的无力,却也显示出了时代的精神匮乏。但无论如何,《笨花》认真而简朴的叙述,为我们的写作提供了值得尊重的品质。

(原载《21世纪经济报道》,2006年3月9日)

1980年代的梦幻与爱情

——读于晓丹的《一九八〇的情人》

刻骨铭心的爱情如何表述？正如不存在任何本质一样，也不存在本质性的"爱情"，当我们谈论"爱情"时，表达的只是一种粗疏而概略的情感。每一个人的"爱情"都不同，每一种爱情都有难以言述的经验，有不足为外人道的特殊部分，有含混、暧昧与微妙之处。一部优秀的现代小说给我们讲述的爱情故事，不是跌宕起伏的曲折情节，不是可以被讲述的小说梗概，而恰恰是故事曲折处那些难以言说的部分，是那些不能被概括的丰富而复杂的细微经验，它所要呈现的，不是人人都知道的"爱情"的核或规定情境，而是隐藏在冰山之下更为深邃、也更为隐秘的部分，是独特而生动的生命与情感体验。

《一九八〇的情人》的可贵之处，就在于它对难以表述之物的表述，对难以言说之物的言说。小说中有清晰的故事脉络、简单的人物关系，但在看似清晰简单的情节之中，发掘的却是复杂的情感纠葛，是一个"幽暗的森林"。小说的故事有两条线索，一个是毛榛与正文、与老师、与正武的复杂情感；另一个是正文与毛榛、谭力力的感情纠葛，及其与发廊妹、画家、杂志社女职员的情欲故事。而这两条线索的结合点，则是小说的主人公毛榛与正文，整部小说都是围绕他们而展开的。小说是从正文的角度展开叙述的，而毛榛则是故事的中心。可以说，这是一部从男性视角讲述的一个女性的爱情与成长故事，一部"青春残酷物语"，而小说的作者于晓丹是一位女性，所以我们可以看到，这是一部女性通过男性视角讲述的女性故事。在这里，"男性"的视角只是一种中介，如果略去这一中介，我们可以看到便是一部女性所写的关于女性的情感故事，是一种女性的自我观察、省思与呈现。但这一中介之所以必不可少，在叙述学的意义上可以避免平铺直叙，避免"私人叙述"常见的自恋或自怨自艾，而在心理学的意义上，这一"中介"也恰如一面镜子，可以更清晰地映照出女性主人公的身影。

作为小说的主人公和叙述的"中介"，正文的双重身份也规定了他在整个故事中的位置，他必须是忠诚可靠的，是作者与主人公信任的对象，另一方面，在女性主人公的故事中，他又是处于边缘的，是不那么重要的，他是参与者、见证者，同时也是旁观者。在小说的人物关系中，我们可以看到在毛榛与正文之间，是一种介于爱情与友谊之间的暧昧状态，正文爱着毛榛，但中间却横亘着一条鸿沟，那就是他哥哥正武的死亡，对于哥哥的女朋友，他既眷恋又心存忌惮，所以他的爱是炽热的，也是犹疑的，他对毛榛的关爱已经超越了私人意义上的"爱"，既像"弟弟"一样好奇与依恋，又像兄长一样全方位地关怀着她，而对于毛榛来说，正文是一个可以信赖与倾诉的对象，是一个"哥们儿"或酒友，是生命中不可或缺的部分，但却并不是她最爱的人，在与正武、老师的情感纠葛中，她已经耗尽了生命中的热情，已经历尽沧桑，对于正文的追求与关爱，不免以孩子气或不成熟的表现视之。

对于毛榛来说，正武是一个完美的形象，或许对于每一个女性来说，心中都有一个完美的恋人形象，但这种形象在现实生活的展开过程中，却难免会变得越来越黯淡，所以这一完美的形象要么不要在生活中出现，一旦出现，为了要继续保持完美，就只能有一个结局，那便是远离或消失——在小说中便是正武的死，为毛榛而死。正武死亡的原因在小说中没有正面的叙述，但通过蛛丝马迹的暗示我们可以大体知道，他是因为发现了毛榛与她老师的恋情，从而选择了自沉湖中。在自杀之前，他的内心经历了怎样的痛苦与挣扎，这是小说中的毛榛与正文所共同关心的（也是他们隐秘的情感纽带之一），也是读者所关心的，但小说中没有直接叙述，而留下了一个丰富的想象空间。对于正文来说，他的哥哥正武是一个崇拜的对象，无论是相貌、学识，还是为人处世，他的成熟、果敢与魅力，都是他不可企及也是自愧不如的。正是在毛榛和正文的叙述中，我们看到了正武的完美形象，一个完美的近乎虚幻的形象。这样一个人物的突然死亡，在毛榛和正文的心中，都留下了难以抹去的伤痕。如果说对于正文来说，哥哥的去世带来的只是悲伤与无尽的怀念，那么对于毛榛来说，正武的自杀带来的是更为复杂的情感冲击，在悲伤与思念之外，还有懊悔、愧疚与无可言说的创伤，她所面对的是爱情与死亡的无情冲撞，是完美恋人的突然消逝。而这是她在情感纠葛中造成的后果，正是她深深地伤害了正武，才造成了他的自杀，而他的死亡则是她挥之不去的青春梦魇，是她无法理解、难以释怀又绕不过去的"黑洞"。

在毛榛与老师的爱情故事中，我们看到的是另一种"青春残酷物语"，她所置身的是一个尴尬的处境，她介入了老师的婚姻，成了一名"第三者"，但她爱得热烈，如飞蛾扑火一般全身心付出，她的爱已突破了道德的底线，但她置种种非议于不顾，只为能得到老师的"爱"。在小说的这一部分中，我们看到的是一种一往无前的惨烈的爱情，她的爱是那么执拗，那么顽强，那么率性，她完全放弃了一个少女的羞涩与自尊，直面老师和他的妻子，直面自己的"堕落"与沉沦，在一种完全不利的境况中坚持去"爱"，不管不顾，直到遍体鳞伤，直到心中淌血，这地狱般的爱与情感纠葛超出了常人所能理解的范围，疼痛、悲伤、羞辱，种种复杂的情绪纠结在一起，像一个魔鬼的游戏，让我们看到了"爱"的暧昧与残酷，也看到了毛榛的决绝与坚韧。在当代的文学作品中，我们还很少看到如此真实而残忍的爱情，《一九八〇的情人》对"爱"的复杂性的揭示，丰富了我们对人类情感的理解。

然而还不止于此，我们可以发现，毛榛对正武的爱与对老师的"爱"，在时间上并没有截然可分的先后，也即是说，在毛榛爱上老师的同时，或许仍然在爱着正武。一个人是否能够同时爱上两个人，那是怎样的一种复杂情感状态？或者，她的爱是怎样从一个人转到了另一个人，中间有着怎样复杂的情感过程？小说中对此没有正面描写，但我们从毛榛与他们二人的情感纠缠中，却可以去想象或触摸这一"情感的禁区"，从暧昧的边缘去理解人类情感的丰富性及其无意识领域。

《一九八〇的情人》通过毛榛与正文、正武与老师的爱情故事，向我们展示了1980年代都市青年的特殊情感，那是"最放纵也最纯洁，最先锋也最怀旧，最年轻也最沧桑"的情感，那些时间流逝中的迷惘与茫然，那些纠缠在一起说不清的情感，那些隐藏在内心欲说还休的创伤经验，读来令人心疼，令人黯然。作者的文字，温情，灵动，带着怀旧的气息，似乎想捕捉住那些已流逝的珍贵画面，让我们看到了那个特定时空的特定情感。小说中令人印象深刻的，是作者对1980年代北京的描述，大学校园、大院、筒子楼，这些特定的空间不只是背景，而且散发出独特的生活气息与氛围，与作者熟稔的北京地理相互交织，让我们得以重新回到那个年代的北京城。这是一个躁动而疯狂的年代，青春的叛逆，毫无顾忌的爱，狠狠地伤害与被伤害，相互纠缠在一起，而这些又与古旧的北京、平静的叙述语调有一种微妙的反差，我们好像透过有色滤镜看到了一个过去的世界：那些人曾经如此相爱过，热烈，暧昧，残酷，但又随意地挥洒着青春，而只有在多年之后，才能明白某些秘密，才能明白有一些爱恨和伤痕究竟有多深。这就是1980年代的爱情，这就是那个年代北京的爱情，既现代，又传统，既触及灵魂，又充满着情欲，他们置身于历史的夹缝与转型期，既不像上一代那样保守与"禁欲"，像知青作家所表现的那样，也不像下一代那样无所顾忌，或充满功利色彩，像我们在《因为女人》、《桃李》等小说中所看到的，而是在灵与肉、情与欲之间保持着微妙的平衡，充满着内心的挣扎与张力。当代中国的都市小说，大多只是描述都市的外在变化，而《一九八〇的情人》则深入到人物情感的最深处，为我们描画出了特定时空中人物的情感方式，让我们看到了1980年代的北京——那么生机勃勃，又那么相互纠缠。正像电影《颐和园》所表现的那样，不同的是《颐和园》着意突出的是情感的破碎、尖锐与歇斯底里，而《一九八〇的情人》则阅尽沧桑意气平，将隐痛压在纸背，以一种舒缓的方式讲述残酷的青春，娓娓道来，却更具穿透力。

　　"重返1980年代"，是现在学术界与文学界的热点，与不少精英回首峥嵘岁月的昂扬姿态不同，《一九八〇的情人》通过对创伤的记忆，以讲述"私人生活"的方式参与到这一公共话题之中，让我们看到了1980年代的丰富性与差异性。但另一方面，小说的叙述重心集中于主人公的情感生活，也在一定程度上忽略了公共性的生活，即如1980年代的大学校园，是各种思潮、运动风起云涌之地，是充满了不同声音与身影的活跃场所，"历史在这里沉思"，知识分子以满腔热情投入到理论与现实问题的讨论之中，他们的影响力在社会上也达到了一个高峰，在大学里无疑更具吸引力。作为一部以1980年代大学校园为背景的小说，选择对公共生活的回避，虽然也是一种应该尊重的创作自由，但至少没有为我们呈现那个年代特有的氛围与典型情境，不能不说是一种遗憾。而之所以如此，或许既与"去政治化"的时代氛围相关，也与"私人叙述"的强大影响相关。在陈染、林白的小说中，我们可以看到历史成为了一个女性的"私人生活"及其成长史，《一九八〇的情人》可以说在这一层面分享了她们的叙述经验。但仅从"私人"的层面，有时却无法切入历史的真实，即如小说中毛榛所爱的"老师"，仅从知识与年龄方面，或者日常生活方面，似乎很难理解其魅力何在，或许只有将之置于那个年代知识分子普遍的精神姿态之中，我们才能够更深刻地理解这种"爱"的由来。

在《一九八〇的情人》之前，于晓丹作为《洛丽塔》与雷蒙德·卡佛的译者，在文学界已广为人知，在这部作品中我们也可以清晰地辨识出纳博科夫与卡佛的影响，像《洛丽塔》一样，《一九八〇的情人》以超越道德的冷静姿态探索着复杂的情感纠葛，以微暗的火烛照着人类情欲世界暧昧、复杂的边缘，而在叙述方式上，它的简洁、生动、有力，对细节的敏感捕捉，则或许直接受益于卡佛。但是作为一部中国人的作品，《一九八〇的情人》却将这些影响化于无形，形成了独特的艺术风格与艺术世界，我们希望在这部小说之后，人们记住的不再是译者于晓丹，而是作者于晓丹。

（原载《名作欣赏》，2009年19期）

隐秘的疼痛及其诗意表达

——读付秀莹的《爱情到处流传》

付秀莹的短篇小说《爱情到处流传》，在《红豆》杂志发表后，很快被《小说选刊》、《中华文学选刊》选载，并被收入不同的小说年选本。这个小说之所以如此受到关注，我认为主要是在两个方面满足了读者的期待：在"短篇小说"这一体裁日渐式微的情形下，这个作品提供了一个短篇小说的近乎完美的样本；与大多短篇小说注重故事性或西方化的倾向不同，这篇小说注重诗意与抒情性，可以说承续了废名、沈从文、萧红、孙犁、汪曾祺以来的现代小说"抒情诗"传统，也是传统中国美学在当代的再现。

评论者一般都会将《爱情到处流传》与鲍十的小说《纪念》相比较，《纪念》因被张艺谋改编为影片《我的父亲母亲》而广为人知。的确，这两篇小说有不少相似之处，写的都是"父亲母亲"的爱情故事，叙述视角也都是从"回忆"展开的，在艺术风格上也都是唯美而抒情的，都以散文化的笔调娓娓道来。但如果我们做更为细致的分析，便可以发现它们所面对的问题不同，《纪念》的核心故事在于父亲母亲如何相恋，克服种种障碍最后结合在一起相依为命；而《爱情到处流传》所处理的题材更为复杂，如果用一句话来概括，那就是"父亲"的婚外恋及其对当事人的内心冲击。这样一个故事，对于叙事者来说，无疑是一种难度更大，也很容易陷入尴尬的故事：我们该如何讲述父亲的"外遇"呢？我们是该谴责他的不忠，还是该理解或者原谅他，而这种理解又该控制在什么限度内？

所以这篇小说最值得关注的，并非散文化或抒情式的笔调，以及语言的细腻优美（这些当然也很重要），而在于叙述视角的选择，以及这种视角所折射出的作者的人生态度与审美观。在小说中，我们可以看到这一叙述角度的特色在于：童年视角，回忆视角，第一人称限制叙事及其相互交织。童年视角让我们看到了一个清新、自然而又懵懵懂懂的世界，虽然讲述的是一个残酷的故事，但又在隐约中让人感到了一种美；回忆视角则在时间的长河中冲刷掉了这一事件带来的直接伤害，以沧桑的姿态与悲悯的眼光重新审视这个故事及其当事人，包容并理解了一切；而第一人称限制叙事，则回避了故事中最为残酷的核心部分，在这个叙述者有限的眼界中，我们甚至不知道具体发生了什么事情，当事人（"父亲"、"母亲"、"四婶子"）是怎么想的，他们的内心感受到了怎样的痛楚，我们所看到的一切，都是外部的、片段的、不完整的。这样的叙述角度与剪裁方式，既化解了叙述者的尴尬，同时在艺术上也深得传统中国美学之精髓——温柔蕴藉，含不尽之意于言外，于留白处为读者提供了丰富的艺术想象空间。

于是我们所看到的，便是一层层包裹起来的故事。这个故事最外面的一层，是叙述者现在的回忆，其次则是一个五岁小女孩的眼光，再次则是这个小女孩的主观视角所看到的故事，即整个小说的核心："父亲"、"母亲"与"四婶子"的恋情与复杂关系。由于这个小女孩主观视角的限制及其经验的局限，小说故事的"核"并不清晰，而留下了大段空白，我们只能从外部动作、氛围变化以及一些细节上去猜测到底发生了什么——如此，整个小说形成了一种完美而精致的构造。

然而，艺术上的匠心并不能回避故事的残酷性，或者说这一"恋情"及其对当事人的伤害，正是通过层层包裹的诗意化的表达才得以凸显。所以我们也可以反过来，从故事最核心的部分讲起，那就是"父亲"与"四婶子"的相好。这一事件不仅伤害了"母亲"，也伤害了"父亲"与"四婶子"，甚至也伤害了村里的其他男女，同样，它不仅伤害了父母的爱情与婚姻，也伤害了"母亲"与"四婶子"之间深厚的友情。在如此错综复杂的关系之中，小说中的三个主人公都背上了沉重的精神负担，都有着无可言说的隐痛。

而在他们三人中，受伤最深的无疑是"母亲"，小说中说："后来，我常常想,当年的母亲,一定知道了很多。她一直隐忍,沉默,她希望用自己的包容,唤回父亲的心。"小说中没有交代"母亲"究竟知道了什么,但我们可以想象,这一个被丈夫舍弃、被密友辜负了的女人,内心会是如何沮丧与绝望,那个昔日引以为豪的安稳的"小世界"轰然塌陷了,她该如何面对这一切,如何面对村里人的流言蜚语?正是在这里,我们看到了传统或民间文化的力量与智慧,"母亲"没有选择决裂,也没有报复,而是选择了隐忍、沉默与包容,她将隐痛压在心底,以平静的态度来面对这一切,她甚至对"父亲"比以前更好,与"四婶子"也继续交往,在这里,她所相信的不仅是自己由化妆而来的魅力,而且是一种"天理",这些内在的支撑使看似柔弱的"母亲"可以包容一切,让她变得刚强,得以度过这一危机。但我们也可以想象,在她的包容与平静背后,又有多少"内心深处的强烈风暴"。

"父亲"与"四婶子"当然也是如此,虽然我们不知道他们的故事有一个怎样的开始与曲折,但他们确曾有过动心与默契,他们的"爱情"同样刻骨铭心,尽管他们也知道这样的情感是不容于这个世界的,因为它建立在背叛的基础之上——"父亲"背叛了他的妻子,"四婶子"背叛了她的密友。他们或许是"情非得已",但终归内心有愧,所以在面临"母亲"的包容与平静时,很快就同样以隐忍的方式默认了现实的秩序。"父亲惊诧地看着饭桌上的麦秸屑,它无辜地躺在那里,细,而且小,简直微不足道。然而,我分明感觉到父亲刹那间的震颤。"仿佛就是这样,他们的爱情被"麦秸"压断了,而"四婶子一辈子没有再嫁,也没有生养。……我不知道,她是否还会想起我的父亲。想起当年,那一个意气风发的青年,英俊,儒雅,还有些羞涩,如何见识了她的淹然百媚。那些惊诧,狂喜,轻怜密爱,盟誓和泪水,人生的种种得意,如今,都不算了"。——这又是怎样的一种痛楚与无奈?

受到伤害的当然不只他们三个人,或许你们猜到了,我是指小说的叙述者(不是作者)——当年那个五岁的小女孩,而今回忆这一切的"叙述者"。我们可以想象,当一个年幼的孩子在目睹了这些的时候,会对她的心灵造成怎样的冲击与影响,而她的所有回忆与叙述,都可以视作是摆脱这一影响的努力，我们可以看到，在整个故事的讲述过程中，她似乎都在通过记忆碎片的拼贴，想弄明白究竟发生了什么，她试图去理解每一个人——"父亲"、"母亲"、"四婶子"，试图从不同的角度去理解，从时空角度拉开距离——比如"那时候"、"芳村这个地方"这样反复出现的语式，或者从风俗或民间文化的角度——"在芳村，对于生与死都看得这么透彻，还有什么看不开的呢？然而，莫名其妙地，在芳村，就是这么矛盾。在男女之事上，人们似乎格外看重。他们的态度是，既开通，又保守。这真是一件颇费琢磨的事情。"而整个故事的叙述过程，也可以看作叙述者在不断"琢磨"进而医疗内心创伤的过程。在故事的最后，我们看到叙述者以苍凉的手势告别了过去，她理解并原谅了所有的人与事，与旧日的伤害实现了最终的"和解"。

在整个小说中，我们也可以看到作者的叙述姿态，她写下了那些隐秘的疼痛，却通过视角的选择隐去了最为残酷的部分，而在平静的叙述中包容了一切，将那些创伤升华成了一种优美动人的"艺术"。这样的叙述方式，或许与作者的人生态度有关，也与她的审美观密切相连。我们从中可以看到执著，也可以看到旷达，可以看到含蓄，也可以看到坚韧——而这既来自传统中国美学的底蕴，也来自现代视野的新发现，最终融汇成一首苍凉而忧伤的"诗"，值得我们反复去欣赏、去品味。

（原载《名作欣赏》，2010年第1期）

记忆的诗学及其穿透世界的力量
——读付秀莹的《旧院》

付秀莹的小说《旧院》(中篇,《十月》2010年第1期),虽然并不像她的《爱情到处流传》那样"到处流传",被广泛选载、评论并接连获奖,但在我看来,这却是一部更加体现了作者的艺术特色,更加深邃、细微与优美,因而也更加值得重视的作品。《旧院》与《爱情到处流传》既有相似之处,也有不同之处。两者写的都是"回忆",都采用了散文笔法与抒情式的笔调,都以诗意的方式写出了内心的隐痛,以及时间流逝过程中的沧桑感。但不同的是,《爱情到处流传》以一个爱情故事为主线,情节、人物与意蕴较为简单集中,易于为读者所接受,加之小说的标题更吸引人,因而引起了广泛的关注;而《旧院》所想要表达的经验,则更加丰富、复杂与微妙,在写作的笔法上也更加自由,更加不羁,作者并没有以一个完整的故事贯穿始终,而是以散点透视的方式,去写"旧院"中的每一个人及其遭际,从而在整体上呈现出了一个艺术世界,让我们看到了一个家庭的"盛世",及其在时光中的流变,其中寄寓了作者深沉的感喟,忧伤与沧桑。所以,如果说《爱情到处流传》所要表达的只是对一个"事件"的感受,那么《旧院》所要表达的,则是对一个"世界"的感受,前者是具体的,易于把握的,而后者则更加纷纭复杂,更加难以把握,但作者以优美细致的文笔,打破了叙事的陈规,让我们进入了这样一个"世界"。从表面上看,这部作品不像"小说",但它却比通常意义上的小说更加丰富、幽微而开阔,作者将记忆中的人与事,那些细碎的经验与心疼,一一打捞,并赋予其形式,完成了一个"艺术品",如果说它不像小说,它却比一般意义上的"小说"更能表达出作者独特的感受，更加接近我们的体验，或者我们可以说，作者没有以"小说"的常规来束缚表达的自由，而是在自由的表达中拓宽了我们对"小说"的理解，是表达的需要创造了新的形式、新的表达方式。在这个意义上，我们也可以将这部小说视为"先锋文学"，只是它的"先锋性"并不是来源于对西方现代主义的模仿，而是来源于作者表达的需要，对传统中国美学的借鉴，以及在此基础上新的形式的创造。或许正是这种基于表达需要的新形式的创造，而不是对某种既定形式的模仿，才可以称得上是真正意义上的"先锋"。

在一般所说的题材的意义上，这部小说写的是"外婆家的故事"，写的是姥姥，姥爷，大姨，四姨，五姨，小姨，"我舅"，以及"我"的父母的故事，所谓"旧院"，是指姥姥家所在的院子，这个院子中住着姥姥、姥爷与他们的六个女儿。小说即以后辈"我"的视角，写了姥姥这个家庭中的人与事，写出了不同人物的性格，彼此之间的关系与纠葛，女儿们的成长、婚恋及其命运，长辈的衰老，乡间的风俗，写出了这个家庭曾有的繁华或"盛世"，以及时间流逝中的风流云散，与沧桑变化。小说是从"我"的视角去写的，写的都是"我"的亲人，所以笔下带有深厚的感情，写出了已然消失的记忆中的那个世界。但是另一方面，我们也可以看到，"我"并没有回避亲人之间的矛盾与复杂纠葛，而是既贴近又有所超越，所谓"贴近"是指对小说中的每个人物都抱有理解与同情的态度，试图去贴近她们的心灵，写出她们幽微深致的内心世界，而"超越"则是指，在过去多年之后，"我"试图呈现出那个昨日世界的完整面貌，不只是人与事，或者旧院的风物，也包括那种特定的情境与氛围。在这个意义上，我们可以把这部小说视为一种挽留，回忆，或者重新回到过去的努力。因而在这部小说之中，我们可以看到作者两方面的才华，一种是诗人般单纯善感的心灵，这让她敏感于稍纵即逝的美好景物或瞬间，而试图捕捉住或永远留在心中，比如："直到现在，我依然记得，在旧院，一群姑娘坐在一处，绣鞋垫。阳光静静地照着，偶尔也有微风，一朵枣花落下来，沾在发梢，或者鬓角，悄无声息。也不知道谁说了什么，几个人就吃吃笑了。一院子的树影。两只麻雀在地上寻寻觅觅。母鸡红着一张脸，咕咕叫着，骄傲而慌乱。"这样安静而美好的画面，既来自回忆中的"现实"，也出自作者的心灵，情境交融，形成了一种令人向往的诗意世界，不只是这一个场景，整部小说都可以视为一个充盈着诗意的世界。

另一方面，在对人物的性格及其相互关系的描述中，作者显示了一种"理解他人"的能力，以及对复杂、微妙的人际关系的把握能力。在小说中，姥姥与五姨的关系，"我舅"与"我父亲"的关系，无疑是最为复杂微妙的。姥姥与五姨，本是母女关系，但在招了"上门女婿"之后，却又转变成了"婆媳关系"，小说对她们的关系、矛盾及其转变，有着精确细微的描写："她和姥姥，是母女，但更是婆媳。这很微妙，也很尴尬。她恨这种关系。有时候，她就想，她这一生，总也不会有津津有味向人宣讲婆婆的不是的时候了。"而"我舅"则是五姨的上门女婿，上门后他被改称为"舅"。"父亲同我舅，这两个男人，他们之间的较量，几乎贯穿了漫长的后半生。父亲和我舅，这两个旧院的女婿，他们之间的恩恩怨怨，都和旧院有关。……我舅和五姨成亲那天，父亲去得很迟，母亲几番延请，求他，逼他，软硬兼施，费尽了口舌。后来，父亲是去了。喝多了酒，把酒盅摔碎了，说了很多莫名的醉话。我母亲从旁急得直跺脚，只是哭。我舅把母亲劝开，自己在父亲身边坐下来，父亲满上一盅，他干一盅。也不说话。众人都看呆了。……自此，我舅同父亲很热络地来往，称兄道弟，闲来喝两盅小酒，叙叙家常，简直亲厚得很。"在这两个女婿的对峙、和好以及他们的明争暗斗之中，隐藏着中国家族内人际关系中隐秘而细致的心理，小说细腻地把握住了他们两个人的性格，及其关系的微妙变化，呈现出了其内在逻辑与复杂性。小说对复杂人际关系的理解与把握，显示了作者世事洞明、人情练达的一面，这与其单纯敏感的一面，既对立而又统一，形成了这部诗性小说内在意蕴的丰富性。

这部小说写的是个人记忆，但又不止于个人记忆。它之所以能打动我们，并不在于作者写出了独属于她个人的经验，而在于在对个人独特经验的描述中，她有意或者无意地，写出了我们共同的经验，写出了我们的"集体无意识"。这唤起了我们内心的记忆与共鸣，让我们可以融入小说的艺术世界，并进而反观自身，获得认同与审美的愉悦。这里所说的共同经验或"集体无意识",包括不同的方面。

  首先,是小说中特定时代的描述,在小说的"回忆"中,留下了鲜明的时代印痕,比如关于"生产队"的描述:"在乡村生活过的人,那一代,有谁不知道生产队呢?人们在一起劳动,男人和女人,他们一边劳动,一边说笑。阳光照下来,田野上一片明亮,不知道谁说了什么,人们都笑起来。一个男人跑出人群,后面,一个女人在追,笑骂着,把一把青草掷过去,也不怎么认真。我坐在地头的树底下,饶有兴味地看着这一切。那时,我几岁?总之,那时,在我小小的心里,劳动,这个词,是世界上最美好的事情了。它包含了很多,温暖,欢乐,有一种世俗的喜悦和欢腾。如果,劳动这个词有颜色的话,我想,它一定是金色的,明亮,坦荡,热烈,像田野上空的太阳,有时候,你不得不把眼睛微微眯起来,它的明亮里有一种甜蜜的东西,让人莫名地忧伤。"——在这样的描述中,作者所写的虽然是个人记忆,但却包蕴着更加丰富的时代内容,她所写的场景,色调,情感,是铭刻于一代或几代人心中的感受,在这里,作者触及了几代中国人共同的经验,并以独特的个人化的方式表现了出来。

  其次,是人们对童年与"外婆家"的共同记忆,在童年的时候,谁对"外婆家"不是充满向往呢?对于我们每个人的童年来说,"外婆家"既是我们的家,又不是我们的家,既亲切,又陌生,既遥远,又切近,那里好像是属于我们的一个熟悉天地,但又因为与自己的家有一段距离,因而更具有魅力,也更让人憧憬。因而小说中所讲述的"姥姥家的故事",那些姨,那些舅,旧院中的枣树,人与人之间的微妙关系,便让我们再一次回到了过去,得以重温童年时的那些感受,那些梦。在这个意义上,小说也写出了我们的共同经验,或"集体无意识"。

  更重要的是,这部小说写出了中国人经验、情感的独特方式,或者说,它写出了我们的"民族无意识"。在这里,我们使用了精神分析学上的"无意识"一词,这是与"意识"、"潜意识"相对应的更深层次的一种意识,在一般情况下,我们甚至无法意识到这种"意识"的存在,但千万年来它却积累、沉淀在人类意识的深处,制约着我们的意识与潜意识,只有在某些特殊的情境中,比如在梦境或艺术品中,我们才能感受到这种"意识"的存在,以及它本能一样顽强的生命力。所谓"民族无意识",则是指千百年来凝聚在我们民族的血液之中,而并不能为我们意识到的那些共同经验,只有借助优秀的艺术品,我们才可以清晰地把握与认识它们,从而可以更加深入地理解我们的民族,以及我们自身。我认为,《旧院》便是这样一部优秀的艺术品。

在这部小说中,我们可以直观地感受到中国人独特的经验与情感,而这包括不同的层面:首先,小说写的是一个大家庭之间复杂微妙的关系,对于注重传统伦理的中国人来说,在人与人的关系上凝聚着厚重的文化积淀,如何恰当地把握住某种"度",或者如何真切地理解人们之间的关系,非置身其中难以理解,是不足为外人道的,这部小说的好处,便在于幽婉细致地深入了每个人的内心深处,以及人们微妙的关系之间,向我们揭示了其中的隐约曲折之处;其次,小说中写到了"重男轻女"在民间社会中的深远影响,作为传统中国文化中的一种观念,"重男轻女"不仅影响着人们对男孩、女孩的看法,也影响着人们生活中的婚姻、恋爱等各个方面,小说中"姥姥"的焦虑主要便是由此而来,而这也影响到了她对"我父母",五姨和"我舅"等不同人的态度,小说让我们具体而微地看到了这一观念如何深入了人们的"无意识",如何影响了这个家庭生活的方方面面;再次,小说写到了这个家庭的"盛世"及其消逝,让我们感受到了世事变迁的沧桑,以及叙述者的惆怅无奈。感叹时光流变与世事沧桑,并通过一个家庭的盛衰来表现,可以说是中国叙事文学的一个传统,从《红楼梦》到《呼兰河传》都是如此,而《旧院》则是这一美学的当代继承者。不仅在这一方面,小说中含蓄蕴藉的表达方法、散点式的结构、散文的笔法以及诗意化的呈现方式,都从传统中国美学中汲取了丰富的营养。但另一方面,我们也可以看到,小说是充分现代化的,这不仅是指其题材的现代性,而且在形式上,它也剔除了传统叙事文学中的程式化因素,因而更加自由,更加洒脱,在这一点上它更接近《呼兰河传》的神韵(虽然二者在色调上有着明显的区别,《呼兰河传》更加忧郁,而《旧院》则更为明朗),即它是最为中国的,也是最为现代的——这一点,或许可以给当代中国小说的发展以启示。

在一个更为开阔的精神视野中，我们可以说《旧院》不仅写出了个人记忆与"民族无意识"，而且写出了一种人类共同的悲哀与惆怅，那就是一个美好世界的消失，人们面对世事变迁的沧桑与无奈，以及重返旧日时光的渴望。从《失乐园》到《追忆逝水年华》，从李煜的"自是人生长恨水长东"到鲁迅的"朝花夕拾"，都可以视为重归"逝去的好时光"的努力。在一个人的人生旅途中，那些美好的时光总是一去不复返，而生命无常，世道反复，谁又能够真正挽留住什么？古往今来，所有的人无不面临着同样的困惑，这也是人生于世的一种悲哀。只有在记忆中留住那些值得珍惜的东西，才能保持最初的梦想，而《旧院》所要做的，就是挽留住童年的世界与梦想，这可以视为作者个人重返故乡的一种方式，但其中也包蕴着所有人类共同的"乡愁"。

在这部小说中，作者所写的只是个人的童年记忆，但其中却隐藏着我们的"民族无意识"及人类共同的乡愁，因而更加深婉细致，更加博大开阔，但这样一种艺术效果是如何达到的？我们可以看到，在小说中，作者并没有刻意去追求宏大的主题或丰富的意蕴，但是在作者对个人经验的深入挖掘中，在对童年世界的细致呈现中，却自然而然地开掘出了个人经验中丰富、复杂与微妙的部分，并以最为适合的艺术方法表现了出来。我认为，正是这些最为独特、细腻的人生体验，正是这些"不足为外人道"的部分，包含着一个民族乃至人类最为隐秘而又难以道出的痛楚，只有进入到这一层面，进入到"无意识"的深处，一部作品才能真正唤起人们内心的共鸣，才能让人们重新认识世界，重新认识自己，并重新认识艺术的力量，而要做到这一点，不仅需要高超的艺术技巧，而且需要创作者态度上的真诚，只有这样，我们才能通过内心走向一个宽广博大的世界。

（原载《南方文坛》，2010年第6期）

一篇小说的三种读法
——读迟子建的《起舞》

迟子建的小说《起舞》，可以有不同的读法，从不同的角度去读，会发现完全不同的故事，在这篇小说中，迟子建将历史、传说与现实结合起来，将边疆风情与中国经验结合起来，以两代（三个）人的爱情为主要线索，写出了对人性与爱的深层理解，写出了哈尔滨一个小角落的百年沧桑，写出了拆迁对城市文化与居民感情的巨大伤害。

首先这是一个关于人性与爱的故事，小说描写了很多富有传奇色彩的爱情故事，齐如云与苏联专家、李文江的三角恋情，丢丢与柳安群、王小战、齐耶夫的爱情故事，齐耶夫与罗琴科娃的情感纠葛，王来惠与傅铁生死不渝的情感，舞女蓝蜻蜓的风月传奇等，在爱情之外，小说还写了不少富有人性美的故事，如丢丢与齐如云、齐耶夫与尤里之间的关系，等等，这些故事有一个共同的特征，故事中虽然有矛盾与痛苦，也写到了不少"坏人"，但最终却以爱的宽恕包容了一切，让人感受到了历尽沧桑之后的博大胸怀与深沉的爱，这在小说中主要体现在丢丢的为人处世上，但也清晰地呈现出了作者的态度。我们可以说，这篇小说比《第三地晚餐》、《世界上所有的夜晚》等小说，更集中地体现了迟子建对人性与爱的理解。与一般作家对"人性"的理解不同，迟子建对"人性"的理解并不抽象化或者复杂化，而是具体而单纯的。她没有简单地演绎人性的观念，而能够正视现实生活中的痛苦与悲哀，她也不追求描绘出人性的复杂、深刻，而着意于发掘人性中爱与美的一面。但另一方面，对爱与美的过分重视，有时也会伤害小说的真实与深切，这是迟子建小说中所遇到的关键问题，当这一问题解决不好时，小说会显得虚假做作，而如果这一问题处理得当，便会呈现出异样的光彩，既真切地映现了现实，也使现实上升为一种"艺术"，带有作家独特的笔调与美感，《起舞》在这方面可谓一篇成功之作，而其成功，不在于小说对人性的渲染，而在于在人性之外，作者还涉及了历史的沧桑与现实的残酷。

其次，这是一个关于哈尔滨的故事，具体地说，是哈尔滨一个小角落的故事，它以"半月楼"历史变迁中的主人蓝蜻蜓、齐如云与丢丢为线索，描写了老八杂这个社区的历史与生活，丁香树、水果摊等标志性的生活场景，裴老太、尚活泉、彭嘉许等各色不同的人物，邻里之间亲密而微妙的相互关系，表现了这个社区独特的生活方式、生活氛围与风俗习惯，这个角落也映射并丰富了哈尔滨的历史。以城市为小说的主角，在王安忆的《长恨歌》、《启蒙时代》等小说中有突出的表现，哈尔滨与上海差不多同时开埠，在晚清以前它们都不是重要城市，近代以来才在世界格局的变迁与中国内部的调整中逐渐崛起，但现在关于上海的学术著作与文学作品成为了一个热点，关于哈尔滨或其他城市的却极为少见，这虽然与上海的地位有关，但似乎也是不成比例的，在这个意义上，我们可以将迟子建的《起舞》视为一篇创新之作，它让我们看到了哈尔滨的百年沧桑。在这里，中国与俄国、中国与日本的关系构成了故事的一部分，我们可以看到异域风情如何在中国生根，也可以看到不同时代复杂的国际风云，比如舞女蓝蜻蜓刺杀日本人的传奇，齐如云与苏联专家的爱情，都具有丰富的历史内涵，而这不仅是故事的背景，也构成了老八杂历史的组成部分，这使这篇小说与哈尔滨呈现出不同于其他小说、其他城市的异样色彩。

最后，更重要的是小说不仅写了历史，而且触及了现实中最尖锐的问题——拆迁，拆迁在小说中占的笔墨并不多，但却是极为关键的，正是这一部分使人性之爱与百年沧桑找到了一个连接点，也具体化了，而反过来，正因为老八杂有那么多爱情故事，那么丰富的历史，所以它的拆迁便不仅仅是一个经济补偿问题，而涉及社区居民情感记忆与精神寄托的失落，涉及他们的生活方式与风俗习惯的变化，这一点是小说的独到发现，在其他涉及拆迁的小说中，我们还没有看到这一主题以如此强烈而优美的方式表达出来,正如我们在小说中所看到的,搬迁回来的老八杂居民,不仅在经济上处于困窘的状态,更重要的是他们失去了原有的生活方式与生活氛围,尽管他们回到了老八杂,但是现在的老八杂已经不是原来的老八杂了,他们习以为常的邻里之间的关系已经发生了变化,他们往日生活的熟悉场景在"现代化"的钢筋大楼中已经不复存在了,小说让我们看到了城市改造背后不为人知的辛酸,也让我们看到了"规范化"对老八杂居民情感与历史的丰富性的伤害。与擅长描写市民生活的方方、池莉等作家相比,在这篇小说中,迟子建对历史与人性的把握,无疑显示出了更开阔的视野与更细腻的情感。

从不同角度看《起舞》,我们可以看到不同的故事,从"人性"的角度,我们可以看到爱的包容与宽恕,从历史的角度,我们可以看到哈尔滨的百年沧桑,从现实的角度,我们可以看到底层民众的创伤,小说将这三者有机地编织在一起,既有传奇性,又有历史感与现实意义,虽然有时略嫌拖沓,枝杈也过多,但总体上艺术效果很好,横看成岭侧成峰,写出了独特的风格与色彩。

(原载《作品与争鸣》,2008 年第 4 期)

小说的"核"与层次感
——读林那北的《今天有鱼》

一篇小说的梗概很简单,但叙述的过程却是曲折的,叙述的方式也是多种多样的。好的小说往往是梗概所无法概括的,它的内容更加丰富,更加生动与饱满,如果说梗概更接近于树干,那么小说的叙述则仿佛那些旁逸斜出的枝条与树叶,正是有了这些枝叶,整个树冠才不会光秃秃的,而是充满了勃勃生机。《今天有鱼》的梗概很简单,可以用一句话来概括:由于对丈夫沙卫星无中生有的猜疑,杜俐不仅害死了自己,而且将年幼的女儿也逼成了精神分裂症。

这可以说是小说的梗概,但这个梗概却不是作者所要讲的全部,表面上她好像全心全意地在写"猜疑",认为它是这个悲剧的罪魁祸首,然而小说中不动声色的暗示与追问,却把读者的思绪引向更加宽广的思考空间:究竟是什么造成了这样的猜疑,为什么会有这样的猜疑?——这一追问把小说从简单的故事层面上升到了对现实人生的反思。从表面上看,猜疑来自于杜俐的敏感性格与同事之间说长道短的小环境,这些的确是造成"猜疑"的具体因素,但如果我们更进一步思考她们"说长道短"的深层心理,就可以发现她们已经认可了这样一种逻辑:每个官员都会包二奶,"那么多成功男人都上演着波澜壮阔的婚外情,沙卫星难道能独善其身"?对这种"潜规则"的无意识认同,构成了这个悲剧的潜在起因,而杜俐的猜疑、担忧以及派女儿去监视丈夫,都可以视为对这一潜规则的反抗与挑战,在这个意义上,我们可以说以猜疑对抗"潜规则"以及普遍的社会风气,构成了这篇小说的"核",整个故事的悲剧性在这里,戏剧性也在这里。故事的悲剧性在于,杜俐为此不仅付出了生命,而且也在精神上摧毁了可爱的女儿。而其戏剧性则有几个不同的层面:首先,杜俐的猜疑是无中生有的,沙卫星的确能够"独善其身",所以她猜疑与对抗的对象并不存在,反过来看,沙卫星并没有婚外情,却饱受猜疑,也颇具戏剧色彩;其次,在杜俐死后,她的女儿继续监视,仍然猜疑一个不存在的对象,并为此而精神分裂;再次,沙卫星在妻子死后,正常地重新考虑婚恋问题时,却被女儿看作"有了情况"。

我们可以看到在这一系列的错位之中,沙卫星是否有婚外情是故事的关键所在,而尽管他洁身自好,却并没有免于被别人怀疑,不仅一般人对他议论纷纷,甚至他最亲近的妻子、女儿也不能理解他,相反她们的怀疑竟是最深的。在这里,如果说沙卫星或杜俐是可悲的,那么更可悲的,则在于潜规则所造成的这样一种社会氛围和社会心理,在这样一种氛围中,人们已经无法想象或无法相信有一个洁身自好的人了,即使有这样一个人,人们也无法用"正常"的眼光来看他,这可以说是所谓"潜规则"的一种悲哀,无疑也是对官场文化最深刻、最彻底的批判。但这种深意,在小说中并没有直白地表露出来,而是通过暗示与描写,层层深入,让我们逐渐意识到的,而这正是这篇小说的艺术性所在。

小说的整个叙述可以说摇曳多姿,甚至可以说出人意外。小说开头写杜俐的死以及别人的反应,接下来在现在与过去两个时间段的交错中,讲述沙卫星的升迁、沙音的聪慧以及杜俐的办公室与家庭生活的氛围,虽然这些故事的交织让我们想到会有什么发生,但并不能让我们意识到它最终要说些什么,我们在这里看到的只是铺垫与暗示,就像一条河流,我们虽然看到了它的曲折,但并不知道它最终将流向何处。直到结尾处,一切才真相大白,在结尾的地方,我们再重新去想小说的叙述过程,就可以发现那些侧面的或看似无关紧要的描写,其实大有深意,它们之所以看似平常,不过是在为结尾处的"爆发"积蓄力量。在这里,值得注意的是杜俐的变化,她从一开始对同事的议论一笑置之,到将信将疑,再到在病床上对沙卫星破口大骂,在心理上有一个逐渐深化的过程,但这个过程并不是明确写出的,而是穿插在不同人物的叙述中表现出来的,是一条暗线。

再如沙音,在小说的第一节便写到了她的反常,但只是一掠而过,只有在接下来的叙述中,我们才能明白这一安排的深意,而对她表演才能的夸饰性描绘,与她后来对所有女性的警惕心理,暗示着她的内心有一个巨大的转折,但这一转折是什么,我们只有在结尾时才能看到,并明白"监视"对这个孩子幼小的心灵造成了多么大的伤害。而对于沙卫星,在小说前面的大部分,我们对他是否"洁身自好"也并不知情,我们的视角限制在杜俐和她的同事的议论中,限制在一般社会风气的猜测与猜疑中,从这个视角看去,我们看到的只是笼罩在疑云中的他,当他最后以一个"正常"人的形象出现在我们的视野中,我们不能不惊讶,也不能不为整个悲剧而扼腕叹息。此外,护工小刘在小说中并不是一个重要人物,但在小说的结构与组织中却是不可或缺的,她的质朴忠诚不仅暗示了另外的一种生活逻辑,与杜俐形成了鲜明的对比,而且正是她的讲述,从一个见证人的角度证实了沙卫星的"清白"与杜俐那些猜疑的不可靠。小说中的这些安排,使叙事的过程充满层次感,从而有力地表达或暗示出了那个"核"。

(原载《作品与争鸣》,2008年第12期)

一个女人的"史诗"

——读孙慧芬的《秉德女人》

孙慧芬的长篇小说《秉德女人》，以 40 多万字的篇幅写了一个女人的一生，而这个女人的一生又深深纠缠在 20 世纪的中国史之中，透过这个女人，孙慧芬写出了她对女人与历史的理解，以及她对脚下的大地的情感。小说的主人公王乃容出生于 1905 年，她的一生跨越了不同的历史时期，从晚清、民国到新中国的"十七年"、"文革"以及改革开放后的新时期。在这样跌宕起伏的"大时代"，一个女人会有怎样的遭遇？这是令人感兴趣的问题，尤其是，这个女人是与我们息息相关的，她应该是我们（曾）祖母的辈分，那么我们关注这样一个女子，所感兴趣的便不仅是她在历史中的传奇命运，而是我们（曾）祖母一代曾经历过怎样的人生？世易时移，我们离她们生活的年代已远，在今天，我们能否理解她们的命运与生活方式？这不仅是一个历史与知识问题，也是一个情感与记忆问题。事实上，这也是孙慧芬创作创作这部作品的初衷，在《秉德女人》的后记中，她写道："1985 年，奶奶去世，我第一次经历与亲人的生离死别。……从 1889 到 1985，隔着九十六年的岁月，在这九十六年中，奶奶经历了什么，奶奶的生命有着怎样的飞升与回落，激荡与沉浮……那时，我刚刚开始写作，还不知道有一部长篇小说在等待着我……"在这里，我们可以看到，引发作者创作的最初动机，是对奶奶一生经历的兴趣与好奇，以及理解那一代女人的渴望。然而要了解那一代人并不容易——即使是自己的亲人，可以说在每个人身上都隐藏着一部现当代史，我们要理解他们，不仅需要情感，也需要对历史有一个宏观的把握，并能够在想象中重建他们的命运与生活细节。在这个意义上,在 20 世纪中国,不存在孤立意义上的"个人",每个人都置身于历史转折、社会结构与个人生活的网络之中,或者说,这些"外在因素"在更大程度上决定了每一个人的生活与命运。而正因为 20 世纪中国历史的剧烈断裂与激荡,要穿越时空,去理解另一代人(哪怕是亲人),也需要作家调动起自己全部的生活积累与想象能力,或许也是由于如此,孙慧芬将她这一次写作称为"黑暗中的写作":"在这黑暗里,我携带的唯一的光是心灵,我曾问自己,我拿什么穿越历史,回答是:心灵。2007 年秋天,在奶奶的生命寂灭二十二年之后,我发现只有心灵才能穿越黑暗中的荒野,将生命一寸一寸照亮。我试图照亮的,不只是奶奶,不只是那枚戒指,还有我出生的那个村庄的河谷、庄稼、房屋、草垛和土街,还有那个土街通着的沿海小镇。"——可以说,在这部作品中,不仅融入了作者对奶奶的情感,更融入了她本人的生命体验及其对历史的感悟,由此,作者所想要写出的便不只是私人感情,而是一个女人的"史诗"。

小说中的"秉德女人"王乃容,是青锥子湾的小姐,出身书香门第,识文断字。但是命运不公平地安排给王乃容两件事:她在洋人小麦那里看到了青锥子湾没人见过的世界地图;后来她阴差阳错地被胡子申秉德掠走。前者改变了她的精神世界,让她心中始终存有对远方的想象与向往,而后者则彻底改变了她的命运,她从一个衣食无忧的大小姐,变成了一个胡子的女人,命运的巨大落差使她完全成了另一个人,最初她独自住在山野之中,后来搬到了秉德的村中居住,在这样的过程中,饱尝了世事的艰辛。然而对于她漫长的一生来说,这才不过是一个开始。小说接下来描述了秉德女人的整个人生,小说共分四部,如果说第一、二部集中描述的是秉德女人作为一个女人的情感历程与遭遇,那么第三、四部表现的则是秉德女人作为一个母亲(祖母)在家族、社会中的命运,而这些又与历史进程的复杂性紧密纠合在一起,充分展现出了这个女人丰富的生命力、坚韧的性格及其所代表的民间伦理顽强的生生不息的力量。

在小说的前半部分中,秉德女人的故事主要表现在她与不同男人的关系之中。胡子申秉德抢掠了她,从此她成为了秉德的女人;早先曾跟她定亲的曹宇环后来成了胡子的头子，他也占有了她，但是他送给她的梳妆台让她铭记了一生，他送给她的银元也帮她渡过了最初的艰难，这个人也成了让她向往的一个人；秉德的堂弟秉东，这个对秉德女人着了迷的青年，冒充秉德与嫂子偷欢，后来在羞愤之中跳井自杀了；为了救秉德，她让村里的周成官带她去见了黄保长家，让这个有着吸女人奶头怪癖的家伙得了逞；而在回去的路上，早就对她图谋不轨的周成官将她带到了一个无人的山洼里，想要侮辱她；还有对她怀有真切感情的，秉德的另一个堂弟秉义，等等。小说在秉德女人与这些男人的纠葛中展开，但是我们可以看到，在与这些人的关系之中，秉德女人都处于被动的状态，她并不爱秉德，两人的性格与生活也相差遥远，但是被秉德抢掠了来，她就成为了"秉德女人"，与其他人的关系也类似，真正让她有些动心的是曹宇环和秉义，而前者与她根本不是一辆跑道上的车，后者只能与她隔着一定的距离相互关切，在"文革"中为不能阻止儿子殴打她而自缢身亡。只有在日常生活中，秉德女人才展现出了她的主动性，在艰难而动荡的生活中，她要拉扯几个孩子长大，这锻炼了她生存的智慧，也让她的性格变得隐忍、宽容，在周庄这个村庄中，她成为了一个为众人称羡的好女人。

　　小说的后半部主要围绕秉德女人与她的子女、孙子、孙女的关系而展开。承信、承中、承民、承国、承多，她的每个孩子身上也都隐藏着一部历史，承信、承中、承国留在了周庄，与她经历着世事的悲欢离合，女儿承民在被抓去给日本人的路上逃走，逃到解放区当了共产党，再回到周庄却成了"史干部"，怕被批判，不敢与家人接近；小儿子承多考上美术学校，后来被打成右派，又到北京进了一家出版社。这些孩子的婚恋也都经历了颇多波折，秉德在日军占领时已死去，家中大小一应事体都靠秉德女人支撑。此外，她的弟弟王介夫，这个国民党的知识分子，与她一家的命运也紧紧联系着。经历解放战争之后，周庄也先后经历了老三黄、承欢掌权的不同时期，秉德女人及其子女，和村中的人也一起经历了土改、合作化、大炼钢铁、人民公社和包产到户时期，他们的命运在历史的波折中不停地颠簸着。但是另一方面，这些重大的历史事件在小说中并不是以主线，而是以背景的方式表现出来的，在小说中占据中心位置的是秉德女人及其子女的生活史,在周庄,民间伦理仍然发挥着重要作用,政治层面的变化并没有深刻地影响他们行为做事的方式,他们仍信奉着传统的道德伦理与人际交往方式。而在这方面,秉德女人可以说是一个典型例子,她以一颗仁义与宽容之心面对着这一切。我们可以看到,在表面的政治伦理之下,隐藏着一种民间伦理,作者所肯定的则是后者,她不仅在日常生活的描述中对之积极加以肯定,在重要的历史转折时刻,也以这样的伦理质疑着政治上的变化,比如,在秉德女人昔日的仇人周成官被土改工作队活埋之后,秉德女人所做的事是在周家呆了三天三夜:"在目光的包围中,从埋人现场回来,她居然越过自家家门径直去了周家大院。她不躲避,绝不是用出人意料的举动以毒攻毒,而是周成官的话让她想起他瘫在炕上的老婆,家产被分得一干二净的媳妇们。在这万众一心的时刻,有一些人的心一定是被扯碎了揪碎了,她想去看看她们,捂捂她们的心。"——在这里,我们看到的是传统中国伦理中怜贫惜弱的传统,这一传统并不因为对方是昔日的仇人而改变,也不因为对方是欺压者与"人民公敌"而改变,正是在这里,我们可以看到中华民族文化传统的深厚,及其隐忍、宽容与厚重的内心世界。

  这部小说最大的艺术成就是塑造了秉德女人这一艺术形象,并从她的视野勾勒出了一幅20世纪中国的"史诗",写出了民间伦理与信仰的力量。

  秉德女人这个人物形象既是典型的,也是丰富复杂的,在她的身上集中了众多的矛盾,在小说的前半部,更多地以她与不同男人之间的故事来展开,在传统的观点来看,这样的女子似乎是"放荡"或者"不洁"的,但是作者将她与男人的关系以被动的方式处理,反而突显了她隐忍而宽厚的性格;在小说的后半部分,她以一个母亲与祖母的形象出现,成为众多子女故事的中心,在一种家族史叙事的视野中,她成为了一个尽心而负责的长者。在这里,我们可以看到,《秉德女人》将西方女性叙事中常见的两种女性类型"放荡女子"与"大地之母形象"统一在了一起,同时她也从一个秩序的破坏者转变成了秩序的维护者。在从山野最初来到周庄时,秉德女人作为一个胡子的女人和一个被抢掠的"不洁女人",在双重意义上挑战着这个村庄的伦理秩序，但是在她为生活所做的种种挣扎与"牺牲"时，她身上的"不洁感"被逐步祛除，反而成为了"圣洁"的某种必要与丰富性。这一悖论在小说中得到了较好的处理，但也留下了一定的缝隙。另外一点是，秉德女人作为大地与民间的一种象征，在她的内心与行为中却还存在着与底层意识不太协调的性格因素，比如"攀高枝"的意识，无论是她在考虑子女的婚恋问题时，还是在面临具体的生活困境，向黄保长、周成官、曹宇环等人寻求帮助时，她都具有明显的攀高枝意识，而在这一过程中，她自我尊严的丧失固然可以视为一种"牺牲"或生存智慧，但却从根本上破坏了她所代表的宽厚仁义的正当性。

在这里也隐藏着一个悖论，作为底层与民间的秉德女人在意识上并不认同于底层，她所渴望的是过上上等阶层的生活，这在小说中她所说的"血管"理论中也多有体现。在这个意义上，她所代表的伦理便只能具有狭隘的意义，即相对来说，她所考虑的只是个人及子女的生活，并不能从根本上解决底层或民间的困境，而与之相比，共产党所实行的"土改"等政策，才更深刻地抓住了问题的要害。但在小说中，这两种不同思想意识的矛盾却并没有得到充分的展现，小说中老三黄、承欢、承民等人的内心世界没有得到展开，从而削弱了小说的表现力与丰富性。而之所以如此，或许主要在于作者在构思这部作品时，对秉德女人作为民间美德象征有一个先在的预设，而缺乏对历史丰富性与可能性的具体考察，从而只能在抽象的意义上肯定这一人物，但却缺少思想辨析以及更深入的挖掘。如果将这一人物的合理性置于更多人物的合理性之中，或许我们可以看到一部更加深厚复杂的作品，也可以在作品中看到更多鲜明生动的人物，这是在我们充分肯定这部作品的艺术成就时，不能不指出的一个缺憾。

（原载《中国女性文化》第十五辑，现代出版社，2011年）

尴尬，如何成为现代寓言
——读顾前的《平安夜》

在《芙蓉》杂志上读到顾前的《平安夜》，让我眼前一亮。这是我第一次读到顾前的小说，在此之前，我听不同的朋友提起过这个名字，但并不认识，也没有读过他的作品，印象中他住在南京，过着有点落魄、孤独的生活，小说写得很有特点，但似乎只在文学圈内为人所知。《平安夜》之后，我读了顾前的一些其他作品，觉得他确实是一位风格独特、值得重视的作家。

南京是当前中国文学的重镇，苏童、韩东、毕飞宇等不同风格的作家，在国内文学界都是有代表性的重要作家，在年青一代之中，鲁敏、曹寇、娜或等人也已经或正在产生全国性的影响。在这些作家中，顾前的名声并不是那么突出，但他的小说却有不可代替的价值，即使与和他风格相近的韩东、朱文相比，他小说的特点也很鲜明，即他总是以简洁、精练的叙述捕捉住人物的精神状态，并以看似随意的方式呈现出来，他的小说不讲究故事的完整性，而注重生活场景或细节的描述，小说的主人公则多是孤独或无聊的个人，作者注重对人物情绪的变化与流动的捕捉，从而发掘出当代都市生活的裂隙，呈现出主人公的尴尬、无聊与暧昧之处。

《平安夜》也是一篇这样的小说，小说篇幅短小，也并没有讲述一个完整的故事，而只描述了主人公"我"过平安夜的过程，其中也没有什么大事，只是捕捉住了一些细节与生活场景："我"并不想过平安夜，但无处不在的节日氛围却让"我有点心慌慌的"，于是也想与朋友聚一下，但又找不到朋友，最后只好联系了印象不是很好的前妻的好友黄艳，问她是否有活动,"婉转地表达了要是方便的话,我也想参加的意思",黄艳热情地让"我"去丽人鸟时装店,"我"便与朋友周康去了那里,但黄艳并不在那里,他们打着她的幌子进了时装店,但很难融入其中的氛围,后来又被人撵了出来。狼狈地回到家,深更半夜"我"又接到前妻的电话,"夜已经很深了,我和前妻一直在电话中聊着女儿,外面的雨始终在下着"。——这是小说的结尾。

小说的故事很简单,或者说并不成其为故事,但意蕴却非常丰富,其中最值得关注的是,顾前是如何通过独特的方式,将"个人的故事"讲述成了生存的寓言?或者说,他如何将生活琐事叙述成了精神性的事件?正是由于成为了"寓言"或"精神事件",小说便超越了具体题材的限制,从而有了更为深厚的精神与艺术韵味,也更加耐人咀嚼。——但是这关键性的一步是如何跨越的,需要我们从小说本身具体考察。

小说中的我"一把年纪了,毫无事业可言,混得确实不太像样",他对生活没有追求,也没有幻想,只是一个人孤单地生活着。他与时代主流格格不入,但又并不自甘边缘,也想融入其中,只是并没有渠道或途径。在他不想一个人过平安夜的细致描述中,我们可以看到他孤独而又难耐孤独的心情,在他终于进入舞会,看到一个漂亮姑娘时想的是:"我要和她跳舞,请她吃巧克力,说不定等舞会结束了,我还能约她再找一家酒吧坐坐。今晚是平安夜,什么事情都可能发生。她好像感到了我在看她,也朝我看了一眼。我的精神为之一振。"——他的想法和主流的"时髦青年"并没有两样,联系到他被赶走的狼狈情景,我们便会感到他的这番内心活动是多么不合时宜,多么可怜可笑,又有那么一点不自量力的可爱。正是在"我"的内心与外界的错位中,小说为我们描述出了一个尴尬的人物。我们可以看到,"我"的情绪是流动的,或者可以说是没有"原则"的,一个具有戏剧性的例子,是对待黄艳的态度,最初,"我对她的印象不是太好。这女人虚荣,物质欲极强,还很风流,情人无数。我当初一直担心她会对我老婆产生不好的影响"。而"时过境迁,我这会儿想起黄艳,已经没什么不好的印象了"。到黄艳答应带他去舞会时,"她的热情让我挺感动的,此刻我觉得她真是一个很不错的女人"。这样的变化,细致地捕捉到了人的情绪的当下性、脆弱性，呈现出了人物内在的丰富性。

　　小说以第一人称"我"叙述，这有助于充分展示主人公的内心世界，但我们也可以看到，小说的叙述者与作者之间有着微妙的差异，这表现在作者叙述态度的冷静，超越，以及偶尔的反讽，这使作者与叙述者之间拉开了一定的距离，这一距离不远不近，既使作者可以冷静地观察叙述者，又能充分地贴近叙述者的内心，像这样的句子："看了看表，时间还不算晚，是否再努力一下呢？""打黄艳手机的时候，她那边的背景声音很嘈杂，难道活动已经开始了吗？"这可以视为主人公与叙述者的内心活动，但其中略带夸张的语调与焦灼心情，我们也可以看到作者似乎在以反讽的眼光打量他的主人公。

　　在这里，如果我们将之与"我"和周康的关系对比一下，会更有意思。与"我"相比，周康是一个更寂寞、无聊的人："周康家的电话刚一响他就来接了，好像他一直就守在电话机旁边似的。"在进丽人鸟时装店时，"周康缩到了我的身后，让我领头走了进去"。而被赶出去时，"我"尽量保持着尊严，"周康还心有不甘：'你给黄艳打电话，让她……'"显然在"我"看来，周康是一个更可怜的家伙，他既与"我"相似，但又比"我"更可笑，更寂寞，更想入非非而又无能为力。我们可以说，作者对待叙述者"我"的态度，类似于小说中"我"对待周康的态度，既有一种同病相怜的体贴与理解，但同时也在他身上照镜子似的，看到了一个更加"丑陋的自我"，因而不无厌恶与讽刺。正是这种略有些讥讽的语调，将"我"与周康拉开了距离，也将作者与叙述者拉开了距离。这样一种叙述视角、语调的选择，使作者既介入而又超脱于小说的故事，既切近主人公的内心又能以外在的眼光加以打量、评判。这种叙述方式不同于"零度叙述"毫无情感的介入，也不同于"自叙传小说"那样毫无保留地投入，而是在贴近中又拉开了微妙的距离，从而可以保持一种冷静的姿态。

　　小说的故事虽然并不完整，但仍有内在的统一性，即小说所叙述的是当代都市中孤独与尴尬的经验，这虽然是独属于"我"的，但又具有相当的普遍性。在小说中，我想融入某个活动而不可得，参加假面舞会而终被赶出，深夜与前妻聊女儿的事情，在在都显示了"我"的孤独，以及难耐孤独而产生的尴尬。在这些生活琐事的细致描述中,"尴尬"以不同的面目展现出来,并让我们看到了主人公的精神处境,他的漂泊无助,他的可怜可笑,他置身于一个不属于他的环境,难以融入周围的世界,但又不甘心被遗忘与抛弃,只能努力,只能挣扎。小说中"我"与周康去参加舞会的情节,最能显示"我"的尴尬。去参加舞会本是黄艳介绍的,但黄艳却并不在,他们只能置身于一个陌生人的环境,这是第一层尴尬;他们的身份与年龄,与周围的年轻人构成了强烈的反差,他们积极地想融入其中的氛围而不可得,这是第二层尴尬;到最后被视为"外人"而赶出,则是第三层尴尬,也是这一尴尬的高潮。如果联系到去参加这个活动,是"我"费尽心力好不容易争取来的,则是第四层尴尬;而这种争取甚至需要联系以前看不上的黄艳,则是第五层尴尬。在被赶出后,"我"甚至无法找到归宿,只能与前妻"相濡以沫",则是第六层尴尬;"我"与前妻并无情感上的联系,他们唯一感兴趣的话题或微弱的纽带,只是女儿,则是第七层尴尬。在这重重尴尬之中,我们所看到的,不只是"我"的现实与精神困境,而是都市生活的尴尬、错位与暧昧,正是在这个意义上,小说从具体题材的限制中超越出来,成为了关于"尴尬"的一则现代寓言,它不再属于主人公、叙述者或作者,而属于置身都市中的每一个人,让人去反思都市生活,反思自身的精神处境。

(原载《名作欣赏》,2010年第7期)

孤独的世代及其奇诡的想象

——读笛安的《宇宙》

关于80后作家,关于"青春文学",虽然有不少好评与市场意义上的成功,但是却很少有人能够写出这一代的精神内核,能够写出自身独特的生命体验与情感体验。在我看来,笛安的《宇宙》则是这样一篇作品,在华丽的语言与流畅的叙事之外,它让我们看到了真切的生命体验——那种无所不在的孤独感,以及为克服这种孤独感而展开的想象,一种丰富、奇诡而带有神秘色彩的想象,可以说这样的想象来自于极端的孤独处境,而这样的"孤独"则是这一代人所特有的。

"其实我还有一个哥哥",小说的第一句,将我们带入了一个特定情境,随着故事的展开,我们可以看到,"哥哥"是不存在的,只是作者的一个假设或幻想,按照作者在创作谈中的说法,小说的灵感来自于"我的妈妈在生我之前,的确是不慎失去过一个男孩子,如果他能顺利诞生,可能我就不存在了"。在这里,我们可以看到生命的虚无感与偶然性,另一方面,小说的叙述者虚幻一个"哥哥",顽强地相信他的存在,并与其共生于一个他人看不见的空间,则是来自于深刻的孤单感。这种"孤独"虽然是人类共通的一种存在感,但对于笛安及其这一代青年来说,仍然有其独特性。在小说中,孤独感表现为对"哥哥"的渴望与幻想,而"哥哥"作为一个符号,不仅意味着童年的玩伴,亲情的纽带,异性的存在,而且意味着一种保护的力量。而对于80后的独生子女来说,没有"哥哥"是一种普遍的生活状态,他们同时也失去了一种情感与精神上的依靠,他们成长中所有的只是年长的父母,同龄的"陌生人",而缺乏兄弟姐妹共同成长的经验，这一方面可以让他们独享父母的宠爱，但另一方面，也使他们置身于一种独特的"孤独感"之中，即他们每个人都是独一无二的，但同时那些成长中的痛楚与甜蜜，也无人能够分享与交流。

而这种"孤独感"，又因为中国文化的特点而得到强化。传统中国文化注重人情伦理，重视家族内部关系的亲疏远近，甚至整个社会都是以家族关系为核心构建起来的。兄弟关系作为"五伦"中的一种，自然也是最受到重视的关系之一。不仅真正的兄弟关系应该亲密无间，一些类兄弟关系，如师兄弟、金兰兄弟等也为人看重，如桃园结义便是千古流传的美谈。而在今天，对于独生子女一代来说，真正的兄弟关系只能停留在想象之中了，这是传统中国文化所没有遇到过的问题，那么多规范兄弟关系的文化传统，"兄友弟恭"，昭穆制度，嫡长子继承制或诸子均分制，都失去了现实的依托。而对于独生子女来说，不仅在现实中没有兄弟姐妹，而且在文化上也越来越疏远了中国传统，我们很难想象，独生子女能够对《红楼梦》中复杂的家族关系有切身体验，当然他们也会对父母一代的情感体验有所隔膜。在这多重意义上，我们或许可以将独生子女一代称为"孤独的世代"。

在小说中，我们也可以看到，主人公臻臻现实中的家庭关系很简单，父母，奶奶，以及未婚夫启哲，构成了她情感生活的主要部分，假如没有"哥哥"的存在，她的生活会更加单调，寂寞。而"哥哥"之所以出现，也正是主人公难耐孤独的一种表征——即使没有"哥哥"，也要将他想象出来——由此，"哥哥"便以幽灵的形式出现在主人公的幻想或生活中，陪伴在她左右，陪伴着她走过隐秘的童年与青春岁月。这样的想象，可以说是一种极度渴望的产物，它的力量强大到可以突破现实时空，而在虚实相生的惝恍之中，将生与死，将存在与不存在，将现实空间与虚幻空间并置，交融，形成一种独特的世界，这不仅是一个瑰丽的艺术世界，也是一个神秘诡异的心灵世界。

"哥哥没有严格意义上的肉体，没有名字，没有存在过的证据，连生命也没有，所以当然不会幻灭，不会归于无形。"哥哥只是"我"的一个秘密，但是在小说中我们也可以看到，"哥哥"正是我们想象中的那一种形象,他是"我"童年的玩伴,和"我"一起成长,倾听"我"的秘密,给"我"以安慰,而到最后,也正如现实中的兄妹关系一样,"哥哥"也是由于"我"和未婚夫的关系而疏远了"我",而"要走了"。在这个虚拟的"哥哥"身上,"我"完整地体验了哥哥的存在。但是另一方面,"哥哥"仍与现实中的哥哥不同,他"没有严格意义上的生命,所以时间和空间都束缚不了他,他可以无处不在,他也可以同时活在好几个年龄里面"。正是这些不同,让我们看到了"哥哥"的虚幻性,他以幽灵的形式存在,既无处不在,又无影无踪。

"我"与"哥哥"的关系,是小说中最引人注目的核心,但是他们的关系却是悖论性的,一方面他们是亲密的兄妹关系,"哥哥"无微不至地关心着"我",陪伴"我"一起成长,是"我"心灵的安慰与依靠,但是另一方面,"我"与"哥哥"又是互相取代的,不能共存于同一个世界的,如果"哥哥"存在,那就不会有"我"了,而"我"的出生与存在,恰恰是以"哥哥"的不存在为前提的,如此,在"我"的生命与"哥哥"的生命之间,便是一种互相置换的关系。如果生命可以置换,可以取代,那么"我"的存在也就不是必然的,由此我们可以看到生命本身的偶然性、脆弱性与不确定性,而置身于这一不确定的偶然世界中,一个人丧失了生命的根基,无法不感到孤独或虚无,然而,我们该如何祛除与生俱来的孤独感与虚无感?小说中的主人公为克服孤独感,寻找到了"哥哥",而"哥哥"的存在又正突显了"我"的虚无与不确定性,或者说,"我"的存在是以"哥哥"的虚无为代价的,"哥哥"必须虚无,"我"才能够存在,但是当"我"意识到虚无之后,"存在"便不再是自然的存在,我生命的"存在"不仅为虚无所包围,而且虚无已无所不在地侵入到了"我"的内部,构成了"存在"的一部分,一种挥之不去的生命体验。于是,在小说中我们便能感受到叙述者无所不在的孤独与虚无感,这不是一种顾影自怜,而是在意识到生命的偶然与脆弱之后,试图摆脱而又无以摆脱的一种挣扎,或者说,是试图重建生命根基而无能为力的一种无奈,这样的情绪弥漫于整篇小说,而在小说的最后一节达到了高潮。我们可以看到,在这一小节中,叙述者挣脱了故事的框架,以悲怆的语调与抒情的姿态,直接去追问存在与虚无，追问永恒与偶然，追问"宇宙"。在这样的追问中，"我"与"你"，存在与虚无，对立而又统一于生命之中，"我们合二为一，就是宇宙，就是永恒"，这可以视为在穿越无限的虚无之后，"我"与世界达成的一种和解，或者说是一种暂时的解脱。

这篇小说不仅将一代人的孤独感表达得淋漓尽致，而且在艺术形式上也有独特性，其想象奇诡而丰富，从一个不存在的"哥哥"入手，在虚构与现实之间游刃有余，营造出了一种鬼魅而神秘的氛围，出色地表达出了独特的生命与情感体验。小说中奇诡的想象，让我们可以想到卡尔维诺的小说《祖先三部曲》，以及《天使爱美丽》、《美丽心灵》等影片，和这些作品相似，我们可以看到《宇宙》突破了庸常的现实主义，而从现实的碎片或者个人化的现实出发，以不羁的想象创造出了一个独特的艺术世界，这个世界将现实与虚构，存在与虚无交织在一起，"以实写虚"，将不存在的人物写得栩栩如生，合情入理，又给人以惊奇新鲜的感受，正如卡夫卡笔下的甲壳虫一样，其存在是不真实的，但又是一种艺术上的"真实"，是强劲的想象将不可能转化成了一种可能；但同时，小说也是"以虚写实"的，它从一个新的维度重新切入现实，让我们看到了作者眼中的生命、存在与"宇宙"，让我们体会到了作者的生命体验，它突破了日常生活层面的"真实"，而让我们更深入地理解了创作者及其一代孤独的生命与精神状态。

（原载《名作欣赏》，2010 年第 19 期）

从"烈火青春"走向开阔的世界
——读刘丽朵的小说

我与刘丽朵认识已经很久了,大约在 7 年前,我们左岸网站刚创办的时候,我和刘丽朵就在一次聚会时见面了。那时刘丽朵在论坛上很活跃,她写诗,也写剧本,与朋友们讨论起来很热情,说话也毫无顾忌,不少人对她都很好奇。我还记得我们第一次见面,是在万柳附近的一个路口,那天下着小雨,我和两个朋友一起去找她,见了面,感觉跟在网上的印象不太一样,她很瘦,说话也不像在论坛上那么多,那么大大咧咧的,反而很沉默,很羞涩。后来刘丽朵到北大来读研究生,我们都住在万柳,交往就越来越多了。在我的印象中,刘丽朵是一个率性自然的人,有时简直是热情似火,我还记得有一次她在论坛上贴新写的剧本,她边写边贴,不断打电话让我去看,我看的速度简直比不上她写的速度,可她仍然在不停地催问我的意见,让我很狼狈。还有,在她那别具一格的婚礼上,刘丽朵不待别人劝酒,就率先喝醉了,又是唱又是跳的,我相信这动人的一幕仍留在很多朋友的记忆中。不过这样的率真,自然只是她性格中的一面,在她的诗歌与小说中,我们也不难读到她内心的疼痛,那些尖锐的或细微的痛楚,被她隐藏在作品中,隐藏在沉默与羞涩的背后,我们也只能偶尔才能感觉得到。但我想,只有认识到这一层面的存在,我们眼中的刘丽朵才是更加丰富、立体而完整的。

对于小说,对于写作,刘丽朵也是率性而为的,最初她不写小说,写的是诗歌与剧本,但不知为何,她突然就写起小说来了,而且写得很快,很多,写了一段时间,在出版了两本小说集之后,不知为什么,她又突然不写了,一停就是几年。直到最近,我在不少文学期刊——《大家》、《上海文学》、《青年文学》等杂志上，又读到了她的小说，这才知道，不知从什么时候，她又"突然"写了起来，而且集中爆发似的，刊登在不同的文学期刊上，引起了不少人的关注，我想不太了解她的人，肯定以为又出现了一个"文坛外的高手"，但在我看来，这只是表明，她突然对小说又有兴趣了，我希望她这一次对小说的兴趣能保持得长久一些，能为我们留下更多的好作品。

　　刘丽朵新近所写的作品，与以前的小说比较起来，也有了很大的不同。如果说她以前的作品，如《烈火青春》、《社会新闻》、《火车，火车！》、《西游》等，所写的只是青春期的压抑与痛楚，只是个人化的情绪与体验，那么在最近的作品中，她则走向了一个更加开阔的世界，她不仅写自我，而且开始关注他人，关注社会，我想这既与她的性格相关，也与她的经历相关。我一直觉得，刘丽朵有一种勇于担当的责任感，但是这种担当又带有一些"小资"和女性的色彩，有时难免会有一些幻想的成分，这在她以前的作品中更加明显，那时我跟她开玩笑，说她的小说像丁玲早期的作品，才华过人，但耽溺于个人的感受，或者像《青春之歌》中早期的林道静，感受到了社会的压抑，但是寻找不到个人或社会的出路。而在毕业之后，刘丽朵走向了社会，或许更多地接触到了广阔与真切的现实，她的所思所感也就更加开阔起来。我记得那时有一次见到她，她告诉我，她同时在做三份工作，整天忙得像陀螺一样，在为不同的资本家"打工"，我想正是这样的经验与磨砺，开阔了她的视野，也拓展了她的文学世界。我想，我们可以具体分析一下刘丽朵最近的几篇作品，《幽梦影》与《续幽梦影》，《枕中记》，《醉扶归》，看看她的小说在不同层面的拓展。

　　从《幽梦影》到《续幽梦影》，可以视为刘丽朵小说的一个转折，这两篇小说虽然以"续"相联系，但在内容上却没有直接的联系，按照刘丽朵的说法，《续幽梦影》是在《幽梦影》写作的过程中构思的，她本想将之作为《幽梦影》的续篇，"但只开了个头，放弃了，怕损伤了《幽梦影》的完整性。过了很久之后，突然之间很想很想把这个女孩子写完，此人从小说中出生，在我的生活中成长，已经到了必须面对她的时候了。"——于是，《幽梦影》与《续幽梦影》便成了似乎并不相关的两篇小说，当然它们在精神上仍有着密切的联系。《幽梦影》与刘丽朵以前的小说相似，写一个"零余者"的精神与生活状态，写他与"妈妈"的关系，写他给很多女网友打电话，写他与一个陌生女人的关系，写他的工作与日常生活，在这种最为逼真的描述中，我们反而看到了现实生活中荒诞乃至恐怖的一面，也看到了小说主人公孤独、无聊而又尴尬无奈的精神处境。值得注意的是，刘丽朵的叙述语调或口吻，有一种漫不经心，或者一种挥之不去的忧伤，在她流畅自如的叙述中，这种漫不经心的忧伤仿佛缭绕不尽的旋律，相伴始终，这样的忧伤没有来由，没有来历，与故事的进展无关，仿佛是来自天上，或者来自刘丽朵的内心深处，我们只能将这种叙述的语调，视为刘丽朵特有的音色或音调，这或许是一个诗人面对世事变迁时怅然若失的情绪，在小说中的自然流露。这样的叙述方式贯穿于刘丽朵的所有小说，但是在不同的作品中，也会有微妙的差异。如果说这样的叙述更适合表现个人化的情绪，那么当刘丽朵以这样的笔调去描摹他人与社会时，便会产生意想不到的反差与艺术效果，而《续幽梦影》便是这样的一篇作品。

《续幽梦影》是一篇让我感到欣喜的小说，我认为这也是刘丽朵迄今最为成熟大气的作品，这不仅仅是因为她写到了"底层生活"，也不仅仅是由于她关注的范围从"个人"扩展到了"社会"，而主要是在于，她以独特的方式写出了对这个世界的理解，她所写的虽然只是一个进城女工的命运与遭际，但是却呈现出了她对世界的态度以及她的艺术观。这篇小说分为上下两篇，以第一人称"我"的叙述角度，描述一个进城的女农民工王幼娣所遭遇到的一切。在不少类似题材的小说中，我们都可以看到尖锐的城乡对立，以及戏剧化的情节与场景，但是刘丽朵在小说中却摒弃了这一切，她所关注的不是特殊的戏剧性事件，而是王幼娣的日常生活——她的社会关系，她的友谊，她的爱情，以及她对人生道路的选择，她幽微的感受与内心世界。在这里，刘丽朵写的不只是故事，而是人生，她用自己的心灵去靠近王幼娣的心灵，去体会她的生活，她的屈辱，她的欣喜，她写出了一个卑微的人在我们这个时代的命运，写出了一个被侮辱与被损害的灵魂，写出了一个不甘沉沦的心灵的挣扎，同时，她也写出了社会某些层面的复杂与黑暗,让我们看到了清白与坚守的可能性。我们可以说,在这篇小说中,寄托着作者深沉的忧思与感慨,但是作者又将之压在纸背,以一种自然流畅的笔调写出,形成了一种微妙的张力。——尽管我很喜欢这篇小说,但仍不得不指出,小说的"下篇"与"上篇"是不相称的,在"上篇"结束时,小说已经积蓄了足够的情感力量,在叙述上达到了一个小高潮,"下篇"虽然承续了这一力量,但又将之引向了别处,并且没有以足够的篇幅展开,所以对这样的力量反而是一种削弱,在这样的情形下,我以为若只保留"上篇",会更有力量。从《幽梦影》到《续幽梦影》,我们可以看到刘丽朵走向了一个广阔的世界,这为她的小说带来了新的面貌。

《枕中记》的故事带有一定的荒诞色彩,它从另一个角度切入了现实。小说写生活在B城的80后白领魏央生,在疲惫的网游中睡着了,做了一个白日梦,梦中B城百分之九十的人口失踪,政府停转,城市系统瘫痪,现代化的生活方式消失,B城成为空城,余下的人们为了生存,不得不开始新的"上山下乡",从最基本的地方开始重新构造社会运转系统。这篇小说可以视为80后一代对现实的反思,这包括不同的层面。首先是对自身的反思,城市中的80后一代,成长于优裕的生活环境,在呵护与宠爱中长大,却并不了解构成其生活的前提,最基本的衣食住行对他们来说根本不是问题,而一旦发生重大的变化,城市停转了,他们才发现,生活原来正是由这些最基本的东西构成的;其次,是对现代化生活方式的反思,小说让我们看到,现代化的生活方式建立在一个脆弱的基础之上,城市中每个人所习惯的生活方式并不是自然而然的,也不是从来如此的,而且也有"停转"的可能性,如果发生了这样的变故,我们应该如何应对?——作者提出的问题,并非杞人忧天,最近频发的自然灾害,让我们看到人类生活方式的脆弱性,而城市中的生活则更加脆弱;再次,则是对历史与现实的反思,小说将解决问题的方案设计为新的"上山下乡",这与历史上的"上山下乡"联系起来,让我们切实感受到了历史的存在及其当下意义,这不仅是80后一代理解父辈的一种途径,同时也让我们意识到我们正置身于历史与时间之中,我们的"现在"来源于过去,也终将会成为过去——这样一种历史感，对沉溺于"现在"或幻想之中的人来说，无疑具有积极的启示意义。在艺术上，小说以一种突兀的方式，将读者带入一个虚拟的情境之中，亦真亦幻，虚实交织，显示了作者扎实的写作功底与虚构的能力。

《醉扶归》虽然是一篇小说，但更像一篇游记，或者"公路电影"，小说以几个朋友的漫游为线索，写他们每个人的个性，他们之间的关系，他们的旅程与看到的风景，沙漠，湖泊，胡杨林，以及旅途中所遇到的人与事。这不仅是现实中的旅游，同时也是精神上的漫游，作者以散漫的方式，描述了这一漫游的过程，小说中并没有大的事件，而是抓住了一些细节和特定的情境，将城市中这一阶层的精神状态描摹了出来，他们孤单寂寞，又空虚无聊，只能在旅途中寻找安慰，但是，"世界上没有什么地方是新鲜的，有关新鲜的感受只是一瞬间而已"，他们也只能在现实与精神上无奈地流浪。这篇小说，让人想起凯鲁亚克的《在路上》，他们都试图在无边的漫游中寻找到人生的真意，但是旅程中现实场景的扩展却并不能带来心灵的慰藉，而只能更鲜明地突显出他们的精神症候。

我们可以注意到，刘丽朵小说的名字都带有古典色彩，甚至她小说中某些人物的名字也是从古典小说中化用来的，如魏央生，而她的一些小说则更直接地承接了古典小说的传统，如《鬼眼》对蒲松龄小说意象的借鉴，《枕中记》对黄粱梦故事的借用等，这样的写作倾向似乎不能仅仅以她的专业知识或喜好来解释，或许她是在现实的困惑之中，试图回归一种（文学）传统，以寻求"归宿"的一种表现。我们可以看到，在走出"烈火青春"之后，刘丽朵走向了一个更加开阔的世界，但这个世界并不是安稳的，而是充满了脆弱感与偶然性，也有黑暗和不公平，刘丽朵也在从不同的层面探索着这个世界，然而就她的精神与写作来说，她仍然"在路上"。

（原载《文学界·专辑版》，2010年第8期）

两个藏族人的英雄史诗
——读达真的《命定》

达真的《命定》是一部让人感到欣喜的小说，无论是在小说的艺术上，还是在小说所包含的社会思想内涵上，这部小说都达到了难得的高度。这是一部关于康巴地区藏人的小说，也是一部关于抗日远征军的小说，小说以浓墨重彩的方式描述了两个藏族汉子的传奇故事。土尔吉从小被送到寺院，但他却与头人的女儿贡觉错相爱，他们的偷情被发现，土尔吉被暴打后逐出寺院，成为被人唾弃的"扎洛"，贡觉错毅然与他私奔，但在逃跑的路上，在对佛教的虔诚与情欲的挣扎之中，他弃贡觉错而去，独自一人逃亡，贡觉错的家人骑马追杀而来，土尔吉看到贡觉错被抓住，她以自杀威胁家人不要捉他，并大声让他快逃，土尔吉内心极为痛苦，他欲救贡觉错而不能，要逃跑也无能为力，正在这时，另一个康巴汉子以快马救了他，这个人就是贡布。贡布在一次赛马会上，杀死了不公正的裁判嘎多，此时也被仇家追杀，他救了土尔吉，两人一起踏上了逃亡之路。两人逃离了草原，在金矿上见到了宣传抗日的队伍，又参加去修飞机场，最后他们参加了抗日远征军。勇武的贡布在战场上屡立战功，被称为"战神"，在龙岗山一役英勇牺牲；土尔吉参加战争但又信奉"不杀生"的信条，内心极为矛盾，最后他找到了"医疗兵"这个最适合的角色，出生入死，得到了嘉奖与尊重。战争结束后，土尔吉留在缅甸，每天到山上为战友守灵，60年后，中国政府终于承认远征军是抗日救国的。

这是一部厚重而又细腻的作品，在一个开阔的时空中展开。这是一个从传统到现代的故事，在小说的前半部分，我们可以看到康巴地区仍延续着千百年来的生活习俗,抢婚、赛马,对喇嘛的尊重,对"扎洛"的歧视,部落之间的斗殴,仇家的追杀,家人的和睦与温暖,朋友之间的肝胆相照,是这里的人们习以为常的生活方式,土尔吉与贡布正是成长于这样的环境,他们是传统秩序的破坏者,也被这一秩序所驱逐,但是在逃亡的路上,他们却遭遇了一种完全不同的生活方式——以现代战争的面目出现的"现代性"。现代战争完全不同于仇人的追杀,飞机大炮也远远超越了传统社会的想象,正是在这一艰难的转变过程中,我们看到土尔吉与贡布如何从个人英雄成长为民族英雄,看到藏族同胞如何融入中华民族的总体抗战之中,看到他们如何克服血缘、部落与地方的观念,而获得了"中国"的整体认同,这样的认同感来自命运的一体感,也来自血肉凝成的"共同体"意识。从这个角度来看,这部小说又是一个边缘地区如何融入中国整体的故事,一个少数民族如何融入中华民族的故事。正是在这样不同的层面,《命定》向我们展示了历史的丰富、复杂与曲折之处。

抗日远征军在以往的历史叙述中常被忽略,黄仁宇的《缅北之战》与余戈的《1944:松山战役笔记》向我们揭示了抗日远征军的英勇牺牲与战争的惨烈,电视剧《我的团长我的团》让更多的人对这段历史有所了解。曾参加过远征军的著名诗人穆旦,在《森林之魅》中为战友唱出了"祭歌","你们死去为了要活的人们的生存,/那白热的纷争还没有停止,/你们却在森林的周期内,不再听闻。/静静的,在那被遗忘的山坡上,/还下着密雨,还吹着细风,没有人知道历史曾在此走过,/留下了英灵化入树干而滋生。"达真的《命定》为我们生动形象地描述了抗日远征军的故事,那腥风血雨的场景,那惨烈的牺牲,令人触目惊心,更加珍贵的是,这部小说的主人公是两位藏族同胞,这让我们意识到,抗日远征军的战绩中也包含着藏族等少数民族同胞的牺牲,抗日战争不仅是全民抗战,也是中华民族的总体抗战,正如封底上康巴抗日远征军老兵陶大瑄所说的,这部书"道出了康巴男儿也曾肩负的保卫国家的神圣使命",在这个意义上,我们可以说这部书具有重要的历史价值。它不仅填补了历史空白,而且让我们反思:我们何以长期忽略此段历史,何以告慰烈士的英灵?

作为一部小说,《命定》不仅具有历史与理论价值,更重要的是,它在艺术上达到了很高的境地,风格上苍凉浑厚,而又细腻饱满。小说的主人公土尔吉与贡布形象鲜明、性格突出,一个虔诚敦厚,而又充满内心矛盾,一个英武强悍,所向无不披靡,他们之间的关系亲密而复杂,他们的故事曲折、动人而又富于传奇色彩。小说的前半部擅长使用长句子,叙述节奏较为缓慢,初读时较难进入,但那种缠绕与缱绻,可以让人长久地回味,后半部节奏有所加快,呈现出了战争的紧张感,两种不同的叙述节奏都与其表现的生活相宜。在讲述故事时,作者善于使用插叙,有如电影中的闪回,让我们从故事的中间开始,不断追溯故事的前半部分,或者插入与之相关的其他内容,使小说避免了平铺直叙,在叙述上得到了很好的调节,并突出了最具价值的部分。小说中另一个值得注意的特色是画面感很强,很多场面都类似于油画,笔触细腻,而又具有整体感,我们甚至可以将此书视为一部连贯的以文字作画的画册,或者说,我们阅读此书,有如在欣赏一部艺术电影。

(原载《文艺报》,2012年6月1日)

小 批 评

  今天看完了阎连科的《风雅颂》，觉得是一部很差的小说，不知道为什么现在的"著名作家"总会让人失望，或许是他们太限于自己的主观世界了，或者是他们的生活与思想离当下太远了，阎连科的《丁庄梦》我还比较喜欢，虽然少不了"炫技"的毛病，但总还有些东西让人思考与感受，不知这部小说怎么会这样。1980年代成名的中国"知名"作家，曾经让我们多么激动与喜爱，但这几年好像陷入了谁比谁更差的比赛之中，能够不让人失望的只有那么两三个，真是一个"偶像的黄昏"。

    ——《〈风雅颂〉读后，或一种批判》

谁能认定"中国最一流的作家"?
——由马悦然高度评价曹乃谦说起

诺贝尔文学奖评委马悦然说:"曹乃谦是中国最一流的作家之一,他和李锐、莫言一样都有希望获得诺贝尔文学奖,我不管中国大陆的评论家对曹乃谦的看法……,我觉得曹乃谦是个天才的作家。"对大陆评论界长期忽略这样一位优秀的中国作家,马悦然感到难以理解。2006年12月,曹乃谦的短篇小说集《最后的村庄》出版,这是他在大陆出版的第一个小说集。2007年7月,早因马悦然的推荐而蜚声海外的《到黑夜想你没办法》才在大陆正式出版,这两本小说在市场上都有不俗的销售成绩,但同时这也对中国大陆的文学界提出了一些问题:1. 曹乃谦是否是"中国最一流的作家",对他应该如何定位;2. 中国批评界是否忽略了这位作家的价值;3. 马悦然的评价是否可靠?

一 曹乃谦是否"中国最一流的作家"?

在读完《最后的村庄》、《到黑夜想你没办法》这两本小说后,我认为曹乃谦是一个有独特风格的作家,但说不上是一位大家,曹乃谦小说的特点很突出,有着独特的艺术风格、叙述方式和语言特色,但也有明显的不足之处。

《最后的村庄》在内容与艺术形式上,大约可分为三类,一是描写民俗民情与乡村少女命运的作品,如《野酸枣》、《沙蓬球》、《斋斋苗儿》、《亲圪蛋》等,这类作品是艺术价值最高的,作者饱含深情,以精致而又浑然天成的艺术方法，为我们塑造了一个个鲜明而可爱的艺术形象；二是书写作者对生活、生命的感悟，这些作品往往短小精悍，在形式上很自由，比如《小寡妇》、《老汉》等，以两三千字的篇幅，写出了作者对底层人深切的感情，而《小精灵》一篇，描写在火车上偶然遇到的一个小孩，状难写之情如在目前，显示出了作者深厚的艺术功力；三是直接描写社会现实的作品，如《老汪东北蒙难记》、《豺狼的日子》等，这类作品具有一定的社会意义，但在艺术性上还略欠缺一些。

前两类作品代表了作者在艺术上的最高成就，是更值得重视的作品。在文学传统上，这些作品继承了中国现代小说"抒情诗"的艺术脉络，即郁达夫、废名、沈从文、萧红、孙犁、汪曾祺的传统，在小说的抒情性、散文式笔法等方面别开生面，其优秀的作品如《野酸枣》、《沙蓬球》等，能令人想起沈从文的《萧萧》、孙犁的《山地回忆》等经典作品，但作者却又有独到的发挥与创造，在色调上有着明显的区别，如果说沈从文的小说明丽自然，孙犁的小说清新细腻，那么曹乃谦的小说则更为幽暗，但他们对特定环境下"人性美、人情美"的关注则是相通的。

《到黑夜想你没办法》是由29篇短篇小说和1部中篇小说连缀而成的"长篇小说"，主要描写雁北地区1973、1974年极度贫苦的生活，作者对农村中的食物匮乏与性饥渴的状态有着细致的刻画，其最优秀的小说都是极为短小的，其特点在于简洁、含蓄，简洁使小说具有一种"四两拨千斤"的轻盈之美，含蓄则使作者把握住了中国人感情与伦理的表达方式。小说中的一些细节令人印象深刻，但却缺乏更为整体性的构思，我们很难将之理解为"长篇小说"，事实上它更接近于中短篇小说集。

曹乃谦小说最值得注意的，是在语言上采用了一些方言土语，并成功地将之融入小说的叙述之中，带有浓重的泥土味，达到了一种"既雅且俗，大雅大俗"的艺术效果，这令人想起赵树理的小说，但与赵树理将方言"化"为普通话不同，曹乃谦的小说则注重突显"方言"自身的特点，在这个意义上，我们可以说曹乃谦有着类似韩少功、李锐等作家对语言的自觉。另外，对地方民歌的频繁引用，也构成了小说的一大特点，这显示了曹乃谦对地方文化、民间文化的汲取，也是构成他小说"风俗画"特色的一个重要因素。

除去以上优点,曹乃谦的小说也有一些不足之处,主要表现在:1.小说的风格化过于明显,不少作品自我重复,不但在风格、题材上重复,在叙述的姿态上也自我重复,一个明显的例子是,我们读曹乃谦的一篇小说,会有惊喜之感,但读完他的一整本小说集后,会发现人物、故事与叙述方式都极为雷同,模糊在一起了。2.小说一直以"性与饥饿"来刻画农村中的苦难,但对"性"的描写与展示过于集中,如兄弟朋锅、母子乱伦、兄妹越界、光棍"跑马"、粪坑偷窥等等,有时显得格调不高,并有"炫异"之嫌。3.小说对苦难有着较为细致的呈现,但作者却时常流露出一种类似于古代"文人"那种欣赏、把玩的态度,有一种精英式的优越感,这使小说以"审美"遮蔽了对人物的同情、批判与反思。

如果我们承认张承志、史铁生、贾平凹、王安忆、莫言、韩少功、张炜、李锐等是"中国最一流的作家",那么曹乃谦离他们还是有一定距离的,他没有这些作家的文学世界那么丰富、宽广与深厚,也许曹乃谦最大的意义在于他延续了"抒情诗"小说的传统,并做出了自己独到的探索,这使他在当代文坛有不可忽略的价值。

二 中国批评界是否忽略了曹乃谦的价值?

这涉及曹乃谦作品的发表与出版情况,在《最后的村庄》的"后记"中,曹乃谦说,"收进本集子的作品,都是以前发表过的",杨新雨在该书的序言中也介绍说,"早在上世纪八十年代,文坛巨擘汪曾祺就看中曹乃谦的小说,极力举荐他之后,还说他是'一举成名天下闻'。他的小说连续发表于国内的大刊及港台的报刊,入选各种选本,被翻译到国外,文坛人物也多有评价",而他后来是"因服侍病重的母亲,为尽孝而辍笔"了。

在这两本书的封底,附有王安忆、陈忠实、李锐、刘心武等人推荐性的短语,对曹乃谦的小说都有极高的评价,这些评论都摘自他们1990年代初期对曹乃谦的评价。曹乃谦在《命运的安排——我的一些和文学有关的事(五)》一文中介绍了更多人对他小说的赞赏,包括海峡两岸的不少名人,并且说,"从发表第一篇小说算起的4年后,也就是1991年,我被吸收为中国作家协会会员。那时我还没有出过一本书,没有写过一部长篇或中篇,仅仅发过20来万字的短篇小说,一眨眼工夫就被破格'提拔'成了中国作家"。在这里,我们可以看出,中国大陆文学界对曹乃谦并没有故意的忽略,而只是没有马悦然的评价那么高罢了。而曹乃谦之所以不被关注,也与他个人"辍笔"有一定的关系。

至于《到黑夜想你没办法》的出版,马悦然确实起到了关键作用,在此书的"内容提要"中,提及正是因为马悦然的高度评价,"从而引起港台及海外地区高度关注。台湾地区抢先推出其中文繁体字版,美国、德国等地也相继组织翻译。由马悦然亲自担任翻译的瑞典译文也于2006年在瑞典出版"。而大陆版的推出则是2007年7月。

三 马悦然的评价是否可靠？

那么,我们该如何看待马悦然的评价呢?

马悦然和他背后的诺贝尔文学奖,当然具有一定的权威性,但其不足也是明显的。就诺贝尔文学奖而言,它不仅忽略了20世纪初最伟大的作家托尔斯泰,也忽略了瑞典本国最伟大的作家斯特林堡,在冷战时期甚至成为东西方斗争的工具,其客观性与公正性是很值得怀疑的,如果我们加以承认,那也只能是相对意义上的。1980年代以来,中国作家的"诺贝尔情结"本身就是值得反思的一个对象,中国文学的伟大与否,并不是某一个外国文学机构所能评定的,而在于它是否表达出中国人独特的经验与美感,是否在中国的历史与现实中起到了推进作用,是否为中国普通读者所真心喜爱。

就马悦然个人来说,对曹乃谦的评价,首先受制于他的个人趣味,他像一般的海外汉学家一样,不喜欢"感时忧国"的作品,更喜欢"抒情诗"的优美动人,最典型的例子是他对沈从文的喜爱,个人趣味是时代与环境的产物,本无可厚非,但如果以之凌驾于中国文学之上作为评价的标准,则难免跨越了必要的界限;其次,则是政治与民族偏见,我们注意到《到黑夜想你没办法》的背景是1973年左右的中国,小说将这一时期的中国农村描述为贫穷、愚昧、落后,似乎是一个不可理喻的世界,虽然较为隐约,我们似乎也不难看到马悦然肯定的背后,存在着他对中国在政治与民族上的双重偏见;第三,从现实的效果来说,曹乃谦的小说在市场上获得了成功,在"文学场"上也获得了成功,这双重性的成功不仅属于曹乃谦,同时也是属于译者马悦然的,与曹乃谦的亲近关系使他的评价也不得不打上一点折扣。

至于"我不管中国大陆的评论家对曹乃谦的看法",往好的方面说是坚守个人的趣味,有一意孤行的勇气,但即使这样,作为一个"评委"也未免太狭隘了一点;如果往不好的方面说,则明显带着对中国与中国文学的蔑视,有一种高高在上的优越感,可以说是西方中心主义的一个鲜明体现。

综上所述,我们认为,曹乃谦是一个有独特风格的作家,但说不上是一位大家,中国文学界对曹乃谦并没有故意忽略,只是没有马悦然的评价那么高而已,而马悦然的评价也有着自身的局限性,不足为定论。

(此文摘要发表于《中国教育报》、《西湖》、《悦读》等报刊)

《兄弟》为什么这么差？

读完余华《兄弟》的下部，深为失望，不禁让人怀疑，这竟是余华写出来的东西？尽管《兄弟》的上部不好，毕竟还保留着一些余华独特的叙述方式，这让人心存希望，也许下部能挽回上部的颓势，给人们带来一个惊喜。但《兄弟》的下部出来了，却比上部还差，简直让人不忍卒读。小说写宋钢、李光头两兄弟在"文革"结束后一直到现在的生活，写他们在时代变迁中命运的转折，这本是个不错的构思，但在作品中，作者却既不顾现实生活的逻辑，也不顾叙述自身的逻辑，只是不断饶舌地堆砌情节，读来令人生厌。平心而论，小说中也有一些精彩的段落，比如宋钢、林红、李光头的三角恋情，比如"处美女大赛"的狂欢叙事，等等，但这些在全篇中却只是吉光片羽，与整篇小说的氛围也不协调。对比上部，我们怀疑，离开了血腥、暴力与残酷，余华是否还会写作？而一部小说如果不讲结构，不讲语言与叙述方式，那究竟会差到何等地步，读者也就可想而知了。

对我们来说，也许更重要的问题不是小说怎么差，而是小说为什么会这么差？尤其是对余华这样曾写出《活着》、《许三观卖血记》等作品，让读者和评论家寄予厚望的作家来说，十年磨剑后，竟推出这样一部作品，确实值得人们追问一下为什么。

我觉得这里首先是作家把握世界的艺术方式的问题，余华一直是以主观化的方式来把握世界及其本质的，在他的作品中，叙述比现实更加重要，即他所说的"强烈的想象创造现实"，早期的先锋小说固然如此，即使在《活着》、《许三观卖血记》中，我们看到的也是一个主观的世界，其中的人物不过是一个个符号，是作者表达其理念的道具，作者通过独特的叙事方式，将人物、故事、理念巧妙地结合起来，给我们呈现出一个艺术化的世界。主观化的方式有利有弊，但只要与作家的艺术特点结合起来，也能写出优秀的作品。对于主观化的弊端，应该说余华也有所认识，在谈及《兄弟》时，他不断强调"正面强攻"、"强度叙述"，正是试图超越的一种努力，但这一超越并没有成功，所谓"强度叙述"也变成了过于主观化的"强度叙述"，作者对所要描述的"文革"与"改革"两个时期并没有整体上的认识与把握，在叙事上也不能如《活着》、《许三观卖血记》之四两拨千斤，呈现在《兄弟》中，便既没有"正面"，也没有"强攻"，只是一些并无新意的故事的堆积了。在这里，我们并非否定余华的转变，否定"正面强攻"的意识，我们批评的只是余华这一转变没有成功，他抛弃了原先熟练的叙述方式，却并没有寻找到一种新的把握世界的艺术方式，如果我们将之作为作家写作过渡中的一个失败，原也无可厚非，但从媒体的报道来看，余华一直宣称这是自己"最好"的作品，这如果不是自欺欺人，便是不可救药了，即使我们理解作家刚写完一部作品时的自恋，这也未免有些过分。

　　作家与世界、现实的关系，决定了他的写作方式，我们也可以从这个角度来理解《兄弟》的失败。小说涉及了对两个时代的理解与描绘，这是一个重要的，也是很有意思的题材，如果能够写好，无疑会丰富我们对历史与现实的理解，但在《兄弟》中，却并没有提供这些，而只是重复了一些大家都知道的看法，写到"文革"，不过是血腥、暴力与残酷，写到改革，不过是纵欲、创业与狂欢，这些并没有超出一般人的认识，在新闻与流行读物中，这样的描述所在多有，《兄弟》并未提出独特、新鲜的见解，而作为一部小说，不仅没有写出历史进程中的复杂与微妙之处，甚至不能写出一个精彩的故事，这便不能不说是失败的了。不说对"文革"、改革的反思于今已有不少新的进展，便是一个历经两个时代的普通人的生活感受，也不至于如此简单吧。在为余华的随笔集《我能否相信自己》作序时，汪晖曾引"俄国态度"和"法国态度"的划分，对余华有所批评与期许。"俄国态度"和"法国态度"是以塞亚·伯林概括出的作家与世界两种截然不同的态度："俄国态度"相信人不可分割的统一性，认为作家应该对外部世界和内心世界负双重责任；而"法国态度"则恰恰相反，这是一种纯技术的态度，按照这种态度，知识分子和艺术家的唯一义务就是生产好的"产品"，至于他们的道德生活和日常趣味与他是否一位伟大的艺术家毫无关系。余华是倾向于"法国态度"的一个典型，而《兄弟》则将这一态度发挥到了极致，这部作品对历史与现实中的诸多问题、困境没有反思与关怀，没有置身其中的痛感，有的只是叙事者淹没一切的滔滔不绝，即使就法国态度来说，这也并非一部成功的作品。也许我们只有在商业的意义上，才能肯定这部"产品"的价值，但这是以损害作家的声誉为巨大代价的。

市场化既为作家带来了机遇，也给作家带来了伤害。对余华这样成名于 80 年代，以《活着》等作品在 90 年代获得巨大声誉的作家来说，其名字与声誉便是无形的"象征资本"，如何将"象征资本"转化为现实财富，恐怕不仅取决于作家本人的意志，也是出版与商业等机构所汲汲以求的。张艺谋、陈凯歌便是以艺术片获得名声，再凭借其声望以所谓的"大片"来提现的；而所谓"80 后"的作家甚至"先进市场，后进文坛"，这说明了出版与市场力量的巨大。我们也可以在这个意义上来理解余华和他的《兄弟》，或许这也是他凭借在"纯文学"圈内积累的名声，在对文学爱好者进行"提款"？尽管这样的说法有些扫兴，但如果不从这样的角度，我们将很难解释余华高调的宣传与他对《兄弟》的青睐，以他的文学眼光，当不至于认为《兄弟》比《活着》、《许三观卖血记》更优秀吧？如果不这样认为，而再三再四的申说，那么除了难以避免的自恋与虚荣，或许也只能这样认识了吧。

令人不舒服的还有作家对待批评的态度，当几乎所有的评论家都对这一作品持批评的态度时，作家所做的不是反躬自省，不是认真考虑作品中所存在的问题，而是做无谓的辩解，对批评家表示不屑，甚至说"再伟大的作品也会有缺陷"，这就不是正常的态度了。一个本不值得骄傲的作品，偏偏要以骄傲的态度提及，还要拖累上托尔斯泰与马尔克斯，我们也只能说余华的判断力出现问题了，以这样的态度能写出《兄弟》这样差的作品，也就可以理解了。而作家要想取得进步，哪能沾沾自喜与骄傲自大？连托尔斯泰与马尔克斯都没有骄傲，他们关心的是更为深远、根本的大问题，要想向大师们学习，余华还需要从这些根本处学起。

（原载《21 世纪经济报道》，2006 年 4 月 6 日）

拿什么炮轰文学界？

——略谈《如焉@sars.com》

最近一本名为《如焉@sars.com》的小说，很为一些学者与媒体所推崇，章诒和说："六朝无文，惟陶渊明《归去来辞》而已；当代亦无文，惟胡发云《如焉》而已。"丁冬也说："回过头来看，2000年到2006年，中国哪一部小说能够成为历史上站得住脚的作品？我觉得，就是这一部。"傅国涌则指出："半个多世纪过去了，我们留下了什么？我们拥有了什么？在这样一种现实的文学大背景下，我们来读《如焉@sars.com》，才能真正意识到这部作品的意义，才会发自内心地为这部小说叫好。"据说在此书的研讨会上，还引发了所谓思想界"炮轰"文学界的事件。

但在我看来，《如焉@sars.com》根本算不上一部优秀的小说，如果以此书来抹煞新世纪以来、"当代"以来，甚至近代以来的文学，而将之奉为代表性的作品，那么不仅有些可笑，而且也是对"新文学"以来中国作家的一种伤害。

一　原型、现实与"思想性"

在《如焉@sars.com》中，最为论者所称道的是其"思想性"，而据说小说主人公之一卫老师的原型是李慎之先生，则尤为一些人所津津乐道，很多学者以此来阐发"自由主义"。

但在这里仍存在几个问题：首先，卫老师的原型是否李慎之？有人指出卫老师的原型并不是李慎之，而是曾卓先生，从小说文本的蛛丝马迹来看，后者的可能性也更大一些，如果考虑到小说创作的复杂性，那么卫老师的身上或许也会有李慎之的影子。但是，我们不能根据一本小说的艺术原型是谁，来判断它的思想性与艺术价值，也不能以对原型的赞扬来代替对作品的评价。如果一定要这样，那么一旦发现"原型"不是心目中的那个人，则未免会陷入尴尬的境地。

其次，小说的思想性究竟怎样？小说中最能代表思想性的人物，当属卫老师与达摩；而最能表达思想性的情节，当是"祝寿"一节中卫老师与达摩的对话。对话中，达摩问了两个问题："时隔大半个世纪，您对您年轻时的追求、奋斗，怎么看"；"许多年来，一直听到您对极左文艺、意识形态文艺的批评，可是您一唱起歌来，就是这些东西啊"。卫老师在回答中，结合自己的人生道路，对中国革命做出了反思。但在小说中，这样的反思并不深刻，它仍停留在"告别革命"的表态层次上，而缺乏对20世纪中国革命更为复杂的历史性、结构性的把握，因而难免失之于浅薄。《如焉@sars.com》能够涉及这一重大题材是很可贵的，但我们也不能因"题材"而将小说的价值无限制地拔高。

再次，如何看待"自由主义"？章诒和、丁冬、傅国涌、崔卫平、徐友渔、白桦、邓晓芒等学者对这一小说的看重，或许不仅仅在于小说本身，而在于小说所体现出来的一些"自由主义"气息。在这里，也有必要来简单谈一下对中国"自由主义"的看法：1."自由主义"不等于"自由"，后者是所有进步人类共同的追求，而"自由主义"则只是其中一个思想脉络，有时它也会走到"自由"的反面。2."自由主义"在政治上反对专制、主张宪政，在经济上主张私有制和市场经济，在文化上主张"西化"，这些主张在一定时期和一定范围内有其合理性，但若走到极端，则存在很多问题，比如反对专制不能以牺牲国家独立为代价，主张市场经济不能将市场原则扩大到社会生活的所有领域；文化上的"西化"不能是"全盘西化"，不能完全取消民族文化。如果超越了这一"底线"，"自由主义"也就堕落了。3."自由主义"本身具有阶级性，它所代表的只是中产或资产阶级的利益，它所要求的只是适合本阶层的"自由"，而不能将"自由"延伸到更广泛的阶层。

以《如焉@sars.com》为例，虽然也有不少论者赞扬小说"关注当下"、"面对现实",但小说所关注的现实是很狭窄的,在知识分子、网络、市政府、sars等话题之外,更广大的普通工人、农民、农民工等阶层并没有纳入到作者视野之中。在这个意义上,小说让茹嫣(一个送儿子出国读书后深感失落的中年女性)最先出场并成为主人公之一,并不是没有意义的,它所要追求的正是这一阶层的"自由"。

二　艺术层面的问题

如果说《如焉@sars.com》在思想上并没有什么突出之处,那么在艺术层面上同样如此,下面我们略做分析:

(一) 思想的艺术表达

即使思想本身不深刻,如果在艺术表达上能有独到、新颖之处,也不失为一部好的小说。但《如焉@sars.com》在思想的艺术表达上同样令人失望,小说中的"思想"完全是靠人物的对话来推动的,是很简单的问答,上述卫老师与达摩的对话是如此,后面"毛子"与达摩的对话也同样如此,这些对话与小说情节的推进、人物性格的塑造几乎完全没有关系,显得十分机械,干巴巴的。如果我们想想陀思妥耶夫斯基是如何将思想表达与情节、人物、氛围融合在一起的,或者想想加缪是怎样将哲学思考融化在故事与细节之中的,那么,对《如焉@sars.com》的评价或许就不会高得那么离谱了。

(二) 线索

小说中共有四条线索,即分别以茹嫣、达摩、卫老师、梁市长为中心展开的叙述。这四条线索相互交叉,展现了不同人的生活状态及其联系。这本是一个较好的构思,如果把握得好,可以立体地反映生活中的多个层面。但在小说中,这四条线索之间没有很好地交织在一起,形成一个艺术的"有机体",而是相互干扰、遮蔽,反而使一些有意义的思考被淹没了。比如,卫老师与达摩的对话、"毛子"与达摩的对话本应是"点睛之笔",在小说的叙事中却没有得到足够的强调。所以在某种意义上说,这部小说可以说是四个中篇小说的组合,只是还没有组合好。

（三）人物

有论者对小说中的人物塑造称赞有加，但无论卫老师、茹嫣，还是达摩、"毛子"，都只能说是类型化的人物，不具备独一无二的"这一个"的典型性。比如达摩，作为一个"民间思想者"应该是很有价值的，但在小说中，他似乎只是一个能在网上说一些"自由主义"的电器修理工，作者只是从主观意念来想象的，并没有将他的生活与思想联系起来做深入的考察，因而其形象是十分苍白的。"毛子"作为一个在学术机构中汲汲奔走的混子，也具有典型性，但他的故事在小说中都是"说出来"的，并没有在情节的推进中得到深刻、细致的刻画，难免显得干瘪。其实，就这两个人物而言，如果能扣紧他们的分歧和不同道路的选择，以及这一过程中的犹豫、彷徨、矛盾，应该会更有价值，但在小说中，他们却并没有形成真正意义上的"思想交锋"，这削弱了小说可能具有的思想深度。

（四）语言与心态

《如焉@sars.com》中的语言，也很为一些人赞扬，但我觉得它在语言上的成就并不突出，只能说介于精致与粗糙之间。而小说语言中所体现出来的一种"中年人的疲态"，会让人感到一些不舒服，在写到茹嫣的一些段落，这样的疲态加上"矫情"，尤为让人感到不满意。这里"中年人的疲态"，不是指小说主人公的年龄，而是在叙事中体现出来的看待周围世界的一种态度，毫无激情与发现，而只是被动而缓慢的"反应"，仿佛是在敷衍一样。

三 炮轰文学界？

尽管有以上种种不足，在当下的文学创作中，《如焉@sars.com》应该还算是一部不错的作品，至少它还在关心一些严肃而重要的话题，虽然在思考的深度、表达的艺术性等方面还有待提高。我们的批评者，如果不能客观地判断小说的成就与不足，只是一味地加以赞扬，那么不仅对"文学界"无益，对于小说的作者也是一种"捧杀"。

那么，我们该如何看待所谓"炮轰文学界"的事件呢？

首先应该说"炮轰"有其合理性，但也有对当下"文学界"认识不够的地方。80年代中期以后，"文学界"的确一度专注于形式探索与艺术创新，而忽略了文学与现实的关系、文学与思想学术的联系，但以2001年李陀《漫说"纯文学"》为标志，文学界也开始不断反思"纯文学"的弊端，开始在更深入的层面上探讨文学与现实的关系，而在这一过程中，也涌现了一些优秀的作品，如贾平凹的《秦腔》、林白的《妇女闲聊录》、曹征路的《那儿》、陈应松的《马嘶岭血案》、胡学文的《命案高悬》，等等，这些作品不仅回应现实中的问题，而且也以独到的艺术形式参与到了学界的讨论中来，如果我们认识不到文学界的"变化"，而一味地对过去的幻影加以"炮轰"，那是不公平的。

另一个问题是，拿什么来"炮轰"呢？很多学者是站在"自由主义"的立场上对文学界加以指责的，但"自由主义"并不代表"思想界"的全部，它只是思想界的一部分，并如我们上面所分析的，一旦走到极端，它就走到了"自由"的反面。现在一些自称为"自由主义"者，只会念一些自由主义顺口溜，却缺乏对历史与现实更深入的分析与把握，从而丧失了思想的锋芒与穿透力，以这样的思想去"炮轰"，那么难免会南辕北辙。

最后，"炮轰"的形式是否合理？思想的交锋应该是严肃、认真、激烈的探讨，而不应该以暴力或语言暴力的形式出现，在这个意义上来说，"炮轰"本身就是应该值得检讨的。如果说"炮轰"的说法不乏媒体炒作的因素，那么在学者自己的说法与文章中，也有着同样的逻辑。在上引对《如焉@sars.com》的评价中，章诒和、傅国涌就有"语言暴力"的倾向，他们是通过制造新的"空白论"，来提高这部小说的价值，在这里隐藏着与"文革"时同样的逻辑。"文革"时宣称从《国际歌》到"样板戏"之间是一段长长的空白，章诒和、傅国涌的说法何尝不是如此呢？他们只不过将肯定的对象变换了一下而已，却分享着同样的思维逻辑。

我想，作为《往事并不如烟》的作者，作为《笔底波澜：百年中国言论史的一种读法》的作者，章诒和、傅国涌二位先生是不愿看到这样的逻辑的，那么，我们是否也有必要反省一下自己的思想方法呢？

比艾滋病更可怕的……
——谈《丁庄梦》

90年代后期,河南一些地区因卖血而导致艾滋病大幅蔓延,引起了社会各界的广泛关注,这与2003年的"非典"一样,不仅显示了疾病对人类的危害,也表现出社会、人性本身所存在的问题。

阎连科今年推出的新作《丁庄梦》,即以河南艾滋病的爆发为题材,写了一个村庄怎样卖血,怎样因卖血而染上艾滋病,艾滋病人又如何生活的故事。之所以选择这样的题材,与阎连科出身河南有关,切身的观察与体验无疑刺激了他的灵感,但也与阎连科理解与思考世界的角度相关,他总是从疾病的角度,从具体的人与事出发,以隐喻的方式在总体上透视和把握社会、人类,《日光流年》如此,《受活》如此,《丁庄梦》也是如此。

但《丁庄梦》也有所不同。如果说《日光流年》中的喉病与《受活》中的残疾是抽象的,是作家表达思考的一种方式,只在寓言的层次上有意义,那么《丁庄梦》中的艾滋病,因其现实存在的社会背景,便既有深刻的现实意义,也有较为深远的寓意,在多个层面上结合起来,推进了作家对苦难的思考。有人曾批评《受活》是超现实主义的"狂想",那么在《丁庄梦》中,阎连科则紧紧地扎根于真实的苦难,写出了现实中的喜怒哀乐,同时也写出了作家更为深远的忧思。

艾滋病是人类的重大灾难,如何去写这样一个题材,是对作家的一个考验。在人们通常的印象中,艾滋病是与性、与发达国家,或大城市里某些亚文化群体联系在一起的。但在中国,它通过卖血这一渠道,延伸到了广大贫穷、落后的农村,农民的无辜与对这种疾病的无知、面对疾病的无力，无疑更加深了整个事件的悲剧性。而艾滋病在农村的传播与蔓延，在一个个生死考验的关头，也更凸现出了农村中所存在的种种矛盾，这里既有传统文明的痼疾，也有市场经济时代的弊端，当这些矛盾以一种极端的方式呈现出来的时候，便不能不令人瞠目结舌了。而作者的可贵之处也就在于，他并没有为艾滋病而写艾滋病，而是通过艾滋病来写农村，或者说是以农村的现实逻辑来写艾滋病，这样便避免了空想与臆造，而写出了他对艾滋病与农村的真实想法，既有现实感，也有尖锐性，这是贴着大地在写，也是这部小说较之《日光流年》、《受活》更胜一筹的地方。

小说给我们描述了一个死亡之村："死，每天都在各家的门口摇晃着，如飞来飞去的蚊，往谁家拐个弯，谁家就会染热病，就会在三几个月的日子里，有人死在床上去。"

而整个故事也就在这样的背景下展开，小说以死去的"我"进行叙事，以"我"爷爷、爹和叔叔的故事为核心，写到了整个村庄在艾滋病爆发前后的事情。"我"爹丁辉是一个血头，先从卖血中谋得暴利，在村里人染上艾滋病后，又靠卖棺材大发其财，被村里人恨得要死；"我叔"本来帮"我爹"卖血，后来也染上了艾滋病，开始一门心思将艾滋病传染给"我婶"，后来又冲破种种障碍，在死前与另一个女病人玲玲结了婚；"我爷"是村庄里最有文化的人，也是唯一能有所思考、并为改善病人状况而努力的人，但他的努力既为儿子所轻视，也被村里人误解，在小说的最后，为求得良心上的安宁、解除对村里人的愧疚，他亲手打死了自己的儿子丁辉。而不久后，随着疾病的大爆发，村里人死的死，离开的离开，整个村庄也就荒无人烟了。

小说还写到了其他的故事：根宝得了热病，要娶一个没有得病的姑娘，全村人都替他隐瞒病情；有的病人在上交给自己吃的粮食里掺砖头、石块，生怕自己占不到便宜，没掺的人则后悔不迭；还有的病人，在死亡的威胁面前竟然还偷病友的东西，病人贾根柱和丁跃进恩将仇报，费尽心机从"我爷"手中夺走村委会公章，有了公章，他们便瓜分了小学的课桌椅，砍完了村子里的大小树木，从上级政府领来钱款和粮食自己享受，等等。

整个小说为我们展示了一幅人间地狱的悲惨景象，而之所以如此，并非仅仅是因为艾滋病,更是由于现实与人性的险恶,这比艾滋病更加可怕,对此我们可以从不同的层面加以讨论。

首先,是地方官员为了政绩,发展地方经济,想起了卖血这一途径,在这一过程中,不考虑村民的利益,千方百计想办法卖血,完全没有想到会造成的后果。到丁庄来动员卖血的是教育局长,"全县各局、各委都到下边动员农民卖血呢,教育局分了五十个动员村,我这一到丁庄还没有动员几句就碰上钉子啦"。此后他采取了两手,一是带领村民到卖血先进村上杨庄参观,二是利用"我爷"在村里的威望,逼他动员全村村民。这两手很快奏了效,"丁庄轰的一声卖疯了。……庄子里到处都是挂着如藤如蔓、流着血的塑料管和红葡萄似的血浆瓶。到处都是扔的消毒棉球和废针头"。而到艾滋病开始蔓延的时候,这位教育局长已升为了县长,也没为此受到任何处罚。可以说对权力的追逐,是造成这一悲剧的重要成因。

不仅领导如此,在村民中也是这样。上述贾根柱和丁跃进争夺公章的事情,可以作为一个例子,到后来,他们之间又为公章给谁陪葬产生了争执,临死前的念念不忘,显示了他们深层意识中对权力的看重,这既源于他们受压迫的事实,而他们自身也受到了扭曲。在小说中,作者对村民的权力意识有着精彩的揭示,但对领导的责任却仅只是提到而已,这虽有所谓深刻的片面,却也将更为重要的问题轻轻放过了。

其次,是对金钱与物质利益的看重。在卖血大潮中,涌现出了丁辉这样独霸一方的血头,他们巧言令色,借助权力巧取豪夺,从血浆生意中敲骨吸髓。在卖血时,他欺骗村民多抽他们的血,还用一根棉棒给多个人消毒,这是疾病传染的一个重要途径。而到艾滋病爆发后,他们又从棺材生意上,从政府对病人的补贴中获利,无所不用其极。到最后他离开村庄,搬到了城里,住在仿古四合院里,吃的是人参鱼翅,屋子里堆满钞票。小说通过丁辉这一形象的塑造,揭示出了这些黑心人在整个事件中的恶劣影响,为了钱,他们不顾村民,不顾亲人,也不顾自己的脸面,良知和廉耻都被踩到了脚下,完全破坏了农村中的优良传统,这是新兴资产者的绝妙肖像。

最后还有村民的贫穷与无知。很多人都是因无知而卖血,最后染上艾滋病的。小说中的玲玲是因为"想买一瓶洗头膏"而卖血、染病的,而以前的村长不想去卖血,他的媳妇便在街上当众骂他:"都是因为你和骟了的男人样,连一瓶血都不敢卖。连半瓶血都不敢卖。连一滴血都不敢卖。血都不敢卖,你说你还算个男人吗?"小说中关于这方面的渲染还有很多,显然是作者思考的一个重要向度,这可以说延续了鲁迅"哀其不幸,怒其不争"的国民性批判。但囿于国民性或人性批判的思考框架,而没有在更为具体的政治、经济脉络中展开,也不能不说是这部小说的一个缺憾。

余华也曾以卖血为题材写作过《许三观卖血记》,但在那里,卖血只是一种隐喻,写的是许三观以卖血拯救家庭、与命运抗争的故事,基调是悲惨中的温和。而阎连科的《丁庄梦》则在现实与隐喻的交织中,表达了对艾滋病蔓延的观察与思考,他的故事更真实,更复杂,也更为悲惨。《丁庄梦》的宣传语中说"这是一部堪与加缪的《鼠疫》、笛福的《大疫年纪事》等名著相媲美的长篇力作"。能否与这两部名著相媲美,也许现在还不能断言,但至少它让我们看到了现实中的残酷一面和作者的关切之情,尽管它在艺术层面上也有一些问题,比如结构较为混杂、方言的刻意使用等,不过相对于小说中令人震惊的场景,这些或许不那么重要了。

《风雅颂》读后,或一种批判

今天看完了阎连科的《风雅颂》,觉得是一部很差的小说,不知道为什么现在的"著名作家"总会让人失望,或许是他们太限于自己的主观世界了,或者是他们的生活与思想离当下太远了,阎连科的《丁庄梦》我还比较喜欢,虽然少不了"炫技"的毛病,但总还有些东西让人思考与感受,不知这部小说怎么会这样。1980年代成名的中国"知名"作家,曾经让我们多么激动与喜爱,但这几年好像陷入了谁比谁更差的比赛之中,能够不让人失望的只有那么两三个,真是一个"偶像的黄昏"。

这部小说写的是燕清大学一个教授杨科的故事,作者想从中反映当下知识分子的堕落,这是一个不错的主题,但作者写得很别扭,看了让人很不舒服。

1. 作者对大学与文化界的情况及其运作机制很不了解,但装作一副了然于心的样子,又施之于猛烈的批评,批评得很不到点子上,隔靴搔痒,让人看了觉得有些可笑。小说还堂而皇之地影射北大,批评北大当然可以,不少人包括我对北大也很不满,但像他这样无中生有地搞"影射",却是批错了地方,又用力过猛。这应该是犯了写作的大忌,没有"贴着生活写"、"贴着人物写",反而将自己的臆想当作了批评的对象。李陀、陈晓明对阎连科的小说一向都评价比较高,不知他们看了这部写大学与文化界的小说,会有一个什么评价?

2. 小说批评的一个角度是与女性的关系,他对大学里的男女关系有所不满,但写县城里一个男人与十二个女孩在一起时又津津乐道(但似乎又强调他道德的"纯洁性"),结尾处又写了一种理想国式的男女混居生活,不知他对男女关系究竟持一种什么态度?好像是既批判又向往的样子。现实中大学里的男女关系当然有不少不堪的,新闻中曝光的就有很多,但具体在现实中似乎不是这么简单,而作者一方面对其生活逻辑没有了解,二则还要以自己模糊、暧昧的态度作为一条主线,不知他通过这方面的描述要达到批判,还是别的什么目的?而最要命的是,他的描述本身也不是很到位,在这方面,《桃李》虽然不算特别出色,但起码对大学里的生态有一个整体上的把握。从性的角度,去批判或去赞扬都可以,哪怕像李银河一样,至少是比较清晰的,但这部小说却没有自己的主见。

3. 小说主人公的形象比较混杂,他将一个出身农家的大学生,与一个大学里的教授,很简单地混同在一起了,其中没有过渡,所以他写的大学生仿佛有教授的能力,而教授也像大学生一样简单。作者没有触及主人公最重要的人际关系,比如他的同学、他的父母、他的同事,等等,在这样的抽象中,小说就很飘,人物形象也很模糊,整个作品也就缺乏根基。

4. 对农村、县城的描写是小说中比较成功的一面,但作者的表现太简单了,以一种寓言式的夸张手法来写,线条比较粗,没有深入到生活的内在面,比如主人公与初恋情人的关系、小姐与嫖客的关系,等等,有很多点可以挖掘,但作者似乎也没有耐心潜下来,只是以猎奇式的方式来展示奇观,而这种"奇观",如十二个女孩那一幕等,是出于作者一种观念的、夸张的描述,并没有太多现实的亲和感,也没有多少艺术上的需要,这就比较要命了。最近看百家讲坛上周汝昌先生谈《水浒》、《三国》的不足,也主要是说它们太"粗",没有深入到人物的生活与内心里面,这部小说离这两部名著自然差得很远,但却继承了它们的缺点。另外,这一部分也并没有与全篇合成一个整体。

5. 《儒林外史》、《围城》、《洗澡》、《废都》等对不同时代知识分子的描述,是可信的,在可信之上又都有自己的特色,既有时代的特色,也各有艺术上的特色,国外的如《小世界》、《赫索格》等也都对知识分子的生活与世界有着深入的把握,更不用说陀思妥耶夫斯基等人那样能将笔触深入到人的意识深处的作家了,这部小说虽然触及知识分子,但却可以说对知识分子是比较隔膜的,是以一种外在的、俗气的方式来描写的。

小说中一个比较好的构思,是发现了《诗经》被删去的二百首,但这一个"达芬奇密码"式的想法，在小说中却并没有起到什么大的作用，而小说中对学术著作出版与影响的描写，更是臆想，至于小说全篇以诗经各篇的名字命名，除了噱头之外，似乎没有别的什么，如果有人也将这说成是"创新"，那就太表面化了。

　　对于阎连科或者更多的知名作家来说，现在要做的似乎是踏下心来，认真观察与思考，用心去写作，但是他们做得往往相反（这部小说中常识性的错误也有很多，不一一列举），这样走下去，除了透支自己的名声，别的还有什么呢？任何有文学抱负的人，都应该认真想一想，自己的写作对自己、对文学、对中国有什么意义？而对阎连科和80年代以来的知名作家来说，他们缺乏的不是写作能力（这些在他们以前的写作中已经证明了），而是对待生活与文学的态度：是真诚的还是敷衍的，是扎实的还是漂浮的？——这将最终决定他们是否能够在文学史，以及当前的世界文学上占有一席之地。

从《不食》谈鲁敏近期的创作倾向

鲁敏近期的小说《铁血信鸽》、《惹尘埃》、《不食》等，呈现出了一种值得关注的倾向，那就是作家试图摆脱过去的创作路数与圆熟的创作技巧，另辟蹊径，更直接地切入我们这个时代最引人注目的问题，但是另一方面，作家尚未寻找到一种新的表达方式，在处理题材时，会让人感到某种程度上的生硬，这在很大程度上削弱了作品的艺术表现力。这一问题在鲁敏近期的创作中有较为明显的表现，这一方面说明了她试图更加贴近我们这个时代，同时也显示了她在艺术上还在摸索的过程中，并没有在新的层次上达到圆熟。鲁敏的创作是具有症候性的，我们可以《不食》为例，来具体谈谈这一问题。

《不食》以一个爱情故事的框架，向我们讲述的是当前的食品安全问题。小说的主人公秦邑是一个"怪人"，他不吃所谓正常的食物，吃的是"各种叫不出名字的花或茎条，林中掉落的松壳，无人认领的旧船桨，芦苇，枯萎的荷叶，农家灶下用作燃料的黄豆荚……"而之所以如此，是他要尝到事物本来的味道，而这又与他对当下食物的深刻认识与绝望有关，小说以倾慕他的女孩刘念的视角，讲述了他从一个正常人转变为"怪人"的心路历程，以及他的怪癖在生活中的孤立无援，故事的最后，他在众人的胁迫下，终于破戒啃了一块大骨头，而在第二天却去自杀，未遂，成了植物人。

小说向我们展示的是当前食品所存在的各种问题，这些问题在新闻报道中让我们触目惊心，但是这样的社会现实如何进入小说，如何成为艺术表现的对象，对于作家来说，却是一个值得思考的问题。鲁敏所采取的办法是塑造了一个"怪人"，以他的怪癖与所谓正常人的生活进行对比，让我们看到所谓正常的食物是多么荒谬、可怕，而与之相反，"怪人"本身反而是一种正常的行为。在这个意义上，"怪人"的存在是对社会现实的一种有力批判，而他最后的结局，也象征性地成为了梗在这个时代生活中的一根刺，向我们昭示着这个时代本身的荒谬。小说的本意是如此，但在具体的写作过程中，作者却并没有寻找到更加形象有力的表达方式，小说的主人公除了"怪癖"之外，没有具体可感的血肉与体温，或者说这个人物的存在更多的是来自作者的理念，来自结构故事的需要，而不是来自现实生活。这样，在他身上，我们就"感受"不到生活的气息。不仅秦邑是这样，刘念也是这样，小说中的"我们"也是这样，小说中写到："我们是谁？我们与刘念是什么关系？其实，嗯，我们不是固定的谁，也谈不上多么了不起，但大体可算是有鼻子有眼、乖顺而上进的人物，在任何一道由社会提供的选择题上，我们都会结结实实、毫不犹豫地站在绝大多数那一边。"这里的人物都是类型化的，是面目模糊的，是作者出于编织故事的需要而制造出来的，所以并不具有真正的生命力，也无法让读者接受与认同。因而，在小说中所突显出来的，便是作者对食物安全问题的各种罗列，这些问题虽然很重要，但并没有化为小说的内在脉络与血肉，在阅读时便会让读者感到生硬与不自然。

在文学史上，"莎士比亚化"和"席勒化"是经常讨论的一个命题，所谓"席勒化"是指作者并不是将自己的思想融化在故事与人物中，自然而然地呈现出来，而是以主观的观念规定着人物塑造与故事的进展，将作者的倾向性强加给小说人物与读者，这样的创作方式只是作家个人思想的"传声筒"，而并没有从更为丰富复杂的生活中汲取营养，也没有表现出一个丰饶的世界。在这个意义上，我们可以说鲁敏近期的创作有一些"席勒化"的倾向，但同时我们需要指出的是，我们应该对她直面现实的姿态表示肯定，这在很多作家那里仍然成为问题，而鲁敏已经走出了她的新一步，我们希望她在直面现实的过程中，能够寻找到更加形象有力的艺术方式，从而可以写出更加成熟饱满的作品，也可以更深地切入我们这个时代。

（原载《小说选刊》，2011年第12期）

艺术如何切入现实与内心？
——读胡性能的《下野石手记》

  胡性能的《下野石手记》是一篇构思精巧的小说，小说写的是知青下乡的故事，但在语言与叙述方式上却有很多新的美学元素，令人耳目一新。小说的叙述角度颇为别致，小说是以记梦的方式展开的，即小说中所写的内容都是主人公"我"的梦境的记录，这便让小说讲述的故事与"现实"拉开了第一重距离；同时，这些梦境又是"我"在不同时期记录下来的，从1970年代末，一直到新世纪初，这些不同时期的梦境记录相互交错与穿插，围绕故事的主线，以一种混杂的方式排列在一起，时间上的参差让小说与"现实"拉开了第二重距离；在小说的正文中，所有的故事都是以追忆的方式讲述的，即在小说中，讲述故事的时间与故事发生的时间有一段距离，所有的讲述都是事后的回忆，带有后设的视角与回忆的色调，这便让小说中的故事与"现实"拉开了第三重距离。

  在如此繁复精巧的构思之下，作者给我们讲述了这样一个故事：下乡知青海青爱上了女知青小美，两个人两情相悦，而小美被乡村势力所霸占，不堪侮辱自杀身亡，海青杀死了情敌，最终被枪决（或逃走）；"我"是海青的告密者，后来考上大学离开了下野石，但总是在梦境中回到那个地方，多年之后，"我"再次回到那里，发现下野石已经成为了一片荒地，原来前几年这里发生瘟疫，所有的人都走了，只留下了一个人在山上放羊……小说中的所有细节都表征着那个特定年代：下乡、劳动、打架、语录、女知青、村会计、背字典、麦场、露天电影、回城、走后门，所有这一切都饱含着一代人的记忆和悲欢。

小说的语言清新而细腻，并不乏奇思妙想，比如："有一会，我看见了雨停留在空中，它们像被施了魔法，突然停止了下落，失去了速度。停在空中的雨滴，颗粒圆润，饱满，看上去晶莹剔透，如同一面面小小的镜子，我在里面看见了自己的脸。"这一段简短的叙述化生活中的不可能为艺术上的"可能"，充满了奇趣与想象力，让我们看到了作者不凡的艺术才华。

　　我们可以在"先锋文学"和"知青文学"的脉络中来理解这篇小说。这篇小说结构的精巧、叙述的讲究，对梦境的迷恋与出色运用，以及对真相的多种可能性的表现，无疑可以在"先锋文学"中找到影子，但与"先锋文学"执著于抽象主题的思辨不同，这篇小说更着重于具体历史事件的书写，它对先锋小说的借鉴仅限于形式与技巧的层面，并在这一方面达到了相当出色的成就，为我们创造出了一个繁复而精巧的艺术文本。如果在"知青文学"的脉络中来看这篇小说，我们可以看到两个方面：这篇小说在艺术上无疑颇为精巧细致，但另一方面，它所表达的经验并未超出"知青文学"的成规，即与1980年代以来的"知青文学"相比，这篇小说并未提供新鲜的视角与故事，它只不过是以"先锋文学"的方式写了一篇"知青文学"的故事而已。小说中"我"再次回到下野石，本来可以打开一个重新认识历史与现实的空间，但作者却轻轻放过了。

　　在这里，我们可以看到一个有意思的现象，艺术上的精巧熟练与思想上的陈旧保守竟然共存于同一篇作品之中，艺术本来应该深刻地切入历史与现实，启发我们的思考，但是在这里，它却只不过重复了1980年代的普通观念，而并没有提供新鲜的或与众不同的想法，在这个意义上，艺术上的精美纯熟只不过成了掩饰思想苍白的道具，因而并不具备真正的生命力。而之所以如此，乃在于作者并未将个人的体验与思考真正融入作品之中，而只是以某种固有的艺术观念对题材加以剪裁，按照既有的想象方式去把握历史，放弃了个人的独特感悟与发现，因而只能流于普通。《下野石手记》所反映出来的问题是具有普遍意义的，相对于其他作品，这篇小说在艺术上的表现可圈可点，但是正因为如此，它在思想上的苍白尤为令人可惜，这也启发我们去思考：艺术如何才能深刻地切入现实与内心，而不是以审美的方式逃避思考？我们能否以艺术的方式表达我们独特的生命体验，我们的小说应该如何保持艺术与思想上的平衡？——我想，对这些问题的思考与争鸣，将会为我们的文学打开一个新的艺术空间。

（原载《小说选刊》，2011年第9期）

谁是"你们",谁是"我们"?
——读姚鄂梅的《你们》

姚鄂梅的《你们》讲述了一个曲折离奇的故事:"我"是城市里一个中年女性精英,有一个安稳的工作和家庭,出于好心帮助来租房的青年人高锐,很快"我"与高锐发展出了超越房主与租客的关系,不仅因为高锐很像"我"早逝的弟弟,而且因为他是一个积极上进的年轻人,他们以"姐弟"相称,并且不无男女间的暧昧色彩。但不久之后,"我"却发现高锐在不少事情上欺骗"我","我"由此追寻,发现高锐是在有意识地利用"我",他接近"我"是有目的的,不仅利用"我"的好感免去了房租,而且利用"我"同事大柳的好心,让他的女儿进入了城里人都很难进的实验小学,不仅利用"我"为他自己谋利,而且利用"我"为一个他认识的怀孕的女孩谋利。我在得知这些事实后分外生气,但是当我了解高锐从农村到城市艰难打拼的生活之后,对他也有了一些谅解,意外的是,在"我"与大柳竞争一个职位时,高锐竟然以出人意料的方式帮助了"我","我"对高锐的感觉很复杂,但是不再来往了。很久之后,在一个偶然的场合,我发现他也在以同样的方式利用像"我"这样的女人……

小说从"我"的视角,讲述了高锐这样的底层青年在城市打拼的历程,整个故事颇为曲折,如层层剥笋一般渐次展开,直到最后才让我们看到了事实的真相,小说也塑造出了高锐这样一个丰富复杂的人物,他来自农村,想通过个人奋斗在城市里立足,他的积极上进让人敬佩与同情,但是他采取的手段则让人感到不齿,这样一个人物让人既爱又恨,既欣赏又不敢接近,既理解又无法接受,小说充分写出了这个人物的复杂性,以及

"我"面对这个人物的复杂心理,在艺术上取得了较大的成功。

更重要的是,小说让我们看到了这个社会的"断裂",也即小说中"我"的世界与高锐的世界之间巨大的鸿沟,对于"我"来说,不仅在城里拥有令人羡慕的工作、家庭、住房,而且拥有广泛的社会资源,可以做自己想做的任何事情。而对于高锐来说,这个世界是向他关闭的,他只能通过自己的努力去为自己争取,而且在可预见的未来之内,他永远也无法进入这样的世界。在这里我们可以看到,小说所展现的是两个世界:"我"的精英世界与高锐的底层世界,或者是"我们"的世界与"你们"的世界。这两个世界之间的联系是脆弱的,唯一的联系可以说是小说中所表现出来的"我"的爱心,但这样的"爱心"是微弱的,它无法弥补这两个世界的距离,也无法安抚高锐躁动不安的心灵。

在文学史上,描述底层青年自我奋斗的作品有很多,司汤达的《红与黑》可以说是一部经典,小说中的于连也是通过与女性的关系"向上爬"的典型,在这个意义上,《你们》所写的也是一个"红与黑"的故事,而隐藏在小说中没有展开的那个怀孕女孩的故事,则是一个"嘉莉妹妹"的故事——一个乡村女孩向往城市,在城市中不断堕落的故事。但是与《红与黑》与《嘉莉妹妹》不同的是,《你们》并没有展示出批判现实主义的锋芒,小说中虽然有对高锐的同情,但这种同情是站在"我"的立场上对"你们"的同情,而并没有质疑"我"的世界的合理性,也没有怀疑整个世界划分为"我们"的世界与"你们"的世界的合理性,所以小说的视角是以"我"的角度来看待"你们"的,虽然小说中充满了对"你们"的同情,但同时,小说中呈现出来的"你们"也是道德堕落的,不择手段的,惟利是图的,而这,或许只是来自"我"的视角的偏见。在这个意义上,这篇小说虽然触及了当今社会的核心问题,也接近了经典作品的批判视野,但却因为缺乏整体把握现实和自我反思的能力,而无法具备更加深入现实与打动人心的艺术力量。

在艺术上,小说的故事虽然曲折,但是过多戏剧性的细节也削弱了本应具有的力量,比如大柳早年拒绝借钱的那个孩子正是高锐,高锐帮"我"在竞争中战胜了大柳,高锐最初接近"我"就是一个早有预谋的策划,等等，这些情节安排显得有些刻意，作者苦心经营的痕迹太重，读起来更像一个"故事"，而不是来自生活本身的一种"自然"，这虽然显示了作者编织故事的能力，在思想与艺术方面反而失去了本真的力量。

（原载《小说选刊》，2011年第6期）

颠覆"白毛女"?
——读严歌苓的《第九个寡妇》

读完严歌苓的《第九个寡妇》,想到了两部作品和一个故事。两部作品,一个是家喻户晓的《白毛女》,另一个是前南斯拉夫导演库斯图里卡的影片《地下》。故事是美国侵占伊拉克时的一则新闻,说一个伊拉克人得罪了萨达姆,在夹壁里生活了多年,直到萨达姆政权被推翻后,才从夹壁中走出来,过上了正常人的生活。

想到这两部作品和这个新闻,是因为《第九个寡妇》也讲述了一个类似的故事:在解放后的镇反期间,错划为恶霸地主而被判死刑的孙怀清,执行时侥幸未死,被儿媳妇王葡萄藏匿于干红薯窖中二十多年,直到改革开放后,才走出地窖,但这时他已经须发皆白,奄奄一息了。小说以这一故事为主要线索,结合王葡萄"作为寡妇以强烈情欲与不同男人偷欢"的故事,重点塑造了王葡萄、孙怀清等人物形象。小说中的王葡萄,是一个忍辱负重,而又单纯执著的人物,有论者称其以"浑然不分的仁爱与包容一切的宽厚超越了人世间的一切利害之争"。孙怀清则勤劳善良、足智多谋,既是一位值得尊重的老人(他在村里被尊称为"二大"),也是一位无辜的受难者,在他身上凝聚了中华民族的诸多传统美德。

地窖与夹壁不过是一个隐喻,它通过对另一空间的生存状况的揭示,指出现实空间的非正义性,从而为历史的转折提供了合法性的基础。在不同的编码系统中,地窖可以被赋予不同的意义。在上述新闻中,便可以读解出对萨达姆政权的仇恨与对美军的热爱,而在《地下》中,则以一种喜剧的方式描绘了南斯拉夫从1941年至1995年的曲折历史。《白毛女》

和《第九个寡妇》也是如此。

《第九个寡妇》可以说是翻转了《白毛女》的故事,如果说《白毛女》讲的是"旧社会使人变成鬼,新社会使鬼变成人"的故事,那么《第九个寡妇》则可以说讲的是"革命使人变成鬼,改革使鬼变成人"的故事。不过这里的两种"人"是并不相同的,《白毛女》里的是喜儿、大春、杨白劳这样贫苦农民;而在《第九个寡妇》中,指的则是地主兼小业主孙怀清,在小说中,他重复了喜儿由鬼变人的命运,而王葡萄作为另一个意义上的喜儿(被地主家收养、欺凌的童养媳),反过来拯救了他,这使小说在多重意义上对《白毛女》构成了反讽与解构。

陈思和先生在此书的"跋语"中,以"慈母/大王"、"民间/政治"的二分法来把握与分析这篇小说,并在《古船》、《白鹿原》的文学史脉络上给予了高度肯定。有意思的是,在一篇论述《白毛女》的文章中,孟悦也以民间与政治的视角来分析,她认为在《白毛女》最初的歌剧剧本中,政治的合法性正是建立在民间伦理的合法性基础之上的,正是因为保障了民间伦理的逻辑,共产党才得到了民心,获得了力量。如果以这样的角度来看,《第九个寡妇》中民间伦理的合法性,也论证了孙怀清的"政治"的合法性,在这里他无疑代表的是一种地主的立场。如果仍在《古船》、《白鹿原》的脉络中来讨论,我们可以发现,新时期以来的文学史,也就是"地主"翻身的历史,他们从剥削、压迫者,一变而成了中华民族优良传统的化身。地主在文学中翻身当家做主人,现实中农民则饱受压迫,其中可以说有着密切的关系,在这个意义上,《第九个寡妇》可以看作不同阶层在时代中命运翻转的寓言

小说对以往的历史进行了重述,对以往的历史观也做了颠覆,在其视野中,1950—1970年代是对象征着勤劳、善良、正义的"二大"加以镇压,使其在地下"变成鬼"、无法见到天日的时期,也是蔡琥珀、春喜等人不近人情地搞"合作化"的时期,小说同情与关怀的对象,与以往描写这一时期农村题材的小说完全相反。作者同情的对象,用过去的话说,是"地主"孙怀清和"落后群众"王葡萄,而在《三里湾》、《创业史》、《艳阳天》等经典作品中,这些恰恰是被批判、争取的对象,这些作品用大量

篇幅赞扬的是农村中的"新人",在梁生宝、萧长春等人身上寄予了农村的希望。

有意思的是,不仅《第九个寡妇》对这段历史进行了翻转,近期出现的一些其他作品也是如此,阎连科的《受活》以受活庄要退出"人民公社"为结构,莫言的《生死疲劳》则以蓝脸一根筋地坚持单干为主要线索。这些作品描写的同样是 1950—1970 年代的农村,但与《三里湾》等作品相比,呈现出了不同的特色。

其一,是不以认同、赞扬的态度来描写农业"合作化"和这段历史,而是大体持否定、讽刺的态度。这样的态度反映了人们对"合作化"的认识。改革开放后,随着"土地承包"的实行,否定合作化、赞扬"土地承包"成为了一种潮流,也成了 80 年代的一种主流意识形态。但在这里存在着两个问题,一是"土地承包"并非是对"合作化"的完全否定,而是对合作化的继承与改造。土地承包与"单干"所坚持的土地私有化不同,是建立在土地的集体所有制基础上的,而土地的集体所有正是"合作化"的重要成果,它打破了小农一家一户的小生产模式,同时土地的定期调整,也为避免贫富分化、保持社会安定提供了保障;另一方面,90 年代中期以来,"土地承包"政策也遇到了很多新的问题,比如,在市场经济条件下一家一户的农民如何去与全球化的市场交易的问题;在大量农民工进城的情况下,农村土地撂荒的问题等等。解决这些问题,"合作化"的历史经验值得汲取,目前在河南、山东、东北都有新型的农村"合作组织",重新探讨合作的可能性。在此情况下,对"合作化"的简单否定,如果不是思想懒惰,就是并非严肃地对待这一问题。

其二,这些小说大多并非现实主义的,而采取了更多样的艺术形式与技巧。比如《受活》被称为"超现实主义的狂想",《生死疲劳》被认为是东方式的魔幻现实主义等等。《第九个寡妇》具有更多现实主义的因素,但小说以故事性见长,更接近通俗小说。如果我们以对历史、现实的深刻理解与把握来衡量,那么这些作品,在总体艺术成就上并没有超过《三里湾》、《创业史》与《艳阳天》。后面这三部作品,虽然也有主流意识形态的规约,但透过这一限制,我们能看到当时农村中不同阶层的心态和社会的思想文化氛围，它们所塑造出的一些人物，如王金生与范登高，如梁生宝与梁三老汉，如萧长春与弯弯绕、滚刀肉等等，既有时代的精神内涵，也有对民间文化、农民心理的深入了解。而《受活》、《生死疲劳》等作品，大多是从一个既定的理念出发，又没有对农村具体、生动的描绘，主题和人物都是主观化的，无法呈现出农村丰富、复杂的情景。自然，相对于现实主义的单一，"狂想"与魔幻现实主义在艺术上也显得比较多样，但手法上的翻新并不能掩盖其艺术上的苍白。

  严歌苓的小说，多以结构精巧，善于描摹女性心理著称，这在《白蛇》、《扶桑》、《少女小渔》、《天浴》、《吴川是个黄女孩》等作品中都有所体现，但她近年来描写大陆题材的作品，如《天浴》、《第九个寡妇》，想法却似乎一直停留在 80 年代，对变化中的中国并没有思想与艺术上的敏感，这与她对海外移民题材的细致把握有着显著不同，之所以如此，或许是由于作家久居海外，对祖国的变化并无切身感受吧。

乔叶的"化学反应"

乔叶的《失语症》，是一篇好看的小说。在小说中，我们可以看到一个婚外恋的故事，一个官场故事，一个"失语症"的故事，整个小说便是这三个故事"组合"起来的。这三个故事的组合，恰如化学实验中的不同物质，被置于同一语境中相互化合反应，从而产生新的物质和新的光彩。但遗憾的是，在这篇小说中，乔叶虽然将小说写得很好看，但却没有深入进去，只是蜻蜓点水般一掠而过，没有展现出这一化合本应具有的更富光彩的部分。

在《打火机》、《最慢的是活着》等小说中，我们可以看到乔叶最富魅力也是最擅长的，乃是对女性细腻心理的深入挖掘，《打火机》中余真的青春创伤与成年后在出轨边缘的矛盾与暧昧，《最慢的是活着》中祖孙两代女性不同生活态度的对比及其理解，都写得细致入微，曲尽其妙。《失语症》中的尤优也处于较为复杂的情感状态中，年轻时她离开了浪漫但"朝不保夕"的恋人程意，而与稳重且殷实的李确结婚，但在多年之后，在丈夫仕途顺利的时候，她渐渐感到了生活的空虚无聊，恰在此时，"发达"了的程意出现在她的面前，再一次向她表达爱意，于是尤优便处于一种矛盾的状态，一边是安稳而无聊的日子，丈夫与儿子，另一边是昔日的恋人，现实中可能的"浪漫"，她该何去何从？

到这里，小说已写到了人物内心的细腻与矛盾之处，按说应该层层推进，在不断的曲折中切近主人公更为丰富复杂的心理，像我们在《安娜·卡列尼娜》等小说中所看到的。但在《失语症》中，叙述的重心突然从"情感故事"转向了"官场故事"——李确意外地出了车祸，作为妻子的尤优在他的治疗过程中感受到了世态炎凉与官场的"潜规则"。就对社会与世态人情的冷眼观察来说，这一部分达到了相当的水准，尤其是对官场中人甚至一些亲人心态的把握，有一种令人悚然的真实感。但问题在于，在这一部分中，小说几乎完全回避了主人公内心的矛盾。应该说，面对一场突如其来的巨大灾难，尤优选择与丈夫完全站在一起，忘我地照料与安慰他，在道德或者艺术处理上，都是完全必要的，但在这一过程中，作者却回避了上述"情感故事"的内在逻辑，没有描述出主人公更为复杂而难堪的精神处境：她如何转变了对丈夫的态度，又如何转变了对程意的情感。在这个意义上，尤优与程意在旅馆的一场戏是必要的，但这已到故事的最后了，小说回避了更为丰富的可能性与心理过程，因而在阅读效果上，"情感故事"与"官场故事"便没有真正地化合在一起，而只是拼贴在一起，没有更深入的推进。

"失语症"在小说中是一个具有象征性的符号，表面上是指李确所患的这种疾病让他难以参与官场竞争，在深层的意义上则是指，面对刚刚恢复健康的丈夫和刚刚恢复正常的家庭生活，处于情感纠葛中的尤优，不知是否应该或者如何提起离婚的话题，因而处于极为矛盾与困惑的"失语"状态。小说的结尾部分，将尤优的这一困惑较为充分地表达了出来，她对丈夫的愧疚与冲出围城的冲动，她对程意的依赖感，尤其涉及了她对程意的爱情与"诚意"的质疑，以及尽管质疑仍愿投入的矛盾，描述出了一种深刻而细腻的悖反心理。但如果我们做更为细致的分析，便可以发现，"失语症"的故事仍是一种拼贴，它的双重寓意是分裂的，并没有真正弥合情感故事与官场故事的裂痕，而是以一种"升华"的方式巧妙地避开了对现实的深刻追问。

我们可以看到，每一个故事乔叶都能讲得很好，但她似乎缺乏将每一个故事逐渐推向深入的愿望或能力，而只有这样，才能真正地逼近乃至切入主人公的内心世界。"组合"也是推进故事的一种方式，但应如化学反应一样，两种最易燃烧的氢和氧，化合出来的却是水；金刚石和碳的分子式一样，但经过不同的组合，却能焕发出异样的光彩，小说中不同元素的组合，也应该带给我们新的感受与新的体验。

（原载《小说选刊》，2009 年第 10 期）

王蒙的"编织术"

王蒙先生的小说《岑寂的花园》，以花园及其主人的故事为核心，用不同人的叙述或想象编织出一种纷纭复杂的画面。小说引人注目的有两点，一是小说的中心内容是一个"造反派"的忏悔故事，这样的故事延续了王蒙对"十七年"、"文革"的持续关注，嵌入了作者对历史与现实的思考；二是小说的叙述方式，小说的结构是拼贴式的，以一种"编织"的方式，将不同的叙述段落、不同的叙述方式——画面、小说、诗歌、戏剧——连接起来，相互补充，形成一种参差的叙述结构。

这些错落的故事可以大体勾勒出一条线索：一个"造反派"殴打老师致死而受到良心的谴责，下乡时，他与一位不忍心打老师而现在受辱的女知青结婚，"文革"后他辞去颇有前途的公职，下海并致富，女知青离他而去，他独自抚养她的孩子，最终他与老师的女儿"相识并且成为热恋的一对"。这样的故事延续了新时期以来关于"造反派"、"知青"的主流叙述，并没有太多新意，他只是将故事的时间拖到了更新的时期，但并没有对历史或现实的新思考，所不同的或许还有，以上的"故事"是出于不同人的叙述或想象，而为作者所"编织"起来的，也就是说，这个支离破碎的故事对于作者来说并不重要，重要的不是"写什么"而是"怎么写"，作者的侧重点明显在于后者。

小说中作者的直接叙述很有限，一座豪华而岑寂的花园是故事的出发点，对花园主人的猜测与想象是故事的主体，这些猜测由以下元素构成：一位女画家的油画，"一位据说是写过很红的小说从而退了学的青年才女"的小说，小说中写到的戏剧，画家女儿的诗歌，等等。这些元素构成了上述故事，但这终究只是一种想象，并不指向"岑寂的花园"的真相，而想象本身也取消了"真相"的意义。小说亦虚亦实的叙述所要告诉我们的，或许就是这些。如果说在80年代初这样的形式颇具新意，但在"先锋文学"、"新历史小说"之后，这样的方式似乎已屡见不鲜，甚至成为陈词滥调了。与王蒙先生自己的作品相比较，如果说30年前的《春之声》无论在历史反思还是形式创新上，都走在时代的前列，那么以《岑寂的花园》而言，则在这两方面都似已无新意。

再以"编织"的技术而言，小说将各种艺术形式拼合起来，充分显示了作者的艺术修养和良苦用心，但其中似亦有力不从心之处，如尽管是拼贴，故事的主体仍然是青年才女的"小说"，再如，有时还要借助巧合——画家的女儿同时也是花园管理处的女秘书，还是位诗人，等等。这样的"编织术"，与另外的作品——如刘震云的小说《我叫刘跃进》、宁浩的电影《疯狂的石头》等——相比较，便不能不相形见绌了。后者在故事的复杂程度、出场人物的众多、叙述技巧的娴熟、风格化的黑色幽默上，都是可圈可点的，尽管我对这样的作品也有所保留，但仅就"编织术"而言，确实是令人敬佩的。此处并非要以此苛求《岑寂的花园》，但如仅言"编织"，似乎并非作者的长项。

小说中令人印象深刻的还有作者标志性的语言——王蒙式的幽默与王蒙式的汪洋恣肆，"上下五千年，纵横三万里"，无所不包，作为一个曾经提倡过"作家学者化"的人，小说中显示了王蒙先生对多个学术、艺术领域的造诣，以及对社会现实及其变化的敏感，小说的信息量之丰富令人咂舌，有一种"万花筒"或浮世绘式的繁杂，即使不经意的一句话，读到会心处也能令人为之一笑。面对这样的"智者"，评论者不能不战战兢兢，尤其是要真正"批评"他老人家时，但既然他老人家也提倡过"宽容"，我也不妨有话直说，这样的语言方式虽然可能会为将来的考证（如果有的话）留下某些时代的痕迹，但浮光掠影、浅尝辄止式的一掠而过，却并没有触及时代及其精神之核，虽然看上去好像面面俱到，并且有一种狂欢化的美学效果，但似乎缺乏一种真正的文学的灵魂，或者说一种直面自我或现实的精神。

（原载《小说选刊》，2009年第3期）

三十年后读《伤痕》

1978年8月11日，卢新华的小说《伤痕》发表于上海的《文汇报》，这篇小说很快引起了极大的反响，不仅"报纸一发行就被抢购一空，最终加印到150万份，一时洛阳纸贵。"① 而且在文艺界引起了重视与争鸣，《光明日报》上发表了肖地的《一篇值得重视的好作品——谈〈伤痕〉》，《文汇报》上也陆续发表了荒煤的《〈伤痕〉也触动了文艺创作的伤痕！》、徐克仁等人的《对王晓华这个人物的一些看法》以及卢新华的《谈谈我的习作〈伤痕〉》等文章，对这篇小说加以讨论。很快，以揭露"文革"时期黑暗面与内心创伤为主要内容的作品，被命名为"伤痕文学"，成为"文革"后的第一个文艺思潮，受到了广泛的注意。

但在新时期以后的叙述中，对《伤痕》与"伤痕文学"却普遍评价不高，研究者一般会肯定这类作品的"文学史"意义，但对其"文学"价值却持一种否定或至少是质疑的态度。那么，对于今天的我们来说，《伤痕》与"伤痕文学"何以在当时引起轰动性的反应，它所内含的逻辑有什么矛盾之处，便值得我们加以辨析。

首先我们遇到的是"谁的伤痕"的问题。在肯定《伤痕》的文章中，一般都会强调它"说出了广大读者想说的真话，写出了广大群众迫切关心的一些问题。"② 或者《伤痕》写的是一个家庭，也是一个相当有普遍性的社会问题。"③ 但同时我们可以看到，小说的主人公"王晓华出身革命

---

① 卢新华：命运选择我执笔《伤痕》，http://www.eduww.com/Article/200812/22655.html。
② 肖地：《一篇值得重视的好作品——谈〈伤痕〉》，《光明日报》，1978年9月29日。
③ 荒煤：《〈伤痕〉也触动了文艺创作的伤痕！》，《文汇报》，1978年9月19日。

家庭"①，在具体的描述中，小说写的是一个革命家庭的女儿的"伤痕"，这一伤痕在小说中被抽象为具有人民性与普遍性的"伤痕"，而大多文章也正是在这个角度对这篇小说加以肯定的。值得思考的是，在特定的历史时期，"革命家庭"的伤痕或许具有代表性，但它不可能代替或涵盖人民的伤痕，在某一时期，这两种伤痕甚至是截然不同的。在路遥的小说《姐姐的爱情》中，我们可以看到，农村中美丽善良的姐姐善待了遭受歧视的"走资派"的儿子，并为他献上了爱情，而这个儿子在爸爸官复原职之后，马上毫不犹豫地抛弃了"姐姐"，姐姐一生的幸福就此被毁灭了，姐姐的"伤痕"正是走资派（或"革命家庭"）的儿子造成的，它们是截然对立的。

革命家庭的"伤痕"只能说是特定阶层或特定群体的伤痕，并不能或并不总能代替人民的伤痕，在知识分子或老干部关于"文革"的回忆录中，我们看到的"文革"是黑暗或"泯灭人性"的，这是由于这两个群体是受到冲击最大的，而在另一些人的回忆中，我们可以看到，在官僚主义得到抑制或知识分子的文化特权受到限制的情况下，普通工人或农民在政治与文化上反而焕发出了一种主体性，虽然这种"主体性"是不充分的，但也可以让我们认识到历史的复杂性，从而以一种更加多元而非"非黑即白"的模式认识历史。

如果联系现实我们可以发现，官僚主义、精英主义及其恶性膨胀，正是造成当今底层民众"伤痕"的重要原因，他们不但不能代表底层的利益，作为既得利益群体或阶层的代表，他们与最广大人民的利益是相违背的。而只有我们认识到这一点，认识到"伤痕"的特定阶层或群体属性，认识到三十年前旧"伤痕"与当今的新伤痕的复杂关系，才能更深刻地认识我们的历史与时代。

其次我们要谈到究竟是什么"伤痕"？《伤痕》中最核心的矛盾，是家庭与"革命"的矛盾，是女儿因为妈妈是"叛徒"而与之划清界限，在妈妈平反后却无缘再见的切肤之痛。在这里，亲情作为一种被普遍认可

---

① 徐克仁等人：《对王晓华这个人物的一些看法》，《文汇报》，1978年9月29日。

的"人性",是对革命意识的一种克服或超越,这可以视为特定历史时期的知识构造,而并非自然而然的"常识"。

在20世纪的中国史及文学史中,亲情、家庭意识或旧的伦理关系,作为一种有待克服的认同方式,成为社会变革的对象,是青年人急于挣脱的"枷锁"。从鲁迅笔下的子君,到巴金《家》中的觉慧,到《青春之歌》的林道静,"亲情"都是一种负担,是他们走向新生活的束缚。而正是在对家族意识、血缘意识或地方意识的超越中,才形成了现代中国的新的认同方式——民族意识与阶级认同,这是五四新文化运动的先驱所召唤的,是现代中国"民族主义"的起源,也是"新中国"得以成立的思想或观念基础。如果人们仍像晚清一样只知有"家"而不知有"国",或者仅仅将"国"作为"家"的延伸或组合,那么便不会有一个现代意义上的"中国"。荒煤指出,在"家庭中间产生了一种旧社会家庭所没有的、崭新的强烈的纽带。除了父母、夫妻、兄弟、姊妹这种家庭关系外,相互之间实际存在一种最亲密的同志关系,为一个共同的奋斗目标紧紧联结在一起的革命关系"[①]。正是这种新的关系,形成了一种新的现代的伦理。而《红灯记》等作品,以阶级而非亲情作为家庭联系的纽带,可以视为这一伦理抽象化或纯粹化的极端表达。

在这个意义上,我们可以看到,《伤痕》等作品将"亲情"置于新伦理之上,是对"新文学"的一种反转,是对《伤逝》、《家》、《青春之歌》、《红灯记》的反转。在这种叙述中,"亲情"不再被当作一种有待克服的保守力量,而被认为是符合"人性"或"人道主义"的,而任何试图超越"亲情"的新的认同感或归属感,则是不"人性"或不"人道"的。这可以视为新文化或"文化革命"失败的产物,同时也是保守主义思想的回潮。

如果我们将传统中国的现代转型视为一个长达二三百年的阶段,那么现在还只是处于这一阶段的初期,无论是新文化对新的情感与认同方式的召唤,还是保守文化对传统伦理与价值观的坚守,都可以视为相互融合的一个过程。但在这个过程中,仅仅依靠"亲情"等传统价值观,是无

---

① 荒煤:《〈伤痕〉也触动了文艺创作的伤痕!》。

法使中国完成现代转型的。这一思潮三十年来造成的结果是，人们从政治等公共领域退出，而只专注于家庭这一私人领域；同时"亲情"蕴含的等级关系、依附关系或裙带关系被视为理所当然，弥漫于整个社会。这都是值得我们反思的，我们不能仅仅将"亲情"简单地理解为"人性"，而将五四以来形成的新思想与新文化简单地视为过时的遗产。

最后，我们谈谈"伤痕"与文学的关系。鲁迅曾经说他的小说意在揭示病痛以"引起疗救的注意"，旷新年也曾将曹征路的《那儿》称为工人阶级的"伤痕文学"，可以说在近一个世纪的新文学史中，"伤痕"与文学有着密不可分的关系。文学作为一种表达的方式，应该表达沉默的大多数的心声，关注他们的苦难与生存，与他们一起寻找出路，这是五四以来新文学开创的方向，这一方向至今仍值得我们学习与借鉴。如果文学成为既得利益阶层的帮忙或"帮闲"，或者仅仅成为一种娱乐或消费的对象，那么文学也就失去了其批判性与独立性。

在这个意义上，我们肯定《伤痕》的价值，它之所以在当时能够得到广泛的共鸣也与此相关，但通过我们上述分析，我们可以看到作为一个具体作品，《伤痕》并没有在历史中深刻地把握时代的问题或悖论，因而缺乏思想的穿透力，作品也显得过于简单，仅仅成为了当时"政治正确"的一种注释。所以当时过境迁，人们有理由对这篇在文学史上占据重要位置的作品提出批评。

批评的另一个角度，来自对小说文学性或艺术性的质疑。不少文章都指出，这篇小说更像一篇"学生作文"，而不是成熟的文学作品，从小说的语言、结构、人物以及情节设置、叙事推进、主题呈现等角度来看，这样的判断大体是合理的，尽管我们不能苛求一个当时正在复旦大学就读的大学生，但如果将这篇作品作为新时期文学的发轫作之一，仍不免是让今天的研究者感到难堪的。我们可以赋予文学种种价值与功能，但文学的价值主要是通过"文学"来实现的，只有拥有更丰富的才能与技巧，才能更加准确深刻地表现作者的思想，如今重读《伤痕》，这一点或许也可以我们以启发。

（原载《广州文艺》，2009 年第 2 期）

重读《哥德巴赫猜想》

徐迟的报告文学《哥德巴赫猜想》，1978年1月发表在《人民文学》第1期的头条，2月17日，《人民日报》、《光明日报》破例用三大版的篇幅转载了这篇文章，并分别加了编者按。不久后，全国几乎所有的报纸和电台都转载或连播了这部报告文学，在社会上产生了极大的影响。《哥德巴赫猜想》中的主人公陈景润，成为了当时青年人竞相崇拜与学习的偶像，而作为数学难题的"哥德巴赫猜想"，也因此在中国普及到了家喻户晓的程度，多年之后仍一再被提起。

《哥德巴赫猜想》是《人民文学》主动邀请徐迟创作的，这是为1978年3月"全国科学大会"召开所做的一种思想与舆论准备，但《哥德巴赫猜想》超越了简单的"宣传"，而成为了新时期报告文学或文学的一部经典之作。这主要是由于：徐迟富于激情与诗意的文学才华，在这部作品中得到了充分的发挥；陈景润及其所代表的"科学"、"探索"、"攻关"所具有的人格或精神魅力；《哥德巴赫猜想》的发表及此后"全国科学大会"的召开，标志着知识分子政策的重大调整，以及"科学的春天"的来临，引起了社会上的广泛关注。这三种因素相互交织，使这部作品在历史的转型期成为了一部标志性的作品，成为了文学与科学合璧的佳话。

当我们今天重读《哥德巴赫猜想》时，一个值得深思的问题是，这部作品之所以产生极大的社会影响，上述诸种因素中究竟哪种因素占据主要地位？在我看来，其中最关键的是知识分子政策调整的信号与预期，这并非否定徐迟的文采或陈景润的求索精神所具有的魅力，但如果我们历史地加以分析，便可以发现这些因素或许并不如我们想象的那么重要。

1930年代，徐迟便作为一个"现代派诗人"登上了诗坛，以"二十岁人"的激情与梦想引起了广泛的注意。建国后他创作的重心转为"特写"或报告文学，将激情与诗意融入其中，极具艺术特色，他关注的领域则集中于文化界与科学界，写出了《祁连山下》、《火中的凤凰》等报告文学，《人民文学》之所以邀请徐迟创作《哥德巴赫猜想》，也是由于他"擅长知识分子题材"。在《哥德巴赫猜想》取得巨大成功之后，徐迟创作了《地质之光》、《愿生命之树常青》、《在湍流的漩涡中》等作品，然而一个鲜明的对比是："报告文学集《哥德巴赫猜想》出版时，发行了上百万册。然而到了90年代《来自高能粒子的信息》出版时，却只有寥寥5000册的印数了。"[1]徐迟为此百般焦虑，然而时代已经转变了，在以"科学"的名义召唤出来的"社会转型"之后，文学、科学以及知识分子已经被边缘化了，在市场经济与消费主义的环境中，徐迟的热情与才华也失去了激动人心的力量，《哥德巴赫猜想》所带来的光环只能黯然失色了。

陈景润也是如此，在《哥德巴赫猜想》之后，他作为一个榜样或偶像，在短时期得到过极高的荣誉，并被竞相邀请去做报告，担任校外辅导员，收到大量读者来信等，但在他研究的领域中却没有再取得进展，同时也遭到"哥德巴赫猜想有什么用？"的疑问。除了1978年有不少人报考他的研究生之外，此后报考的人便寥寥无几，从1978到1990年，他只带了6名研究生，但没有一个留在他的身边，大多数都出国了，他的5人小组也因为科研经费短缺等原因难以为继。1996年3月19日，陈景润与世长辞，同年12月12日，徐迟也在武汉的病房选择了结束自己的生命[2]。随着他们的去世，"哥德巴赫猜想"也成了很少为人关注的旧日的辉煌，成了一个过时的"神话"。

我们可以说，正是因为在历史的关键时刻发出了自己的声音，徐迟与陈景润才成就了"哥德巴赫猜想"的辉煌，而这一关键便在于知识分子政策的调整，即从对知识分子"又红又专"的要求，转变为"知识分子已成为工人阶级的一部分"的判断。这样，知识分子便从"团结、教育、斗争"

---

[1] 孙文晔：《"猜想"报春——中国知识分子的1978（下）》，《北京日报》，2008年12月5日。
[2] 同上。

的对象,像工人阶级一样成为了领导阶级与国家的"主人",从而获得了更多的独立性、自主性与主体性。

从知识分子与革命的关系来看,晚清以来,面对前所未有的民族危机,大部分知识分子都在探索着中国的出路,在五四之后,越来越多的知识分子从思想革命走向了政治革命,从"个人"走向了"集体",以极大的热情投入到了"救亡"之中,正是由于知识分子的参与(作为重要的因素之一),中华民族才渡过了最为深重的民族危机,才建立了新中国。但在这一过程中,由于严酷的政治环境,也由于对知识分子性质的判断(依附性、两面性、摇摆性),知识分子在中国革命中并未获得完全的"主体性",而需要在"思想改造"改变立场之后,才有可能成为"人民"的一部分。在新中国成立以后,出于对知识分子群体的如下分析:大多数出身于地主、富农、资产阶级家庭;所受的是资产阶级教育体系——因而一方面继续对现有知识分子进行"思想改造",让他们在感情、立场上转移到人民一边,另一方面则积极培养出身于工农家庭的青年知识分子,以"又红又专"作为要求。对于一个新生的工农政权来说,这样的措施具有合法性与合理性。但在这一过程中,"思想改造"常以运动的形式、激烈的方式展开,又在具体的实施过程中有"扩大化"的错误,因而挫伤了知识分子的积极性,对他们造成了极大的伤害。在这个意义上,"知识分子已成为工人阶级的一部分"的判断是对上述错误的纠正,因而具有积极意义与解放作用,《哥德巴赫猜想》之所以产生轰动性的效应,也与它是这一转变的"报春的燕子"密切相关。

然而我们可以看到,三十年以来发展到今天,"知识分子已成为工人阶级的一部分"已被知识分子抛到一边去了,知识分子的精英化与专业化,使他们在社会结构中的地位得到了极大的提升,与"工人阶级"拉开了越来越大的距离,如今他们中的大部分站在了资本与权势的一边,成了所谓"铁三角"中的一角。另一方面,知识分子"独立性"与"主体性"的过分强调,也使知识分子在与国家、人民的关系上处于一种摇摆或混乱的状态,有的知识分子甚至以"个人主义"或"自由主义"的名义,走到了民族利益的反面。同时,在知识分子内部,以学院体制为核心建立起了严密的等级关系，对新生的知识分子或"小人物"形成了一种压抑性的机制。如果以上这些尚属可以分析与讨论的范畴，那么在市场经济、消费主义与"娱乐致死"的文化环境中，知识界今天所形成的金钱买卖的"潜规则"、各种竞争的"闹剧"以及形形色色的人格扭曲，简直令人叹为观止。

在这样的语境中，重读《哥德巴赫猜想》，重新思考知识分子与国家、人民以及20世纪中国史的关系，令人感慨良多。我们置身于一种前所未有的价值危机之中，如果我们既失去了传统中国知识分子"为天地立心，为生民立命，为往圣继绝学，为万世开太平"的视野与抱负，也失去了20世纪中国革命所凝聚的与民族、人民血肉相连的精神与理想，也没有学得西方知识分子为真理或上帝而献身的执著与牺牲，那么我们今天的知识分子还剩下一些什么呢？如果知识分子只是专门领域的"专家"，只是有知识的"庸人"，只是犬儒主义与市侩主义，那么我们的时代还能有什么希望呢？萨义德认为："知识分子是具有能力'向'（to）以及'为'（for）公众来代表、具现、表明信息、观点、态度、哲学或意见的个人。……其存在的理由就是代表所有那些被遗忘或者弃之不顾的人们和议题。知识分子这么做时根据的是普遍的原则：在涉及自由和正义时，全人类都有权期望从世间权威或国家中获得正当的行为标准；必须勇敢地指证、对抗任何有意无意地违法这些标准的行为。"

真的知识分子应该具有开阔的视野与宏大的抱负，应该具有探索、创新、追求的执著与牺牲精神，应该始终与民族、人民站在一起，在徐迟、陈景润的身上，我们可以看到这样的"知识分子"的一些品质，而在价值危机的今天，知识分子是随波逐流，融入"世俗"之中，还是在既往价值碎片的基础上，努力去重建一个新的价值理想？这是一个值得深思的问题，也是每一个"知识分子"所面临的选择，或许这也是我们今天重读《哥德巴赫猜想》所应该思考的。

（原载《广州文艺》，2009年第10期）

域外一瞥

这是一个真正的悲剧，但具有不同的层次。首先这是一个伦理的悲剧，是一个父亲的悲剧，也是两个儿子各自的悲剧；其次，这是一个身份的悲剧，是一个"革命者"的悲剧，也是跨国公司"精英"的悲剧，同时也是"叛逆青年"的悲剧；然而归根到底，在主题上，这是一个"时间"的悲剧，或者是一个"隔绝"、"背叛"的悲剧。正是在时光的流转与社会思潮的变迁中，父亲与两个儿子被彼此区隔，"革命者"来到了不属于他的时代，"精英"被跨国公司的生产与生活方式异化，"叛逆青年"陷入了迷茫、彷徨与绝望之中，"革命者"的后代背叛了革命的理想。在这里，陈映真将莎士比亚式的生动与陀思妥耶夫斯基式的思想悲剧结合起来，为我们描绘出了后革命时代最为触目惊心的一幕。

——《〈赵南栋〉与文化领导权问题》

"托尔斯泰在我们心中"

我时常会想一个有意思的话题,如果托尔斯泰生在我们这个时代,会以怎样的方式生活与写作呢?托尔斯泰的作品卷帙浩繁,但他一生所关注的问题却很单纯,那就是:一个人怎样生活,才能过得幸福与安宁?由此出发,他探讨宗教、价值与上帝问题,探讨农奴制与俄罗斯的命运,探讨婚姻与爱情问题,他从个人的问题开始思考社会与国家,从贵族阶层走到了民众之中,穷其一生追求心中的理想,终以深邃的思想和优美的文笔,赢得了全世界的尊重。今天,如果要推选一个人作为"作家"的理想形象,无疑托尔斯泰是最合适的人选。

托尔斯泰在文学上取得了巨大的成就,但他对"文学"却并不是那么在意,晚年他写"忏悔录",编识字课本,解放农奴,其视野都远远超越了文学,他认为在文学之外,还有更重要的事情,那就是全人类的解放与幸福,如果文学不能为此尽力,那便是不足道的。这一看法虽不无偏见,但惟其如此,才成就了他的伟大。我们可以发现,真正大作家的视野很少局限于"文学",他们置身于现实世界的观察与思考中,置身于为人类生活更加美好的斗争中,文学只是他们思想与表达的一种方式。不仅托尔斯泰如此,在中国,鲁迅晚年致力于"杂文"的写作,巴金一生都在宣称自己"不是作家",也是其例子。而反观当前的中国作家,很多人以"纯文学"的名义逃避现实,津津乐道于语言、叙述与形式,而内容则空洞无物或无病呻吟,与托尔斯泰相比,其境界真有霄壤之别。

自托尔斯泰开始写作以来,对他的研究可以说汗牛充栋,如梅烈日科夫斯基从宗教的角度,列宁从政治的角度,卢卡奇从文学理论角度等等的研究,都为人所熟知,但远未穷尽托尔斯泰的意义与可能性,这恰似一座山,"横看成岭侧成峰",还有很多的侧面我们没有认识到,所以托尔斯泰常读常新。

托尔斯泰处于于苏俄的重要转折时期，从一个落后的农奴制国家到第一个苏维埃共和国，其间不过一百年的时间，充满着思想的震荡、价值的崩溃以及政治的风云突变，正是在这一时期，涌现出了一批优秀的人，他们以自己的心与血肉之躯置身于时代的激烈思想冲突之中，探索着俄罗斯与人类的命运与幸福，而托尔斯泰则是其中最为优秀的人物之一。而在今天，当我们回顾苏俄19—20世纪的历史时，可以发现托尔斯泰已成为了俄罗斯文学的重要传统。1980年代以后，俄罗斯文学也经历了现代主义、后现代主义的冲击，而在今天，"新现实主义"与托尔斯泰，则成了新一代作家的思想与灵感资源。

与俄罗斯相似，中国也经历了从传统到现代的痛苦蜕变，旧的价值观念纷纷瓦解，思想冲突激烈而痛苦，一百年前还是"宗族制度"与"三纲五常"，现在则是核心家庭与"后现代"，如此剧烈的变化，其间经历了怎样的心灵挣扎？但又有谁像托尔斯泰那样，为他的上帝而痛苦，为他的俄罗斯而忏悔？又有谁置身于时代之中，勇敢地承受着时代的精神冲击？又有谁在思考人类怎样才能幸福并身体力行呢？只有在鲁迅等少数作家身上，我们才能看到这样的品质，而这正是他们为历史所记住的原因。

如今我们仍处于现代性的展开过程中，在全球化时代的中国，我们面临的现实与精神问题比托尔斯泰时代更为复杂。价值上的多元与相对主义，让我们困惑，让我们追逐着相互矛盾的"幸福"，现实中的社会问题则让我们愤怒、思考与反省，我们只有像托尔斯泰一样置身其中，才能在具体的历史中体会到"人性"的丰富与微妙，才能发出我们的声音，才能在时代的转折中产生积极的影响。

卡尔维诺一篇文章的标题是"萨德在我们心中"，在抽象的意义上，这指的是人性中存在恶与非理性的一面，但另一方面，我也想说"托尔斯泰在我们心中"，人类总有向善的一面，有可以相互沟通的道德与理性基础，尽管我们可能永远无法达到托尔斯泰的境界，但他正如暗夜中的一点星光，可以依稀照见我们前行的路。

（原载《随笔》，2009年第5期）

成为卡夫卡，是不幸的

读过很多关于卡夫卡的文章，总觉得好像有哪里不对。我们的不少作家谈到卡夫卡时，总是眉飞色舞洋洋自得的，好像能跟卡夫卡扯上一点关系，是很光荣的一件事，这就好像贫穷人家要和富人攀亲戚一样，似乎是想要借点光，让自己显得荣耀一些，或者像钱钟书所讽刺的那样，把卡夫卡当作了他们镶嵌在嘴里的金牙，可以借此向人炫耀。所以尽管很多人谈论卡夫卡，关注的却只是卡夫卡的名声或文学地位，很少有人能够深入到他的内心，理解他痛苦的精神处境，卡夫卡所有的文字（包括小说、书信、日记、札记等），不过是在这一处境中的挣扎，如果我们不能理解他的处境，不能理解他的"不幸"，便不能在更深刻的意义上理解卡夫卡。而我觉得，任何看到了卡夫卡的"不幸"的人，便不会再以眉飞色舞的语气来谈论他，因为在这样一种深重的精神苦难面前，任何轻浮的言辞都是一种亵渎，而卡夫卡所承受的精神痛苦与磨难，是与每一个现代人息息相关的，他所看到的深渊，他所置身的迷宫，也是我们每一个人的精神处境，如果我们没有感觉到他的痛苦，或者不如他痛苦，那是因为不如他敏感、脆弱或纯粹。正是这一性格上的特质，使他敏锐地感觉到了时代精神的痛苦之核，他别无选择，只能成为卡夫卡，只能承担被选择的命运，只能以文字的形式挣扎，与命运冲撞、妥协、斗争，周而复始，无休无止，直到生命的终结。我们可以想象一下，这是一条何等艰难而痛苦的精神之旅，仿佛走在漫无边际的黑暗中，看不到任何光明与希望，他只能以一颗柔软的心，被动地承受这个世界的诡异、荒谬与坚硬，只能狠狠地被伤害或侵害，正如卡夫卡所说的："在巴尔扎克的手杖柄上写着：我在粉碎一切障碍。在我的手杖柄上写着：一切障碍都在粉碎我。"

这样一种可怕的命运，是任何人都无法忍受的，如果可以选择的话，我不知道那些经常提起卡夫卡的人是否愿意承受，而我是不愿意的。即使卡夫卡，也是不愿意的，他的书信与日记中的犹豫、踌躇与绝望所在皆是，他也想像一个体面的中产阶级一样生活，他也拒绝成为"卡夫卡"，这在他的遗嘱中表现得尤为明显，但是他为时代所选中，为性格所注定，只能成为卡夫卡，只能在巨大的精神废墟上发出微弱的呻吟与呢喃，对于卡夫卡本人来说，这只能说是一个悲剧，一个"不幸"。

然而对于文学来说，这又是幸运的，对于我们这些后来人来说，也是幸运的，我们可以从这样一颗痛苦得无所适从的灵魂，看到一个人可以经受怎样的内心磨难，从"灵魂的冒险"中可以窥见到人性的深渊与世界的荒谬，至少在艰难跋涉的人生路上，我们可以感受到另一颗灵魂的温暖，一个遥远而又切近的安慰。因为卡夫卡的痛苦不属于他自己，而是现代社会中人类普遍的精神困境，是从尼采、陀思妥耶夫斯基到萨特、加缪都在探讨的核心问题，是在"上帝死了"之后，人类如何安放自己的灵魂，如何面对异化的世界的问题。当一种绝对价值解体之后，生命如何才有意义，在迷宫一样的现代社会中，我们能把握住什么？这是卡夫卡面临的问题，也是我们所面临的问题。卡夫卡的文字将这些问题摆在我们面前，让我们震惊，让我们思考。对于"文学"，卡夫卡有自己的理解，他认为好的文学应该能使人好像挨了"当头一棒"一样，在这个意义上，他的所有文字（不只是小说）都是好的文学，虽然他生前只发表过几个短篇，虽然他的遗嘱是让朋友烧掉自己写的所有东西。但对于某些人所总结的卡夫卡的叙述方式与技巧，我宁愿不看。

卡夫卡并不是我最喜欢的作家，我也很少谈论他，因为我不喜欢他的"叙述方式"，也不愿面对一颗如此痛苦的灵魂，我宁愿以沉默来表示尊重。我只是知道：成为卡夫卡，是不幸的。但或许还应该再加上一句话：幸运的是，他成为了卡夫卡。

（原载《随笔》，2010年第1期）

黑塞,或童年的回忆

读一个作家,最初读到的作品,往往会给我们留下最深的印象,赫尔曼·黑塞的小说,我最早读到的是《轭下》(又译《在轮下》),后来又读了他的一些其他小说,但每当想起黑塞来,脑海中浮现的还是这部小说。这部小说是作家对童年生活的回忆,事隔多年,大部分情节已经淡忘,但我仍能感受到小说中留下的气息:敏感而忧伤的少年,朴素清新的自然,朦胧而真切的友谊与爱情。这些都是最能打动我们的东西,现在我仍能清晰地记起,在深夜的图书馆,我如何沉浸在黑塞的艺术世界中,又如何回想起了自己的童年,那些美妙而细微的往事,如果不借助黑塞,可能我将永远不会想起。而一部优秀作品的价值,或许就在于它能够以独特的方式唤起或加深人们对自身的理解,对世界的理解。

黑塞是一个执著于回忆的人,在《轭下》之外,他还写了不少中短篇小说回忆往事,黑塞说:"人们对自己所遭逢的一切,唯有少年时代的感觉才是完全新鲜和清晰的,总能维持十三岁,十四岁,却可以铭记整整一生。"他回忆童年的《中断的课时》写于 71 岁,我们可以看出他对故乡与童年的终生眷恋。

不少作家都在写作童年,但他们回忆的角度却并不相同,给我们留下的印象与美学效果也不相同,在这个意义上,我们甚至可以说,童年是回忆所"创造"出来的。托尔斯泰的《童年·少年·青年》撷取了印象最深的瞬间,高尔基的童年故事写出了社会与家庭的压抑,普鲁斯特的"马特莱娜小点心"探索着人的意识与思维结构,萨特的"词语"充满了存在哲学的思辨,萧红的《呼兰河传》贯穿着国民性批判的视角,沈从文的《从文自传》则有着对美与自然的最初发现。每个作家都在以独特的方式书写着"童年",从不同的阶段、角度、心境去眺望生命的源头,会有不同的印象。所以写的虽然是童年,但回忆却是"现在"所进行的一种思维活动,与每个作家所置身的现实处境密切相关,是现在的思想、经验、美学的一种投射,所以我们所读到的"童年",便不只是单纯的回忆,而是经过作家筛选、选择、结构之后所呈现出来"艺术世界",只有把握住"回忆"的思维方式及其在双重时间之间的张力,我们才能更深地体验到作家的内心与艺术。

为什么黑塞如此执著于回忆呢?我想这与他的思想境况密切相关,在他的《荒原狼》等小说中,我们可以看到,黑塞对第一次世界大战后的西方文明充满了失望,"现代社会"及其物质文明被战争击得粉碎,一代人的价值观也受到了前所未有的挑战,对人类前途与命运的探索,使他不得不寻找另外的路径,向东方文明寻找精神上的出路,是其中的一个方向,这是黑塞重视佛陀与"道"的原因;另一个方向,则是对"现代"以前的西方社会的重新回顾、审视与思考,而正是在对童年与"田园梦"的回忆中,黑塞寻找到了对抗"现代"的个人经验与美学方式。所以我们可以看到,一旦写到童年,黑塞是那么深情,那么投入,即使创伤经验也写得那么舒缓与优美,比如《童年轶事》中小伙伴的死亡,《拉丁语学校学生》中的"失恋",都可以带给我们挥之不去的惆怅与诗意;而一旦他写到现实时,他的文字中则充满了焦灼、痛苦与绝望,仿佛一只困兽在寻找突围的方向。很显然,当他在生活中无法寻找到心灵的安宁时,只能将目光投向故乡与童年,只能在回忆中寄托疲惫的心灵,所以他笔下的童年越是动人,越是细致,越是平静,我们也就越能透过表面的文字,感受到作者的精神困境,这隐藏在背后的焦虑是如此强烈,让作者无法面对残酷的现实与分裂的世界,只能返回内心,从最初的梦想中汲取力量。这正如莫扎特的音乐,听起来是那么简洁优美,却很少有人愿意去了解,这出自一颗痛苦的灵魂,他只是摒去了尘世的烦扰,以单纯的旋律来安慰自己与世人。黑塞也是如此,我们只有看到了他内心的困惑与挣扎,才能更深刻地理解他为什么要一再回到童年。

(原载《随笔》,2009 年第 6 期)

日本的"《蟹工船》现象"及其启示

《蟹工船》是日本著名左翼作家小林多喜二的代表作,发表于 1929 年。令人惊异的是,在 80 年之后,这部作品再度成为畅销书,在一年内销出 60 万册,并被改编为漫画、电影等多种艺术形式,成为 2008—2009 年日本最值得关注的文学现象,也是一种具有症候式的文化现象。不少人都在追问,究竟是什么原因使得这部作品再度流行,并在青年读者中引起阅读的狂潮?本文试图综合不同角度的分析,并探讨这一现象对中国文学发展的启示。

一 《蟹工船》与"蟹工船现象"

中国读者对小林多喜二及其《蟹工船》并不陌生。小林多喜二 1903 年出生于日本秋田县一个贫苦农民家庭。1928 年至 1929 年,小林多喜二积极参加日本共产党领导下的文学运动,写出了《防雪林》、《蟹工船》等作品。1930 年,加入日本共产党。之后,他又写了《沼尾村》、《为党生活的人》等小说,表现了日本的工农运动和日本人民反侵略的斗争。1933 年 2 月 20 日,小林多喜二被军警特务逮捕。在酷刑拷打下,宁死不屈,被迫害致死,年仅 30 岁。

《蟹工船》,主要讲述了在日本社会底层苦苦挣扎的一群失业工人、破产农民、贫苦学生和十四五岁的少年,被骗受雇于蟹工船,在非人的环境下被强迫从事繁重的捕蟹及加工罐头的劳役,受尽欺压,最后劳工们终于忍无可忍,团结起来,与监工们展开了一场血腥的抗争活动。《蟹工船》真实地描写了渔工们由分散到团结,由落后到觉悟,由不满、反抗到进行有组织的罢工斗争的过程。这部作品虽以蟹工船为舞台,但它通过船上各阶级的代表人物,包括作为资本家代理人监工的浅川的活动,以及"秩父号"的沉没、川崎船的失踪、帝国军舰的"护航"等情节,有机地把蟹工船同整个日本社会乃至国际社会密切联系起来,展示了两个阶级的对立和斗争。

《蟹工船》最初发表在日本左翼文学刊物《战旗》1929年5、6月号上,同年九月出版单行本,随即引起整个文坛的广泛重视。日本文坛最大的综合性杂志之一的《中央公论》主动向小林多喜二约稿,其他报刊也纷纷发表评论文章,给予积极评价,他的文学地位得到了文坛的广泛承认,并产生了国际性的影响。

对于《蟹工船》,我国文学界也很重视。早在1930年初,夏衍就以"若沁"的笔名在《拓荒者》第一期上发表了《关于〈蟹工船〉》一文,文章写道:"假使有人问:最近日本普罗列塔利亚文学的杰作是什么?那么我们可以毫不踌躇地回答:就是《一九二八年三月十五日》的作者小林多喜二的《蟹工船》。"1930年4月,陈望道等主持的大江书铺出版了潘念之译的《蟹工船》,但不久即被国民党反动当局以"普罗文艺"的罪名密令查禁。此后还出版了叶渭渠、李思敬等人的不同译本。当小林多喜二被虐杀的噩耗传来,曾激起我国进步文学界的极大义愤。①

---

① 参见胡从经《纪念〈蟹工船〉出版五十周年》,《读书》1979年第2期。鲁迅曾为小林多喜二之死发去唁电:

"日本和中国的大众,本来就是兄弟。资产阶级欺骗大众,用他们的血划了界线,还继续在划着。

但是无产阶级和他们的先驱们,正用血把它洗去。

小林同志之死,就是一个实证。

我们是知道的,我们不会忘记。

我们坚定地沿着小林同志的血路携手前进。

鲁迅"

以上原是用日文拟的,题为《闻小林同志之死》,最初发表于日本的《无产阶级文学》一九三三年第四、五期合刊,亦参见上文。

在日本国内，小林多喜二也以其卓越的艺术才能，以及为无产阶级而奋斗牺牲的精神，在文学界尤其是在左翼文学界享有崇高的声誉，藏原惟人指出："小林多喜二活动的1925—1933年，是日本解放运动开始明确地选择马克思列宁主义的方向，以此为指导思想的时代，是国内阶级斗争极其尖锐的时代。……无产阶级文学运动却以尖锐的形式反映了当时激烈的斗争，留下了许多文学功绩，但是在实践中，还没有产生很多能回答争取群众的问题、与广大人民血肉相连的作品。小林多喜二是在这个时代中比谁都更多地回答了这类问题、并亲身实践了的作家，在这个意义上，他的作品成为这个时代无产阶级文学的顶峰。"①

二战后，日本每年2月20日都要举办全国性的"多喜二祭"，另一位左翼作家宫本百合子去世后，与多喜二合祭，称"多喜二、百合子祭"。在2008年突然畅销之前，《蟹工船》每年的销售量只有5000册左右，但也较为稳定。

《蟹工船》的畅销有一个契机，2008年1月9日，《每日新闻》刊登了著名作家高桥源一郎和偶像作家雨宫处凛的新年对谈"差距社会：追寻08年的希望"，展望日本社会以及文学界的走向。对谈中，雨宫提到："昨天偶然读到了《蟹工船》，我觉得与现在的自由打工者的状况非常相似"，"现在年轻人的劳动条件非常差，让人感到《蟹工船》是真实的"。同样是自由打工者的长谷川仁美从《每日新闻》上看到这篇文章时，对雨宫的话产生了共鸣。她深受到启发，在书店里竖起"'working poor（贫困

---

① 藏原惟人：《小林多喜二和宫本百合子》，刘海东译，李心峰校，参见林焕平编《藏原惟人评论集》，未刊稿。按，藏原惟人为日本1920—1930年代革命文化界的理论家与思想领袖，对我国左翼文化运动也产生过相当广泛的影响。作为小林多喜二的"师友"，他对小林多喜二亦产生极大的影响。在写完《蟹工船》翌日，小林即将手稿寄给藏原惟人，并在信中说："这部作品里没有所谓的主人公，没有个人传记式的主人公或类似的人物，是把劳动者的集体当作主人公的。在这个意义上，我想是比《1928年3月15日》前进一步了。"此外，小林多喜二的《为党生活的人》，在"附记"中也特意标明"献给藏原惟人"。又，《藏原惟人评论集》系林焕平先生在1980年代末及90年代初组织翻译的，迄今尚未出版。

劳动者)'必读！"的广告牌，从这里开始，《蟹工船》很快就风靡全日本，形成了一种"蟹工船现象"。

这一现象包括不同的层面：首先是小说《蟹工船》及改编作品的畅销。仅新潮社的"新潮文库"一种，一年内销售六十万册。其他出版社的文库本《蟹工船》同样受到读者的青睐。除去文学文本以外，2006年，由白桦文学馆多喜二文库策划编辑、藤生刚作画的《漫画蟹工船》由东银座出版社出版后，到2008年5月重印了四次。其他出版社也纷纷跟进，出版社之间的竞争使《蟹工船》以及相关图书成为2008年日本出版界炙手可热的图书。另据介绍，继1953年改编为电影之后，《蟹工船》又一次被搬上了银幕，并计划在2009年夏天上映。

其次，"《蟹工船》现象"可以说是一个媒体事件。2008年5月，日本有全国影响的《读卖新闻》、《朝日新闻》、《每日新闻》、《产经新闻》、《日本经济新闻》几乎同一时间接连报道了"《蟹工船》现象"，地方报纸也加入了相关话题的报道。更具影响力的是电视媒体的报道，包括NHK（日本广播协会）等日本各大电视网都报道了《蟹工船》的畅销以及所引发的对社会现实的讨论，富士电视台甚至在娱乐节目当中讨论"《蟹工船》现象"。NHK不仅在国内新闻中进行报道，还在国际频道中用英语播送了专题节目，向世界介绍了"《蟹工船》现象"。①

然而，究竟是什么原因，使得这部80年前的小说再次受到关注呢？这也是各方议论的焦点。

二 为什么会畅销？

《蟹工船》的再度流行，有几个突出的特点：首先是读者都比较年青，大多为出生于上世纪80、90年代的青年人，多数媒体认为青年人面对就业环境的恶化、贫富差别的扩大、生活贫困的现实，能够从小说中找到共鸣。例如《朝日新闻》（2008年5月13日）的报道标题为"现在，《蟹工

---

① 以上情况介绍，综合、参考了燕山独步《经济危机与〈蟹工船〉现象》等文章。

船》受到青年人的欢迎,不向贫困屈服的坚强是小说的魅力吗?"其中引用了一个 26 岁的青年读者的感想,他说:"我很羡慕小说中的工人们团结一致面对敌人的做法。"

其次,读者不是从思想上,而是从个人的现实处境与切身体会中出发,对《蟹工船》产生了认同感。而这又集中表现在两个方面,一是对恶劣工作环境的不满,二是对工作制度及管理者恶劣态度的不满。在小林多喜二的母校小樽商科大学,2008 年还举办了"《蟹工船》读书随笔比赛"。获奖的一个职员认为:"《蟹工船》里出现的工人们,都是我的兄弟,使我产生错觉,他们似乎就在我的周围,令人感到亲切。"获得特别奖励奖的竹中聪宏只有 20 岁,他在文章中写道:"现在的日本,有比蟹工船上死去的劳工还要多的人们,被生活所压迫。"

再次,读者或媒体最为关注的不是小说的"文学性"或"现实性",而是其"隐喻性"或"象征性"。作为一部现实主义(或"社会主义现实主义")的小说,《蟹工船》对渔工的艰苦生活做了细致入微的描述,而当今的读者关注的并不是小说中具体的"生活",而是抽象的"艰苦",并将之与个人的现实处境联系起来,从而产生共鸣;另一方面,寓于"真实性"之中的"倾向性",也即觉醒—团结—斗争的"方向",也为如今的青年人提供了精神上的鼓舞与动力。

由以上分析我们可以知道,《蟹工船》的再度流行并非仅仅是由于它的"文学性",而首先在于它在思想、象征或"倾向"上契合了当代读者面临的社会问题,从而为他们提供了一种"想象性的满足"。或者说,正是青年人的现实境遇,使他们选择了这部小说。这里,我们有必要对日本工人尤其是青年工人的状况略作一些介绍与分析。

1990 年代以来日本的经济停滞与不景气,使日本工人的总体状况发生了结构性的变动,而 2008 年的"金融危机"则进一步加剧了日本工人生存状况的恶化。这主要表现在:日本企业引以为豪的终身雇佣制与"年功序列制"[①]的瓦解,工人福利的消失,不稳定的或临时性的用工方式,

---

[①] 即按照一定工作年份的积累,可晋级与加薪的制度。

如"派遣工"呈大幅度上升，临时工现在占到全部工人的三分之一；贫富差距的拉大，使"一亿总中流"——即生活属于中等程度的国民占人口绝大多数的社会——在结构上瓦解，出现了新的"贫穷阶层"，如今日本已成为发达国家中贫困率排名第三的高贫困率国家①；劳动强度的加剧与劳动时间的增长，不断有"过劳死"的新闻在媒体曝光，也有不少员工因工作上的压力而自杀②；青年人就业难、大学毕业生就职难的现象日益凸现，日本媒体指出，当前由于经济不振和雇佣关系恶化，大学毕业生们面临"就职冰河期"，即使一流大学的毕业生，也难于找到理想的工作。

这样的社会现实，可以说是"《蟹工船》现象"出现的背景与主要原因，然而《蟹工船》现象"的出现不是孤立的，新版与漫画版《资本论》的畅销，也是在这一背景下出现的，另据报道，近年来每年都有几千人申请加入日本共产党，而在新入党的党员中，30岁以下的占到两成左右。

另一方面，占据日本文化主流的是资本主义的消费文化、娱乐文化与流行文化，在文学界则是村上春树、村上隆等作家，以及通俗小说与"另类作家"，这些作家的作品很少触及具体的社会现实，而以虚幻的想象给读者以满足，在思想界则是右翼的或保守的力量占据上风，将阶级矛盾转化为民族矛盾，比如将失业问题解释为中国、韩国、朝鲜"夺走了他们的饭碗"，从而制造出以民族主义情感为内核的意识形态。

在这个意义上，"《蟹工船》现象"的出现，是日本社会与文化思潮的一个具有症候式的现象，这可以说是当代青年试图对自身处境与命运进

---

① 《日本中产阶级社会崩溃贫困人口已经接近2000万》，http://www.cnss.cn/xyzx/hqsy/200609/t20060914_30206.html。

② "在经济复苏过程中，2002年，与工作相关的死亡案例增加到317个，包括160例过劳死。1998年，年度自杀人数首次超过3万，2003年达到34427人。日本的自杀率在主要发达国家中是最高的，是美国的两倍多。在自杀的原因中，经济和生计问题占26%，工作失败占6%，疾病占45%，后者中很多是与工作或多或少有关联的精神和生理疾病。过劳死和自杀人数增加如此多象征着大多数日本工人正面对失衡的、日益恶化的和艰苦的工作生活条件，这与资本主义大公司恢复盈利能力形成强烈的对比。"伊藤诚著《日本经济危机与工人阶级生活恶化》，黄芳、查林摘译，《国外理论动态》，2005年第9期，另参见《丰田员工猝死震惊日本每天加班五个多小时》等新闻。

行认识与把握的一种反映,也显示了左翼思想与文化在日本社会影响的增强,这在"金融危机"之后必将会有进一步的显现。

三 "反思",或者启示

但是从总体上来说,"《蟹工船》现象"只是一个征兆或开始,尚不能作为左翼文化占据优势的一个表现,这从以下几个现象可以看出:(一)新潮文库版的《蟹工船》一书,还附有小林多喜二的另外一篇作品《为党生活的人》,这是小林多喜二转入地下负责部分党务时期的小说,也是更具党派色彩的左翼小说,但在这次的畅销与广泛的讨论中,《为党生活的人》显然没有受到同样的重视,甚至很少被提及,由此我们可以看出,尽管青年人关注《蟹工船》与小林多喜二,但这种关注是有限度的,仅限于与个人经验引起共鸣的部分,而并没有扩展到理论上的较深层次。(二)与上一个现象相似,小林多喜二与《蟹工船》的畅销,并没有带来其他左翼作家作品的畅销,而只是一个孤例,正如一位学者所说:"我走了几家书店,只有看到新潮文库的《蟹工船》成列成堆,其它的普罗列塔利亚文学,举例说德永直的《没有太阳的街》完全看不到。"[①]这同样说明了青年人对《蟹工船》与左翼文学的"接受"是有限度的,或者并不是有清醒的认识与把握的,而只是处于朦胧的、经验层面的认同。(三)在日本的畅销书市场上,最畅销的书往往会达到上千万册,或者几百万册,如村上春树的《挪威的森林》,以及一些历史小说、侦探小说等,与这样的销售数量相比,《蟹工船》的"畅销"其实也是有限度的,而这也只是在文学书籍范围内比较,如果与充斥畅销书市场的各种政治、经济、实用、励志类图书相比,《蟹工船》对青年读者、对当前文化整体上的影响也可以说是有限的。

另一方面,"《蟹工船》现象"在日本尚未引起对左翼文学或左翼文化

[①]《思考小林多喜二的〈蟹工船〉畅销旋风的意义》,原载日本《思想运动》杂志,中译载于《批判与再造》,林书扬译。

界的深刻反思，而只有在这种反思的基础上，才能重新激活左翼文化的内在活力，才能使之成为植根于现实的具有生命力的文化范式，才能对当代文化或青年读者具有真正的影响力，而不是仅仅昙花一现，或者仅仅成为畅销书市场上的一个点缀，一个古老而又新鲜的异类或"另类"，一个被展览、被消费而不具备实践性的"商品"。有文章指出："1990年代后半期以来，左派知识分子对日本政治的保守化和年轻人的右倾化抱有强烈的危机感，在批判现实政治的同时，和歪曲历史事实、宣扬爱国主义的'右翼'展开了激烈的思想斗争，……另一方面，年轻人却开始对左派知识分子的启蒙者的姿态、真理代言人式的语调、缺乏现实感觉的陈旧的口号等产生了反感。……说得极端一点，《蟹工船》流行的意义恰恰就在于读者并不是从思想出发而是从切身体会出发，试图自己来摸索理解世界的渠道。所以，《蟹工船》的流行对左派知识分子而言与其说是斗争的成果，毋宁说是更明确地指出了问题的所在。"① 对于左派知识分子来说，如何在现实生活的具体感受中唤起青年人的认同，而不是以抽象的理论简单地说教，应该是处于低潮期或者"资本主义新阶段"的左翼思想所应采取的策略。

尽管"《蟹工船》现象"存在上述种种值得反思之处，然而从整体上来说，这对于左翼文化来说无疑是一件值得欣喜的事情，我们的分析只是希望左翼知识分子不要陷入盲目乐观，而应从中受到启示，使这一现象成为左翼思想产生实质性影响力的开始，而不是其"终结"。

以上主要是对"《蟹工船》现象"在日本的影响做出的分析，那么在我们中国国内，我们的知识界或文学界，应从这一现象中得到什么启示呢？我注意到，这一现象在国内主要的报纸、网站都得到了报道，但这种报道除了极少的文章，大部分是新闻式或"猎奇式"的，属于边缘文化、弱势文化对"中心文化"或强势文化的应激反应。即使在较为深入的文章中，也仅限于日本相关情况的介绍与分析，而没有将之与我国的文学现状与文学研究现状相联系，进行深入探讨。这里我尝试着提出一些思考问题

---

① 石岫：《危机镜像：〈蟹工船〉话语解读》，《21世纪经济报道》，2009年1月17日。

的角度,或许能使这一现象给我们的文学研究与文学创作以一定的启发。

首先,我们该如何评价中国的"左翼文学"?中国的"左翼文学"从1920年代兴起,延续到70年代,在不同的历史时期遭遇了截然不同的评价。而从1980年代以来,伴随着去革命化与去政治化的思潮,这一文学倾向逐渐被贬低与轻视,甚至不被视为"文学"。虽然新世纪以来,有少数学者对"左翼文学"加以重新评价与阐释,但对之的整体认识与评价还远远说不上是客观、全面、公正的。在资本主义金融危机空前的今天,在左翼文化在资本主义中心国家抬头的今天,我们是否该重新审视中国的"左翼文学"?

其次,中国的"左翼文学"有不同的发展阶段,有不同的派别,有与其他派别以及内部不同派别的激烈争论乃至批判,有独特的国情与历史上的经验教训,如果以日本"左翼文学"的发展为镜鉴重新审视,是否适用,或者在多大程度上适用?如何重新认识文学上的民族主义与国际主义或普遍主义?在资本主义及其文化"全球化"的今天,左翼文化是否也有"全球化"或者联合起来的可能性?

再次,通过对日本出现"《蟹工船》现象"的分析,我们该如何看待"底层文学"在新世纪的崛起?作为一种文艺思潮,"底层文学"的出现及其发展,与中国现实的变化、思想界的论争议及文艺界的转变有密切的关系,也可以说是"左翼文学"或"人民文学"传统在新世纪的继承与发展。但这一思潮却并未得到足够的评价与认可,其自身发展也仍受限制于1980年代以来形成的思想框架,如何在思想上突破"人道主义"、"人性论",如何在艺术上突破西方中心论与"文学进化论",以"中国"与"底层"为主体发展出新的艺术形式,仍是其能否得到继续发展所面临的难题。

(原载《文艺理论与批评》,2009年第3期)

我们能否理解卡扎菲？
——读《卡扎菲小说选》

《卡扎菲小说选》，是三四年前在旧书摊上买的，买来后浏览了一下，一直放在书架上，没有细读。现在利比亚战火纷飞，又勾起了我对这本书的兴趣，找出来，很快就读完了。此书由李荣建译、仲跻昆校，长江文艺出版社 2001 年 7 月出版，印数 5000 册，全书 109 页，共收入 12 篇作品，有 12 幅插图，前有卡扎菲的照片。此书虽然名为《卡扎菲小说选》，但是其中的作品和我们通常意义上的"小说"并不相同，很少有故事、人物、情节，更接近于我们所说的散文或随笔，所以在版权页上除了归类于"短篇小说"之外，另也加列了"随笔"一条。但是通过这些作品，我们也可以窥到这位利比亚领导人的思想，以及他的思想方法，或许有助于加深对卡扎菲以及当前利比亚局势的认识，以下我将根据自己的理解，对卡扎菲的思想做一些简要的概括与分析。

一　城市与乡村

此书收入的前四篇文章，分别名为《城市》、《乡村啊，乡村》、《大地啊，大地》、《宇航员自杀》，这四篇文章可以说构成了一组"专题"，集中表述了卡扎菲对城市文明与城市生活的批判，以及对乡村生活方式的热爱、眷恋与向往。

在卡扎菲看来："城市是生活的梦魇，而不像人们以为的那样，是生活的乐园。它很久以前就是这样，更不要说是现在了。每样事物都会有城市生活所要求的物质价钱。城市越先进、越发展，就会越复杂，距离友爱精神和社会道德越远。以至于在城里，同一座楼的居民相互竟不认识，特别是楼大了更是如此。人们的身份、关系都成了号码……。住在同一条街上的人彼此不认识，因为他们并非是相互选择了对方，而是发现他们自己同住在一条大街、一条小巷，事先并没有什么约定，也不是亲缘关系把他们聚集在一起的。相反，城市倒硬是把亲人都拆散了，让父子、母子，有时甚至连夫妻都分离开，而把冤家对头、相互毫不相干的人硬拉扯在一起。城市就是这样：在拆散亲人的同时，把不相干的人硬塞在一起。"（《城市》）

在这里，卡扎菲对城市生活的批判，集中在这样三个方面：一是"每样事物都会有城市生活所要求的物质价钱"，这里所批判的是资本主义及其价值观念，即将金钱作为衡量一切的标准；二是城市生活的符号性与抽象性，人们借以辨别个人身份的只是"号码"，而忽略了人们之间社会关系的丰富性；三是城市生活方式对传统乡村生活方式的破坏，主要是"陌生人社会"对"熟人社会"的破坏，人们疏离了传统与亲情，置身于荒漠一样的城市生活中，在卡扎菲看来，这是一种扭曲的、不自然的生活方式。

于是，卡扎菲大声呼吁："逃走吧！逃出城市！远离烟雾！远离令人窒息的二氧化碳！远离有毒的一氧化碳！远离那种黏黏糊糊的潮湿！远离种种臭气和毒气！逃离开那种慵懒、凝滞、令人厌倦、烦闷、呵欠不断的氛围！逃离开城市的梦魇！赶快从它的压迫下抽出身来！摆脱开那些墙壁、回廊和把你们紧锁在里面的重重门户！救救你们的耳朵，让它们别再听到那些喧闹的嘈杂声，别再听到那些吵吵嚷嚷和大喊大叫声，别再听到风吹电缆的嗡嗡声、敲钟打铃的叮当声和发动机的轰轰隆隆声！逃离那令人心烦意乱的氛围，那令人不安的空间，那封闭紧锁的场所！城市是限制人们的视野、消磨人们精力的地方。别再过这种像呆在老鼠洞里一样的生活了！别再过这种蛆虫一般的生活了！离开城市，逃到乡村去！当你们在那里，在乡村、绿洲、原野，从六亲不认、尔虞我诈、虚无主义的蛆虫、老鼠变成真正的人后，你们将会平生第一次观赏到皎洁的月亮。"
（《乡村啊，乡村》）

在这一段文字中，我们不仅可以感受到卡扎菲对城市文明更为猛烈的批判，而且其情感的激烈程度已经达到了非大声疾呼不能表达的地步。城市生活在这里是一个压抑的象征，既有自然环境（二氧化碳、一氧化碳）的因素，更多的则是精神上的挤压与"厌倦、烦闷"。对城市生活的批判，是19世纪资本主义发展以来的重要主题，从波德莱尔到卡夫卡，都对城市生活的压抑与异化有着深刻的呈现，在俄国象征派作家安德烈耶夫的《城》中，城市也是一个孤寂的荒漠，个人只能封闭在个人之中，无法寻找到情感慰藉与心灵寄托；而在现实主义作家巴尔扎克、狄更斯、德莱赛的笔下，城市则是资本与野心竞逐的场所，是剥削、压迫、侮辱与伤害的黑暗之地（《雾都孤儿》），是乡村青年男女的堕落之地（《高老头》、《嘉莉妹妹》），在卡扎菲的文章中，也表达了同样的感受与情感，但不同的是，卡扎菲在这里是以直抒胸臆的方式表达出来的，似乎只能以这样的方式才能抒发他内心的愤懑。

另外的不同则在于，卡扎菲作为一个政治家与国家领袖，当他对城市生活作出这样的批判时，意味着在他的内心深处并不认可这样的生活方式，而这应该与利比亚的历史以及他个人的经历密切相关。我们知道，1969年9月1日，27岁的中尉卡扎菲率领一小群士兵通过政变废黜了国王。但是近代之前的利比亚长期处于一种无政府状态：除了真主之外，部落就是人们效忠的最高对象，而各部落之间的纷争仇杀向不鲜见，在1951年利比亚宣布独立之前，其下属三个地区的当地居民几乎没人认为他们是一个国家（参见《利比亚战争背后的部落政治》一文）。在这样的传统之中成长的卡扎菲，虽然通过政变掌握了政权，并通过自己的改革政策极大地发展了利比亚的经济，带领利比亚进行现代化事业，但是在他的心中，对城市文明却始终怀有批判的态度，对乡村生活则怀有深深的眷恋之情，他这样描述自己的矛盾："一般来说，我自愿进城，是自找罪受。现在也没有时间细说原因了。主要都是境遇逼的。那么，我希望你们还是让我去放我的羊好了。我把那些羊丢在了谷地，让我母亲照管。可是我母亲已经去世了，我姐姐也去世了。听说我有几个兄弟姐妹都让蚊子给害死了。你们让我安静地想我的心事好不好！"（《逃往火狱》）在这里，我们可以看到，在卡扎菲的自我意识中，他始终认为自己属于乡村，而不是属于城市，正如他所说的："在这一切面前，我——一个漂泊的穷贝杜因人——在一个疯狂的现代城市里还能企望什么呢？"(《逃往火狱》)他所认可的自己的最根本的身份，并不是政治家或国家领袖，甚至不是一个城市居民，而是"一个漂泊的穷贝杜因人"。

在另一篇文章中，他则深情地指出："你们什么都可以舍弃，惟独不能舍弃大地。只有大地是离不开的。如果你们破坏了别的什么东西，那也许对你们来说没有什么损失，但是你们千万可别破坏大地，因为那样一来，你们将会损失一切。生物的生命——其中包括人的生命，而且，首先是人的生命——靠的是营养，各种营养：固体的，液体的，气体的。而大地正是盛这些营养的容器。因此，你们可不要打碎了这个惟一的无法取代的容器。譬如，你们一旦破坏了农业土地，就好似打碎了自己惟一的饭碗。"(《大地啊，大地》)在这里，"大地"不仅作为物质与生命的提供者与包容者而存在，也是作为心灵最终的栖息之地而存在的。而在《宇航员自杀》这篇唯一带有故事性的"小说"中，卡扎菲描述了一个遨游太空的宇航员，当他回到地面上想找一份工作时，才发现自己一无专长，他向一个农民讲述了很多天文知识："……当宇航员说到地球时，农民才醒过神来，闭上了嘴巴，而在宇航员从地球出发，滔滔不绝地从一个星球讲到另一个星球，最后才又回到地球上，在这整个过程中，农民一直是张着嘴巴连打呵欠的。那农民什么也没有听明白，只是也头昏脑涨地觉得，他仿佛是从一次周游整个太阳系的太空航行旅程中归来，而结果却与他的农田没有丝毫关系。他所关心是每棵树与每棵树之间的距离，而不是地球与木星之间的距离！他也许是给了可怜巴巴求乞的宇航员一些什么，然后就走了。宇航员认为他在地球上实在是找不到一件可以谋生的工作，便自杀了。"这里，卡扎菲对宇航员的批判，也是对城市文明与现代文明的批判，他的批判虽然不无偏颇之处，但我们也可以从中看出他对乡村大地的深厚感情。

二 政治家与群众

在我看来,《逃往火狱》一文集中表述了卡扎菲作为一个政治家的内心矛盾。在这篇文章中,卡扎菲描述了他作为一个政治家与群众之间关系的矛盾,也描述了他身为政治家与内心自我不能协调的痛苦,以及他为解决这些矛盾所做的妥协、努力与自我安慰。

文章一开始,卡扎菲便表达出了他对群众的矛盾态度:"我多么喜爱群众自由自在,无拘无束,挣脱了束缚手脚的桎梏,又没有头领、主人管治,在历经苦难之后,是欢呼、歌唱。但是我又多么害怕群众,对他们疑惧不安。我爱群众,就像爱我父亲一样;可我又怕群众,也像怕我父亲一样——在一个没有政府管辖的贝杜因的社会里,有谁能阻止一个父亲对他的一个儿子进行报复?是啊!他的孩子们是多么爱他!可是同时又是多么怕他!就是这样,我爱群众,又怕他们;就像我爱父亲,却又怕他一样。"

作为一个政治家,为群众所拥戴自然是幸运的,但是在这里,却也存在着三个问题。第一个问题是:能否一直为群众所拥戴。当一个政治家获得群众的拥戴与信任时,很多政治问题都可以化解,而一旦群众反目成仇,那么政治家便面临着巨大的危机,在文中,卡扎菲举出了历史上一些政治家的遭遇,表达了他的疑虑与忧惧:"群众欢乐起来时是多么热情似火、情采动人啊!他们会把他们爱戴的人扛在肩上。他们就曾扛起过汉尼拔、巴克利、萨伏那洛拉、丹东、罗伯斯庇尔、墨索里尼和尼克松。可是当群众愤怒起来时又是多么冷酷无情啊!是他们密谋毒死了汉尼拔;是他们架火烧死了萨伏那洛拉;是他们把自己的英雄丹东送上了断头台;是他们打碎了他们敬爱的演说家罗伯斯庇尔的颌骨;是他们拖着墨索里尼的尸体游街;是他们先是鼓着掌把尼克松送进了白宫,然后,当他离开白宫时却朝他的脸上啐唾沫!"在这里,群众作为一种根本性的政治力量,可以决定政治人物的命运,卡扎菲认识到了蕴含在群众之中的伟大力量。但是另一方面,当群众表达他们的政治意愿时,有时也是盲目、混乱或者缺乏远见的,尤其当这种表达以运动的方式呈现出来的时候,非理性的情绪甚至会使他们做出有悖于他们根本利益的事情。作为一个成熟的政治家，卡扎菲对群众与群众运动有着深刻的认识，所以他才会像对待父亲一样既怕又爱，心存敬畏。

第二个问题是：即使一直为群众所拥戴，有时也会为政治家带来烦恼，这里的主要矛盾在于政治家难以满足千百万群众各种各样的要求。尤其对于卡扎菲这样通过革命取得政权的政治领袖来说，群众对他会有一种天然的信任与爱戴，但是当他面对一个个群众，每个群众都向他提出需要满足的要求时，他便会感到无能为力。在《逃往火狱》之中，卡扎菲主要的篇幅都在描述这样的矛盾，甚至不无怨言："那些市民一见到我就会咬住不放：'给我们再建一幢房子！''给我们再架设一条更高级的线路！''给我们修一条越海的道路！''给我们建造一座公园！''给我们钓一条大鱼！''为我们写一道护身符！''为我们主一次婚！''为我们杀死一条狗！''给我们买一只猫！'……一个连出生证都不带的贫穷贝杜因流浪汉，肩上扛一根棍子，遇见红灯也不停下，还同警察吵架，根本不把警察放在眼里；不洗手就吃东西；有什么挡住路就用脚踢，甚至即使是踢到了一家商店的玻璃橱窗上，或是撞倒了一个白发苍苍的老太太，或是打破了一家美丽的白房子的窗户，他也不管；他从不知酒的味道，连'百事可乐'或'苏打水'也没尝过；他会在烈士广场寻找一头骆驼，在绿色广场寻找一匹马，赶着羊群穿越夏杰拉广场。就是这样一伙甚至连他们的救命恩人都不知怜悯的人，我觉得他们正在追逐我，正在烤炙我，即使他们在为我鼓掌，我也感觉那是在敲打我。"面对各种各样的要求，政治家有时也会感到无所适从。政治家并不是神，也不是万能的，他所能做的也是有限的，卡扎菲这样解释他所领导的革命："实际上，我并不掌握这些东西，然而我却从强盗手中，从老鼠嘴里、从狗爪子下抢来了这些东西，并以一个来自沙漠做好事者的名义，以一个打碎桎梏和镣链的解放者的身份，把这些东西分发给城里人。"——在这里，我们可以看到卡扎菲自我意识中的双重矛盾：第一层是解放者与被解放者的矛盾，或者说是政治家与群众的矛盾，卡扎菲所解决的只是社会分配或者说生产关系的调整，他所能解决也只是如此，而无法满足群众各种各样的要求；第二层是他自认为是"一个沙漠的做好事者",而他所解放的则是"城市人",他虽然认可解放者的身份,却并不认同"城市人"的身份。

第三个问题,则是政治家作为一个个体与现代政府管理体制之间的矛盾。这在卡扎菲这一段话中有着清晰的表述:"你们为什么就不能让我清静清静?而且干吗弄得我甚至连在你们的街道上走走都不成?我也像你们一样是个人,也照样喜爱苹果,你们为什么禁止我去逛市场?顺便提一下,你们为什么不发给我护照?不过话说回来,我拿护照又有什么用呢?我是不许出外旅游或是治病的,只有重要任务在身时才能出国。"在这里,我们可以看到卡扎菲作为一个政治家的"不自由",他作为一个国家领袖,按照现代政府管理体制,出于安全及其他方面的考虑,自然会有多方面的限制,但这样的限制本身却也构成了对他的钳制,使他无法像一个普通人那样生活。

正是因为有上述矛盾,卡扎菲只能"逃往火狱",这是一个想象的空间:"……除了我的灵魂,周围的一切都消失了,这让我比在别的任何时间、任何地方更感到自己灵魂的存在。群山变成了侏儒;树木枯萎了;为了求生,避免人类的伤害,动物都逃进了火狱的丛林中;就连太阳也被火狱遮蔽住,让我看不见了。什么都没有了,惟有火狱突出地显现在那里,而其中最突出的是它的中心。我不费多大劲地朝那里走去。我也溶解在自己的灵魂中,我的灵魂则溶解在我自身上,我们两者相互依存,互相拥抱,我们第一次合二为一了。那倒不是因为我的灵魂原先在我的体外,而是你们的地狱没有给我机会,让我同我的灵魂单独在一起,与它深入地探讨问题,彼此倾心而谈。我们——我指的是我同我的灵魂——在你们的城市里就像两个危险的罪犯,你们强行让我们接受检查和审讯,甚至在证实了我们的无辜,搞清了我们的身份之后,你们还是把我们关进了监狱,并派重兵看守我们。你们总是想要把我同我的灵魂隔离开来,因为那样做有助于你们放下心来,而不必太劳神。火狱要比你们的城市好多了!你们为什么又让我回来了?我要回到火狱去;而且我希望能在那里居住下去!去那里是不用护照的,你们只要把我的灵魂还给我就行了。"——在这里,我们可以看到,所谓"火狱"是指一个人能与灵魂单独相处的地方,也是一个符合自然的生活方式的地方,这样的地方虽然充满"火",是一个"狱",让此在的肉身充满痛苦,但对于卡扎菲来说,这样的地方却是一个逃身之处,是一个可以让灵魂休憩的地方。虽然"火狱"只是一个在想象中存在的空间,但我们从中也可以看到卡扎菲对自身处境的批判性思考,以及逃离现实空间的极度渴望,而"火狱"这一意象,也奇崛,冷峻,充满了想象力。

三　伊斯兰思想与世界

在《卡扎菲小说选》中,《叶尔孤白一家真该诅咒,应祝福的则是商队》《你们见新月开斋》《最后葬聚礼日的祈祷》《最后的聚礼日没有祈祷》《中午时的宣斋员》等文章,构成了一组专题,这组文章集中表达了卡扎菲对伊斯兰思想与伊斯兰世界的看法,由于笔者对伊斯兰思想较为生疏,以下只介绍或摘录文章的片段,并略加评述,以便对卡扎菲的思想有一个整体的认识。

《叶尔孤白一家真该诅咒,应祝福的则是商队》一文,讲述了《古兰经》中优素福与叶尔孤白的故事:优素福是安拉的使者之一,叶尔孤白的幼子,诸兄长妒其为父所宠爱,设计将其丢在井中,经过路的商队救出,卖至埃及。因拒主人妻子勾引而一度下狱。后为埃及王圆梦而受重用,主管粮仓。后其诸兄长去埃及买粮,相遇,他原谅了他们,并与年迈的父亲团圆(故事介绍参见书中文后注释)。从内容上来讲,此文只不过重述了《古兰经》中的一段故事,但是阅读这篇文章,我们可以感受到作者强烈的道德感与情感倾向,这一点在文章的标题中也得到了体现,"祝福",或"诅咒",卡扎菲爱憎分明、立场坚定,并不因为叶尔孤白一家与优素福的血缘关系而加以原宥,即使故事的主人公优素福已经原谅了他的诸兄长,千载而下,卡扎菲仍然以强烈的爱憎表达了他的情感立场,在这里,我们可以看到作者的情感与道德感的强烈程度。

《你们见新月开斋》一文涉及了两个问题:一是伊斯兰传统宗教仪式与现代"科学"的矛盾,二是传统宗教仪式与世界局势中强国控制的问题。"你们见新月开斋",是《圣训》中先知关于开斋节时间的规定,但是现代以来,"奉行穆圣的这一圣训,每年都会让穆斯林们依次在封斋、开斋、朝觐上遇到难题",这主要是由于"伊斯兰教已经在全世界传布开来,见新月的时间一个地区与另一个地区不同,一个洲与另一个洲也不同。过去地方的标准解决不了这个难题"。这些难题主要包括时差所造成的"见新月"的时间、日期乃至月份的差异,以及阴晴等不确定的因素。如果说这确实是现代科学对伊斯兰教礼仪造成的困难,那么卡扎菲接下来便笔锋一转,以讽刺性的笔调指出:"但这件事只是在今年得到了解决,是施瓦茨科普夫将军(愿安拉奖赏他)亲自解决的。从莱麦丹月(斋月)第一周起,他就提前将开斋节定于以伊萨诞辰纪元的1991年4月15日(星期一),从而根据西洋历断然而毫不含糊地规定了朝觐的日子,根本不管——根据施瓦茨科普夫将军的决定——看见与否(我指的是看见新月,而不是上述将军),不管舍尔班月是小月还是大月,也不管莱麦丹月是28天还是30天,或者哪怕就是31天也一样,问题不容讨论,也不取决于见未见新月,不管这事是圣训也好,是主命也好,也不管是安拉说的还是穆圣说的。施瓦茨科普夫将军的决定不容商量。此事关系到美军及其盟军的安全,也关系到包括天房及穆圣陵墓在内的整个阿拉伯王国的领土安全。"在这里,卡扎菲所讥讽的主要是美军对伊斯兰教朝觐日期的强性规定,这一规定是对穆斯林情感与传统的伤害,而只是为了美军的安全。从此处我们可以看到卡扎菲对伊斯兰教传统礼仪的尊重,以及对美国强行干预的不满。另外,值得注意的是此文行文中所表现出来的反讽与幽默,这可以说显示了作者内心的力量。

在《最后聚礼日的祈祷》一文中,卡扎菲主要谈了伊斯兰世界的现代化问题,他反对一味地祈祷或钻研古书,而主张发展现代科学,增强伊斯兰国家的实力。在文中,他以反讽的语调写到:"过去,为了要急切地战胜愚昧,消灭历史性的文盲,掌握现代科学,以创造先进,应付敌人的挑战,我们普及了教育,到处建立大、中、小学及专科学校、医院、职业训练中心,包括固定的学校和流动的学校,以使每个孩子都能受教育。当我们做这一切的时候,我们是多么傻呀!我们当时傻!因为我们没有使出同样的劲头去寻求那些含有深奥秘密的古书——诸如伊本·太米叶、伊本·凯希尔等已经作古了的各宗各派的大师、权威的论著。我们还花了几十亿第纳尔，创建了钢铁工业，建立了化工厂和石油化工厂，我们这样做也错了。我们应该废除利比亚的大人工河，废止庞大的钢铁联合企业的第二阶段工程，废止包括建立三百个石油加工厂在内的拉斯拉努夫联合企业的第二期工程，我们应该节省下来几百万第纳尔去再版印刷那些发了黄的古书。"接下来，卡扎菲对"以色列人已经掌握了现代科学，并在美国—阿拉伯资助下能够用这种现代科学发射人造卫星"，而阿拉伯民族却无动于衷表示了讽刺与不满，他明确地指出，"这个民族需要一个强有力的革命计划，为科学、劳动和抗敌而调动一切力量，以达到高度戒备的状态；并为拯救一个遭受威胁和侮辱的民族而负起责任"。在这里，我们可以看到卡扎菲并不守旧，而极力主张发展现代科学，主张伊斯兰世界的现代化，这与他尊重伊斯兰教礼仪的态度可以说构成了他思想的两个方面。

《最后的聚礼日没有祈祷》所谈的主要是伊斯兰世界的团结问题，这里包括两个方面，一个是党派政治所造成的内在分裂，卡扎菲不无痛心地指出："遗憾！全世界的穆斯林没有在有关莱麦丹月最后的聚礼日进行祈祷一事取得一致的意见。假若他们取得了一致的意见，那完全可以肯定地说，他们的祈祷会震撼犹太复国主义和北大西洋公约同盟，也许甚至会把以色列的人造卫星击落下来。但可惜，他们闹分歧了：伊斯兰解放党提出：让它的党羽参加这个聚礼日对真主的祈祷得有一个条件：这个党的党魁必须是穆斯林的哈里发，并要在清真寺里说：'真主啊！请你佑助穆斯林哈里发——伊斯兰解放党主席吧！请你赐福予他的子孙和妻妾，使他们成为他的继承人！'这位党魁一旦贵体欠安，那在伊斯兰世界的所有清真寺就必须为他祈祷，祝他早日痊愈。还有，你们大家都要知道，这位哈里发是可以肆无忌惮，为所欲为的，你们和你们的妻女都要归他掌握。还有一条：这个党的三位政治局委员——一位巴勒斯坦人和两位土耳其和库尔德裔的约旦人——被认为出身于先知家族，如果提到他们，你们必须说：'真主啊！请你喜欢他们！愿真主让伊斯兰解放党的政治局委员们脸上有光！无论如何，都要许诺他们将来会进天国！'"在这里，卡扎菲以讽刺的口吻描述了世俗的党派政治对宗教情感的伤害，以及对伊斯兰世界团结所造成的障碍。

然而这只是问题的一个方面，更重要的则是现代民族国家体制对伊斯兰世界所造成的分裂，卡扎菲指出："巴基斯坦的穆斯林对我们说：'我们拒绝参加，是因为作为一个伊斯兰国家，对于我们巴基斯坦来说，被霸占的土地是克什米尔；我们的死敌是印度，而不是所谓的以色列。'而印度的穆斯林拒绝应邀参加，则是因为他们同我们在有关敌人的定义、圣战的目的的方面未取得一致的意见。印度尼西亚穆斯林的直接敌人是穆斯林国家的马来西亚——它侵犯了也是穆斯林国家的印度尼西亚的边界，而他们传统的敌人则是日本。对于菲律宾的穆斯林来说，被霸占的土地不是巴勒斯坦，而是棉兰老，在他们看来，特拉维夫倒没有马尼拉坏。"于是："我们现在已经清楚了：以色列人只是阿拉伯民族的敌人，美国为以色列人的利益同一些伊斯兰国家结成了同盟。我们太自作多情了。伊斯兰并不构成一个政治统一体，也不构成一个经济军事统一体。我们发现，以宗教的名义统治了伊斯兰世界六百年的穆斯林民族土耳其是美国领导的北大西洋公约组织的成员，它同以色列人的关系很好；非洲的伊斯兰国家求助基督教徒们来反对我们，他们心甘情愿让基督教国家的军事基地盘踞在他们的伊斯兰领土上。足以证明这一切的是：为了答谢法国让艾赫迈德阿卜杜拉只重新掌权，穆斯林的科摩罗群岛竟把它的一个小岛出让给了法国，马约特岛的穆斯林居民们竟也投票赞成并入基督教的法国。"在这里，卡扎菲所讨论的虽然只是"聚礼日"的问题，但是其中所折射的却是困扰伊斯兰世界的团结问题，对这一问题的思考，同样也构成了卡扎菲关于伊斯兰思想的一个重要方面。

以上，我们大体分析了《卡扎菲小说选》中所体现出来的作者的思想，现在我们对卡扎菲的思想方法略作一下概括。我们可以发现，卡扎菲擅长从抽象或宏观的角度去把握问题，不论是他关于城市与乡村问题的思考，还是他对政治家与群众关系以及伊斯兰问题的思考，他都是从宏观的命题进入，在行文的推进中通过对一些细节的把握抓住命题的特征，展开他的一系列论述；在论述中，他也很少条分缕析地对问题的不同层面进行分析，而是充满激情地驱遣文字，将理性与情感结合在一起，所以他的文章让人可以感受到情感的潮汐涌动。另一方面，我们也可以看到，卡扎菲文章中表现出了强烈的道德感，以及坚强的意志，后一点在《死亡》一篇中尤为突出，在这篇文章中，卡扎菲以一个有趣的问题开始："死亡是男的还是女的？这只有真主知道。"接着他历数了他的父亲与死亡搏斗的几次经历，他在描述中将死亡拟人化，"我父亲从未向死亡投降过，而是毫无畏惧地同他战斗，直至他一百岁，尽管死亡想要在他三十岁时就结束他的生命。正确的立场是面对面地针锋相对"。——从中，我们不难看出卡扎菲向死而生的坚强意志。

在这个战火纷飞的时间，读书与写作是奢侈的，但我也希望以上的分析，能有助于人们加深对卡扎菲与利比亚的认识。在这场战争中，我们可以看到赤裸裸的武力侵犯，可以看到地缘政治与强权逻辑，也可以看到"文明的冲突"。作为一个曾遭受八国联军入侵的国家的一员，我愿以此文表达对利比亚的支持，虽然我并不认同卡扎菲所有的思想，但我却相信一个公正平等的"新世界"必将诞生，而这个新世界也正诞生于我们所有人的抗争与呼唤之中。

从排斥到认同

——二十年来大陆作家对陈映真的"接受史"

近读查建英的《八十年代访谈录》,其中有几处谈到陈映真,且与大陆作家多有错位之感,甚至话都无法说到一起去,因又想起王安忆、祝东力亦有谈及陈映真处,试摘抄并略加评论如下。

第一段:阿城与张贤亮

《八十年代访谈录》是在最近"反思 80 年代"热潮中涌现出来的一部著作,它以访谈的形式,记录了 80 年代文化领域中一些"风云人物"的所思所想,这些人物包括:阿城、北岛、陈丹青、陈平原、崔健、甘阳、李陀、栗宪庭、林旭东、刘索拉、田壮壮等。他们的回忆不仅能让我们具体了解到每个人的性情、趣味,而且对我们重新认识和理解 80 年代具有重要的意义。这些访谈都进行得较为深入,大部分颇为精彩,其不足之处在于选择对象过于"精英化"与"新潮化",我们看不到普通人的想法,也看不到新潮人物"对立面"的思考与感受,此外该书也缺乏政治经济学的视角,因而尚不够深入。不过这仍是目前关于 80 年代较为重要的一本书。

以下内容摘抄自该书——

阿城:……我记得八十年代末吧,我在美国见到陈映真,他那时在台湾编《人间》,《人间》杂志的百姓生活照片拍得很好,过了十年,大陆才开始有很多人拍类似的照片了。我记得陈映真问我作为一个知识分子,怎么看人民,也就是工人农民?这正是我七十年代在乡下想过的问题,所以随口就说,我就是人民,我就是农民啊。陈映真不说话,我觉得气氛尴尬,就离开了。当时在场的朋友后来告诉我,我离开后陈映真大怒。陈映真是我尊敬的作家,他怒什么呢?写字的人,将自己精英化,无可无不可,但人民是什么?在我看来人民就是所有的人啊,等于没有啊。不过在精英看来,也许人民应该是除自己以外的所有人吧,所以才会有"你怎么看人民"的问题。所有的人,都是暂时处在有权或者没权的位置,随时会变化,一个小科员,在单位里没权,可是回到家里有父权,可以决定或者干涉一下儿女的命运。你今天看这个人可怜,属于弱势群体,可是你给他点权力试试,他马上会有模有样地刁难欺负别人。这是人性,也是动物性,从灵长类的社会性就是这样。在我看来"人民"是个伪概念。所以在它前面加上任何美好的修饰,都显得矫情。

查建英:我见到陈映真是在山东威海的一个会上,那都九几年了,他可能真是台湾七十年代构成的一种性格,强烈的社会主义倾向,精英意识、怀旧,特别严肃、认真、纯粹。但是他在上头发言,底下那些大陆人就在那里交换眼光。你想那满场的老运动员啊。陈映真不管,他很忧虑啊,对年轻一代,对时事。那个会讨论的是环境与文化,然后就上来张贤亮发言,上来就调侃,说,我呼吁全世界的投资商赶快上我们宁夏污染,你们来污染我们才能脱贫哇!后来听说陈映真会下去找张贤亮交流探讨,可是张贤亮说:哎呀,两个男人到一起不谈女人,谈什么国家命运民族前途,多晦气啊!这也成段子了。其实张贤亮和陈映真年纪大概差不多。

按:查建英的叙述颇富功力,三言两语便将张贤亮的形象勾画了出来,与我们从《绿化树》、《男人的一半是女人》等作品中得出的印象不谬。或许在张看来,"性"与"金钱"便是他所理解的现代化了,但为了现代化,甚至吁请全世界的投资商"赶快上我们宁夏污染",于今看来却大谬不然,

20多年来发展所付出的环境的代价太过沉重了，每年春天沙尘暴都会给我们以提醒，对这样的"现代化"应该加以反思。

阿城的说法，是想以"人性"、"动物性"来否定人的"社会性"与"阶级性"，这我们在鲁迅与梁实秋的论战中早就看到过了，鲁迅无疑是正确的，即在"人性"、"国民性"之外，"阶级性"是理解现代社会的一个不可忽略的视角，所谓焦大不会爱林妹妹，煤油大王不能理解捡煤渣的老太太的苦恼是也。阿城在80年代的所作所为或许不无道理，因彼时距"文革"结束未远，对阶级斗争的强调与扩大化有一些反思的积极意义，但今日贫富分化如此严重，若仍如此说，则可谓对社会之真相殊无了解。

又，阿城与陈映真的矛盾在于他们所处环境的不同，阿城处于反思"极左"，亟欲"走向世界"的80年代大陆，而陈映真则处身于资本主义的台湾，所谋求的是"解放"的理论与力量，故二者产生了颇为吊诡的"错位"。伴随着大陆逐渐"走向世界"的步伐，对资本主义世界体系有更深的了解，对陈映真也有不同的理解，故对陈映真的"接受史"在某一侧面也反映着中国社会与中国作家思想的变化。

第二段：陈丹青

上书中又有——

> 陈丹青：……我记得安忆描述他在美国见台湾作家陈映真，陈问她以后打算如何，她说：写中国。陈很嘉许，夸她"好样的"。安忆听了，好像很鼓舞、很受用似的。
>
> 多么浅薄啊！为什么"写中国"就是"好样的！"哈维尔绝不会夸昆德拉：好样的！写捷克！屈原杜甫也不会有这类念头……

按：前引阿城、查建英对陈映真颇有些不理解，甚至不屑的意思，而陈丹青此处的说法尤为激烈，直斥之为"多么浅薄啊！"，或许这与言说者性格不同相关，但情感的指向是鲜明的。陈丹青所反感的是，为什么

"写中国"就是"好样的！"？此中我们不难看出其背后"走向世界"的思路，也即以接近西方、获得西方承认为荣，而对"写中国"，描绘中国的变化并在其中产生一定的影响持不屑的态度。这样的思路在今天无疑是值得反思的，我们应该承认现在不存在一个公正、公平的"世界秩序"，也不存在普适性的制度安排与唯一的发展道路，中国应走自己独特的现代化之路，并在这一过程中为世界秩序的更加公正、公平而努力。强调中国道路的独特，不是为所谓"极权社会"辩护，"极权社会"我们也是反对的，但同时我们也应该认识到：一、所谓"世界秩序"不会允许中国毫无代价地加入其中；二、中国也不能继续走像西方那样的殖民主义的老路；三、中国有独特的国情：9亿农民的生产、生活方式，悠久、丰富的文化传统，社会主义的遗产，等等；四、即使中国能够加入所谓"世界秩序"，也不能仅以"加入"为目的，而必须对目前不合理的秩序加以改变。

第三段：王安忆

上段谈的是王安忆，不过王安忆的想法与陈丹青颇有些不同，以下是王安忆谈及陈映真的一篇短文——

英特纳雄耐尔

一九八三年去美国，我见识了许多稀奇的事物。纸盒包装的饮料，微波炉，辽阔如广场的超级市场，购物中心，高速公路以及高速公路加油站，集资楼大楼的蜂鸣器自动门，纽约第五大道圣诞节的豪华橱窗。我学习享用现代生活：到野外Picnic，将黑晶晶的煤球倾入烧烤架炉膛，再填上木屑压成的引火柴，然后搁上抹了黄油的玉米棒、肉饼子；我吃汉堡包、肯德基鸡腿、Pizza在翻译小说里，它被译成"意大利脆饼"这样的名词；我在冰糕自动售货机下，将软质冰糕尽可能多地挤进脆皮蛋筒，每一次都比上一次挤进更多，使五美分的价格不断升值；我像一个真正的美国人那样挥霍免费纸巾，任何一个地方，都堆放着雪白的、或大或小、或厚或薄、各种款式和印花的纸巾，包含少有人问津的密西西比荒僻河岸上的洗手间。这时候，假如我没有遇到一个人，那么，很可能，在中国大陆经济改革之前，我就会预先成为一名物质主义者。而这个人，使我在一定程度上，具备了对消费社会的抵抗力。这个人，就是陈映真。

我相信，在那时候，陈映真对我是失望的。我们，即吴祖光先生、我母亲茹志鹃和我，是他有生以来第一次，面对面看到的中国大陆作家，我便是他第一次看到的中国大陆年轻一代写作者。在这之前，他还与一名大陆渔民打过交道。那是在台湾监狱里，一名同监房的室友，来自福建沿海渔村，出海遇到了台风，渔船吹到岛边，被拘捕。这名室友让他坐牢后头一回开怀大笑，因和监狱看守起了冲突，便发牢骚：国民党的干部作风真坏！还有一次，室友读报上的繁体字不懂，又发牢骚：国民党的字也这么难认！他发现这名大陆同胞饭量大得惊人，渐渐地，胃口小了，脸色也见丰润。以此推测，大陆生活的清简，可是，这有什么呢？共产主义的社会不就应当是素朴的？他向室友学来一首大陆的歌曲"一条大河波浪宽，风吹稻花香两岸，我家就在岸上住，听惯了艄公的号子，看惯了船上的白帆。"

和我们会面，他事先作了郑重的准备，就是阅读我们的发言稿，那将在爱荷华大学"国际写作计划"组织的中国作家报告会上宣读。他对我的发言稿还是满意的，因为我在其中表达的观点，是希望从自己的个人经验中脱出，将命运和更广大的人民联系起来。他特别和聂华苓老师一同到机场接我们，在驱车往爱荷华城的途中，他表扬了我。他告诉我，他父亲也看了我的发言稿，欣慰道：知道大陆的年轻人在想什么，感到中国有希望。这真叫人受鼓舞啊！从这一刻起，我就期待着向他作更深刻的表达。可是，紧接下来的事情是，我们彼此的期望都落空了。

在"五月花"集资楼住下之后，有一日，母亲让我给陈映真先生送一听中华牌香烟。我走过长长的走廊，去敲他的门，我很高兴他留我坐下，要与我谈一会。对着这样一个迫切要了解我们生活的人，简直是千头万绪不知从何提起。我难免慌不择言，为加强效果，夸张其辞也是有的。开端，我以为他所以对我的讲述表情淡然是因为我说得散漫无序，抓不住要领。为了说清楚，我就变得很饶舌，他的神情也逐渐转为宽容。显然，我说的不是他要听的，而他说的，我也不甚了解。因为那不是我预期的反应，还因为我被自己的诉说困住，没有耐心听他说了。

回想起来，那时候我的表现真差劲。我运用的批判的武器，就是八十年代初期，从开放的缝隙中传进来的，西方先发展社会的一些思想理论的片段。比如"个人主义"、"人性"、"市场"、"资本"。先不说别的，单是从这言辞的贫乏，陈映真大概就已经感到无味了。对这肤浅的认识，陈映真先生能说什么呢？当他可能是极度不耐烦了的时候，他便也忍不住怒言道："你们总是说你们这几年吃了多少苦，受了多少穷，我能说什么呢？我说什么，你们都会说，你们所受的苦和穷！"这种情绪化的说法极容易激起反感，以为他唱高调，其实我内心里一点不以为他是对世上的苦难漠然，只是因为，我们感受的历史没有得到重视而故意忽略他要说的"什么"，所以就要更加激烈地批评。就像他又一次尖锐指出的不要为了反对妈妈，故意反对！事情就陷入了这样不冷静的情绪之中，已经不能讨论问题了。

一九八九年与一九九〇年相交的冬季，陈映真生平第一次来到大陆。回原籍，见旧友，结新交；记者访谈，政府接见，将他的行程挤得满满当当，我在他登机前几个小时的凌晨才见到他。第一句便是：说说看，七年来怎么过的？于是，我又蹈入千言万语不知从何说起的境地。这七年里面，生活发生很大的变化，方才说的那些个西洋景，正飞快地进入我们这个离群索居的空间：超级市场、高速公路、可口可乐、汉堡包、圣诞节、日本电器的巨型广告牌在天空中发光，我们也成熟为世界性的知识分子，掌握了更先进的思想批判武器。我总是越想使他满意，越语焉未知，时间已不允许我啰嗦了，而我发现他走神了。那往往是没有听到他想要听的时候的表情。他忽然提到"壁垒"两个字Block，是不是应该译成"壁垒"？他说。他提到欧洲共同体，那就是一个Block，"壁垒"，资本的"壁垒"，他从经济学的角度解释这个名词。而后，他又提到日本侵华时期，中国劳工在日本发生的花冈惨案，他正筹备进行民间索赔的诉讼请求。还是同七年前一样，我的诉说在他那里没有得到应有的回应，他同我说的似乎是完全无关的另一件事。可我毕竟比七年前成熟，我耐心地等待他对我产生的影响起作用。我就是这样，几乎是无条件地信任他，信任他掌握了某一条真理。可能只是一个简单的理由，就是我怀疑自己，怀疑我说真是我想。事情变得比七年前更复杂，我们分明在接近着我们梦寐以求的时代，可是，越走近越觉着不像。不晓得是我们错了，还是，时代错了，也不晓得应当谁迁就谁。

　　陈映真在一九八三年对我说的那些，当时为我拒斥不听的，在以后的日子里一点一点呈现出来，那是同在发展中地域，先我们亲历经济起飞的人的肺腑之言。他对着一个懵懂又偏执的后来者说这些，是期待于什么呢？事情沿着不可阻挡的轨迹一迳突飞猛进，都说是社会发展的规律和终极。有一个例子可帮助这事实，就发生在陈映真的身上。说的是有一日他发起一场抗议美国某项举策的游行示威，扛旗走在台北街道上，中午时，就在麦当劳门前歇晌，有朋友经过，喊他："陈映真，你在做什么？"他便宣读了一通反霸权的道理，那朋友却指着他手中的汉堡包说："你在吃什么？"于是，他一怔。这颇像一则民间传说，有着机智俏皮的风格，不知虚实如何，却生动体现了陈映真的处境。

　　一九九五年春天，陈映真又来到上海。此时，我们的社会主义体制下的市场经济，无论在理论还是在实践，都轮廓大概，渐和世界接轨，海峡两岸的往来也变为平常。陈映真不再像一九九〇年那一次受簇拥，也没有带领什么名义的代表团，而是独自一个人,寻访着一些被社会淡忘的老人和弱者。有一日晚上,我邀了两个批评界的朋友,一起去他住的酒店看他,希望他们与他聊得起来。对自己,我已经没了信心。这天晚上,果然聊得比较热闹,我光顾着留意他对这两位朋友的兴趣,具体谈话属性反而印象淡薄。我总是怕他对我,对我们失望,他就像我的偶像,为什么?很多年后我逐渐明白,那是因为我需要前辈和传承,而我必须有一个。但是,这天晚上,他的一句话却让我突然窥见了他的孱弱。我问他,现实循着自己的逻辑发展,他何以非要坚执对峙的立场。他回答说:我从来都不喜欢附和大多数人!这话听起来很像是任性,又像是行为艺术,也像是对我们这样老是听不懂他的话的负气回答,当然事实上不会那么简单。由他一瞬间透露出的孱弱,却使我意识到自己的成长。无论年龄上还是思想上和写作上,我都不再是十二年前的情形,而是多少的,有一点"天下者我们的天下"的意思。虽然,我从某些途径得知,他对我小说不甚满意,具体内容不知道,我猜测,他一定是觉得我没有更博大和更重要的关怀!而他大约是对小说这样东西的现实承载力有所怀疑,他竟都不太写小说了。可我越是成长,就越需要前辈。看起来,我就像赖上了他,其实是他的期望所迫使的。我总是从他的希望旁边滑过去,这真叫人不甘心!

  这些年里,他常来常往,已将门户走熟,可我们却几乎没有见面和交谈。人是不能与自己的偶像太过接近的,于两边都是负担。有时候,通过一些意外的转折的途径,传来他的消息。一九九八年,母亲离世,接到陈映真先生从台北打来的吊唁电话。那阵子,我的人像木了,前来安慰的人,一腔宽解的话都被我格外的"冷静"堵了回去,悲哀将我与一切人隔开了。他在电话那端,显然也对我的漠然感到意外,怔了怔,然后他说了一句:我父亲也去世了。就在这一刻,我感受到一种深刻的同情。说起来很无理,可就是这种至深的同情,才能将不可分担的分担。好比毛泽东写给李淑一的那一首《蝶恋花》……"我失骄杨君失柳"。他的父亲，就是那个看了我的发言稿，很欣慰，觉着中国有希望的老人；一位牧师，终身传布福音；当他判刑入狱，一些海外的好心人试图策动外交力量，营救他出狱，老人婉拒了，说：中国人的事情，还是由中国人自己承担吧！他的父亲也已经离世，撇下他的儿女，茕茕孑立于世。于是，他的行程便更是孤旅了。

　　二〇〇一年末的作家代表大会，陈映真先生与我的座位仅相隔两个人，在熙攘的人丛里，他却显得寂寞。我觉得他不仅是对我，还是对更多的人和事失望，虽然世界已经变得这样，这样的融为一体，切·格瓦拉的行头都进了时尚潮流，风行全球。二年来，我一直追索着他，结果只染上了他的失望。我们要的东西似乎有了，却不是原先以为的东西；我们都不知道要什么了，只知道不要什么；我们越知道不要什么，就越不知道要什么。我总是，一直，希望能在他那里得到回应，可他总是不给我。或者说他给了我，而我听不见，等到听见，就又成了下一个问题。我从来没有赶上过他，而他已经被时代抛在身后，成了掉队者，就好像理想国乌托邦，我们从来没有看见过它，却已经熟极而腻。

　　按：我们都知道王安忆的小说《乌托邦诗篇》，即是以陈映真为原型的，此文表达了与那篇小说相似的意思，但似乎更清晰些。从中我们可以看到二十多年来王安忆对陈映真的"接近"，但这种接近只是"情感"上的，她只是将陈映真当作"偶像"与"前辈"，当作一个可以崇敬的人，却并不理解（虽然有些接近理解）他的"思想"。在王安忆看来，陈映真的思想是"乌托邦"，是对现实逻辑"非要坚持对峙的立场"，这是他们真正的"隔膜"之所在。

　　王安忆不仅对于陈映真这样的左翼知识分子持犹疑的态度，对右派知识分子同样感到不可信任，在据说以张贤亮为原型的著名小说《叔叔的故事》中，她表达了对老一代"自由主义"知识分子的失望，由于认识到了他们并非"英雄"，而对他们，也对自己陷入了怀疑之中，这导致了她内心的迷茫和对前途、对世界的不可把握。

但在这里,需要区分的一点是,对于"左翼"知识分子,她虽然有些隔膜,但在情感上是崇敬的,而对自由主义知识分子,她的态度是怀疑与"失望"。这一点之所以重要,我们在与前三位作家的比较中就可以看出来。前三位作家虽然程度不同,但对陈映真这样的左翼知识分子是持一种否定态度,而王安忆则不同,虽然她并不完全认同于陈映真,但表示了起码的尊重、理解和崇敬,这应该被视为一个转折点。

王安忆对乌托邦的态度我们是可以理解的,尤其在经历过"文革"与1989年事件之后,左右两方面的"乌托邦"都以失败而告终,这使她对任何超越于现实之上的"现代性规划"都持一种怀疑的态度,但过于执着、认可或接受现实与现实的秩序,也使她的小说越来越琐屑、细碎,在精神上则缺乏一种超拔的力量。如果我们重温一下卡尔·曼海姆关于"绝对不可实现的乌托邦"与"相对不可实现的乌托邦"的区分,那么对后者保持理性与激情,仍是可取的。

在90年代初的知识界,王安忆的态度是有代表性的,那时文学界以"新写实主义"和"先锋小说"领风骚,这些作品如《一地鸡毛》、《活着》等,以犬儒主义的态度面对现实,宣扬一种"苟活"的哲学;而知识界则提倡学术规范,以"学术"代替"思想"等等,这其实是作家与知识分子面对现实的一种失败。这一失败使他们限于困顿中,也使他们产生了分化。

第四段:祝东力

最后,我要说到祝东力对陈映真的理解,在《我们这一代人的思想曲折》一文中,他指出——

> 整个八十年代,我们这代人被笼罩在上代人的影子之下。批判中国历史,否弃中国革命乃至近代以来全部反帝反殖的左翼传统,质疑国家、民族、集体,向往西方的政治、经济、科技以及语言、文化和学术思想。不必讳言,八十年代的知识体系、

价值观念和审美趣味在相当程度上是可耻地反人民和殖民地化。……

1994年夏，台湾作家和思想家陈映真先生来北京，在中国社会主义文艺学会安排的一次座谈会上，我聆听了他的长篇演讲。演讲的主题大致是台湾与中国统一问题，具体内容已经模糊，但其鲜明的左翼立场、开阔的国际视野和高超的政治经济学方法，以及将社会经济、国际政治和意识形态表象从深层联结起来予以分析所表现出来的敏锐、渊博和深邃，给我留下极深的印象，借用梁启超回忆龚自珍对晚清思想解放之作用的一句话说就是："初读《定庵文集》，若受电然。"我恍然间意识到，知识分子拥有两种彼此嬗替的传统，即左翼传统和自由主义传统。在中国，在长期衰落、停滞和僵化之后，左翼传统经过转型，完全可能铁树开花，出现一次伟大的复兴。

按：另在我与祝东力的闲谈中，他也曾说起90年代中期见到陈映真时的震动，一方面是对陈映真的精神的震动，他说那是陈映真已华发满头，但谈笑风生，神采奕奕，另一方面则是对陈映真"思想"上的共鸣，正是陈映真与其他思想资源的影响，以及90年代中国现实的刺激，使他完成了"思想曲折"，而最终达到了上引段落的认识高度。

这一认识使他区别于王安忆"情感"上的认同，而在"思想"上与陈映真走到了一起，而此时的中国已走入了一个新的历史关头，在资本主义全球化的过程中，如何使批判的"左翼思想"重新焕发活力，不再仅是陈映真关心的问题，也是祝东力等一批大陆知识分子所认识到的问题，这一问题的提出和解决，关系到未来中国与世界的命运，是我们今天所不能不面对的。

以上略谈了阿城、张贤亮、陈丹青、王安忆、祝东力对陈映真的理解，这个过程也是二十多年来中国思想变化的一个缩影，立此存照。

（原载台湾《批判与再造》，2006年7月）

《赵南栋》与文化领导权问题

陈映真 1987 年发表的中篇小说《赵南栋》，一向与《山路》、《铃铛花》一起被视为其"政治小说"的代表，然而与《山路》、《铃铛花》相比，《赵南栋》虽然涉及政治性的因素并以此为主，但仅以这一点却无法涵盖其内容的丰富性，小说中既有"华盛顿大楼"系列小说中对跨国公司精英的深刻描写，也有对反叛资本主义社会秩序的"叛逆青年"的细腻刻画，而更重要的是，小说将这三者结构起来，从而在整体上呈现出了一种深刻的悲剧，使一个父亲与两个儿子各自人生道路的强烈对比，成为台湾二十多年社会思想变迁的一个缩影。

在这个小说中，父亲赵庆云 1950 年作为政治犯被抓到监狱里，1975 年大赦获释，但 25 年的监狱生活，使革命激情不减的他，已经无法适应进入资本主义的台湾了；大儿子赵尔平，自小被寄养在别人家，父母的苦难与寄养的家庭，使他自幼发奋图强，后来他进入了一家跨国公司，但公司高层的贪渎与倾轧渐渐浸染了他，让他成了一个谋取个人利益的精英；小儿子赵南栋，出生在监狱中，不久母亲被处决，他同样被寄养在别人家，但这个自小面容姣好的"小芭乐"，长大后成了一个频繁更换女朋友并吸毒、坐牢、搞同性恋的"叛逆青年"。这三个人，各自孤绝在自己的人生经验中，无法理解与交流，在时间与社会的变化面前，显示了一种悲壮的无奈。

这是一个真正的悲剧，但具有不同的层次。首先这是一个伦理的悲剧，是一个父亲的悲剧，也是两个儿子各自的悲剧；其次，这是一个身份的悲剧，是一个"革命者"的悲剧，也是跨国公司"精英"的悲剧，同时也是"叛逆青年"的悲剧；然而归根到底，在主题上，这是一个"时间"的悲剧，或者是一个"隔绝"、"背叛"的悲剧。正是在时光的流转与社会思潮的变迁中,父亲与两个儿子被彼此区隔,"革命者"来到了不属于他的时代,"精英"被跨国公司的生产与生活方式异化,"叛逆青年"陷入了迷茫、彷徨与绝望之中,"革命者"的后代背叛了革命的理想。在这里,陈映真将莎士比亚式的生动与陀思妥耶夫斯基式的思想悲剧结合起来,为我们描绘出了后革命时代最为触目惊心的一幕。

如果说《赵南栋》浓缩了台湾25年间的变化,那么在大陆,这一变化则更加漫长,更具有戏剧性,蕴含了更为丰富的意蕴。

《赵南栋》的第一部分,是以叶美兰的视角讲述的,叶美兰是赵庆云的爱人宋大姐的狱友,她回忆了她们在狱中的斗争、死亡以及小赵南栋的出生,熟悉大陆小说的人,从她的回忆中,不难想到《青春之歌》、《红岩》这两部影响深远的小说,她们在狱中面对的相互照顾是如此相似,而宋大姐这位参加过抗议的青年学生,也正像林红、江姐一样为革命事业英勇牺牲了,她的儿子"小芭乐"赵南栋,也正如《红岩》中的"小萝卜头"一样出生在狱中,并得到了狱友的照顾,不同的是他们的命运。

有一则资料这样介绍"小萝卜头":"小萝卜头",原型叫宋振中。宋振中在一岁的时候,和妈妈一起被国民党反动派关进重庆白公馆监狱;1949年9月6日,和妈妈徐林侠、爸爸宋绮云一起被国民党特务杀害于戴公祠,当时,小萝卜头宋振中才9岁。他在敌人的监狱里被关押了8年,是在敌人的监狱里长大的,不知道外面的世界是什么样。在敌人残酷迫害下,小萝卜头是吃霉米饭长大的,不知道糖是什么味儿。他和所有的孩子一样,渴望到学校里去读书,但是,他是"政治犯",敌人不让他读书,经过地下党的斗争,他才在监狱里上了学,由地下党员和爱国志士做他的老师。小萝卜头稍微大一点以后,就懂得了谁是坏人,谁是好人。他特别痛恨国民党反动派,在敌人的监狱里帮助地下党做了许多成年革命者不能做的革命工作,为打倒国民党反动派,建立新中国,立下了不可磨灭的功劳。正因为如此,重庆解放后,小萝卜头宋振中被追认为革命烈士。他是我国,也是世界上最小的烈士。①

我们很难想象,"小萝卜头"如果活下来,会成为一个频繁更换女友

---

① 引自 http://baike.baidu.com/view/170295.htm,略作删节。

并吸毒、坐牢、搞同性恋的"叛逆青年",但与他命运相似的"小芭乐"却成为了这样的人,为我们展示了另外一种可能性,而且在大陆,如果我们将视野从20世纪40年代延伸到80年代以至新世纪,这样的情况也并非不可能。我们固然看不到"小萝卜头"的变化,但1980年代以来,从徐星、刘索拉到王朔、王小波的小说中,我们却不难看到这样的"叛逆青年",那么,这一切是如何发生的呢?

关键的问题在于社会语境发生了转变,当人们不再以"革命"的视角去看待历史与现实,"牺牲"便失去了被赋予的神圣意义,而在80年代以来的大陆,便经历了这样一个"去革命化"的过程,在这个过程中,革命话语失去了"文化领导权",而另外的话语如"现代化"则占据了主流。这从一个例子即可以看出,在80年代的大陆文学中,不断出现"马列主义老太太"这样的形象,这一形象固然蕴含着对官僚主义、教条主义的批判,但同时被批判的也有被教条化的马列主义。而在90年代的作品如情景喜剧《我爱我家》中,"老革命"老傅的形象则成为了一个僵化、保守、说一套做一套的喜剧形象,这在同时期王朔的作品中也是一个被突出表现的对象。这里关键的问题不在于现实中有没有这样的形象,而在于这样的形象为什么被表现出来并被普遍接受,因为在现实中,必然存在着如赵庆云一样仍坚定执著于革命理想的人,在这样的人看来,社会的转型是一个悲剧,他们毕生所追求的理想成为了新时代的一种笑柄,曾经视为生命的东西被无情地消解了,而这个悲剧却在大陆的社会转型中以喜剧的形式表现了出来。而在今天,这一问题甚至更加严重,近日网上传出一位曾经参加解放襄阳的81岁的老战士,只能在街头以卖花生糊口①,而在电影《集结号》中,失去了理想价值的视野,那些战斗的士兵似乎在进行一种无谓的厮杀,而这当然不足于解释中国历史。

或许正是出于这样一种担忧,在1960年代初期,在大陆涌现出了一批"社会主义教育剧",包括《千万不要忘记》、《年青的一代》、《霓虹灯下的哨兵》等,这些作品意在唤起革命时期的记忆,以培养"无产阶级革

---

① 《81岁老战士街头卖花糊口曾参加解放襄阳战役》,http://news.qq.com/a/20071219/000017.htm?qq=0。

命接班人",希望能将革命精神传下去。这在当时取得了轰动性的演出效果,但却被80年代以后的研究者批评,有的认为这是"反城市文化的现代化",而另外的人认为表现了"后革命阶段的日常生活的焦虑"①,这些批评以现代化、日常生活这样新的命题取代了"革命"的视角,将"革命"当作城市文化、日常生活的对立面,而没有认识到作为反现代性的现代性,中国革命与城市文化、日常生活也有相契合的一面;而另一方面,城市文化、日常生活并不具有自明的意义,它们在今天固然是中产阶级或资产阶级文化的一种表征,但并不意味着就不存在"无产阶级"的城市文化或革命中的"日常生活"。

但就总体性的现实效果来说,"社会主义教育剧"及随后的"样板戏",在培养"无产阶级接班人"这一问题上却是失败的,究其原因,并不在于资产阶级文化的优越性,或者"人性"天生就有追求享受的倾向,而是这种"教育"本身及其方式的问题。首先,这一教育方式将问题归结于文化与意识领域,而忽略了社会、政治领域的现实,这正如西方马克思主义一样,尽管在文化上对资本主义现代性有着深刻的反思与解构,却不能从整体上触动资本主义体制。而对于五六十年代的年轻人来说,"资本主义"是空洞的,它被抽象为一切"恶"的象征,而失去了其政治经济学上的质的规定性,虽然它是个耳熟能详的名词,却又是陌生的,只有在"狼"真的来了之后,才能让人认清其本质。

而且"教育"本身是一种自上而下的启蒙,是一种具有权力结构的思想控制,而现代思想本身的发展,却总是要以反叛、质疑的方式向前推进的,这也正可以解释,为什么正是1950年代培养起来的"新人"如李泽厚、王蒙等,在1980年代充当了反叛这一思想的先锋,为什么正是在1980年代的新启蒙主义思潮中,才酝酿了1990年代中后期的"新左派"如汪晖等人。

另一方面,中国革命本身所存在的问题,在革命胜利后没有得到及时有效的反思并做出纠正。如韦君宜在《露莎的路》、《思痛录》,老鬼在

---

① 唐小兵:《〈千万不能忘记〉的历史意义》,《二十世纪中国文学史论》,第193—203页,东方出版中心,2003年4月第2版。

《母亲杨沫》等书中谈到的革命内部的弊端,在1950年代采取压制的方式加以解决,而对于不同的思想系统,则采取批判的方式完全排斥,如批判《武训传》、胡适、胡风等运动与"反右"的扩大化,而没有采取思想论争的方式争取"文化领导权";在1980年代以后,因之丧失了"文化领导权",尽管仍有行政上的领导权,但却并不具备足够的合法性与说服力。

在这里,我们应该对"文化领导权"与"行政领导权"做出区分,如果说文化领导权是指在思想上具有说服力与合理性,从而依靠自身的力量成为一种笼罩性的话语,那么"行政领导权"则仅仅在法律或行政上拥有合法性。"文化领导权"与"行政领导权"有重合的可能,如在50年代的大陆,但也有分离的可能,比如30年代,国民党虽然占有"行政领导权",但以鲁迅为代表的左翼文化无疑占据着"文化领导权"。

仅就记忆来说,任何一代年青人都不可能完全重复上一代人的经验,那么如何将上一代的思想传递给青年一代呢?与此相关的另一个问题是,为什么当初的青年可以背叛富有的家庭参加革命,而今天即使出身于底层的青年也在背叛家庭,希望能进入中上层社会,成为赵尔平这样的跨国公司精英呢?同样的"背叛",却有着不同的方向,这一触目惊心的事实,让人不能不思考一个时代的文化领导权问题。当革命文化占据领导权时,它甚至可以吸引对立阶级的优秀青年,而当革命文化失去合理性与说服力时,那么它连自己所服务的阶级基础也无法维持,这不能不说是一个悲剧。

相对于社会主义文化,我们可以考察一下封建社会与资本主义如何处理"接班人"问题。在中国漫长的封建社会,这是与"独尊儒术"的国家意识形态,以及科举制等选拔人才的机制联系在一起的,这样的意识形态与制度安排保证了士大夫阶层的再生产;而在资本主义社会,虽然允许思想上的质疑与反叛,但自由、民主、博爱等主流意识形态无疑占据着文化领导权与行政领导权,而正是这些质疑与反叛,不断激发资本主义的内在活力,同时在与社会主义文化的竞争中,将自由、民主的范围加以扩展,从而保持了这一文化的合理性与说服力,即使克林顿、布莱尔这样当初的反叛者,最终也融入了主流文化之中。相对于封建主义与资本主义这两个"超稳定结构",社会主义文化无疑是一种新生的脆弱的文化,在

20世纪，这一文化一度在世界范围内占据了文化领导权，它所提倡的更为彻底的自由民主与民族独立，以及对殖民主义世界秩序的变革，一时凝聚了世界的希望，但在具体的实践中，它却在与资本主义的竞争中，在国内复制了国家资本主义，在国际关系上复制了资本主义的世界体系，而并没有发展出一种更具合理性与说服力的文化，没有发展出一种全新的人与人的关系、人与国家的关系以及国家与国家的关系。而苏东事件，更使社会主义文化面临窘境，"历史终结论"的流行，便说明了资本主义文化将自身"普适"化的一种努力，而"9·11事件"之后布什政府提出的"圣战"，也首先是一种文化政治。

一个真正有活力的思想，应该是在不同思想的论争中产生并能够容纳内部差异的，只有这样，才能持续保持活力，防止自身僵化，并能应对新的现实问题。也只有这样，才能占据"文化领导权"，从而拥有青年与未来。今天的社会主义文化，也只有在相对开放的思想环境中，在与不同思想体系及内部差异的争论中，才能重建自己的"文化领导权"，而这种思想环境之所以是"相对"而不是"绝对"开放的，就在于资本主义文化在全球范围内占据优势，如果完全开放，它必将以"普适性"的名义迅速占领一切舆论，而之所以是开放而不是"封闭"的，就在于只有在开放的环境中，才能刺激社会主义文化的活力，使之依靠自身的理论力量重新"掌握群众"。

在《赵南栋》的结尾，叶春美将因吸毒而陷入恍惚的赵南栋，带回了远离台北的"石淀仔"，只是这一次，曾经拯救烈士孤儿的她，还能拯救这个孤儿的灵魂吗？陈映真以严肃的现实主义精神为我们描述了一个悲剧，在台湾，被跨国资本异化的赵尔平与反叛现状但限于迷惘的赵南栋，都看不到未来的出路，但他们是否会回头重新审视父辈遗留下来的精神遗产呢？而拥有更为复杂历史的大陆青年，是否也能以陈映真的小说为镜鉴，重新思考中国革命的历史与经验教训呢？这是我们希望的，但对于中国乃至世界的未来，这也仅只是一个开始。

（原载《华文文学》，2008年第1期）

告别的艰难与缱绻

——读黎紫书《告别的年代》

马来西亚华人作家黎紫书的《告别的年代》，是一部耐人寻味的作品。这是黎紫书的第一部长篇小说，在此之前，黎紫书以中短篇小说崛起，被视为马华文坛的"奇迹"，她在短时间内连续获得马来西亚与台湾的文学大奖，尤其是花踪文学奖和《联合报》文学奖，显示出了她的重要性，生于1970年代的她，如今已被视为马华文学界的新希望。

《告别的年代》是一部装置颇为复杂的长篇小说，而这种形式上的装置与小说的内容有机地融合在一起，参与了主题的构造，让我们看到了"告别"的艰难与缱绻，以及现代人情感与记忆的丰富缠绕之处。

第一层装置，在于这是一本"残缺的书"，作者（叙述者）在"前言"中说，"更奇怪的是它的页码居然从513开始，似乎这书的第一页其实是小说的第513页……"，而此书的第一页也以"1（513）"标识，而最后一页则标为"328（840）"，如果我们不仅仅将这样的标示理解为炫弄技巧或文字游戏，那么我们或许可以在这样的意义上理解其"深意"：这里显示出来的只是一小部分，更多（或更重要）的部分则没有显示出来，而之所以如此，或许在于作者不愿说出，而读者只能去猜想；第二层装置，在于这是一本"书中之书"，作者写到书中的主人公在读一本名为《告别的年代》的书，在这里，读者与书中的主人公，以及《告别的年代》便形成了一种相互缠绕、相互映照的关系，仿佛镜中之镜，映照出无限多层次的空间。由此我们可以进入小说的主体部分，由外及内，又可以分为不同的层次。第三层装置，写的是"杜丽安故事"的作者，化名为韶子的女作家杜丽安的故事，其中涉及她与评论家第四人的交往，以及评论界关于她的研究与争论；第四层装置，写的是"杜丽安故事"的读者"你"的故事，"你"住在廉价宾馆五月花301号，与母亲、细叔以及玛纳的故事；第五层装置，便是"杜丽安的故事"，这是一个底层的小女人，她从戏院的售票小姐成为酒楼女经理的历程，她的婚姻，她与丈夫、继子继女的关系，她的偷情，等等，让我们看到了那个年代的生活及其风貌。在这里，我们可以看到，小说层层递进，以"杜丽安故事"为核心，形成了一个复杂的叙事结构。

如同叙述上的繁复，小说的标题"告别的年代"（或许来自于罗大佑的同名歌曲）也具有双重含义，既指向过去——要告别的那个"年代"，也指向当下——现在是要"告别"的年代。我们可以将前一个年代理解为作者母亲的"年代"，如作者在后记中所说："当然还有我的母亲，感谢她在多年前那些泛着锈色的午后，开着丽的呼声听林黛或葛兰或白光唱的歌，让趴在地上做功课而不支睡着了的我，一遍一遍地潜入了本不属于我的年代。"而后一个年代则指作者所处的当下时代。在这个意义上，我们可以将此书视为作者探寻"母亲"一代生活与内心历程，并反思个人成长经验的作品。小说中错落在不同时空的主人公，或隐或显地显示出作者对不同时代女性命运的探索，而在其中融入了作者的疼痛、血肉与体验。或许我们可以从这个角度解释作者何以采用如此繁复的叙述方法：作者无法"透明"地观察那个时代，只能从个人体验出发，迂回婉转地进入那个年代，而对于那个年代，作者也怀着复杂而缠绕的情感，面对挥之不去的成长经验，她既想重新回到过去，探寻那个年代究竟发生了什么，又想与之挥别，毫无羁绊地生存于当下这个时代，既想重新"回忆"又想"告别"，这是两种相互矛盾的情感。但是我们可以看到，在"那个年代"与这个时代之间发生了巨大的转折，不仅是个人经验，而且整个社会的生态、精神与氛围也都发生了变化，而置身于这一巨变之中，作者敏感、细腻而又感慨系之，这部小说便可以视为其留恋与缠绻、"告别"与反思之作，其间种种困惑、矛盾、挣扎甚至隐秘之处，只能以复杂的叙述态度才能表述。

《告别的年代》是黎紫书在盛名之下第一次创作长篇小说的尝试，在后记《想象中的想象之书》中，黎紫书谈到了她创作这部小说的困惑与心路，她从"羞于启齿地渴望着写一部长篇"，到终于"安装了最后一个句号以后，无比心虚却意志坚定地即时逃离小说现场"，让我们看到了她对长篇小说这一体裁的敬畏，她说，"而我选择了长篇小说，因为那里有足够的空间让它们说出各自的对白"。香港作家董启章在《为什么要写长篇小说？——答黎紫书〈告别的年代〉》中，提出"长篇小说的时代已经过去，为什么还要写长篇"这一问题，他从"文学终结"、"经验匮乏"、"边缘文学"这一铁三角似的危机结构，阐明了海外华人作家共同的焦虑，最后他给出的写长篇的理由是，"对抗匮乏，拒绝遗忘，建造持久而有意义的世界"。对于年产量超过4000部长篇小说的中国大陆文学界来说，这样的焦虑似乎很遥远，但正如董启章所说，"大陆文学的终结也因此很可能会在毫无意识中悄悄降临"，如果我们将这里的"文学"限定为"纯文学"或"严肃文学"，那么董启章所指出的或许正是我们正在经历的过程，从这个角度去看，《告别的年代》对于大陆文学界的价值，就不仅仅在于"写什么，怎么写"，也在于其内蕴的对长篇小说乃至文学本身的焦虑与危机意识。

（原载《中华读书报》，2012年5月9日）

附　录

从"纯文学"到"底层文学"

——李云雷访谈录一

徐志伟：在70年代出生的批评家中，你是最为集中地以文学批评的方式关注"底层"问题的一位。但同样是关注"底层"也还有不同的立场，你对于"底层"的立场是什么？

李云雷：对于"底层"与"底层文学"，我基本上持肯定、赞成与倡导的态度。不少批评家是持批评或否定态度的，批评的角度有很多，比如有的从"文学性"角度认为艺术性不高，有的认为底层文学是"抢占道德制高点"，有的认为作为知识分子的作家，无法为底层"代言"等等，这些我在具体文章中都有所分析与批评，这里就不展开了。

对于"底层"的态度，我觉得涉及一个人的世界观，也涉及一个情感与知识问题。如何认识"底层"？如果做一个社会分析，可以发现，"底层"一般是指在政治、经济、文化等多个层面处于低端，在整个社会结构中处于底层的人群，包括工人、农民、农民工等，可以说"底层"占了中国人口的大多数，构成了社会的基础，如果我们忽略了这个基础，那么整个社会是很危险的。如果我们认同人民史观，那么我们就不会将底层视为社会发展的"包袱"，或者作为"滴漏效应"的受益者，而可以从根本上看到，中国的发展在根本上取决于"底层"，而在更广阔的视野中，中国底层不仅决定着中国的根本前途，也决定着整个世界的政治经济格局，或许正是因此，美国的《时代周刊》才将中国工人作为去年的"风云人物"。如果我们无法认识到"底层"的重要性，那么终将会受到历史的惩罚。

另一方面，"底层"之所以产生，或者说"底层"之所以成为一个问题,可以说有多种原因,包括贫富差距拉大、社会分配不公等政治经济原因,也包括"底层"在公共舆论中受到歧视、侮辱与压抑等文化原因。也就是说,"底层"所产生的被剥夺感与不满足感,不仅来自于社会分配,也来自于文化上的歧视。可以说在历史上,任何社会都不会有绝对的公平分配,但是在有的社会结构中,一个人可以在经济上处于底层,但在政治、文化或其他领域处于较高的层次,或者处于底层的人群,并不受到文化上的歧视,而被视为社会与历史的"主人",也不会产生强烈的被剥夺感。而在我们今天的社会中,"底层"在社会结构及其意识中处于一种绝对的"底层"地位,一个人一旦置身底层,就面临着各种层面的剥夺,并且看不到改变这一处境的希望,这也是它之所以会成为一个社会问题的原因。

作为一个知识分子,我们应该致力于改变这样不公平的社会秩序与社会观念,而我作为一个来自"底层"的青年,尤其觉得这是自己的分内之事。而之所以选择文学的方式,这也是个人的能力与知识结构所决定的,我只能以这样的方式参与到社会问题的讨论之中,同时我觉得这也是有意义的,我希望我的工作能在文学或更广泛的社会意识中影响人们对"底层"的认识,从而对当前的社会观念与社会结构产生一种冲击,从而促进其改变。

徐志伟:我赞同你前面对当下"底层"状况的判断。的确,在今天很多"知识精英"的眼中,底层是社会发展的"包袱",仅仅有"被帮助"的意义,这与毛泽东时代的认知已经有了很大的差别。在毛泽东时代,"底层"被赋予了相当大的正面意义,甚至被视为本土现代社会、现代国家的建构原理和建构力量。在今天这样一个"全球化"的时代,你觉得"底层"还有可能成为这样一种力量吗?

李云雷:确实在"全球化"时代,这个问题变得颇为复杂,包括《帝国》在内,不少西方理论也在寻找革命或历史的"主体",由于民族国家的区隔,每一国家内部的"底层",处境颇为不同,比如美国工人与中国工人便有很大的差异,在这一意义上,经典马克思主义呼唤的"全球无产者"作为一种政治力量趋于分散,在西方国家,社会抗议的主体也趋于"亚文化"化,比如少数族裔、女性主义、同性恋等。但是,作为社会整体的压迫性结构如果存在,那么抵抗便一天也不会停止,这种抵抗会采取不同的形式,而这也是人类更加进步、自由、平等的阶梯。我们只有认识到这种力量的正面与积极的意义,才有可能开创一个新的未来。

徐志伟:近年来,中国大陆思想学术界"新左派"和新自由主义的论争引人注目,"底层"也是双方论争的重要问题之一,你如何看待双方的分歧?

李云雷:"新左派"与自由主义论争,大约是从1997年左右开始的,尽管这一论争已很难概括今日思想界的复杂境况,但无疑深刻地影响了新世纪以来思想界的议题与知识分子的立场。对于"论争"这一形式本身,我是持肯定态度的,尽管论争双方的立场与知识背景不同,但在关心中国与世界的命运,并力图发出自己的声音这一点上,双方是相同的;同时"论争"这一形式,使理论的重要性突显了出来,从而为中国的发展提供了更为开阔的思想空间。

如果简单地说,双方分歧最核心的一点,在于对"中国道路"的理解,即未来中国应该走一条什么样的发展道路,是在资本主义世界体系中,作为后来者努力挤占一个低端的位置,还是在既往历史经验的基础上,努力走出一条全新的道路?在国内,是建立一个"断裂"的维护既得利益阶层的社会结构,还是将经济发展的成果惠及全民(包括底层),建设一个更加公平、正义、平等的社会?在我看来,"自由主义"所想走的是前一条道路,而"新左派"想走的则是后者。问题的复杂性在于,如果着眼于中国发展的短期效益或某些阶层的特定利益,"自由主义"具有相当的说服力,但如果我们从长远的眼光来看,"新左派"所主张的,无疑是一种更值得重视的思想道路。

徐志伟:70年代出生的批评家,一般都是在所谓"纯文学"的知识氛围中成长的,你最初的文学经验是什么样的?是如何走到今天的立场上来的？

李云雷：我也是在"纯文学"的知识氛围里成长起来的，在学校里的时候，我也读了大量的西方名著。那时有两个倾向，一是外国作品读得多，很少读中国作品，对当前的文学作品与文学期刊更是不屑一顾；二是认为现实主义是一种陈旧、落后、保守的写作方式，对现代主义以后最新的文学作品与流派极为欣赏、崇拜，但这种欣赏也仅限于技术或形式创新层面。这样的倾向，可以说是1980年代以来的文学思潮所形成的一种集体无意识，至今仍笼罩着大多数人的思想意识，在文学创作界是这样，在学院里也是这样，一些人将西方现代派以来的某些大师挂在嘴上，成为了一种口头禅，却对我们身边发生了什么茫然无知，我觉得这是很可悲的。而之所以形成这样的局面，首先是意识或潜意识中认为，西方文学及其最新发展处于一个最高的等级，我们必须努力追赶，才能"像他们一样"；其次，则是认为"文学"的价值在于是否像某些经典作品，或者说文学来源于对经典的模仿，而忽略了"生活是文艺作品的唯一源泉"。

我之所以能够走出"纯文学"的立场，在于两个方面，一个是我来自于农村或"底层"，在经验与情感认同上倾向于底层，而对精英阶层把玩的"纯文学"以及单纯形式上的探索，并不完全认可，尤其是那些无病呻吟与故作的先锋姿态，简直令人难以忍受，我们的生活已经如此艰难与压抑了，你还在那里搔首弄姿，或者讲一些精英的复杂情感或欲望故事，我们又怎么会关心呢？另一方面，则是在知识上对上述1980年代文学成规或潜意识的反思，我发现，我们的文学教育向我们传授的，我们的文学批评向我们谈论的，其实是与我们的经验无关的东西，而我们切身体验到的东西，却并没有进入他们的视野，而这并不是我们的问题，而是这样一种文学范式自身存在的问题。所以我们必须反思"纯文学"，反思单纯重视技巧的探索以及模仿经典的写作方式，重新建立起文学与现实、时代、世界的联系，从而避免文学文本内部的循环与自我繁殖；同时也必须反思盲目膜拜西方文学的倾向，这是由于：(1)西方文学及其最新发展之所以引人瞩目，不仅是由于他们文学作品的质量或艺术性，而是由于在一个不公正的世界秩序中，它们借助于强势的政治经济地位，处于一种"中心"的位置，何谓"文学"及文学的规则由他们界定，他们自然处于一种优势地位，在这种情形下，即使"走向世界"的愿望再强烈，如果无法走到"中心"，也只能作为一种点缀或"民族寓言"，为"世界"所接受；(2)西方文学经典作品的产生，有其具体的社会历史背景，是作家在当时的语境中所思所想所感的艺术化呈现，如果我们只看到了他们的技巧或形式，不啻于买椟还珠或刻舟求剑，我们应该在当下的语境中，有所思，有所想，有所感，再以最为适合的艺术形式表达出来（不限于"现代主义"或其他主义），才有可能创造出新的经典，而不是亦步亦趋地跟在别人后面。

"纯文学"至今还是许多人的梦，我希望能有更多的人从这个梦中醒来，将根须深深地扎进脚下的大地，这样才有可能成长为参天大树。

徐志伟：你曾经在一篇文章中提到：底层文学，代表着一种新的美学原则。这个新的美学原则是什么？

李云雷：我认为，当前文坛主流的审美原则，是1980年代以来逐渐形成的，这是一种精英的、西方的、现代主义的美学原则，而一种"新的美学原则"应该对此有所超越，是"底层"的而不是"精英"的，是中国的而不是西方的，是包容各种创作方法而不只是"现代主义"的。1980年代，我们在对西方文艺思想亦步亦趋的追逐与模仿中，试图"走向世界"，而当我们认识到世界并不是"平"的之后，我们应该重新构建中国文化的主体性，而这，应该建立于重建"底层"的主体性之上，只有如此，才能使新的中国文化与中国文学具有强大的生命力。

在我看来，1980年代所形成的美学规范及其秩序已经基本失效，这表现在不少方面：(1)这一美学规范的预期读者或目标是精英阶层、批评家或海外奖项，从而使普通读者大量流失，造成了当前文学自身的危机；(2)这一美学规范无法切入时代精神与社会的核心问题，只能以形式或技巧上的"炫技"来吸引人，因而只能流于浅层次的表现，难以产生杰作与力作；(3)这一美学规范所造成的"权威"与"名人"，其创作质量在下滑，却作为"明星"在文学市场上被过分关注，这已成为了压抑青年写作者的一种机制。因而,我们呼唤一种新的美学。

我们所说的"新的美学原则",可以借鉴1940—1970年代的"人民美学"及其民族化、大众化的发展方向与运作机制,但也应该有所不同,相对于"人民美学",它应该保持独立性与批判性,应该保持对目的论与本质论的反省,应该有更多的思想资源与艺术资源,并在此基础上有新的发展与创造。这种"新的美学原则"并不是对"人民美学"与1980年代美学的绝对排斥,而应该在对它们的继承与扬弃中发展出来。在当前,我们已经看到了这种"新美学"的萌芽,包括底层文学、打工文学以及部分网络文学,都已经出现了新的生活经验与审美经验,在新的时代,我们应该在历史的发展中促进这种"新的美学原则"的实践,并对之加以分析判断,从而促进其良性发展,并在历史中发挥作用。

徐志伟:能否再具体谈谈当下底层文学、打工文学以及部分网络文学中所呈现的新的生活经验与审美经验是什么样的?

李云雷:或许举两个例子,可以更清楚地说明这个问题。吴君的《亲爱的深圳》、《深圳的西北角》、《菊花香》等一系列作品,写了"新移民"在深圳的生活,她关注的是打工者进入这个城市之后,在生活与精神上所遇到的问题,并且写得越来越细致,发现了以前很少被呈现的生活经验。比如《菊花香》,关注的不是宽泛意义上的"打工者",而是打工的女性,也不是一般的女性,而是来到这个城市打工很久的女性,她不再年轻,不像青年打工者那样对未来抱有梦想,作为一个"剩女",她唯一的希望是尽早解决感情与婚姻问题,但收入很少,处境卑微,她只能买廉价的饰品,只能在有限的范围内选择与被选择,即使她放下身段,用尽心思去亲近以前不大看得起的人,仍然遭遇到了不少挫折,最后在错乱或巧合中"献身"给了看门的老头。这样痛楚的经验,对这一特殊人群的关注,是此前的中国文学中所没有的,可以说是吴君的新发现。此外,胡学文在《虹枝引》中对"消失的村庄"的描述,揭示了当前农村"空心化"的真实情景,在艺术表达上也带有一种象征或荒诞色彩;王祥夫在《寻死无门》中,描述一个下岗工人患了重病之后,为给妻儿留下一点财产而寻死的过程,他想卖肾、撞汽车等，但都无法如愿，小说通过这一故事，展示了主人公的困境，并在风俗画式的描述中，写出了底层的生活与精神状态。这些都是以前的文学中很少见到的，他们以艺术的方式捕捉住了生活中的新经验。

网络本身就构成了生活中的一种新经验，"网络文学"值得重视的不仅是内容，还有它对文学生产—流通—接受方式的深刻变革与影响，这一影响现在已经逐渐显现，但还处于发展的过程中，更具革命性的变化在不久的将来可能会进一步出现，值得我们认真关注。

徐志伟：你的博士论文的题目是《"当代文学"中的浩然》，为什么选择这样一个题目来做？做下来之后，你对浩然有什么样的重新评价？

李云雷：研究浩然，不只是对这位作家感兴趣，其实主要是对"左翼文学"或"人民文学"感兴趣，也涉及对当下"底层文学"与"打工文学"的理解与判断。研究现代文学史，我们可以看到，从左翼文学的最开始，包括鲁迅等人都在呼唤一种新的创作主体，那就是从工人农民自身成长起来的"写作者"，而浩然则可以说最终实现了这一文学理想，他出身于农民，又"写农民，为农民写"，在创作主体、作品主人公、读者对象等不同层面，实现了"统一"。那么在这样的文学理想实现之后，它本身又存在什么问题，有什么历史的经验与教训？这是我在论文中试图解决的一个主要问题。现在对浩然的评价，基本上仍停留在1980年代初，即基本肯定《艳阳天》及以前的作品，否定《金光大道》，对浩然1980年代以后的作品则很少提及。我试图将浩然放置在一个大的历史脉络中，并以之为个案，做出历史与理论的分析。在这个意义上，我认为浩然的重要性，迄今为止尚未得到足够的重视，而重新评价浩然，则需要各方面研究——比如农村及"合作化"研究、"文革"与"文革文学"研究，新时期文学的"断裂"与"转折"——等各方面研究的推进，只有在一个新的视野中，我们才能对其做出相对客观的评价，但无论如何，浩然作为一个时期文学的代表，应该是没有疑义的。

徐志伟：你如何评价中国左翼革命文学？当下的"底层文学"与中国

左翼革命文学有无继承关系？

李云雷：对于"左翼文学"或"革命文学"，有不同的理解，狭义的"左翼文学"是指 1930 年代左联时期的"左翼文学"，而广义的"左翼文学"则包括 1930 年代的"左翼文学"，以及 40 年代的"解放区文学"、"十七年文学"以及"文革文学"。我文章中所用的"左翼文学"，一般采用广义的说法，这是借用洪子诚老师的概念，而我觉得，这有助于我们从整体上理解这种文艺思潮的特征、脉络，及其中值得总结的经验教训。对于广义的"左翼文学"来说，具体的每一个阶段，我们都会有不同的评价，比如一般对左联时期的"革命文学"会有较高的评价，而对"文革文学"则基本持批评的态度。但是从整体上来说，我觉得评价"左翼文学"，应该注意以下几个方面的问题：首先，这种文学思潮是五四"新文学"的一部分，及其在逻辑上的进一步展开，我们必须在中国文学从传统到现代的"转折"中研究这一思潮；其次，我们不应仅仅在文学的意义加以关注，而应在文学与现实、人民、国家的相互关系中，把握这一思潮在历史与实践中的作用；再次，我们应该在世界范围内的左翼思潮中，认识中国左翼文学的特征及其作用，因为在"红色 30 年代"世界各国所产生的左翼文艺思潮中，只有中国的左翼文学与中国革命一起走向了胜利，由此它的一些特征，它提出的一些理论命题，及其在具体实践中所遇到的挫折与问题，便不只具有中国的意义。

我对"左翼文学"有所肯定，但不是在完全肯定的意义上使用这一概念的，也包含着对其中问题的反省。在"底层文学"的研究中，我是最早将之与"左翼文学"联系起来的研究者之一，有人以为这是在借用"左翼文学"的合法性为"底层文学"辩护，其实这是一种误解，因为 1980 年代到现在，在学术界"左翼文学"的合法性都是一个问题，并不足以为"底层文学"辩护，也有人为了"底层文学"的发展，劝我不要将二者联系在一起，而可以和另外的思潮如老舍、巴金、曹禺代表的"革命民主主义思潮"（借用现代文学史的说法）联系在一起，这样会让"底层文学"获得更多的关注与尊敬，但一方面，我认为"底层文学"在特征上确实有和左翼文学相似之处，作为一个研究者，应该尊重事实；另一方面，这也包含着对"底层文学"发展中可能会出现的问题的反思，只有从历史中汲取经验教训，才能使"底层文学"得到更好的发展。

徐志伟：《那儿》是一部广受争议的小说，你对《那儿》是持赞赏态度的。你是在什么意义认为《那儿》是一篇优秀的小说？

李云雷：《那儿》在《当代》杂志2004年第5期发表以后，我在"北大评刊"上最早做出了较高的评价，认为"不仅是2004年的重要作品，也是这一时期的现实主义力作"，后来左岸网站的"专题"以及在乌有之乡、北大中文系的讨论，都是我组织或参与组织的，我还在《文艺理论与批评》上组织了一个专题讨论，包括韩毓海、旷新年的文章以及我与曹征路先生的一个访谈，在文学界内外都产生了较大的影响，台湾的《人间》杂志转载这篇小说，也是在网上跟我联系的，我还专门写了一篇介绍大陆讨论的综述《转变中的中国与中国知识分子》，与陈映真先生的评论，一起发在了《人间》上。

之所以如此重视《那儿》，并不是因为与作家的关系密切，那时我并不认识曹征路先生，而主要是在这部作品中，我看到了当前文学的一些新的要素，这主要包括：(1)对"底层"及当前社会问题的关注；(2)作品具有一种追求正义的思想光芒，并显示出了所谓"弱势群体"的内在力量，即一旦他们组织起来，就会焕发出无穷的活力。这些因素，在同时期其他作品中也有所体现，但在《那儿》有最为集中的表现。同时在艺术上，这篇小说具有一种打动人心的悲剧力量，故事冲突单纯有力，人物鲜明生动，语言虽然粗糙但自然，比较适合所表现的内容。在这个意义上，我认为这篇小说是一篇优秀的小说。对这篇作品有各种不同的评价，我也读到了不少，但不论具体评价如何，现在一般都会认为这是一篇重要的作品，或者说是"底层文学"的一篇代表性作品。

徐志伟：除了曹征路以外，你认为还有哪些作家之于当代是重要的？为什么？

李云雷：在"底层文学"中，胡学文、王祥夫、陈应松、刘庆邦、刘继明、罗伟章等人都是值得重视的，他们的创作风格各不相同，但都从各自的角度切入了现实，丰富了我们对这个时代的理解，也都创造出了优秀的作品。

在青年作家中，我比较关注郑小琼、徐则臣、张楚、李浩、石一枫、葛亮、海飞、李铁、王十月、陈集益、吴君、娜彧、付秀莹、藤肖兰、乔叶、笛安等人，他们的创作各不相同，但都给我们带来了一些新的审美经验，以及对生活的新的观察与理解；上一代作家中，贾平凹、韩少功、张承志、张炜、刘震云、莫言、余华、苏童、毕飞宇、韩东等人的新作我比较关注；此外近年来海外华人也创作出了一些优秀作品，如于晓丹、张翎、严歌苓、袁劲梅、李彦、陈河等人，我也比较关注。

徐志伟：批评家呢？

李云雷：青年批评家中，邵燕君、谢有顺、何言宏、何平、徐妍、魏冬峰、刘复生、鲁太光、张慧瑜、杨庆祥、张丽军、马季、张莉、梁鸿、李美皆等人的文章，我比较熟悉；上一代评论家中，雷达、孟繁华、陈晓明、李建军、贺绍俊、张燕玲、李敬泽、施战军、吴义勤、阎晶明、洪治纲、汪政、晓华、梁鸿鹰等人的文章，我也都在关注。当然他们的一些观点与判断我未必同意，但是却能在某些方面给我以启发，或反思。有的人已很少或不再从事当下作品的评论，但他们的研究文章却对批评很有影响，如北京的洪子诚、汪晖、韩毓海、旷新年、戴锦华、贺桂梅，上海的王晓明、蔡翔、陈思和、罗岗等。

在这方面，有两个特殊的例子，一个是《文艺争鸣》的张未民，他似乎不以"批评家"知名，但我觉得他的一些文章，如《何谓中国文学》、《东北论》等，却视野开阔，提出了一些值得思考与探讨的问题。另一个是活跃在左岸网上的肖涛，他以极大的热情从事文学作品的即时评论，我不知道他的文章是否在刊物上发表过，但是他的热情，与文本细读的方法，却颇值得借鉴。

徐志伟：你如何理解批评家在今天社会中的角色？

李云雷：我觉得这个问题可以分为两个层面，一个是批评家在文学界的角色，另一个是批评家在公共社会中的角色，这两个层面又是互相联系的。

先说第一个层面，作为一个批评家，在文学界的职责，应该就是发现、评论与介绍优秀的作家作品，批评不好的作品，指出其不足之处，同时对当前的文学现象与文艺思潮做出一定的分析与判断，引导文学向自己理想的方向发展。而这不仅需要历史视野与理论框架，而且需要对时代生活有敏锐的体验，以及个人的审美理想与审美趣味。只有在此基础上综合起来，一个批评家才能完成上述任务，也才能成为一个称职的批评家。当然每一个批评家都会有自己的审美趣味与偏好，有自己的长处与不足，只有在批评家之间互相交流、批评与辩论的过程中，才能形成对文学作品与文学现象更为深刻的认识，这也需要每一个批评家有对自身观点局限性的反思。在以上这些方面，批评界的现状是不太令人满意的。现在批评界常为人诟病的，除了所谓"红包批评"之外，主要是：（1）有的批评家不读作品就发议论；（2）以某一种理论生搬硬套；（3）"小圈子化"，或者说以个人好恶对待某一个或某一些作家；（4）眼睛只盯着某些名家，而对文学"新人"视而不见，等等。当然这并非在所有批评家的身上都存在，但确实存在这样的现象。而我对自己的要求是，在评价某一部作品之前，至少要完整细致地读一遍，不生搬硬套某种理论，而要结合理论、生活与审美体验，对一部作品做出分析与判断，同时尽力避免"圈子化"与名人崇拜，而更加注重"文学新人"以及文学发展中的新要素。我认为只有这样，批评才能做到公正与深刻，才能促进文学的良性发展。

批评家作为一个知识分子，不仅应该关注文学，而且应该关注时代与社会的变化或"转型"，并应该在这一过程中发挥积极的作用，这也是中国知识分子的优良传统。当然这里也有一个选择的问题，有的批评家专注于文学问题的探讨，而不关心社会现象与社会问题，只要他在自己的领域做得出色，应该也是一种可以理解的选择。但在我看来，理想的方式应该是既关注文学,也关注社会,并在二者的结合中,走出一条属于自己的道路。像苏俄的车、别、杜,以及鲁迅、茅盾、胡风等人,做文学批评并不仅仅是为了个人的文学理想,而是有一种寄托或追求,甚至他们的身份也不是"批评家"所能概括的,但正是因为有这样一种视野与追求,所以他们的文学批评才显得博大、宽阔、深刻。对于这样的方式,我"虽不能至,心向往之",希望能朝这个方向努力。我之所以关注"底层文学",也是出于这样的原因,此外我也一直在关注农村问题与当前的社会结构问题,以及我们置身其中的影视、网络等文化环境中存在的问题,做过一些调查与实践,也写过文章,但在这些方面,仍是需要继续努力的。

(原载《艺术广角》,2010年第3期)

为什么一条路越走越远？

——李云雷访谈录二

魏冬峰："一条路越走越远"是一篇小说的名字，也是几年前左岸文化网站为你做的专辑的名称，现在，你又用它做你的小说集名字。你是否意识到，这个名字本身暗含着一种矛盾。这种矛盾集中体现在"走"和"远"这两个字上，它们分别指向两个不同的叙事视点（姑且这么说吧）：如果叙事视点在此处，那么这句话应该是"一条路越走越长"，它的基调很确定，是肯定的，乐观的；如果叙事视点在彼处，那么这句话应该是"一条路越来越远"，这里面多的是客观陈述，少有主观判断，既不肯定也不否定。但你现在是"越走越远"，这在我看来有点"间离"，叙事的视点既在此处，又在彼处，既是散点透视，又是定点透视。这样一来我就不知道你的态度了：你是肯定这条"路"（不管它是文学之"路"还是人生之"路"），还是始终对这条"路"存有疑惑呢？

李云雷：你的分析很细腻，也很到位，"一条路越走越远"这个短语确实包含了一种矛盾的态度：它既是对"走远"这一事实的客观描述，同时也包含着离去的眷恋与前途的迷茫，你对叙事视点与基调的解读，清晰地把握住了其中暧昧难言的部分，这确实也是我在精神上感到困惑的地方。"一条路越走越远"，首先是一篇小说的名字，在这篇小说中，我写的是去姥姥家的那条路，那条路我走的已经越来越少了，在小说中我想表达的是世事变迁与个人成长中的迷惘。作为一个小说集的名字，它也包含了我对自己文学之路的概括与理解，从最早开始写作，到今天我已经写了十多年，在这条路上已经越走越远了，最初的热情虽然仍在，但对世界的看法已经发生了很大的变化,而小说集中所收录的作品,也正是在这探索之路上所留下的痕迹。我想在最根本的意义上,"一条路越走越远"凝聚了我的人生体验,从18岁离开乡村,我一直在北京漂泊,到如今,我既无法完全融入城市生活,而回到家乡也像一个陌生人了,仿佛从最初开始,我就走在一条离家的路上,越走越远,我也不知道要走到哪里去,所以总会有一种漂泊不定的无根感。

对于这条路,我始终是心怀疑虑的,有时候我会想,比如跟儿时的同伴相比,他们现在在乡村中的生活,可能会比我更有幸福感,至少不会像我这样漂泊无依,或者跟我不同阶段的同学相比,他们所选择的是另外的道路,而我则一直在文学的道路上跋涉,他们有着自己的追求与幸福,有时也很令人羡慕。但是,每个人的路都是自己走出来的,一条路越走越远,也越走越窄了,我们不可能再做选择,我在小说中有这样一句话:"我悲哀地看到未来无限的可能性,在时光的逼近中却渐次成为了不可更改的必然。"我们只能走自己的路,而不能去走别人的道路,但是文学的好处在于,它可以让我们去观察另外的道路与另外的世界,以同情的态度去理解这一切,甚至可以在虚拟的文字中去体验别人的生活,同时对自己的路以超然(或间离)的态度加以审视或反思,我想这正是文学的魅力与丰富性之所在,也是我在这条路上继续走下去的动力。

魏冬峰:单独看你的任何一篇小说,我都会觉得你的写作是不太讲究技巧的:语言、结构、情节等看上去都不像是经过精心设计的,完全靠着一股子几乎被压抑的真情实感去支撑起一篇小说,这个特点在《父亲的果园》和《舅舅的花园》里更典型些,这两篇也是迄今为止你最成熟的小说。这是你有意为之的吗?你如何看待小说的写作技巧问题?

李云雷:我想,这或许与我主要从事的评论工作有着密切的关系,由于大多数时间我都在做评论与研究,写作小说的时间很少,所以写的都是自己非常想写的,不可不写的,或许因此就会有"真情实感",另一方面我所书写的都是个人的生命体验,是我想留住的记忆与画面,我不知道你的感受如何,就我个人的感受来说,虽然现在也还算年轻,但是对社会的变迁却有着很敏锐的感受，一方面我们国家的发展过于剧烈，一方面我从乡村到北京这个大都市，也有一个巨大的"跨越"，所以现在想想几年前、十几年前，想想那时的自己和那时的中国，往往会有恍如隔世的感觉，我在《十月》杂志上写的一个创作谈，名字就叫"我们能否理解自己"，我时常感到的一个困惑是，无法将现在的自己与过去的自己联系在一起，无法确定一种稳固的内在自我，所以面对很多问题常常不知所措，我想在这个时候，我需要回到过去，回到以往的生活世界，去寻找一个立足点，写作小说对我来说也是回到过去的一种方式，我所写的虽然是过去的生活，但却是对当前精神问题的回应，我想在这样的写作中才可以明白自己从哪里来，要到哪里去，才能在精神的碎片中重建一个稳定的内在自我，以应对当前的诸种问题。

因此，我的小说写作并不追求技术上的新奇，或者语言与结构上的精心设计，而力图呈现出既往的那个"世界"，我想写出那个世界的方方面面，想写出生活的质感与内在纹理，写出自己最真切的人生感受，我不知道自己做的怎样，但这是我想要达到的目标。之所以如此，可能也与自己从事的评论工作有关，由于阅读了大量的文学作品，反而对文学中的技巧不太看重，而更重视一部作品中所体现出来的生命体验与人生感悟，我想这才是一部作品的真正价值之所在，文学中的技巧应该有助于表现这些，而不是喧宾夺主，将技巧作为文学关注的中心。这也是文学史所证明了的，沈宋对于汉语音韵的探索有助于近体诗的形成，但他们的诗作在中国诗歌中并不能算是优秀的，当然我们不能否定他们的贡献，但无论如何他们与李杜苏辛是无法相提并论的，这样的例子很多，我想对于技巧可以这么看，我们既不应该排斥，也不应该炫耀，而应该让它有效地服务于作品的主题及其表现。从另一个角度来说，我现在不喜欢看太像小说的小说，反而在那些不太像小说的小说中，我们可以发现更为真切的生命体验，也可以看到小说的新的可能性。

魏冬峰：我最想问的一个问题是：你如何处理个人现实与写作的关系？换句话说，你小说里弥漫的那种压抑的情绪除了小说中的特定人物和特定环境所致以外,是否有你个人现实生活——形而上的和形而下的——的某种投影?你是否认可"悲愤出诗人"这句话?

李云雷:我的小说大多取材于过去的生活,主要是乡村生活的回忆,但是也融入了当前生活的焦虑,我想写作的过程也是在精神上探讨出路的过程。这些小说所涉及的题材,既有直接经验也有间接经验,有纪实也有虚构,在这个意义上来说,在小说中有我个人现实生活的投影——但也仅仅是"投影"而已,小说不是自传,但其中也包含着过往生活的某些片段,当然在小说中也做了相应的处理,夸张或变形,突出了某些部分,忽略了另外的部分,通过这样艺术上的取舍与变化,我想在整体上呈现一个"艺术世界",在其中也融入了我的想象,我当下对世界的感受。你所说的"那种压抑的情绪"可能来自于现实感受与作品素材的一种化合,我想这主要是一种人生道路的迷惘,既包括形而上的也包括形而下的,在现实中,我们不得不面对具体的生活及其中的苦恼与矛盾,其间的酸甜苦辣与喜怒哀乐都是人生在世的乐趣,也是人间烟火的妙处,值得我们去品味与珍惜。而在精神上,在不断的探索中也会遇到挫折、困顿与尴尬,我想对于我们这一代人来说,最大的苦恼在于没有一个稳定的价值观,或者说没有信仰,从中国的角度来说,我们现在当然不再相信"三纲五常",而20世纪中国革命所凝聚起来的集体主义、英雄主义和理想主义,在1980年代也遭到了瓦解,而对于市场经济所倡导的个人主义与利己主义,我们当然也不会完全认同,从世界的角度来说,从"上帝死了"到"人死了",我们不但失去了一个外在的绝对价值标准,甚至个人的"主体性"也碎裂成了无数的碎片,我们的心灵可以说是千疮百孔,在这样的状况下,面对很多事情,我们很难判断绝对的是与非,而处于相互矛盾之中,所以往往会无所适从,不知该怎么说,怎么做。有时我想,一个有绝对信仰的人是幸福的,至少他的世界是坚固的,他们可以按照自己既定的价值去说话行事而问心无愧,但对于我们来说,则不得不在尼采、陀思妥耶夫斯基之后所留下的精神废墟上生活,在狂野中呼告,在深渊中挣扎,我想这也是每个认真思考的人所不得不面临的困境,或许这是这个时代思想者的命运。

我的小说写作，也投射了这样精神上的焦虑，或者说我写作的过程就是试图克服这一焦虑的方式，置身于稍纵即逝的时间与飞速旋转的世界中，我试图去抓住一些永恒的东西，试图将那些温暖的画面与珍贵的记忆永远留在心中，这样的努力或许也是徒劳的，但至少这样的过程可以让人感到暂时的安慰，而这也是我唯一所能采取的方式。

"悲愤出诗人"，我的理解是人在悲愤之中的一种挣扎，在无可言说之时的一种言说，在这种状态下，他可以毫无顾忌，可以说出自己真正想说的话，而这样的诗往往是直抵事物根本的，当然也可以直抵我们的内心，我在这个意义上认可这一句话。

魏冬峰：有一个问题大概是不得不提的，那就是你的"底层文学"批评实践和小说写作的关系。作为一个在"底层文学"批评领域更有建树的年轻人，你认可把你的小说归为"底层文学"吗？如果认可，那么它们在何种层面上呼应了你在"底层文学"批评中提倡并坚持的理念，比如思想性，比如艺术性？如果不认可，那么你如何在当下的文学境域中定位你的小说写作？

李云雷：我的小说大概很难被概括为"底层文学"，我是"底层文学"的倡导者之一，但自己的小说却很难说是"底层文学"，这在不少人看来或许是充满矛盾或"口是心非"的，不过这并非我不想写出"底层文学"——我并不像某些人一样对"底层文学"抱有偏见，认为"底层文学"艺术性不高，而是恰恰相反，我认为"底层文学"是一种更具可能性的文学，是一种属于未来的文学。问题在于，文学创作有内在的规律，不是想写什么就能写出来的。就我个人的创作来说，我更愿意书写自己熟悉的生活，但我的经历大多局限于学校与学院中，生活领域过于狭窄，我只了解自己生活过的乡村，对现实中"底层"的生活并不是很熟悉，如果以他们的生活为题材，无法写出深层次的东西，所以我在理性与情感上虽然倾向于"底层"，但却很少真正去触摸这个题材。其实我也曾构思过一些这方面的小说，但写一个开头或写到一半，就感觉不对，主要是理性预设的东西太多了，自己在写作过程中就失去了兴致，虽然也知道某个故事写出来可能会引起关注，但是却感觉这些东西缺乏"小说"之为小说的东西，那种生活的质感，那种毛茸茸的东西或者丰盈的感觉，所以在尝试了几次之后，我只能无奈地搁笔了。

不过从另一个角度来看，我的小说可以说写的也是"底层"，但我所写的并不是作为社会问题或社会阶层的"底层"，而是我置身其中的底层生活，那些在乡村中度过的岁月，以及在城市中辗转挣扎的心路，都可以说是一个底层青年的遭遇，我在不少小说中都写到了这样的主人公在心灵上所遇到的波折与磨难，我想对底层"内心世界"的关注，或许也可以视为宽泛意义上的"底层文学"。

在当下的文学境域中，我的小说大概可以说是一种"为人生的文学"，我在写作中注重人生体验，注重生活的不同侧面，我的写作本身也可以说是一种寻找道路的尝试。如果从一个批评家的角度，我会对自己的作品做出这样的批评：这些作品大多沉浸在过去生活的回忆中，与现实生活较为隔膜，但也表现了一个小知识分子的生命感悟，及其对理想世界的追求。我知道自己的缺点在于社会现实经验的匮乏，我也在尝试从不同角度打开新的生活与创作空间，包括社会调查，社会实践等不同层面的工作，我想随着生活的积累与视野的逐渐开阔，在创作上或许可以达到一个新的境界，可以写出真正能让自己满意的作品。

魏冬峰：相对于你的小说和批评文章，我更喜欢你的诗，或许是诗更精粹吧。你的《邯郸与月亮》、《"老杨家酱焖鱼"》、《小城之秋》比你的小说和批评更直观地呈现了城市化进程中的乡土中国形象，你个人的"疏离感"在其中也有很好的体现。它们和你的很多小说几乎是同主题的，那么请问你如何看待自己的诗歌写作？

李云雷：对我来说，写诗纯粹是偶然的，虽然在大学时期也曾涂鸦过，但很快就放弃了，在北大时认识了不少诗人，跟他们也有一些交流，但我自己也从未想过要写诗。最近开始写诗，是在 2007 年开了博客之后，我把随手写的一些感悟或感想，以分行的形式贴出来，也就算是"诗"了，自娱自乐，从未想过要发表，这样的写法得到了一些朋友的鼓励，也就一直写了下来。以前在北大时,因为读臧棣、冷霜、周瓒等人的诗,会将诗歌当作一种神秘的东西,或技巧性很强的东西,在左岸的诗歌版也有很多这样的诗人,所以那时觉得诗歌离自己很远。到了自己开始写,我只是对生活做原生态的记录,几乎没有任何修辞,想到哪儿写到哪儿,想写什么就写什么,想写就写,不想写就不写,完全是以一种业余的心态随意去写,也不管它们是不是"诗",这样的状态很自由,所以写出来的东西也是对"诗歌"的一种解放,它可以将以前无法纳入"诗歌"的经验、情感、感悟纳入其中,拓展了诗歌的表现范围。另一方面,因为写得自由随意,没有太多修饰,所以我写出来的"诗歌"更接近于自己的经验与内心,是个人生命体验的一种真切而简单的记录,我不知道这样的诗歌对于别人是否有价值,但对于我个人来说,却是更贴近心灵真实的东西。这两年我也读了不少诗歌,包括中国古典诗歌和西方现代派的作品,我有一个感受是:只有出自内心的,才能进入别人的内心,我想在这个意义上,我的所谓诗歌可能也不无价值吧。

不过这里也有两个问题,有的朋友说我写这些东西太"浪费"了,可以将这些素材写成不错的小说或散文,我想这都是随意写下的东西,想写小说或散文的时候,可能也想不起来,以这样的方式简单地记录下来,也不能算是浪费吧。另一方面的问题在于,有时候也不想将内心的真实过多地暴露出来,所以我只在博客上贴诗,有的也没有贴出来,有朋友想在杂志上帮我发表,我也谢绝了,我想这样的状态可能会更加自由吧。不过,有时候我也会想,我的文字中将来有可能留下来的,说不定会是这些东西呢,呵呵。至于小说和诗歌的关系,它们可以说都是我通向世界与内心的一种途径,其不同只是表达方式的不同,诗歌更接近于独白,而小说则试图通过人物、情节与故事,将自己的体验与感悟以一种形象的方式传达出来,让别人也能感受得到。

魏冬峰:无论你是否认可,在相当长一个时期内,"底层"可能都是你抹不去的标识了。因为对你而言,它不是一种姿态,而是一种情感状态,姿态随时可以变换,但情感的改变却不那么容易。这种情感状态是乡土中国的,"祛都市化"的,和你如影随形的,它滋生了你关于文学的思考、想象乃至于应对现实的方式。它在《花儿与少年》、《小城之春》里是清纯和芬芳的,在《一条路越走越远》里是有些许惶惑和迷茫的,到了《父亲与果园》、《舅舅的花园》里却在沉郁中生出一种坚韧的力量,比如《父亲与果园》中的"我"面对破败的果园／故乡却依然能够凭借童年的梦想"从容"应对现时的悲喜得失,比如《舅舅的花园》结尾处萌生的"一条新枝",这些是你想赋予作品的"亮色",还是你的内心已真正强大到可以应对小说中远不乐观的"现实"?

李云雷:你所提到的这些小说是在不同时期写的,在人生的不同阶段所写的作品,可能在情绪与色调上会有明显的差异,在学校里是无忧无虑的,所以《花儿与少年》、《小城之春》是单纯优美的,虽然不无惆怅,我很怀念那样的精神状态。而一旦进入社会,随着人生体验的增加,以及将个人的现实处境作为对象深入思考,便会对世界有不同的看法,《一条路越走越远》中的迷惘,是一种无家可归的漂泊,而《父亲与果园》、《舅舅的花园》面对的则是更加严酷的精神现实:昨日的世界已经塌陷,而前方又是一片迷茫,我们该何去何从?但是面对这一切,我的态度并不消极或颓废,我想我们应该勇敢地去面对人生与社会中的种种事件,纵使世间的一切都是稍纵即逝,我们也应该努力留下自己的"雪泥鸿爪",努力走好自己的人生道路。《父亲与果园》、《舅舅的花园》中的"亮色"其实也表达了我的人生态度,那就是直面现实及其中的苦难,然后去探索新的道路与新的可能性。当然要做到"从容面对"是困难的,不过既然我们曾有过那么美好的记忆,也经历过世间的种种变故,在我们心中就会有一个基本的立足点,不会在纷纭复杂的现实中迷失方向。这也许不能说是内心的强大,但或许可以说是一种安稳,或者说有一个心灵归宿之后,对所有的得失与悲欢便会有一种更加超然的态度,对自己也会有一个更加清醒的认识。

对于我来说,这样的情感结构是自然而然的,是我的经历与体验所塑造或凝聚的,至于这样的情感被命名为"底层"或者"乡土中国"的情感,或许并不是那么重要,我来自乡村,自然会与乡村有血肉般的联系,对于这一点没必要掩饰,也没必要刻意夸张,那是自然而然的情感,是一种本色。当然,随着在城市里的时间越来越长,我的经验与情感方式或许也会发生变化,但是有这样的记忆作为底色,我想将来的自己至少不会变得太陌生。

魏冬峰:刚才读了你的文章《我们为何而读书》,越看到后来,心底的疑虑越大:这是我知道的那个谦和的李云雷吗?他怎么越来越像个"斗士"了呢?而且,这个"斗士"的形象居然是被如此朴素地推演出来的,我无法在情感上接受这样的李云雷,却不能不承认一个"不得不如此"的李云雷的合逻辑性,我想很担心地问问一句:在未来的日子里,你会更加强化这样的"斗士"形象吗?

李云雷:这篇文章在《天涯》杂志发表后,我也听到了不少朋友的议论,他们对这篇文章也有不同的看法。你的疑虑,很像曹文轩老师在写我的那篇印象里所表现出来的:生活中的我与在学术论争中的"我"有很大的差异,生活中我是温和随意的,但是在论争中我却有着坚定不移的立场。我想每个人的性格都有不同的侧面,学术与批评文章可能显示了我不同于生活中的另一个侧面,在这些文章中显示出来的是理性的一面,可能会给人以坚硬的印象,但我想这似乎也很难被称为是"斗士",我只是将自己的立场以理性的方式表达出来而已,这更像是一种困境中的突围。具体到这篇文章中,我想反思的不只是个人的命运,而是底层的命运,或者说是像我这样的青年的命运,我试图在社会结构与时代变迁之中为这样的青年(也包括自己)定位,并寻找未来的出路,我想说的是,对于像我们这样通过读书上大学,离开乡村来到都市的青年来说,我们应该认识到,这样的人生道路并不是自然而然的,而是在特定历史时期的特定条件下才能够实现的,这在现在会更加清楚,在今天一个大学生毕业后就业的空间是十分有限的,对于来自乡村的大学生来说尤其如此,很多人只能做"蚁族",或者回到家乡做一些与所学专业无关的工作,与这一代人相比,我们上学的时候,社会结构并没有板结,底层青年仍有向上流动的空间,在这个意义上我们可以说是幸运的。但是另一方面，我们也不能仅仅满足于个人的幸运，而应该致力于社会结构的改造，以使更多青年能够发挥自己的才能，使底层能够得到公平的对待，这也就是我在文章中所强调的不能"忘本"，当然个人的力量是有限的，我希望能有更多的人来关注这一问题，关注底层，因为这是涉及中国乃至世界未来发展的大问题。

我不知道，这篇文章所表现出来的个人形象是不是"斗士"？我只是将我意识到的问题表达出来，想引起更多人的关注。相对于这么大的问题，个人形象或许并不是多么重要的问题。其实按我的本性，或许更适合写作小说或诗歌，之所以写这样的文章，也是郁积在心中不得不发，我希望将来可以有更多余裕进行创作，但是当面临重大的精神问题，或者自己实在过不去的某个坎儿时，可能还会以这样的方式写作。

魏冬峰：能选出几篇你认为对你有着特别意义的作品吗（诗歌、批评、小说）？为什么？

李云雷：去年我在编选评论集《如何讲述中国的故事》时，曾有一段时间陷入抑郁之中，看着编好的书稿，想到过去几年的光阴只凝聚为眼前这薄薄的一册，内心感到颇为失落，而这些文章，或许也并没有表达出自己真正想表达的东西，我很怀疑它们的价值，但是现在书印了出来，翻一翻，也还是感到欣慰，毕竟这是我在文学评论与思想领域里留下的"雪泥鸿爪"，它们也曾引起不少人的关注与争鸣，或许也可以敝帚自珍吧。在这些评论中，我想关于"底层文学"的一组文章，可能更有价值，并不是说这些文章有多好，而在于这一话题的重要性，我认为这是关系到中国与中国文学未来发展的重要话题，我从文学的角度介入了这一话题的讨论，系统地表达出了自己的看法，也提出了一些新的见解，我想未来当人们总结这一时期的文学时，或许能从中看到我们这个时代的某些面影。

我的小说与诗歌更私人化一些，但是我也试图从个人体验出发，去探索广阔的世界，在小说中，如你所说，《父亲与果园》《舅舅的花园》更成熟一些，但是《花儿与少年》《小城之春》的单纯，《少年行》《无止境的游戏》的探索，也是我自己较为看重的。在诗歌中，除了你提到的几首，我还喜欢《绿豆，或白云的故事》、《终将消失的风景》、《海上花·永不消失的电波》、《牡丹园》等，这可能与个人直接的生命体验有关，在这些作品中凝结了我的血肉与感触，我可以从中看到某个生命阶段的自己。

最后，我想引用一段没有贴在博客上的诗来结束，这首诗与米兰·昆德拉有关，所以其中出现了不少他作品的名字，下面一段或许可以代表我对文字的态度：

> 而我写下的所有文字，只是为了自救，并不想不朽
> 我只想写下终将被背叛的遗嘱
> 或者用鹅毛笔写下笑忘书，然后隐身于江湖
> 就像我从未在这个世界上出现
> 就像一切都没有发生，或改变

（原载《文学界·专辑版》，2011年第5期）

后 记

2011年5月,我与周立民、梁鸿、张莉、杨庆祥、霍俊明、房伟等六位青年评论家一起,被中国现代文学馆聘为首届"客座研究员",这是中国作协为加强当前文学批评所采取的一项重要措施。在这一年里,我与六位青年评论家一起参与了中国作协、中国现代文学馆所组织的一系列文学讨论与文学活动,在李敬泽、吴义勤、李洱、许建辉等师友的帮助下,在文学评论上获得了诸多收获,收集在此书中的文章便是一个集中体现。

本书共分五辑,汇集了我近年来关于文学的重要评论与相关思考。

第一辑"问题与方法",着重于从宏观的角度提出问题,从切身体验出发提出了"我们为何而读书"、"我们能否理解这个世界"等问题,并努力做出自己的回答。其中《新世纪"底层文学"论纲》对新世纪最引人注目的"底层文学"做了概括与梳理;《我们能否理解这个世界》通过对"非虚构"作品的理论与历史分析,阐明了这一文体出现的现实意义;《都市文学的五副"面孔"》、《如何开拓中国乡村叙述的新空间?》、《中国人的"世界想象"及其最新变迁》等文章,试图从新的角度切入对当代文学前沿问题的分析;《新的体验,新的美学》则试图在对70后、80后作家作品的分析之上,提出总体性的思考。我力图通过对这些问题的研究寻找发言的立场与方法,并不断拓展学术研究的问题意识。

第二辑"理论内外",主要是对当代文学界一些理论问题的思考。《重申"新文学"的理想》试图在"新文学"的历史脉络中把握文学未来的发展方向,《批评是一种创造》、《如何重建批评的公信力?》谈到了作者对文学批评的认识与理解;《文学与我们的生命体验》则在理论上阐释了文学如何通过个人体验与时代发生关联;《韩少功的"突围"》、《我们为何怀念路遥》等文章,则在对作家的分析中融入了对相关理论问题的思考。

第三辑"细读"主要是对文学作品的细读,对铁凝、于晓丹、付秀莹、迟子建、林那北、蒋韵、顾前、笛安、刘丽朵、肖勤、孙慧芬、达真等不同风格的作家,我着重从艺术的角度对具体作品做出细致的分析。

第四辑"小批评"主要是一些论辩与批评,在对文学现象与具体作品的分析中,我也试图对文学界某些共通性的艺术问题做出自己的思考。

在第五辑"域外一瞥"中,收入的主要是我对域外作品的评论与随笔。

附录的两篇"访谈录"从不同角度展现了我的探索历程,前者侧重于学术研究,后者侧重于文学创作,可以从整体上呈现出我的思考与追求。

本书取名《重申"新文学"的理想》包含着双重含义,首先,在当前愈益多元化与娱乐化的文学界,我力图突显五四以来"新文学"的立场;其次,在新文学近百年来的历史中,内部包含着种种冲突、矛盾,而其中内在的一致性尚未得到足够的认识,我认为,面对即将发生更大变化的世界与文学,我们有必要回顾近百年来的新文学史,寻找这种内在的一致性,重申"新文学"的理想。

对于现代中国人来说,五四"新文学"的理想与传统至关重要,可以说没有"新文学",没有"启蒙"与"救亡",就不会有新中国;没有"新文学",没有废除文言文,也不会有现在我们通用的白话文;对于文学来说,"新文学"的影响就更加巨大,如果没有"新文学",没有将文学当作一种严肃的精神与艺术事业,不仅不会有作协、大学中文系与文学研究所等文学机构,而且我们也不会有文学理论、文学史与文学批评等文学知识。正是在以上多个层面,"新文学"参与了现代中国的构建,并在其中发挥了重要的作用。也正是因此,五四以来,"新文学"不仅在文化界占据着中心位置,而且在整个社会有着广泛而深远的影响。而今天文学逐渐边缘化,固然有着网络等新兴媒体的崛起、影视等新型娱乐方式的出现,以及人们生活方式与节奏的变化等诸多外部原因,但在文学界内部,逐渐疏离五四新文学的理想可以说是核心的因素。文学要发展繁荣，要成为这个时代人们精神生活的重要形式，也必须重新审视五四以来的传统，并做出新的融汇创造。在我们这个时代，中国与世界都处于剧烈的变动之中，我们的社会不仅在政治经济层面，在文化乃至人们的内心都遇到了很多问题，我们相信，继承"新文学"理想的中国文学，将会和我们一起去探索中国与世界的出路，并为我们这个时代的心灵状况赋形，创造出新的美学与新的经典。

收入在本书中的文章试图在不同层面探讨这一问题，当然这些探讨还是初步的，我希望将来能够进行更加深入细致的研究。感谢中国作协和中国现代文学馆，是他们提供了"客座研究员"的机会；感谢其他六位客座研究员，与他们的切磋让我受益匪浅；收入书中的文章，此前大多在报纸和刊物发表过，我在此也向原发刊物的编者致以敬意，我还要感谢美国波士顿塔夫茨大学钟雪萍教授、穆爱莉女士，以及韩国演延世大学的白池云教授，谢谢她们将我的文章翻译为英文、韩文。对我来说，这本书只是一个新的起点，希望将来的研究可以做得更好，也希望能为中国文学的发展尽到自己的力量。